PANDORA

DU MÊME AUTEUR
AU FLEUVE NOIR

Les Chroniques des vampires

Entretien avec un vampire
Lestat, le vampire
La reine des damnés
Le voleur de corps
Memnoch le démon
Armand le vampire
Le sang et l'or
Merrick

La Saga des sorcières

Le lien maléfique
L'heure des sorcières
Taltos

Nouveaux contes des vampires

Pandora
Vittorio le vampire

ANNE RICE

Née en 1941 à La Nouvelle-Orléans, Anne Rice commence à écrire au milieu des années soixante-dix ce qu'elle pense être « une courte nouvelle sur le thème du vampirisme ». *Entretien avec un vampire* deviendra un livre culte, le premier volume des *Chroniques des vampires*, bientôt suivi de *Lestat, le vampire*, best-seller dans le monde entier.
Reine du fantastique moderne qu'elle a révolutionné en lui apportant sensualité et démesure, elle passe au roman historique avec *La voix des anges*, superbe histoire de castrats à Venise, et à l'érotisme avec *Les infortunes de la Belle au bois dormant*.
Revenue à ses chers vampires avec *La reine des damnés*, *Le voleur de corps*, *Memnoch le démon* et *Armand le vampire*, elle se consacre bientôt à *La saga des sorcières*, amorcée avec *Le lien maléfique*, poursuivie dans *L'heure des sorcières* et *Taltos*. Dans son dernier ouvrage, *Merrick*, la rencontre tant attendue des personnages des deux séries a enfin lieu.

COLLECTION THRILLER FANTASTIQUE

ANNE RICE

PANDORA

NOUVEAUX CONTES DES VAMPIRES

Traduit de l'anglais (États-Unis)
par Frank Straschitz

PLON

Titre original :
Pandora

Ouvrage publié initialement
sous la direction de Patrice Duvic

ISBN : 2-265-08113-2

CE LIVRE EST DÉDIÉ
À
STAN, CHRISTOPHER ET MICHELE RICE
SUZANNE SCOTT QUIROZ
ET
VICTORIA WILSON

À LA MÉMOIRE DE
JOHN PRESTON

ET
AUX IRLANDAIS DE LA NOUVELLE-ORLÉANS
QUI DURANT LES ANNÉES 1850,
ONT CONSTRUIT LA SUPERBE ÉGLISE
ST. ALPHONSUS DE CONSTANCE STREET,
NOUS LÉGUANT AINSI,
GRÂCE A L'UNION DE LA FOI, DE L'ARCHITECTURE ET DE L'ART,
UN SPLENDIDE MONUMENT
À
« LA SPLENDEUR DE LA GRÈCE ET À LA GRANDEUR DE ROME »

Au sujet de Mrs. Moore et de l'écho
des grottes de Marabar :

« ... mais l'écho, de quelque manière indicible, commençait à miner sa prise sur la vie. Survenu dans un moment de fatigue occasionnelle, il avait pu lui murmurer, "L'émotion, la piété, le courage : tous existent, mais ils sont identiques". Tout existe, rien n'a de valeur. »

E. M. FORSTER,
La Route des Indes

« Toi, tu crois qu'il y a un seul Dieu ? Tu fais bien. Les démons le croient aussi, et ils tremblent. »

Épître de Jacques, 2-19

« Combien il est ridicule, et tel un étranger sur terre, celui qui est surpris par une quelconque circonstance de la vie. »

MARC AURÈLE,
Pensées

« Un autre aspect de notre croyance est que de nombreuses créatures seront damnées ; par exemple, les anges chassés du ciel à cause de leur orgueil, et devenus des démons ; et ces hommes sur terre qui meurent loin de la Foi de la Sainte Église, à savoir les païens ; ceux, aussi, qui sont baptisés mais qui ne mènent pas une vie chrétienne, et meurent sans amour — tous ceux-là seront condamnés à l'enfer éternel, comme la Sainte Église m'enseigne de le croire. Cela étant, il me paraissait impossible que tout connaisse une fin heureuse, comme Notre Seigneur me le montrait maintenant. A cette révélation, je n'avais cependant d'autre réponse que celle-ci : "Ce qui t'est impossible ne m'est pas impossible. J'honorerai ma parole à tous égards, et je ferai en sorte que tout se termine le mieux possible." Voici ce que m'a enseigné la grâce de Dieu... »

JULIENNE DE NORWICH,
Révélations

1

Vingt minutes à peine se sont écoulées depuis que tu m'as laissée dans ce café, depuis que j'ai repoussé ta requête : non, jamais je n'écrirai à ton intention l'histoire de mon existence mortelle, de ma transformation en vampire — de ma rencontre avec Marius quelques années seulement après qu'il eut perdu sa vie humaine.

Et maintenant, me voilà face à ton cahier. Il est ouvert, et je me sers d'un de ces stylos magnifiques que tu m'as laissés, jouissant de la pression sensuelle de la fine pointe qui imbibe d'encre noire ce superbe papier à la blancheur immaculée.

Il était évident que tu ne pouvais me laisser qu'un très bel objet, David, et une très belle page. Ce grand carnet de notes relié d'un cuir sombre et vernissé, avec son décor de roses sans épines mais feuillues, n'est rien de plus qu'apparence, en dernière analyse, mais témoigne d'une indéniable autorité. Il semble nous dire que ce qui sera écrit sous cette belle et lourde reliure, semblable à celle d'un livre, comptera.

L'épais papier est ligné de bleu clair : tu as le sens pratique, tu es si prévenant, et tu sais sans doute qu'il m'arrive rarement de prendre la plume.

Le bruit que fait le stylo a lui aussi un certain charme : un crissement sec, qui n'est pas sans rappeler celui des plumes d'oie les mieux taillées de la Rome antique, lorsque je les faisais glisser sur le parchemin pour écrire des lettres à mon Père, ou quand je me répandais en lamentations dans mon journal... Ah ! ce bruit léger ! Seule manque, ici, l'odeur de l'encre, mais nous avons ce magnifique stylo en plastique qui durera des volumes, laissant une belle marque noire, aussi fine ou appuyée qu'il me plaît.

Tout en écrivant, je réfléchis à ta requête. Tu obtiendras quelque chose de moi, en fin de compte. Je me sens céder, presque comme une de nos victimes humaines se soumet à nous, me rendant compte peut-être, tandis que dehors la pluie continue de tomber, tandis que les bavardages bruyants se poursuivent dans le café, que ce ne sera pas la torture que je présumais — revenir en arrière, parcourir de nouveau ces deux mille années —, mais presque un plaisir, comme l'acte même de boire le sang.

Je m'efforce cette fois d'atteindre une victime qu'il ne me sera pas facile de soumettre : mon propre passé. Peut-être cette proie me fuira-t-elle à une vitesse égale à la mienne. Quoi qu'il en soit, cette proie que je poursuis maintenant, je ne l'ai encore jamais regardée en face. Mais je sens déjà l'ivresse de la chasse, de la quête, de ce que le monde moderne appelle « investigation ».

Pour quelle autre raison verrais-je maintenant ces temps révolus avec une telle clarté ? Tu n'avais pas de potion magique à me donner pour délier mes pensées. Pour nous, il n'existe d'autre potion que le sang.

A un moment donné, tandis que nous nous dirigions vers le café, tu avais dit : « Tu te souviendras de tout. »

Toi, qui es si jeune parmi nous et qui étais pourtant si vieux en tant que mortel, et si savant en tant que mortel. Peut-être est-il naturel que tu tentes si hardiment de rassembler nos histoires.

Mais à quoi bon essayer d'expliquer ici une curiosité telle que la tienne, un tel courage face à une vérité gorgée de sang ?

Comment as-tu pu éveiller en moi ce désir de revenir en arrière — de deux mille ans, presque exactement — pour parler de mes jours mortels sur terre, à Rome, pour dire comment j'ai connu et retrouvé Marius, et combien faibles étaient ses chances face au destin.

Comment des origines si profondément enfouies et si longtemps reniées ont-elles pu soudain me faire signe ? Soudain, une porte s'ouvre. Une lumière s'allume. Entrez !

Dans le café, je me redresse un moment.

J'écris, mais je m'interromps pour regarder autour de moi les clients de ce café parisien. Je vois les tristes tenues unisexe de cette ère, la pimpante et fraîche jeune Américaine dans ses habits militaires vert olive, portant toutes ses possessions dans un sac à dos fatigué qu'elle a passé sur une seule épaule ; je vois le vieux monsieur qui vient ici depuis des décennies dans l'unique but de regarder les jambes et les bras nus des jeunes, de se nourrir de leurs gestes comme s'il était un vampire, de guetter le moment rare et incandescent où une femme s'adosse en riant, une cigarette à la main, tandis que le tissu synthétique de son corsage se tend sur sa poitrine, dessinant les pointes de ses seins.

Ah ! vieil homme aux cheveux gris, au pardessus bien coupé... Il ne représente un danger pour personne ; il se contente de regarder. Ce soir, il regagnera l'appartement modeste mais élégant qu'il occupe depuis la dernière guerre mondiale, et il regardera des films de la jeune et belle Brigitte Bardot. Il vit uniquement par le regard. Il n'a pas touché une femme depuis dix ans.

Je ne m'écarte pas du sujet, David. C'est ici que je jette l'ancre. Je ne voudrais pas que mon histoire se déverse comme de la bouche d'un oracle ivre.

Je considère ces mortels à une lumière plus attentive. Ils me paraissent si frais, si exotiques, et en même temps tellement succulents, ces mortels. Pareils sans doute aux oiseaux tropicaux tels que je les voyais lorsque j'étais enfant, tellement pleins d'une vie palpitante et rebelle ; je voulais les tenir pour la posséder, cette vie, faire battre leurs ailes entre mes mains, capturer leur vol, le posséder, y participer. Ah ! ce terrible, terrible moment de l'enfance où l'on étouffe par accident la vie d'un oiseau rouge vif !

Pourtant, ils sont sinistres dans leurs accoutrements plus sombres, certains de ces mortels : l'inévitable dealer colportant sa cocaïne — ils sont partout, c'est notre plus belle proie —, qui attend son contact dans le coin le plus reculé du café, portant un long pardessus de cuir dessiné par un grand styliste italien, les cheveux rasés sur les tempes et touffus sur le dessus pour bien signaler ce qu'il est, bien que ce soit superflu, si l'on considère ses immenses yeux noirs, et la dureté d'une bouche que la nature avait voulue généreuse. Avec son briquet, il fait sur la table de marbre ces petits gestes saccadés typiques des drogués ; il se tourne de tous côtés, se tord, n'est jamais à l'aise. Il ignore qu'il ne sera plus jamais à l'aise dans cette vie. Il voudrait partir pour sniffer la cocaïne dont le manque le consume, mais il faut qu'il attende le contact. Ses chaussures sont trop brillantes, et ses longues mains aux doigts trop fins ne vieilliront jamais.

Je pense qu'il mourra ce soir, cet homme. Lentement, je sens monter le désir de le tuer moi-même. Il a donné tant de poison à tant d'hommes et de femmes. Le suivre à la trace, le serrer dans mes bras, je n'aurai même pas besoin de l'entourer de guirlandes de visions. Je lui ferai savoir que la mort est venue sous la forme d'une femme trop blanche pour être humaine, trop polie par les siècles pour être autre chose qu'une statue qui a pris vie. Mais ceux qu'il attend projettent de le tuer. Pourquoi interviendrais-je ?

De quoi ai-je l'air aux yeux de ces gens ? Une femme aux longs cheveux bruns légèrement ondulés qui me couvrent presque comme une pèlerine de religieuse, un visage si blanc qu'il semble être une création de la cosmétique, et des yeux anormalement brillants, visibles en dépit des lunettes aux verres à reflets dorés.

Certes, nous devons nous réjouir qu'il existe un tel choix de verres et de lunettes, à cette époque — s'il me fallait retirer celles-ci, je devrais garder la tête baissée pour ne pas effrayer les gens avec le jeu des jaunes, des bruns et des ors dans mes yeux, que les siècles ont rendus de plus en plus semblables à des joyaux, de sorte que je ressemble à une aveugle avec des topazes en guise de pupilles, ou plutôt des globes délicatement formés de topaze, de saphir, et même d'aigue-marine.

Regarde, j'ai déjà empli tant de pages, et je n'ai rien dit de plus que : Oui, je te raconterai comment cela a commencé pour moi.

Oui, je te raconterai l'histoire de ma vie mortelle dans la Rome antique, je te parlerai de l'amour que j'ai conçu pour Marius, je te dirai comment nous en sommes venus à vivre ensemble, puis à nous séparer.

Quelle transformation en moi, cette résolution !

Comme je me sens puissante en tenant cette plume, et il me tarde de nous placer dans une perspective parfaitement claire et nette avant de commencer à accéder à ta requête.

Ici, c'est Paris, en temps de paix. Il pleut. De hauts et dignes immeubles gris aux doubles fenêtres et aux balcons de fer forgé bordent ce boulevard. Des automobiles, petites, bruyantes, dangereuses, filent le long des rues. Les cafés, semblables à celui-ci, sont bourrés de touristes de tous les pays. Ici, les églises anciennes sont étouffées par des maisons de rapport, les palais ont été transformés en musées, dans les salles desquels je passe de longues heures à contempler des objets d'Égypte ou de Sumer, plus vieux encore que moi. Partout, de l'architecture romaine ; des répliques parfaites de temples de mon temps font office de banques. Les mots de mon latin natal imprègnent la langue de tous les jours. Les événements ont donné raison à Ovide, mon bien-aimé Ovide, qui avait prédit que sa poésie survivrait à l'Empire romain.

Il suffit d'entrer dans la première librairie venue pour le trouver, dans de coquettes éditions brochées, conçues pour plaire aux étudiants.

L'influence romaine ne cesse de semer ses graines,

donnant naissance à des chênes majestueux qui dominent la forêt moderne d'ordinateurs, de disques numériques, de virus informatiques et de satellites spatiaux.

Ici, il est facile — mais ce l'a toujours été — de trouver un mal auquel l'on peut se vouer, un désespoir digne d'un tendre accomplissement.

Il me faut toujours ressentir un certain amour pour la victime, ou une mesure de compassion, nourrir l'illusion que la mort que j'apporte ne trouble pas le grand voile de l'inéluctable, tissé d'arbres, de terre et d'étoiles, et des aléas de la vie humaine, présence menaçante toujours prête à se refermer sur tout ce qui existe, sur tout ce que nous connaissons.

La nuit dernière, lorsque tu m'as trouvée, que t'en semblait-t-il ? J'étais seule sur le pont franchissant la Seine, marchant dans les ultimes et dangereuses ténèbres qui précèdent l'aube.

Tu m'avais vue avant que je ne prenne conscience de ta présence. Ma capuche était baissée ; à la pâle lumière qui baignait le pont, mes yeux avaient droit à leur petit moment de gloire. Ma victime était appuyée contre le parapet ; guère plus qu'une enfant, en réalité, mais déjà meurtrie et détroussée par cent hommes et plus. Elle voulait trouver la mort dans l'eau. J'ignore si la Seine est suffisamment profonde à cet endroit pour que l'on puisse s'y noyer. Si près de l'île Saint-Louis. Si près de Notre-Dame. Peut-être, à condition d'être capable de résister à un ultime sursaut de la vie.

Je trouvai à l'âme de cette victime un goût de cendres, comme si son esprit avait été incinéré et que seul subsistât le corps, coque usée, rongée par la maladie. Je l'enlaçai tendrement ; lorsque je vis la peur dans ses petits yeux noirs, lorsque je sentis la question monter à ses lèvres, je l'entourai d'une guirlande d'images. La suie dont je m'étais couvert la peau ne suffisait pas à m'empêcher de ressembler à la Vierge Marie : elle se répandit en hymnes et en dévotions, elle voyait même mes voiles aux couleurs des églises de son enfance, tandis qu'elle me cédait, et moi — sachant qu'il ne m'était pas vraiment nécessaire de boire, mais dévorée de soif pour elle, assoiffée de l'angoisse qui émanerait d'elle à l'ultime moment, du sang rouge et savoureux qui emplirait ma bouche, me donnant un instant le sentiment d'être humaine dans ma monstruosité —, je cédai à ses visions, me penchai vers son cou, caressai des doigts sa douce peau meurtrie, et alors que j'enfonçai mes dents dans sa chair et commençai à boire — ce fut à ce moment que je sentis une présence. C'était toi, qui m'observais.

Je le savais, je le sentais ; je voyais notre image se refléter dans ton œil ; cela me distrayait, tandis que le plaisir parcourait néanmoins mes veines, me donnant l'illusion d'être vivante, reliée de quelque façon aux champs de trèfle, aux arbres enfonçant dans le sol des racines plus profondes que ne sont hautes les branches qu'ils dressent vers la voûte des cieux.

Au début, je te haïssais. Tu m'avais vue me repaître. Tu m'avais vue céder. Tu ignorais tout de mes longs mois de famine, de frustration, d'errance. Tu avais vu seulement mon désir impur d'aspirer son âme même, de faire palpiter son cœur prisonnier de sa chair, de tirer de ses veines la moindre précieuse particule de son être s'accrochant encore à la vie.

Et comme elle voulait survivre ! Entourée de saints et de saintes, rêvant soudain aux seins qui l'avaient nourri, le jeune corps luttait, se débattait, si tendre et souple contre ma propre forme dure comme une statue, mes tétons stériles enchâssés dans le marbre ne lui apportant nul réconfort. Qu'elle voie sa mère, morte, disparue, et qui attend. Et que je perçoive dans son regard mourant la lumière qui la transporte vers ce salut assuré.

J'oubliai ta présence alors, afin que cet instant ne me fût pas volé. Je ralentis ma succion, laissant soupirer ma victime, laissant ses poumons s'emplir de l'air humide et froid qui montait du fleuve, tandis que sa mère se rapprochait de plus en plus, jusqu'au point où pour elle la mort devint un abri aussi sûr que la matrice. Je bus jusqu'à la dernière goutte qu'il lui fût possible de donner.

Elle restait accrochée à moi, inerte, comme si je l'avais sauvée, fille affaiblie, maladive, ivre, que j'aurais aidée à quitter le pont. Je glissai la main dans son corps, rompant la chair facilement en dépit de mes doigts délicats, et je refermai la main autour de son cœur, le portai à mes lèvres et le suçai ; blottissant ma tête contre son visage, je suçai son cœur comme un fruit, jusqu'à ce qu'il ne reste plus une trace de sang dans les fibres ni dans les cavités. Ensuite, très lentement — peut-être pour t'offrir ce spectacle —, je la soulevai et la laissai choir dans l'eau à laquelle elle avait tant aspiré.

Elle ne se débattrait plus, lorsque le fleuve emplirait ses poumons. Il n'y aurait pas d'ultime lutte désespérée. Après m'être nourrie une dernière fois du cœur, pour lui soustraire jusqu'à la couleur du sang, je le jetai à son tour dans la Seine, pareil à une grappe de raisin écrasée. Pauvre enfant, enfant à la centaine d'hommes et plus.

Cela fait, je me suis tournée vers toi, pour te faire comprendre que je savais que tu m'avais observée du quai. Je pense que je voulais te faire peur. Dans ma rage, je voulais que tu saches combien tu étais faible, et que tout le sang que t'avait donné Lestat ne ferait pas de toi un adversaire à ma mesure si jamais l'envie me prenait de te démembrer, de déverser sur toi un feu fatal et de t'immoler, ou seulement de t'infliger une profonde cicatrice — uniquement parce que tu m'avais espionnée.

En fait, je n'avais jamais rien fait de tel à un nouveau. Ils me font pitié quand ils nous voient, nous les anciens, et frémissent de terreur. Pourtant, me connaissant comme je me connais, j'aurais dû battre en retraite si rapidement que tu n'aurais pas pu me suivre dans la nuit.

Quelque chose dans ton allure me charma, pourtant : la manière dont tu venais vers moi sur le pont, ton jeune corps anglo-indien à la peau brune doté par ton véritable âge mortel d'une telle grâce, d'une telle séduction. Par ta posture même, tu semblais me demander, sans t'abaisser :

« Pandora, pouvons-nous parler ? »

Mon esprit vagabondait. Peut-être t'en rendais-tu compte. Je ne me souviens plus si je t'avais exclu de mes pensées, et je sais maintenant que tes facultés télépathiques ne sont guère remarquables. Quoi qu'il en soit, mon esprit se mit soudain à vagabonder, peut-être de son propre accord, peut-être à ton incitation. Je pensais à tout ce que je pourrais te raconter, des récits très différents de ceux de Lestat, ou de ceux de Marius rapportés par Lestat. Je voulais te mettre en garde, en garde contre les antiques vampires de l'Extrême-Orient, qui te tueraient si tu t'introduisais dans leur territoire, pour cette unique raison.

Je voulais m'assurer que tu comprenais ce que nous devions tous accepter : la source de notre immortelle soif vampirique résidait en deux êtres — Mekare et Maharet —, tous deux tellement anciens qu'ils sont devenus horribles à voir, d'une laideur transcendant la beauté. Et s'ils se détruisent, nous mourrons tous avec eux.

Je voulais te parler de ces autres, qui ne nous ont jamais connus en tant que tribu, qui ignorent tout de notre histoire, et qui ont survécu au terrible feu infligé à ses enfants par notre Mère Akasha. Je voulais te dire qu'il existe sur terre des êtres errants qui nous ressemblent, mais qui ne sont pas davantage de notre race qu'ils ne sont humains. Et soudain, j'avais envie de te prendre sous mon aile.

C'était toi, sûrement, qui avais éveillé ce désir en moi. Tu te tenais sur le pont, non loin de moi : le parfait gentleman britannique, portant ta parure avec une aisance et un naturel que je n'avais jamais vus chez quiconque. J'admirais tes superbes vêtements : la cape noire en fine laine peignée que tu t'étais offerte, et tu t'étais même permis le luxe d'une brillante écharpe de soie écarlate — chose que tu n'aurais jamais faite à tes débuts.

Comprends-moi, la nuit où Lestat t'avait transformé en vampire, j'étais en quelque sorte absente. Ce moment m'avait échappé.

Quelques semaines auparavant, pourtant, le monde surnaturel tout entier avait frémi en apprenant qu'un mortel s'était transporté dans le corps d'un autre mortel — nous savons ces choses, comme si les étoiles nous les disaient. Un esprit surnaturel perçoit les ondes de cette déchirure brutale du tissu du quotidien, un autre esprit capte cette image, un autre encore, et la nouvelle se répand.

David Talbot, nom que nous connaissions tous car il faisait partie de l'Ordre vénérable des détectives psychiques, le Talamasca, avait réussi à transférer entièrement son âme et son corps astral dans celui d'un autre homme. Ce corps était lui-même en la possession d'un voleur de corps, que tu en avais chassé. Une fois ancré dans ce jeune corps, avec tous tes scrupules et tes valeurs morales, le savoir que tu avais accumulé pendant soixante-quatorze années subsista lui aussi dans ces jeunes cellules.

Ce fut donc David le deux fois né, David mêlant la resplendissante beauté indienne à la fruste robustesse de son ascendance britannique, dont Lestat avait fait un vampire, unissant miraculeusement l'âme et le corps grâce au Stratagème ténébreux, réalisant une fois de plus un péché propre à stupéfaire ses contemporains et ses aînés.

Et cela, ce fut ton meilleur ami qui te le fit !

Bienvenue dans les ténèbres, David ! Bienvenue au royaume de la « lune inconstante » de Shakespeare.

Courageusement, tu t'approchais de moi sur le pont.

« Pardonnez-moi, Pandora », avais-tu dit, si calmement. Irréprochable accent britannique, avec l'habituel rythme enjôleur de la langue anglaise, qui semble vouloir dire « nous sauverons le monde entier ».

Tu maintenais une distance polie entre nous, comme

si j'avais été une jeune pucelle du siècle dernier, que tu ne voulais pas effrayer ni choquer dans sa pudeur. Cela me fit sourire.

Je me fis plaisir alors, en prenant la pleine mesure de ce novice que Lestat avait osé créer, en faisant fi de l'injonction de Marius. Je vis les éléments qui composaient l'homme que tu étais : une immense âme humaine, intrépide et pourtant tentée par le désespoir, et un corps que Lestat avait rendu puissant au risque de se blesser lui-même. En vue de ta transformation, il t'avait donné davantage de sang qu'il ne pouvait le tolérer. Il avait essayé de te transmettre son courage, son intelligence, sa ruse ; par l'intermédiaire du sang, il avait voulu te donner tout un arsenal.

Il avait bien travaillé. Ta force était aussi complexe qu'évidente. Le sang d'Akasha, notre Reine et Mère, s'était mêlé à celui de Lestat. Marius, mon ancien amant, lui avait également donné du sang. Ah ! Lestat, que ne disent-ils pas à ton sujet ! Peut-être aurais-tu même bu le sang du Christ.

Ce fut la première question que je te posai. Ma curiosité avait pris le dessus, car scruter les mystères du monde, c'est souvent révéler de telles tragédies que je préfère généralement m'en abstenir.

« Dis-moi la vérité sur cette histoire de *Memnoch le Démon*, lui demandai-je. Lestat affirme être allé au ciel et en enfer. Il en a ramené le voile de sainte Véronique, qui portait l'empreinte du visage du Christ ! Cette image avait converti des milliers d'hommes et de femmes au christianisme, elle guérissait de la folie et atténuait l'amertume. Elle incita aussi d'autres Enfants des Ténèbres à tendre les bras vers la mortelle lumière de l'aube, comme si le soleil avait été le feu de Dieu.

— Oui, tout ceci est arrivé comme je l'ai décrit », répondis-tu, baissant la tête avec une modestie polie mais nullement excessive. « Et comme tu ne l'ignores pas », ajoutas-tu, passant à un tutoiement dénué de toute familiarité déplacée, « quelques-uns... *des nôtres* ont péri lors de cette explosion de ferveur, tandis que les journaux et les savants recueillaient nos cendres pour les examiner à la loupe. »

J'admirais ton calme. Une sensibilité du vingtième siècle ; un esprit formé par une immense somme d'informations, s'exprimant avec aisance ; un intellect rompu à l'analyse rapide, à la synthèse, aux probabilités — et tout cela dans le contexte d'événements atroces, guerres, massacres, peut-être ce que le monde avait connu de pire.

« Tout ceci est arrivé, répétas-tu. J'ai rencontré aussi Mekare et Maharet, les Anciens ; ne crains pas que j'ignore la grande fragilité de nos racines. C'était gentil à toi d'avoir une pensée aussi protectrice à mon égard. »

Doucement, ton charme agissait sur moi.

« Et toi, que pensais-tu du saint voile de Véronique ? te demandai-je.

— Notre-Dame de Fatima, répondis-tu en chuchotant. Le saint suaire de Turin, un paralytique jetant ses béquilles dans les eaux miraculeuses de Lourdes... Qu'il doit être réconfortant d'accepter si facilement des choses pareilles !

— Car tu n'y croyais pas ? »

Tu secouas lentement la tête. « Lestat non plus, en fait. Ce fut cette jeune mortelle, Dora, qui lui arracha le voile et le montra au monde. Ce n'en était pas moins un objet fort singulier, façonné avec une extrême méticulosité, je t'assure. Il mérite sans doute davantage le titre de "relique" que tout autre que j'ai vu. »

Paraissant soudain abattu, tu dis encore : « Sa réalisation témoignait d'un dessein immense.

— Et le vampire Armand, demandai-je, le fragile et jeune Armand, il y croyait ? » Cherchant une confirmation de ta part, j'ajoutai : « Armand l'avait regardé et y avait vu les traits du Christ.

— Suffisamment pour lui sacrifier sa vie, répondis-tu solennellement. Suffisamment pour ouvrir ses bras au soleil levant. »

Tu te détournas en fermant les yeux. C'était une

façon simple et directe de me demander de ne pas te faire parler d'Armand, qui s'était offert au feu du matin.

Je soupirai, surprise et tendrement fascinée de te trouver si éloquent, si sceptique, et pourtant tellement solidaire des autres.

« Armand », poursuivis-tu d'une voix ébranlée, évitant toujours mon regard. « Quel requiem ! Sait-il maintenant si Memnoch était réel, si le Dieu incarné qui avait tenté Lestat était vraiment le fils du Dieu tout-puissant ? Qui le sait ? »

J'étais impressionnée par ton sérieux, par ta passion. Tu n'étais pas blasé, ni cynique. Tu éprouvais des sentiments vifs et sincères pour ces événements, ces créatures, ces questions que tu soulevais.

« Ils ont mis le voile sous clef, tu sais, reprit-il. Il est au Vatican. Il y avait eu quinze jours de frénésie à la cathédrale St. Patrick's de la Cinquième Avenue, lorsque la foule était venue regarder le Seigneur dans les yeux, puis ils l'ont pris et l'ont fait disparaître dans leurs souterrains. Je doute qu'il existe sur terre une nation assez puissante pour obtenir d'y jeter ne serait-ce qu'un coup d'œil.

— Et Lestat ? Où est-il, maintenant ?

— Paralysé, enfermé dans son silence. Lestat repose dans une chapelle de La Nouvelle-Orléans, à même le sol. Il ne bouge pas. Il ne dit rien. Sa mère est venue le rejoindre. Gabrielle, tu la connaissais ; il avait fait d'elle un vampire.

— Je me souviens d'elle, en effet.

— Gabrielle elle-même est impuissante à le faire réagir. Quoi qu'il ait vu au cours de son périple au Ciel et en Enfer, il n'en a pas saisi la vérité, quelle qu'elle soit — comme il a essayé de l'expliquer à Dora ! J'avais écrit toute cette histoire à son intention, mais ensuite, en l'espace de quelques nuits, il a sombré dans son état présent.

« Son regard est fixe et son corps est souple. Ils forment une étrange pietà, Gabrielle et lui, dans la chapelle de ce couvent abandonné. Son esprit est fermé — ou bien, ce qui serait pire, il est vide. »

Je m'aperçus que j'aimais beaucoup ta façon de t'exprimer. En fait, j'étais prise au dépourvu.

« J'ai quitté Lestat parce qu'il était hors d'atteinte ; je ne pouvais plus rien pour lui, ajoutas-tu. Et il faut que je sache si certains anciens veulent me détruire. Il y a des pèlerinages que je dois accomplir, des expériences que je dois faire, pour découvrir les périls de ce monde dans lequel j'ai été admis.

— Tu es tellement direct, tu ne connais pas la dissimulation.

— Au contraire, je te cache mes meilleurs atouts. » Lentement, posément, tu m'adressas un sourire poli. « Je dois dire que ta beauté me trouble quelque peu. En as-tu l'habitude ?

— Oh oui ! Au point d'en être lasse. Essaie de dépasser cela. Laisse-moi te mettre en garde. Il existe des anciens, inconnus de tous, dont nul ne peut expliquer la nature. A en croire la rumeur, tu as vu Maharet et Mekare, les Ancêtres, la Source dont nous sommes tous issus. Manifestement, ils se sont retirés du monde, loin de nous, dans un lieu secret, et ils n'ont aucun goût pour l'autorité.

— Tout à fait exact, et mon entrevue avec elles fut belle, mais brève. Elles ne veulent régner sur personne, et tant que le monde durera et que leurs propres descendants matériels y seront établis — ces milliers de descendants humains, issus d'elles à une époque si reculée qu'il est impossible de la dater — Maharet ne se détruira jamais avec sa sœur, ce qui serait notre fin à tous.

— Oui, dis-je, elle croit en cela. La Grande Famille, les générations dont elle a suivi le destin pendant des millénaires. Elle ne nous juge pas mauvais ou malfaisants — ni toi, ni moi, ni Lestat —, elle nous considère plutôt comme des phénomènes naturels, comparables aux volcans, aux incendies qui dévorent les forêts, à l'éclair qui foudroie le passant.

— Précisément. Il n'y a plus de Reine des Damnés, maintenant. Je crains un seul et unique immortel, à savoir ton amant, Marius. Parce que avant de quitter les autres, Marius avait édicté la règle qu'aucun nouveau buveur de sang ne devait être créé. Dans l'esprit de Marius, je suis de basse extraction. Tels sont du moins les termes qu'il utiliserait s'il était anglais. »

Je hochai songeusement la tête.

« Je n'arrive pas à croire qu'il te ferait du mal. N'est-il pas allé voir Lestat ? N'est-il pas venu voir le Voile de ses propres yeux ? »

A ces deux questions, tu répondis par la négative.

« Suis ce conseil : dès que tu sentiras sa présence, parle-lui. Parle-lui comme tu m'as parlé. Entame une conversation à laquelle il n'aura pas le courage ou l'impolitesse de mettre un terme. »

Tu souris de nouveau : « C'est une façon ingénieuse de considérer la situation.

— Vraiment, je ne crois pas qu'il représente un danger pour toi. S'il avait voulu que tu disparaisses de cette terre, ce serait déjà fait. Tu n'as rien d'autre à redouter que ce que redoutent les humains : l'existence d'autres membres de notre espèce, plus ou moins puissants et professant diverses croyances, sans que nous puissions être absolument certains de leur nature, de leurs intentions ni de leurs actes. Voici ce que je puis te dire.

— Tu es gentille de me consacrer tant de temps. »

J'aurais pu en pleurer. « C'est exactement le contraire. Ignorant tout du silence et de la solitude de mes pérégrinations et de mes prières, tu m'as donné une chaleur qui ne vient pas de la mort, une nourriture autre que le sang. Je suis heureuse que tu sois venu. »

Je te vis lever les yeux vers le ciel, comme le font souvent les jeunes.

« Je sais. Le moment est venu de nous quitter. »

Tu te tournas soudain vers moi pour me dire d'un ton implorant : « Voyons-nous demain soir. Poursuivons cette conversation ! Je me rendrai au café où tu viens méditer tous les soirs. Je te trouverai. Nous avons encore beaucoup à nous dire.

— Tu m'y avais donc vue.

— Oh oui ! Souvent. »

Une fois encore, tu avais détourné tes yeux sombres. Pour cacher ton émotion, je m'en rendais compte. Puis tu m'avais de nouveau fait face :

« Pandora, le monde nous appartient, n'est-ce pas ?

— Je n'en sais rien, David. Mais nous pouvons nous voir demain soir. Pourquoi n'étais-tu pas venu me parler, là-bas ? Dans cet endroit douillet et vivement éclairé ?

— Il me paraissait bien plus inacceptable de m'imposer à toi dans l'intimité sacrée d'un café plein de monde. Les gens vont dans ce genre d'endroits pour être seuls, n'est-ce pas ? Les circonstances de ce soir me paraissaient plus propices. Mais ne crois pas que je voulais jouer au voyeur. Comme bien des novices, j'ai besoin de me nourrir toutes les nuits. C'est par accident que nous nous sommes rencontrés à cette occasion.

— Comme c'est charmant, David. Il y a longtemps que je n'ai pas été aussi charmée par quelqu'un. A demain soir, donc... je serai là. »

Prise de je ne sais quelle envie perfide, je m'étais approchée de toi et t'avais enlacé, sachant parfaitement que le contact dur et froid de mon antique corps ferait frémir d'une indicible terreur le nouveau-né que tu étais, ressemblant à s'y méprendre à un mortel.

Pourtant, tu n'avais pas eu le moindre mouvement de recul. Et lorsque je t'avais embrassé sur la joue, tu m'avais rendu ce baiser.

Et maintenant que je suis assise dans ce café, écrivant... essayant de te donner, grâce à ces mots, davantage peut-être que tu n'en espérais..., je me demande ce que j'aurais fait si tu ne m'avais pas embrassée, si tu t'étais dérobé, pris d'une peur si fréquente chez les jeunes.

David, tu es vraiment une énigme.

Comme tu le vois, je n'ai pas encore commencé la chronique de ma vie, me contentant de parler de ce qui s'est passé entre nous ces deux nuits-là.

Ne m'en veuille pas, David. Permets-moi de parler de toi et de moi ; ensuite, peut-être, je parviendrai à retrouver le fil de ma vie perdue.

Ce soir, lorsque tu étais arrivé au café, je n'avais pas vraiment prêté attention à ces cahiers. Tu en avais deux. Ils étaient épais.

Les reliures sentaient bon, elles sentaient le vieux cuir, mais ce ne fut qu'au moment où tu les posas sur la table que j'entrevis dans ton esprit discipliné que ces cahiers avaient un rapport avec moi.

J'avais choisi une table au milieu de la salle, à l'endroit le plus fréquenté du café, comme pour être au centre de ce tourbillon d'activités et de senteurs humaines. Tu paraissais content, nullement craintif, parfaitement à l'aise.

Tu portais un étourdissant complet d'une coupe très moderne, et de nouveau une longue cape de fin lainage, de bon goût mais très ancien monde ; avec ton teint doré et tes yeux étincelants, tu tournais la tête à toutes les femmes du café, et aussi à quelques hommes.

Tu m'avais regardée, et tu avais souri. Je devais ressembler à un escargot, sous le capuchon de ma cape, les lunettes à verres dorés couvrant au moins la moitié de mon visage, et sur ma bouche, une trace de rouge à lèvres du commerce, un rose violacé qui m'avait fait penser à des ecchymoses. Cela m'avait paru très séduisant, dans le miroir du magasin, et l'idée de ne plus être obligée de cacher ma bouche me plaisait. Mes lèvres sont pratiquement blanches, maintenant, sans la moindre couleur. Grâce à ce rouge à lèvres, je pouvais sourire.

J'avais mis les gants que j'ai coutume de porter, des mitaines de dentelle noire laissant libre l'extrémité des doigts, pour me permettre de mieux sentir, et j'avais enduit mes ongles de suie pour qu'ils ne resplendissent pas comme du cristal. Je t'avais tendu la main, et tu l'avais baisée.

Tu étais toujours aussi hardi et aussi fringant. Et ce sourire si chaleureux que tu m'avais adressé, il devait beaucoup, je crois, à ta physiologie antérieure, car tu paraissais bien trop sage et avisé pour un être aussi jeune et de constitution aussi robuste. J'admirais l'image parfaite que tu donnais de toi-même.

« Tu ne peux savoir quelle joie c'est pour moi que tu sois venue, avais-tu dit, et que tu me permettes de me joindre à toi à cette table.

— Tu m'en avais donné envie », avais-je répondu en avançant les mains vers tes yeux, lesquels étaient visiblement éblouis par mes ongles cristallins, en dépit de la suie.

J'avais tendu les bras vers toi, m'attendant à ce que tu te dérobes, mais tu avais confié ta main chaude et brune à mes doigts blancs et glacés.

« Découvres-tu un être vivant en moi ? avais-je demandé alors.

— Absolument. Un être radieusement et parfaitement vivant. »

Nous avons commandé du café, comme les mortels s'attendent à ce que nous le fassions, prenant plus de plaisir à sa chaleur et à son parfum qu'ils ne pourraient l'imaginer, agitant longuement les petites cuillers dans nos tasses. Un dessert de couleur rouge était placé devant moi. Je n'y ai pas touché, évidemment. Je l'avais commandé uniquement à cause de sa couleur — des fraises nappées de sirop. Il avait une odeur puissante et sucrée qui plairait aux abeilles.

Je souriais de tes intentions flatteuses, qui me faisaient grand plaisir.

Par jeu, je t'avais taquiné, laissant mon capuchon glisser sur la nuque pour libérer mes cheveux. J'avais secoué mon abondante crinière brun foncé afin de les faire briller à la lumière.

Certes, cela ne constituait pas un signal d'alarme pour les mortels, comme le ferait la chevelure blonde de Marius, ou celle de Lestat. Mais j'aime mes cheveux tels qu'ils sont, j'adore le voile qu'ils forment en tombant librement sur mes épaules — et j'adorais ce que je lisais dans ton regard.

« Quelque part, tout au fond de moi, se cache une femme », avais-je dit.

Écrire cela dans ce cahier, maintenant que je suis assise seule dans ce café, c'est donner de la substance à un moment trivial, et cet aveu me semble terrible.

Plus j'écris, David, et plus l'idée même de relater cette histoire m'enthousiasme, plus je crois en la possibilité d'une cohérence sur le papier, même s'il est à jamais impossible de la trouver dans la vie.

Mais je le répète, j'ignorais que j'avais l'intention de me servir, si peu que ce fût, de ce stylo que tu avais laissé sur la table. Nous parlions :

« Quiconque ne se rend pas compte que tu es une femme est un imbécile, Pandora.

— Comme Marius serait en colère de voir que ces mots me flattent, avais-je dit. Ou plutôt, non. Il s'en emparerait, en ferait un argument pour renforcer sa position. Je l'ai quitté, quitté sans un mot, la dernière fois que nous avons été ensemble — c'était avant que Lestat ne fasse sa petite escapade en se promenant dans un corps humain, et bien avant qu'il ne rencontre le démon Memnoch. J'ai quitté Marius, et soudain j'aimerais pouvoir l'atteindre, j'aimerais pouvoir lui parler, comme toi et moi parlons en ce moment. »

Tu paraissais gêné, inquiet pour moi, et à juste titre. A un certain niveau, tu devais savoir que je n'avais pas manifesté un tel enthousiasme, à quelque sujet que ce fût, pendant de longues années de désolation.

Soudain, tu m'avais demandé : « Accepterais-tu d'écrire ton histoire pour moi, Pandora ? »

Ma surprise était totale.

« L'écrire dans ces cahiers, avais-tu insisté. Parler du temps où tu étais vivante, de l'époque où tu as rencontré Marius, écrire ce qui te plaira à son sujet. Mais ce qui m'intéresse par-dessus tout, c'est ta propre histoire. »

J'étais au comble de la stupéfaction.

« Pour quelle raison au monde me demandes-tu une chose pareille ? »

Tu n'avais pas répondu.

« David, tu n'as quand même pas repris contact avec cet ordre d'êtres humains, les Talamasca, qui en savent déjà trop... »

Tu avais levé la main.

« Non, et je ne le ferai jamais. S'il subsistait le moindre doute à ce sujet, sache que j'ai tout appris, une fois pour toutes, dans les archives de Maharet.

— Elle t'a autorisé à voir ses archives, tous ces ouvrages qu'elle a accumulés au fil des siècles ?

— Oui. C'était extraordinaire, je t'assure... Un entrepôt plein de tablettes, de rouleaux, de parchemins — des livres et des poèmes de cultures dont le monde ignore jusqu'à l'existence, sans doute. Des livres arrachés au temps. Bien entendu, elle m'a interdit de révéler ce que j'avais appris, ou de parler en détail de notre rencontre. Elle a dit qu'il était imprudent de toucher à ces choses, et a confirmé tes craintes concernant les Talamasca — les amis métapsychiques de mes jours mortels. Je ne suis pas allé les voir. Et je ne le ferai pas. C'est d'ailleurs un serment que je n'aurai aucun mal à respecter.

— Pourquoi ?

— Lorsque j'ai vu tous ces écrits tellement anciens, Pandora, j'ai compris que je n'étais plus un humain. Je savais que l'histoire que ces ouvrages recelaient ne me concernait pas ! Je ne suis plus des leurs ! » Tu avais parcouru du regard la salle du café, puis tu t'étais empressé d'ajouter : « Je sais, des jeunes vampires inexpérimentés ont dû te dire cela des centaines de fois. Mais vois-tu, j'avais la fervente conviction que la raison et la philosophie me fourniraient un pont qui me permettrait d'aller et venir entre les deux mondes. Eh bien, il n'y a pas de pont ! Il s'est volatilisé. »

Tu étais paré d'une tristesse chatoyante, qui faisait palpiter tes jeunes yeux et ta chair si tendre et fraîche.

« Tu as donc découvert cela. » Je n'avais pas vraiment eu l'intention de faire cette remarque ; les mots m'avaient échappé. « Tu sais. » J'avais eu un rire doux-amer.

« Oui, je sais. Je l'ai compris au moment où je tenais à la main des documents datant de ton époque, oui, d'innombrables annales et autres textes de la Rome impériale, et d'autres inscriptions gravées dans la pierre, tellement anciennes que je ne pouvais même pas imaginer de quand elles dataient. Je savais. Ce dont parlaient ces documents m'était indifférent, Pandora ! Mon unique souci, c'est ce que nous sommes, ce que nous sommes maintenant.

— C'est prodigieux, avais-je dit alors. Tu ne peux imaginer à quel point je t'admire, ni combien ton attitude à mon égard me séduit.

— Je me réjouis de te l'entendre dire. » Te penchant vers moi, tu avais ajouté : « Je ne prétends pas pour autant que nous ne portions pas en nous nos âmes humaines, notre histoire ; c'est évidemment le cas.

« Je me souviens qu'un jour, il y a longtemps, Armand m'avait dit qu'il avait demandé à Lestat : “Comment pourrais-je jamais comprendre la race des humains ?”, et Lestat avait répondu, “Lis ou va voir toutes les pièces de Shakespeare : et tu sauras tout ce qu'il t'est nécessaire de savoir sur les humains.” Armand suivit ce conseil. Il dévora les poèmes, il fréquenta assidûment les théâtres, il alla voir les remarquables films avec Laurence Fishburne, Kenneth Branagh, Leonardo DiCaprio. Et, lors de notre dernière entrevue, voici ce qu'Armand m'a dit concernant son éducation :

« “Lestat avait raison. Il m'a donné, non pas des livres, mais un moyen de comprendre en profondeur. Cet homme, Shakespeare, a écrit” — ici, je cite à la fois Shakespeare et Armand le citant, et je le fais comme si cela venait du fond de mon cœur :

Demain, puis demain, puis demain,
S'avance à petits pas de jour en jour,
Jusqu'à la dernière syllabe du temps connu ;
Et tous nos hiers ont éclairé pour des fous
Le chemin de la mort poussiéreuse. Éteins-toi, éteins-[toi, flambeau éphémère.
La vie n'est qu'une ombre qui passe ; un piètre acteur
Qui s'agite et se pavane un temps sur la scène,
Et puis qu'on n'entend plus ; c'est une histoire
Contée par un idiot, pleine de bruit et de fureur,
Ne signifiant rien.*

« Cet homme a écrit cela, avait ajouté Armand, et nous savons tous que c'est la vérité absolue, et que face à cela, toute révélation s'effondre tôt ou tard. Et pourtant, nous aimons tant sa façon de le dire, que nous ne nous lassons jamais de l'écouter ! Nous voulons graver ces mots dans notre mémoire, de sorte à n'en rien oublier. »

Nous étions tous deux restés silencieux un moment. Le menton appuyé sur les mains, tu avais baissé les yeux. Je savais que tu portais tout le poids de ce qu'avait fait Armand le jour où il était allé vers le soleil, et j'avais tant aimé la façon dont tu avais dit ces mots — et les mots eux-mêmes.

« Et cela me donne du plaisir », avais-je dit, rompant le silence. « Imagine, du plaisir ! De t'entendre dire ces vers pour moi. »

Tu avais souri, et tu avais dit :

« Et maintenant, je voudrais savoir ce qu'il nous est possible d'apprendre. Je voudrais tout apprendre, tout voir ! Je suis donc venu à toi, enfant de l'âge d'or, vampire qui a bu le propre sang de la reine Akasha, et qui a survécu deux mille ans. Je t'en conjure, Pandora, écris... écris ton histoire pour moi, écris ce qui te plaira. »

* *Macbeth*, acte V, scène 5.

J'étais restée un long moment sans répondre, puis j'avais dit sèchement que cela m'était impossible.

Pourtant, quelque chose s'était réveillé en moi. J'entendais des discussions, des monologues des siècles passés, je voyais le flambeau du poète éclairer des ères que j'avais connues intimement, connues d'amour. Et d'autres époques que je n'avais jamais connues, enfant ignorante, spectre vagabond.

Oui, il y avait une histoire à écrire. C'était certain. Mais sur le moment, je me refusais à l'admettre.

Tu étais malheureux, car tu avais repensé à Armand, s'avançant vers le soleil du matin. Tu portais le deuil d'Armand.

« Existait-il un lien quelconque entre vous ? avais-tu demandé ensuite. Excuse ma hardiesse, mais ce que je voudrais savoir, c'est s'il existait un lien particulier entre toi et Armand quand vous vous êtes connus ; après tout, vous teniez tous deux le Don ténébreux de Marius. Je sais que ce n'est pas une question de jalousie, je m'en serais rendu compte. Je ne prononcerais même pas le nom d'Armand si je sentais une blessure en toi, mais il n'y a qu'absence et silence. Il n'existait donc aucun lien ?

— Aucun autre lien que la douleur. Il est allé à la rencontre du soleil. Et la douleur est sans conteste ce qui unit le plus sûrement. »

Tu avais eu un rire étouffé.

« Que puis-je faire pour t'amener à considérer ma requête ? Ayez pitié de moi, gracieuse dame, confiez-moi votre chanson ! »

J'avais souri avec indulgence, mais c'était impossible ; c'était du moins ce que je croyais.

« Elle est bien trop discordante, mon ami. Bien trop... »

J'avais fermé les yeux.

J'avais été sur le point de dire qu'il serait bien trop douloureux de la chanter.

Soudain, tu avais levé les yeux au plafond, et ton expression avait changé. On aurait dit que tu faisais délibérément semblant d'entrer en transe. Soulevant à peine la main de la table, tu m'avais montré quelque chose, avant de laisser retomber ta main.

« Que se passe-t-il, David ? Qu'as-tu vu ?

— Des esprits, Pandora. Des fantômes. »

Tu avais brusquement secoué la tête, comme pour t'éclaircir les idées.

« Mais c'est inouï ! » m'étais-je exclamée à voix basse. Je savais pourtant que tu disais la vérité. « Le don ténébreux détruit ce pouvoir. Les antiques sorcières elles-mêmes, Maharet et Mekare, nous l'ont dit : dès que le sang d'Akasha entra en elles, les transformant en vampires, elles n'avaient plus jamais vu ou entendu le moindre esprit. Tu es allé les voir récemment. Leur as-tu parlé de cette faculté ? »

Tu avais fait un signe d'assentiment. Manifestement, une sorte de loyauté t'empêchait de dire qu'elles ne la possédaient pas. Mais je savais qu'il en était ainsi. Je le voyais dans ton esprit, et je m'en étais rendu compte personnellement lorsque j'avais rencontré les antiques jumelles, celles-là mêmes qui avaient terrassé la Reine des Damnés.

« Oui, Pandora, je peux voir les esprits, avais-tu dit avec une expression au plus haut point perplexe. En faisant un effort, je peux les voir n'importe où. Je les vois aussi dans quelques lieux bien précis, lorsqu'ils en décident ainsi. Lestat avait vu le fantôme de Roger, sa victime dans *Memnoch le Démon*.

— Mais c'était une exception, un élan d'amour dans l'esprit de cet homme, qui avait on ne sait trop comment défié la mort, ou retardé l'annihilation de l'âme... Ce sont des choses qui échappent à notre compréhension.

— Je vois des esprits, certes, mais je ne suis pas venu pour t'importuner, ou pour t'effrayer, avec ces histoires.

— Parle-m'en, au contraire. Que voyais-tu, il y a un instant ?

— Un esprit faible, incapable de nuire à quiconque.

Un de ces pitoyables humains qui ne savent même pas qu'ils sont morts. Ils sont partout, ils errent dans l'atmosphère de la planète, dont ils ne peuvent se détacher. Mais j'ai mieux que cela à explorer, Pandora, ne serait-ce qu'en moi-même. »

Après une brève pause, tu avais poursuivi : « Apparemment, chaque siècle produit une nouvelle espèce de vampire. Ou, pour dire les choses autrement, notre évolution et notre croissance n'étaient pas davantage prédéterminées que celles des êtres humains. Une nuit, peut-être, je te parlerai de tout ce que je vois — de ces esprits dont j'ignorais la nature exacte quand j'étais un mortel —, je te parlerai d'une chose qu'Armand m'a confiée, de ces couleurs qu'il voyait lorsqu'il prenait une vie, lorsque l'âme quitte le corps dans des ondes de couleurs radieuses !

— Je n'en avais jamais entendu parler.

— Moi aussi, je vois cela », avais-tu dit.

Je sentais qu'il t'était intolérablement douloureux de parler d'Armand.

« Mais Armand, qu'est-ce qui lui a pris, quand il s'est mis à croire en la réalité du Voile ? » avais-je demandé, stupéfaite de ma soudaine véhémence. « Pourquoi s'est-il offert au soleil ? Comment une chose pareille a-t-elle pu détruire la raison et la volonté de Lestat ? Véronique ! Savaient-ils que ce nom signifie en réalité *vera ikon*, "vraie image", que quelqu'un qui reviendrait à Jérusalem le jour lointain où le Christ porta sa croix, la chercherait en vain ? Elle n'a jamais existé ; ce n'était rien de plus qu'une fabrication des prêtres. Ne le savaient-ils donc pas ? »

Tout en parlant, j'avais dû prendre les deux cahiers. En baissant les yeux, je me rendis compte en effet que je les pressais contre ma poitrine, ainsi qu'un des stylos.

« Ô raison, avais-je murmuré, précieuse raison ! Conscience surgissant dans un vide ! » J'avais hoché la tête en te souriant avec douceur. « Et voilà des vampires qui conversent avec les esprits ! Des humains capables de passer de corps en corps ! »

Avec une énergie dont je n'étais pas coutumière, j'avais ajouté :

« Sous une forme moderne, le culte des anges est à la mode, et la dévotion prospère de toutes parts. Des gens se lèvent de la table d'opération pour parler de la vie après la mort : un tunnel, un amour qui englobe tout. Sans doute as-tu été créé à une époque propice ! Je ne sais trop ce que je dois penser de tout cela. »

Tu étais visiblement très impressionné par ces mots, ou plutôt par la façon dont j'avais exprimé mon point de vue, presqu'à mon insu. Moi aussi, d'ailleurs.

« Je n'en suis qu'au début, avais-tu dit, et je tiendrais compagnie tout aussi bien à de brillants enfants du millenium qu'à des diseurs de bonne aventure lisant l'avenir dans les tarots au coin des rues. J'ai hâte de scruter les boules de cristal et les miroirs obscurs. Je chercherai maintenant parmi ceux que les autres taxent de fous, ou parmi *nous* — chez tes pareils, ceux qui ont eu une vision qu'ils ne croient pas devoir partager ! Car c'est cela, n'est-ce pas ? Mais je te demande de la partager. J'en ai terminé avec l'âme humaine ordinaire. J'en ai fini avec la science et la psychologie, avec les microscopes, peut-être même avec les télescopes pointés sur les étoiles. »

J'étais transportée d'enthousiasme. Que tu étais sincère et sérieux, que tes sentiments étaient forts ! En te regardant, je sentais l'émotion me chauffer le visage. Je crois que j'étais bouche bée de surprise.

« Je suis une énigme à mes propres yeux, avais-tu repris. Je suis un immortel, et je veux tout savoir à notre sujet ! Tu as une histoire à raconter, tu es très ancienne, et profondément meurtrie. Je ressens de l'amour pour toi, et je me réjouis que ce ne soit rien de plus que ce que c'est.

— Quelle curieuse remarque !

— L'amour... » Tu avais haussé les épaules en levant les yeux au plafond, puis tu m'avais regardée bien en face pour donner plus de poids à tes paroles. « Et il a plu, plu sans relâche pendant des millions d'années, et des milliers de volcans ont fait éruption, puis les océans se sont refroidis, et soudain, l'amour est apparu ? » Tu avais de nouveau haussé les épaules pour te moquer d'une pareille absurdité.

Je n'avais pu m'empêcher de rire de ta petite démonstration, qui m'avait d'ailleurs paru presque trop parfaite. En même temps, j'étais déchirée.

« C'est tellement inattendu, avais-je dit. Parce que si j'ai une histoire, une toute petite histoire...

— Oui ?

— Eh bien, mon histoire — si j'ai vraiment une histoire à raconter — est tout à fait appropriée : elle a un rapport direct avec les sujets que tu as abordés. »

Prise d'une inspiration soudaine, j'avais dit en riant doucement :

« Je te comprends ! Non, pas le fait que tu voies des esprits — c'est un vaste sujet, mais il ne s'agit pas de cela.

« Je comprends maintenant d'où te vient ta force. Tu as vécu une vie humaine entière. Contrairement à Marius et à moi, tu n'as pas été fauché dans la fleur de l'âge. Tu as été emporté peu avant l'heure de ta mort naturelle, et tu ne t'es pas contenté de l'existence imparfaite et aventureuse de ces pauvres fantômes attachés à la planète. Tu es déterminé à aller de l'avant, avec le courage d'un homme qui est mort de vieillesse et qui s'est arraché à la tombe. Tu as violemment rejeté les couronnes funéraires. Tu es prêt pour l'Olympe, n'est-ce pas ?

— Ou pour Osiris, au cœur des ténèbres, avais-tu répondu. Ou pour les ombres d'Hadès. Et je suis prêt, certes, pour les esprits, pour les vampires, pour ceux qui voient l'avenir et prétendent se souvenir de leurs vies passées, prêt pour toi, pour ton intellect stupéfiant enchâssé dans un superbe écrin, fait pour durer de longues années, un intellect qui, peut-être, a presque détruit ton cœur. »

J'en avais eu le souffle coupé.

« Excuse-moi. Je n'aurais pas dû dire cela.

— Peu importe. Explique ce que tu voulais dire.

— Tu prends toujours les cœurs de tes victimes, n'est-ce pas ? C'est le cœur que tu veux.

— Peut-être. Ne t'attends pas de ma part à de sages maximes, comme t'en donneraient Marius ou les antiques jumelles. »

Tu avais dit alors : « Tu exerces un grand attrait sur moi.

— Pourquoi ?

— Parce que tu portes une histoire en toi. Éloquente, attendant d'être écrite — cachée derrière ton silence et ta souffrance.

— Tu es trop romantique, mon ami. »

Tu avais attendu patiemment. Je pense que tu sentais le trouble qui m'agitait, le frémissement de mon âme face à tant d'émotions nouvelles.

« C'est une si petite histoire... », avais-je dit. Je voyais des images, des souvenirs, des instants de vie, la matière qui peut inciter une âme à agir et à créer. J'entrevoyais une imperceptible possibilité de foi.

Je crois que tu connaissais déjà la réponse.

Tu savais ce que je ferais avant même que je ne le sache moi-même.

Tu avais souri, avec beaucoup de retenue, mais tu attendais, empli d'impatience.

En te regardant à ce moment, j'avais pensé à écrire, à tenter de coucher tout cela sur le papier...

« Tu veux que je parte, maintenant, n'est-ce pas ? » Tu t'étais levé, tu avais pris ta cape tachée de pluie, et tu t'étais penché gracieusement pour me baiser la main.

Mes mains tenaient convulsivement les cahiers.

« Non, avais-je dit encore, je n'en suis pas capable. »

Tu n'avais pas porté de jugement, rien dit de définitif.

« Reviens dans deux nuits. Je te promets que les deux cahiers seront à ta disposition, même s'ils sont complètement vides, ou ne contiennent qu'une meilleure explication de la raison pour laquelle je ne peux pas ressusciter ma vie perdue. Je ne te décevrai pas. Mais n'espère rien, sinon que je viendrai et que je te donnerai ces cahiers.

« Dans deux nuits, avais-tu dit, nous nous retrouvons ici. »

Sans ajouter un mot, je t'avais regardé sortir du café.

Comme tu peux le constater, David, cela a commencé.

Et comme tu le vois, j'ai fait de notre rencontre l'introduction à l'histoire que tu m'as demandé de raconter.

2

L'histoire de Pandora

Je suis née à Rome sous le règne de César Auguste, l'année qui selon vos calculs correspond à quinze années « avant Jésus-Christ » — 15 av. J-C.

Toute l'histoire romaine, tous les noms latins que je donne ici sont exacts ; je ne les ai pas falsifiés, je n'ai inventé aucune anecdote ni créé de toutes pièces de faux événements politiques. Tout ce que je rapporte concerne mon destin personnel et celui de Marius. Rien n'est inclus par simple amour du passé.

J'ai omis mon nom de famille. Je l'ai fait parce que ma famille a une histoire, et que je ne puis me résoudre à établir un lien entre ce récit et son ancienne réputation, les actes de mes aïeux, leurs épitaphes. De même, Marius, lorsqu'il se confia à Lestat, ne donna pas le nom complet de sa famille romaine. Je respecte son souhait ; ceci ne sera pas davantage divulgué.

Auguste était empereur depuis plus de dix ans. C'était une époque merveilleuse pour une Romaine cultivée. Les femmes jouissaient d'une incroyable liberté, sans compter que j'étais la fille d'un riche sénateur. J'avais également cinq frères, tous prospères, et, très tôt privée de mère, j'avais été choyée par des bataillons de nourrices, de gouvernantes et de précepteurs grecs, qui me donnaient tout ce que je pouvais souhaiter.

Si je voulais vraiment te compliquer la tâche, David, j'écrirais en latin classique. Mais je n'en ferai rien. Et je dois préciser que, contrairement à toi, j'ai acquis mon éducation moderne au petit bonheur la chance, et je n'ai certainement pas appris l'anglais dans les pièces de Shakespeare.

Au gré de mes lectures et de mes errances, j'ai connu de nombreux stades de la langue anglaise, mais je l'ai surtout cultivée depuis le début de ce siècle : j'écris donc pour toi dans la langue moderne de tous les jours.

Il y a une autre raison à cela, que tu comprendras certainement si tu as lu les traductions modernes du *Satyricon* de Pétrone ou des *Satires* de Juvénal. L'anglais tel qu'on le parle aujourd'hui est un excellent équivalent du latin de mon époque.

Tu ne t'en rendras pas compte en te bornant à lire les écrits officiels de la Rome impériale, mais les graffitis de Pompéi illustreront parfaitement mon propos. Nous avions une langue sophistiquée, avec d'innombrables raccourcis verbaux ingénieux, et expressions imagées voire vulgaires.

Par conséquent, j'écrirai dans l'anglais qui me semble être l'équivalent naturel de ce latin populaire.

Je voudrais également préciser — avant d'aborder le vif du sujet — que, contrairement à ce qu'a pu dire Marius, je n'ai jamais été une « courtisane grecque ». Je m'en donnais parfois l'apparence, à l'époque où Marius me transmit le Don ténébreux. Peut-être m'a-t-il affublée de cette épithète eu égard à d'anciens secrets, ou bien était-ce du mépris de sa part ? Je l'ignore.

Pourtant, Marius savait tout de ma famille romaine : que c'était une famille sénatoriale, aussi aristocratique et privilégiée que sa propre famille mortelle, et que notre lignée remontait à l'époque de Romulus et Rémus, de même que celle de Marius lui-même. Marius ne s'était pas épris de moi parce que j'avais de « beaux bras », comme il l'avait raconté à Lestat. Peut-être était-ce par provocation qu'il avait dit cette chose triviale.

Je n'ai aucune rancœur à l'égard de Marius, ni de

Lestat. Il y a eu un malentendu, mais j'ignore lequel, et j'ignore qui a commis cette erreur.

Les sentiments que j'éprouve pour mon Père sont si forts, jusqu'à cette nuit où j'écris cela à ton intention dans ce café, David, que je suis stupéfaite du pouvoir de l'écriture — qui me permet, tandis que je couche ces mots sur le papier, de revoir avec tant d'intensité le visage empli d'amour de mon Père.

Père devait connaître une fin terrible. Il n'avait rien fait pour mériter ce qui lui est arrivé. Mais quelques-uns de nos proches ont survécu, de sorte que notre famille ne s'est pas éteinte.

Mon père était riche, c'était un des authentiques millionnaires de ce temps-là, et son capital était investi dans de nombreuses entreprises. Homme de disposition calme et réfléchie, il avait été soldat plus souvent qu'à son tour, et sénateur. Après les terribles événements de la Guerre civile, il était devenu un fervent partisan d'Auguste César, et jouissait de la faveur de l'empereur.

Certes, il aspirait au rétablissement de la République romaine, comme nous tous. Mais Auguste avait unifié l'empire, et lui avait apporté la paix.

Pendant mes jeunes années, j'ai vu Auguste à de nombreuses reprises, mais c'était toujours lors de cérémonies officielles ou de grandes réceptions, au milieu de toute une foule de gens. Il ressemblait à ses portraits : un homme maigre au nez long et fin, aux cheveux coupés court, aux traits quelconques ; de nature, il était fort rationnel et pragmatique, et ne témoignait pas d'une cruauté excessive. Il était dénué de vanité.

Heureusement pour lui, le pauvre homme ne pouvait pas voir l'avenir — il n'avait pas la moindre idée des horreurs et de la folie qui allaient marquer le règne de son successeur, Tibère, et que d'autres membres de sa famille devaient perpétuer.

Je ne compris que bien plus tard le caractère exceptionnel et les bienfaits du long règne d'Auguste. Si je ne me trompe, les villes de l'Empire ont connu la paix pendant pas moins de quarante-cinq ans...

Naître à cette époque, lorsque Rome était la capitale du monde, *caput mundi*, c'était bénéficier d'une ère de prospérité et de créativité. Rétrospectivement, je réalise à quel point il était extraordinaire de disposer à la fois de la tradition et d'immenses sommes d'argent : les valeurs anciennes alliées à un pouvoir nouveau nous donnaient une puissance sans précédent.

Notre vie de famille était conservatrice, stricte, sans doute un peu terne. Pourtant, aucun luxe ne nous était refusé. Avec les années, mon père devenait de plus en plus paisible et conservateur. Il prenait plaisir à voir ses petits-enfants, nés alors qu'il était encore vigoureux et actif.

Bien qu'il eût surtout fait campagne dans le Nord, sur les rives du Rhin, il avait été quelque temps en garnison en Syrie. Il avait fait une partie de ses études à Athènes. Il avait servi si souvent, et si bien, qu'il fut autorisé à prendre sa retraite alors que je n'étais encore qu'une enfant ; cela entraînait un renoncement prématuré au tourbillon de la vie mondaine, dont le centre était le palais impérial, mais à l'époque j'étais trop jeune pour m'en rendre compte.

Mes cinq frères m'avaient précédée. A ma naissance, il n'y eut donc pas de « deuil rituel », comme il était de coutume, dans d'autres familles romaines lorsqu'une fille vient au monde. Loin de là.

Cinq fois, mon père s'était rendu dans l'atrium — la grande cour intérieure de notre maison, entourée des colonnes de marbre ouvragé de son péristyle. A cinq reprises, il s'y était tenu devant la famille assemblée, tenant dans ses bras un garçon nouveau-né ; après l'avoir examiné attentivement, il le déclarait sans défaut et digne d'être considéré comme son fils. Telle était sa prérogative, et, comme tu le sais peut-être, il avait pouvoir de vie et de mort sur ses fils.

Si, pour une raison ou une autre, Père n'avait pas voulu d'un de ces enfants mâles, il l'aurait « exposé » et laissé mourir de faim. La loi interdisait de voler un tel enfant pour en faire un esclave.

Comme il avait déjà cinq fils, d'aucuns s'attendaient à ce que mon Père se débarrasse de moi sur-le-champ. Qui a besoin d'une fille ? Mais mon Père n'a jamais rejeté ni exposé un seul des enfants que lui avait donnés ma Mère.

Il paraît qu'à mon arrivée, il avait versé des larmes de joie et s'était écrié : « Que les Dieux soient remerciés ! Une petite chérie ! »

Mes frères me l'ont raconté *ad nauseam*. Chaque fois que j'étais vilaine — que j'agissais de manière inconvenante, ou n'en faisais qu'à ma tête —, ils ricanaient : « Que les Dieux soient remerciés ! Une petite chérie ! » Lorsque je fus plus grande, ils le disaient gentiment, pour me taquiner.

Je n'avais que deux ans lorsque ma Mère est morte. Je me souviens seulement de sa gentillesse, de sa grande douceur. Elle avait perdu autant d'enfants qu'elle en avait mis au monde, et à l'époque, il était fréquent de mourir jeune. Mon père composa une très belle épitaphe à son intention, et sa mémoire fut honorée tant qu'il vécut. Mon père n'amena aucune autre femme dans la maison. Il couchait avec quelques esclaves, mais cela n'avait rien d'inhabituel. Mes frères faisaient de même. C'était une pratique courante dans les Maisons romaines. Mon père ne prit jamais une nouvelle femme, à laquelle j'aurais dû obéissance.

Je n'ai jamais porté le deuil de ma Mère. J'étais trop jeune pour cela, tout simplement, et si j'ai pleuré en voyant qu'elle ne revenait pas, je ne m'en souviens pas.

Ce dont je me souviens, c'est que je pouvais aller et venir librement dans la vaste et ancienne demeure patricienne, en haut des pentes du mont Palatin, succession de grandes pièces rectangulaires dallées de marbre, aux murs ornés de fresques superbes, le tout entouré des méandres d'un immense jardin.

Mon père me chérissait comme la prunelle de ses

yeux. Je me souviens que je passais des heures merveilleuses à regarder mes frères s'exercer au maniement du sabre, ou suivre l'enseignement de leurs précepteurs. Par la suite, j'eus moi-même des professeurs remarquables, grâce auxquels je fus capable de lire en entier *L'Énéide* de Virgile avant même d'avoir cinq ans.

J'adorais les mots. J'adorais les chanter et les déclamer, et maintenant, je ne puis le nier, je prends un immense plaisir à les écrire. Il y a quelques nuits encore, je n'aurais pas pu te dire cela, David. Tu as réveillé quelque chose en moi, et je reconnais que je te dois cet enrichissement. Mais il ne faut pas que j'écrive trop vite dans ce café, de crainte d'attirer l'attention des mortels !

Bon, reprenons.

Mon Père trouvait ahurissant que je puisse réciter les vers de Virgile à un si jeune âge, et se faisait un plaisir de m'exhiber à l'occasion des banquets où il recevait ses amis sénateurs, tous conservateurs voire quelque peu démodés, ainsi que, parfois, Auguste César en personne. Auguste était un homme d'un abord agréable, mais je doute que mon Père tenait vraiment à le recevoir chez nous. Je suppose toutefois que, de temps à autre, il ne pouvait échapper à cette obligation.

A ces occasions, j'arrivais en coup de vent avec ma gouvernante, je donnais mon émouvant petit récital, puis l'on s'empressait de me ramener à l'autre bout de la maison, où je ne risquais pas de voir les fiers sénateurs de Rome s'empiffrer de cervelles de faisans et de *garum* — je suppose que tu sais ce que c'est. C'est cette horrible sauce que les Romains mettaient sur tout, comme on le fait de nos jours avec le ketchup. Évidemment, cela allait à l'encontre du but recherché : à quoi bon avoir dans son assiette des anguilles et des calamars, des cervelles d'autruche, des agneaux mort-nés ou je ne sais quels autres mets absurdes, si on les arrose d'une sauce qui donne le même goût à tout ?

Comme tu ne l'ignores pas, les Romains cultivaient

non seulement la gourmandise, mais la véritable gloutonnerie, de sorte que les banquets n'offraient pas un spectacle particulièrement agréable. Les convives se rendaient au vomitorium pour se débarrasser des cinq premiers plats du repas, car il fallait faire de la place pour ingurgiter la suite. Couchée dans mon lit à l'étage, je pouffais de rire en écoutant les rires gras et les bruits de vomissement.

Et cela se terminait par le viol de tous les esclaves servant à table — garçons ou filles, ou un mélange des deux.

Les repas de famille étaient tout le contraire. Nous redevenions des Romains de vieille souche, sagement installés autour de la table. Mon Père, seigneur et maître de la maison, ne tolérait aucune critique à l'encontre d'Auguste César, lequel, tu le sais sûrement, n'était que le petit-neveu de César, et non son héritier légitime.

« Le moment venu, il renoncera au trône, disait mon père, mais il sait que ce n'est pas possible dans les circonstances actuelles. Chez lui, la sagesse et la prudence l'emportent sur l'ambition. Qui veut d'une autre guerre civile ? »

Les temps étaient bien trop prospères pour que des hommes de poids pensent à fomenter une révolte.

Auguste maintenait la paix. Il avait le plus grand respect pour le Sénat romain. Convaincu que le peuple avait besoin de la piété qu'il avait connue sous la République, il fit reconstruire des temples anciens.

Le blé d'Égypte était distribué gratuitement aux pauvres. A Rome, personne ne mourait de faim. Auguste organisait une quantité vertigineuse de fêtes traditionnelles, de jeux et de spectacles — de quoi vous donner la nausée. Pourtant, en notre qualité de patriotes romains, nous étions souvent obligés d'y assister.

Évidemment, ce qui se passait dans l'arène était d'une grande cruauté. Et les exécutions aussi étaient cruelles. Sans oublier l'omniprésente cruauté de l'esclavage.

Ce que les gens ont du mal à comprendre aujourd'hui, c'est qu'il existait en même temps un sentiment très fort de la liberté individuelle, même chez les plus pauvres.

Les tribunaux prenaient leur temps avant de parvenir à une décision. Ils consultaient les lois du passé. Ils obéissaient à la logique, et respectaient le code. Les citoyens pouvaient exprimer leurs opinions avec une assez grande liberté.

J'ai tenu à apporter ces précisons car c'est la clef de cette histoire : Marius et moi sommes nés à une époque où la loi romaine était fondée, comme le dirait Marius, sur la raison, et non sur une révélation divine.

Nous sommes totalement différents de ces buveurs de sang nés aux Ténèbres dans des pays et à des époques de magie et de mystères.

De notre vivant, non seulement nous avions confiance en Auguste, mais nous avions foi en le pouvoir tangible du Sénat romain. Surtout, nous étions convaincus de l'importance de la vertu publique et du caractère ; notre mode de vie n'accordait qu'une place superficielle aux rituels, aux prières ou à la magie. La vertu était enracinée dans le caractère. Tel était l'héritage moral de la République romaine, héritage que je partageais avec Marius.

Bien entendu, notre maison était bourrée d'esclaves. Il y avait des Grecs brillants, des manouvriers grincheux, et une nuée de femmes s'affairant à faire reluire les bustes et les vases. La ville était d'ailleurs pleine d'esclaves affranchis, dont certains avaient fait fortune.

Nous les considérions comme *nos* gens, *nos* esclaves.

Lorsque mon vieux professeur de grec était mourant, mon Père et moi l'avons veillé toute la nuit, et lui avons tenu les mains jusqu'à ce que son corps soit devenu froid. Dans notre propriété romaine, nul n'était fouetté à moins que mon Père ne l'eût ordonné personnellement. A la campagne, nos esclaves se prélassaient à l'ombre des arbres fruitiers. Nos intendants étaient riches, et l'affichaient par une mise somptueuse.

Je me souviens d'un temps où il y avait tant de vieux esclaves grecs dans le jardin, que je pouvais rester assise des journées entières à les écouter discuter. Ils n'avaient rien d'autre à faire. Leurs débats m'ont beaucoup appris.

J'ai eu une enfance heureuse, plus qu'heureuse, et une éducation très soignée et très complète. Si tu crois que j'exagère, lis les lettres de Pline ou consulte d'autres mémoires ou lettres de cette époque. Les jeunes filles de haute naissance recevaient une excellente éducation, et les Romaines, femmes modernes, étaient dans une grande mesure libres de leurs mouvements, sans ingérence masculine. Nous profitions de la vie autant que les hommes.

Par exemple, j'avais à peine huit ans lorsque l'on m'emmena pour la première fois à l'arène, en compagnie de plusieurs de mes belles-sœurs, ce qui me permit d'avoir le douteux plaisir de voir des créatures exotiques telles que des girafes courir avec affolement en tous sens avant d'être abattues par une volée de flèches, cet aimable spectacle étant suivi par un petit groupe de gladiateurs qui s'employait à tailler en pièces d'autres gladiateurs ; pour clore le tout, il y avait l'habituel troupeau des criminels donnés en pâture aux lions affamés.

J'entends ces lions comme si cela se passait en ce moment même, David. Rien ne me sépare du moment où j'étais assise sur le banc en bois, sans doute aux places d'honneur, au deuxième ou troisième rang, regardant ces bêtes dévorer des êtres vivants — avec, comme j'étais censée le faire, un plaisir destiné à démontrer une fermeté de cœur, une absence de crainte face à la mort, alors que ce spectacle était tout simplement monstrueux.

Le public hurlait de rire tandis que des hommes et des femmes s'efforçaient en vain d'échapper aux bêtes féroces. Certains se refusaient à donner cette satisfaction à la foule ; ils se contentaient de rester immobiles face au lion affamé qui chargeait. Presque toujours, ceux qui étaient dévorés vivants restaient allongés dans une sorte de stupeur, comme si leurs âmes avaient déjà pris leur envol, bien que le lion n'eût pas encore lacéré leur cou.

Je me souviens de l'odeur. Mais surtout, je me souviens de l'immense rumeur de la foule.

J'avais passé le test, j'avais prouvé que j'avais du « caractère ». J'étais capable de tout regarder. Je n'avais pas détourné les yeux lorsque le meilleur gladiateur avait lui aussi connu sa fin, allongé sur le sable, couvert de sang, un glaive transperçant sa poitrine.

Ce dont je me souviens à coup sûr, c'est de mon Père, déclarant à voix basse que tout cela était répugnant. De fait, tous les gens que je connaissais trouvaient cela dégoûtant. Comme bien d'autres, mon père pensait toutefois que l'homme du commun avait besoin de tout ce sang. Pour l'édification du peuple, nous, les gens bien nés, devions présider à ces spectacles horribles et pervers, qui avaient en fait un caractère religieux.

L'on estimait que ces spectacles consternants exerçaient une fonction sociale, et qu'il était du devoir de l'élite de les organiser.

Il faut préciser que les Romains sortaient beaucoup. C'était leur style de vie : participer ou assister à des cérémonies et à des spectacles, se montrer en public, s'intéresser à tout, rencontrer des gens.

Avec les autres habitants de la ville, de haute comme de basse extraction, nous nous mêlions à la foule venue regarder une procession triomphale, une grande offrande sur l'autel d'Auguste, une ancienne cérémonie religieuse, des jeux ou une course de chars.

Et maintenant, au vingtième siècle, lorsque je regarde au cinéma ou à la télévision les incessantes intrigues et les massacres sans fin, j'en viens à me demander si les gens n'ont pas vraiment besoin de cela, besoin de voir des assassinats, des massacres, la mort sous toutes ses formes. Sans oublier le commerce florissant des films vidéo sur les diverses guerres de notre époque.

Les documents sur la guerre sont devenus une forme d'art et de spectacle.

Le commentateur parle d'une voix calme et neutre, tandis que la caméra parcourt des monceaux de cadavres, des enfants squelettiques sanglotant dans les bras de leurs mères affamées. C'est émouvant, n'est-ce pas, c'est poignant. Tout en hochant la tête avec commisération, l'on peut se vautrer dans toute cette mort. La télévision consacre des soirées entières à de vieux films montrant des hommes qui meurent le fusil à la main.

Je pense que nous regardons ces images parce que nous avons peur. Mais à Rome, il fallait regarder afin de s'endurcir, et cela valait tout autant pour les femmes que pour les hommes.

L'essentiel, c'est toutefois ceci : je n'étais pas cloîtrée comme une Grecque aurait pu l'être dans une ancienne famille hellénistique. Je n'étais pas soumise aux coutumes qui avaient cours au début de la République romaine.

Je me souviens de l'immense beauté de cette époque, et de l'aveu spontané de mon père, disant qu'Auguste était un dieu, et que Rome n'avait jamais été plus agréable à ses dieux.

Je voudrais maintenant te faire part d'un souvenir très important. Mais il faut d'abord planter le décor. Pour commencer, il y avait Virgile et son grand poème épique, *L'Énéide*, amplifiant et glorifiant les aventures du héros Énée, prince troyen fuyant les horreurs de la défaite lorsque les Grecs étaient sortis du célèbre cheval de Troie pour mettre la ville d'Hélène à feu et à sang.

C'est une histoire que j'ai toujours adorée. Énée abandonne Troie mourante, et, au terme d'un voyage mouvementé, aborde aux rivages de la belle Italie, où il fonde notre nation.

Dans notre contexte, le point important c'est qu'Auguste avait aimé et soutenu Virgile toute sa vie durant. Virgile était un poète respecté et respectable, qu'il était bien vu de citer, un poète patriotique jouissant de l'approbation officielle.

Virgile était mort avant ma naissance, mais dès l'âge de dix ans, j'avais lu toutes ses œuvres, ainsi que celles d'Horace et de Lucrèce, et une bonne partie des écrits de Cicéron, sans oublier tous les manuscrits grecs que nous possédions — et ils étaient nombreux.

Mon Père n'avait pas fait construire sa bibliothèque pour impressionner ses amis. Les membres de la famille y passaient de longues heures, et Père lui-même venait s'y installer pour écrire ses lettres — occupation qui semblait prendre le plus clair de son temps : missives officielles rédigées pour le compte du Sénat, de l'Empereur, des tribunaux, lettres à ses amis, etc.

Revenons à Virgile. J'avais également lu les œuvres d'un autre poète romain, qui était toujours en vie, et qui avait dangereusement encouru le déplaisir d'Auguste, l'empereur-dieu. Il s'agit d'Ovide, auteur des *Métamorphoses* et de dizaines d'autres œuvres drôles et paillardes.

Un jour, mais j'étais trop jeune pour m'en souvenir, Auguste, qui avait également aimé Ovide, se retourna contre le poète et le bannit dans je ne sais quel endroit affreux, sur les rives de la mer Noire. Peut-être n'était-il pas tellement affreux que cela, mais c'était le genre de lieu que les Romains cultivés imaginent horrible : très loin de la capitale, et plein de Barbares.

Ovide y vécut de longues années. A Rome, ses livres étaient interdits ; il était impossible de les trouver dans les librairies, chez les nombreux bouquinistes des marchés, ou dans les bibliothèques publiques.

Comme tu le sais, la lecture était une occupation très populaire à cette époque. Il y avait des livres partout — sous la forme de rouleaux et de *codex*, aux pages ou tablettes reliées entre elles —, et nombre de libraires employaient des escouades d'esclaves grecs qui passaient leurs journées à copier des livres pour répondre à la demande du public.

Reprenons. Ovide était en disgrâce auprès d'Auguste, et il avait été banni, mais des hommes tels que mon Père n'allaient pas pour autant brûler leurs exemplaires des *Métamorphoses* ou des autres œuvres d'Ovide, et s'ils ne plaidaient pas en sa faveur, c'était uniquement parce qu'ils avaient peur.

Cette triste affaire avait quelque chose à voir avec la fille d'Auguste, Julia, que tout le monde s'accordait à considérer comme une traînée. J'ignore comment Ovide avait été mêlé aux intrigues galantes de Julia. Peut-être estimait-on que la poésie sensuelle des *Amours*, une de ses premières œuvres, avait exercé une mauvaise influence. Sous le règne d'Auguste, il était d'ailleurs beaucoup question de « réforme », d'un retour aux valeurs traditionnelles.

Je ne pense pas que qui que ce soit sache ce qui s'était réellement passé entre Auguste César et Ovide ; toujours est-il qu'Ovide fut banni de la Rome impériale pour le restant de ses jours.

A l'époque de l'incident que je veux relater, j'avais lu les *Amours* et les *Métamorphoses* dans des exemplaires élimés témoignant d'un long usage. Je me souviens aussi que de nombreux amis de mon père se faisaient constamment du souci pour Ovide.

Venons-en au souvenir en question. J'avais dix ans, je venais de jouer dehors. Couverte de poussière des pieds à la tête, les cheveux en bataille, la robe déchirée, j'entrai en courant dans le grand salon et m'affalai au pied du divan où mon Père se prélassait avec toute la dignité convenant à un Romain, pour suivre la conversation qu'il avait avec plusieurs autres hommes, mollement étendus comme lui, qui étaient venus lui rendre visite.

Je connaissais tous les invités, à l'exception d'un seul, et celui-là avait les cheveux blonds et les yeux bleus, et il était très grand. Pendant la conversation

— toute en murmures et en hochements de tête —, il se tourna vers moi et m'adressa un clin d'œil complice.

C'était Marius, le visage hâlé par ses longs voyages, le regard d'une beauté étincelante. Comme tout le monde, il portait trois noms. Mais, je le répète, je ne révélerai pas le nom de sa famille. Je le connaissais, évidemment, et je savais qu'il était une sorte de « vaurien » dans le genre intellectuel, un « poète » et « flâneur ». Par contre, personne ne m'avait jamais dit qu'il était beau.

Celui que je vis ce jour-là, c'était le Marius vivant, quinze ans avant sa transformation en vampire. Selon mes calculs, il ne devait pas avoir plus de vingt-cinq ans. Mais je n'en suis pas certaine.

Je reprends. Les hommes ne prenaient pas garde à moi, et mon jeune esprit toujours en éveil ne tarda pas à se rendre compte qu'ils donnaient à mon Père des nouvelles d'Ovide. Le grand blond aux extraordinaires yeux bleus, celui qui s'appelait Marius, revenait à l'instant des côtes de la Baltique ; il avait apporté en cadeau à mon Père quelques excellentes copies d'œuvres d'Ovide, tant anciennes que récentes.

Les hommes assuraient à mon Père qu'il était encore bien trop risqué d'aller implorer Auguste César de pardonner à Ovide, et Père se rangea à leur avis. Cela ne l'empêcha pas, du moins en eus-je l'impression, de confier à Marius, le grand blond, une certaine somme d'argent destinée à Ovide.

Alors que ces gentilshommes prenaient congé, je vis Marius dans l'atrium. Me rendant compte à quel point il était grand — sa taille était tout à fait exceptionnelle chez un Romain —, je poussai un petit cri de surprise puis pouffai de rire. Il me fit de nouveau un clin d'œil.

Marius avait les cheveux coupés court, dans le style des soldats romains, avec juste quelques petites boucles sur le front. Des années plus tard, lorsqu'il fut fait vampire, ses cheveux étaient longs, et il les a gardés longs jusqu'à ce jour, mais à l'époque, c'était la typique coupe militaire romaine, tellement banale. Mais ses cheveux étaient blonds, et ils brillaient au soleil dans l'atrium ; jamais, me semblait-il, je n'avais vu un homme aussi lumineux, aussi vif et impressionnant. Il me regardait avec une grande gentillesse.

« Pourquoi êtes-vous si grand ? » lui demandai-je. Cela fit rire mon Père, bien sûr. Peu lui importait ce que les autres pouvaient penser de sa petite fille toute poussiéreuse, qui, pendue à ses bras, adressait la parole à un de ces honorables invités.

« Mon petit trésor, je suis grand parce que je suis un Barbare ! » répondit Marius en riant, et son rire était coquin ; il me traitait comme une petite femme, ce qui ne m'était encore presque jamais arrivé.

Soudain, recourbant ses doigts pour en faire des griffes, il fondit sur moi comme un ours.

Je tombai aussitôt amoureuse de lui !

« Non, mais sérieusement, lui dis-je. Ce n'est pas vrai que vous êtes un Barbare. Je connais votre père et toutes vos sœurs ; ils habitent tout près, un peu plus bas sur la colline. A table, on parle tout le temps de vous. Uniquement pour dire des choses gentilles, bien sûr.

— Ça, je n'en doute pas ! » dit-il, en éclatant de nouveau de rire.

Visiblement, mon Père commençait à être inquiet.

Je ne savais pas qu'une fillette de dix ans pouvait être fiancée.

Se redressant, Marius dit de sa belle voix douce et cultivée, habituée aux discours publics comme aux mots d'amour : « Du côté de ma mère, je descends des Celtes, des *Keltoi*, petite beauté, petite muse. Je viens des grands hommes blonds du Nord, les habitants de la Gaule. Ma mère était une de leurs princesses, m'a-t-on dit. Connaissez-vous ce peuple ? »

Je lui assurai que c'était le cas, et me mis à réciter un passages de la relation par Jules César de la conquête des Gaules, ou pays des *Keltoi* : « La Gaule se compose de trois parties... »

Voyant que Marius était vivement impressionné, de

même que le reste de l'assistance, je continuai sur ma lancée : « Les Celtes sont séparés de l'Aquitaine par un fleuve nommé Garonne, et de la tribu des *Belgae* par la Marne et la Seine... »

Mon Père, qui commençait à être quelque peu embarrassé de voir sa fille se délecter d'être ainsi au centre de l'attention, prit calmement la parole pour assurer tous ceux qui étaient présents que j'étais sa joie et son trésor, mais que je n'en faisais qu'à ma tête, et qu'il les priait de ne pas s'en formaliser.

Et moi, hardie comme je l'étais, et toujours prête à mettre les pieds dans le plat, je dis alors : « Transmettez mon amour au grand Ovide ! Moi aussi, j'aimerais qu'il revienne à Rome. »

Sur ce, je débitai quelques vers torrides des *Amours* :

Riant, elle m'a donné du fond du cœur ses baisers les
[plus suaves,
Capables de faire tomber des mains de Jupiter la
[foudre aux trois fourches.
Quelle torture de penser qu'un autre en ait reçu de si
[bons !
J'aurais préféré qu'ils n'eussent pas été de même
[nature !

Cela les fit tous rire, à l'exception de Père. Marius, fou de joie, applaudissait tant qu'il pouvait. Je n'eus pas besoin d'autre encouragement pour me précipiter sur lui comme un ours, de même qu'il l'avait fait, et pour continuer à réciter la poésie voluptueuse d'Ovide :

Qui plus était, ces baisers étaient meilleurs que ceux
[que j'avais enseignés,
Elle semblait posséder une science nouvelle.
Par malheur, ils me plaisaient trop ! Elle y mettait sa
[langue,
Et ma langue était entre ses lèvres.

Me prenant brusquement par le bras, mon Père me dit : « Assez, Lydia, cela suffit ! » Tous redoublèrent de rire, puis plaignirent mon Père et le serrèrent contre leur cœur, avant d'être repris d'une crise de fou rire.

Mais il me fallait une ultime victoire sur cette assemblée d'adultes :

« Je vous en prie, Père, permettez-moi de conclure sur cette remarque aussi sage que patriotique d'Ovide :

« Je me félicite de ne pas être arrivé au monde avant ce temps. Cette époque est tout à fait à mon goût. »

Cette fois, Marius parut davantage surpris qu'amusé, et, me prenant dans ses bras, mon Père dit en détachant bien ses mots :

« Aujourd'hui, Ovide ne dirait plus cela, Lydia, et toi, qui es... si savante et si philosophe à la fois, tu devrais assurer aux plus chers amis de ton père que tu sais parfaitement qu'Ovide a été banni de Rome par Auguste pour de bonnes raisons, et qu'il ne pourra jamais revenir chez lui. »

En d'autres termes, il me disait de cesser de parler d'Ovide.

Nullement découragé, Marius s'agenouilla devant moi, mince et beau avec ses yeux bleus au regard magnétique, me prit la main, l'embrassa, et dit : « Je transmettrai votre amour à Ovide, petite Lydia. Mais votre père a raison. Nous ne devons pas douter du bien-fondé de la censure décrétée par l'empereur. Nous sommes des Romains, après tout. » Ensuite, Marius fit une chose très étrange, il me parla exactement comme si j'étais une adulte : « Je pense qu'Auguste César a donné bien plus à Rome que quiconque ne l'espérait. Il est également poète, d'ailleurs. Il avait écrit un poème intitulé *Ajax*, mais l'avait brûlé parce qu'il ne le trouvait pas assez bon. »

Jamais je n'avais été aussi heureuse de ma vie. J'aurais pu m'enfuir avec Marius sur-le-champ !

Je dus me contenter de gambader et de danser autour de lui pendant qu'il traversait le vestibule.

Je lui fis signe de la main.

Arrivé au portail, il s'attarda un moment. « Au-revoir, petite Lydia », me dit-il, avant de murmurer quelque chose à mon Père. J'entendis ce dernier s'exclamer :

« Vous perdez la tête, mon ami ! »

Il tourna le dos à Marius, qui m'adressa un triste sourire et s'en alla.

« Qu'est-ce qu'il avait dit ? demandai-je à mon Père. Que s'est-il passé ?

— Écoute, Lydia, répondit-il, as-tu jamais rencontré le mot “fiancée” au fil de tes nombreuses lectures ?

— Bien sûr, Père.

— Eh bien, les vagabonds et rêveurs de ce genre n'aiment rien tant que de se fiancer à une jeune fille de dix ans ; en effet, comme elle n'est pas encore d'âge à se marier, cela leur donne des années de liberté, sans risquer d'être censurés par l'Empereur. Cela arrive tout le temps.

— Non, Père ! me récriai-je. Non, je ne l'oublierai jamais ! »

Je crois bien que dès le lendemain, il était oublié.

Je devais rester cinq ans sans revoir Marius.

Je m'en souviens parfaitement parce que j'avais quinze ans, et qu'à cet âge j'aurais dû être mariée, mais je n'en avais absolument pas envie. Maintes fois, je m'étais dépêtrée de cette obligation, simulant la maladie, la folie, des crises absolument incontrôlables. Mais les années passaient, et je ne pourrai pas retarder éternellement l'échéance. En fait, j'étais bonne à marier depuis que j'avais douze ans.

Ce jour-là, nous étions tous assemblés au pied du Palatin, pour assister à une cérémonie sacro-sainte, les Lupercales — une des nombreuses fêtes qui faisaient partie intégrante de la vie des Romains.

Nous accordions une grande importance aux Lupercales, bien qu'il soit impossible de relier leur signification au concept de religion tel que l'entendent les chrétiens. Toujours est-il qu'assister à une telle fête, y participer en qualité de vertueux citoyen romain, était un témoignage de piété.

Sans compter que c'était un grand plaisir.

J'étais donc là, non loin de la grotte du Lupercal, regardant avec d'autres jeunes filles et femmes les deux jeunes hommes désignés pour cette année ; ils étaient barbouillés du sang des chèvres offertes en sacrifice, et drapés dans les dépouilles sanglantes des animaux sacrifiés. Je ne voyais pas tout cela en détail, mais j'avais déjà assisté bien des fois à cette fête, et, quand deux de mes frères y avaient participé quelques années auparavant, je m'étais frayé un chemin jusqu'au premier rang pour ne rien manquer.

A cette occasion, j'étais toutefois assez bien placée pour voir les deux groupes de jeunes gens partir chacun de son côté pour courir autour du Palatin. Je m'approchai, comme l'exigeait la coutume. Les jeunes hommes frappaient légèrement le bras de chaque jeune femme avec une lanière de peau de chèvre : c'était censé nous purifier et nous rendre fécondes.

M'avançant, je reçus le coup rituel, puis regagnai ma place, regrettant de ne pas être un homme afin de pouvoir courir avec les autres autour de la colline. Cela n'avait rien d'exceptionnel : j'ai souvent eu des pensées de ce genre au cours de ma vie mortelle.

En mon for intérieur, je faisais quelques remarques sarcastiques au sujet de cette « purification », mais à cet âge, je savais me tenir en public, et pour rien au monde je n'aurais humilié mon Père ou mes frères.

Comme tu le sais certainement, David, ces lanières en peau de chèvre se nommaient *februa*, et c'est de là que vient le mot « février ». Voilà pour le langage et la magie qu'il porte à notre insu. Les Lupercales avaient certainement un rapport avec Romulus et Remus ; peut-être même était-ce un écho d'un ancien sacrifice humain. Après tout, les têtes des jeunes gens étaient barbouillées de sang de chèvre. J'en frémis, parce que au temps des Étrusques, longtemps avant ma naissance, ç'aurait pu être une cérémonie infiniment plus cruelle.

Peut-être fut-ce à cette occasion que Marius vit mes bras — lorsque je les tendis pour les exposer au coup de fouet rituel, riant avec les autres pendant que les hommes poursuivaient leur course folle. Comme tu l'auras compris, j'étais déjà assez expansive, voire exhibitionniste.

Dans la foule, j'aperçus soudain Marius. Il me regarda, puis se replongea dans son livre. Quel curieux spectacle ! Adossé au tronc d'un arbre, il écrivait. Personne n'agissait ainsi : s'appuyer contre un arbre, tenir un livre dans une main et écrire de l'autre. A côté de lui, un esclave tenait le flacon d'encre.

Les cheveux de Marius était longs et superbes. Une vraie chevelure de sauvage.

Je me tournai vers mon Père : « Regarde, notre ami Marius, le grand Barbare, et il est en train d'écrire ! »

Mon Père sourit : « Marius écrit sans cesse. Il est au moins bon à cela, faute de mieux. Détourne-toi, Lydia. Reste tranquille.

— Mais il m'a regardée, Père. Je veux aller lui parler.

— Il n'en est pas question, Lydia. Tu ne lui feras pas même la grâce d'un petit sourire ! »

Sur le chemin de la maison, je demandai à mon Père : « Si vous allez me donner en mariage à quelqu'un — s'il n'existe aucun moyen, sinon le suicide, d'éviter cette calamité —, pourquoi pas à Marius ? Je ne comprends pas. Je suis riche. Il est riche. Je sais que sa mère était une sauvage, une princesse celte, mais son père l'a adopté. »

Mon Père me foudroya du regard : « Où as-tu appris tout cela ? » Il s'immobilisa brusquement, ce qui est toujours mauvais signe chez lui. Nous évitant, le flot humain s'écoulait autour de nous.

« Je ne m'en souviens plus, répondis-je. Tout le monde le sait. » Je me retournai. Marius s'était arrêté non loin de nous, et me regardait. « Je vous en prie, Père. Permettez-moi d'aller lui parler ! »

Mon Père s'agenouilla. La majeure partie des gens

étaient déjà rentrés chez eux. « Je sais que c'est terrible pour toi, Lydia. J'ai cédé à toutes les objections que tu soulevais contre tes prétendants. Mais crois-moi, l'empereur lui-même n'approuverait pas que tu épouses un historien errant, un fou tel que Marius ! C'est hors de question : il n'a jamais porté les armes, il ne peut pas entrer au Sénat... Lorsque tu te marieras, tu te marieras avec un beau parti. »

Tandis que nous commencions à nous éloigner, je me retournai de nouveau, espérant apercevoir Marius quelque part. A ma surprise, il était toujours à la même place, immobile, le regard fixé sur moi. Avec ses longs cheveux flottant au vent, il ressemblait beaucoup au vampire Lestat. Il est plus grand que Lestat, mais il a la même souplesse, tout en donnant une impression de grande force musculaire, il a les mêmes yeux très bleus et un visage plutôt carré, mais non dénué de grâce.

Échappant à mon père, je courus vers lui.

« Écoute ! lui dis-je. Je veux t'épouser, mais mon Père a dit non ! »

Je n'oublierai jamais l'expression que je vis alors sur son visage. Avant qu'il ne pût me répondre, mon Père m'avait rattrapée. Il s'empressa de donner à la conversation un tour respectable :

« Alors, Marius, comment va ton frère qui est à l'armée ? Et où en est ton Histoire ? Il paraît que tu as déjà écrit treize volumes ? »

Sur ce, mon Père fit volte-face, m'entraînant littéralement avec lui.

Marius ne fit pas un geste, ne dit pas un mot. Montant la colline en pressant le pas, nous ne tardâmes pas à rejoindre les autres.

En cet instant, le cours entier de nos vies fut changé. Mais comment Marius et moi aurions-nous pu le savoir ?

Vingt années devaient s'écouler avant que nous nous revoyions.

J'avais alors trente-cinq ans. Et je peux dire que

nous nous sommes retrouvés dans un monde ténébreux, à plus d'un égard.

Mais n'anticipons pas. Je vais d'abord te raconter ce qui s'est passé entre-temps.

Sous la pression de la Maison impériale, j'ai été mariée deux fois. Auguste voulait que nous ayons toutes des enfants. Je n'en eus aucun. Par contre, mes maris en engendrèrent plus d'un, avec de jeunes esclaves. Cela me permit de divorcer légalement et de retrouver ma liberté à deux reprises. Je décidai alors de me retirer de la vie en société, espérant qu'ainsi l'empereur Tibère, monté sur le trône impérial à l'âge de cinquante ans, me laisserait tranquille, car il était bien plus qu'Auguste un puritain qui voulait régenter la vie publique, et un tyran domestique. Si je restais à la maison, si je ne sortais pas pour participer aux banquets et aux réceptions, si je ne fréquentais pas l'impératrice Livia, épouse d'Auguste et mère de Tibère, peut-être ne serais-je pas contrainte de devenir une marâtre ! Je décidai de rester à la maison, pour m'occuper de mon Père. Il le méritait, et en avait besoin ! Bien qu'en parfaite santé, il n'en était pas moins vieux.

Avec tout le respect que je dois aux maris dont j'ai fait état, et dont les noms figurent en bonne place dans les histoires de l'Empire romain, j'ai été une très mauvaise épouse.

Mon Père m'ayant généreusement pourvue, je ne manquais pas de moyens. Je n'en faisais qu'à ma tête, et ne me soumettais à l'acte d'amour qu'à mes propres termes ; j'avais toujours gain de cause, car j'étais suffisamment belle pour faire réellement souffrir les hommes.

Dans l'unique but de contrarier ces maris et de leur échapper, je devins adepte du culte d'Isis. Cela me permettait de fréquenter son temple, où je passais le plus clair de mon temps en compagnie d'autres femmes intéressantes, dont certaines étaient bien plus aventureuses et anticonformistes que je n'osais l'être. J'étais attirée par les prostituées. A mes yeux, ces femmes brillantes et dissolues avaient franchi une barrière que moi, fille aimante de mon Père, je ne pourrais jamais espérer franchir.

Je devins une habituée du sanctuaire. Finalement, lors d'une cérémonie secrète, je fus initiée. Dorénavant, je participai à toutes les processions d'Isis à Rome.

Mes maris avaient horreur de cela. Peut-être est-ce pour cette raison que j'abandonnai son culte lorsque je revins chez mon Père. Quoi qu'il en soit, ce fut sans doute une bonne chose. Mais mes décisions, sages ou non, suffisent rarement à infléchir le destin.

Isis était une déesse importée — d'Égypte bien sûr —, et les anciens Romains se méfiaient tout autant d'elle que de la terrible Cybèle, la Grande Mère venue d'Orient qui incitait ses adorateurs mâles à se châtrer. La ville était pleine de ces « cultes orientaux », que la partie conservatrice de la population trouvait effroyables.

Ces cultes n'étaient pas rationnels. Ils étaient extatiques, ou euphoriques. Ils proposaient une renaissance totale grâce à la compréhension intuitive.

Le Romain conservateur était bien trop pragmatique pour s'intéresser à ce genre de chose. Quiconque ne savait pas dès l'âge de cinq ans que les dieux étaient des créatures imaginaires, et les mythes, des histoires inventées de toutes pièces, n'était qu'un imbécile.

Isis avait toutefois une particularité qui la mettait aux antipodes de la cruelle Cybèle. Isis était une mère et déesse aimante. Isis pardonnait tout à ses adorateurs. Isis était antérieure à toute création. Isis était patiente et sage.

C'est pourquoi les femmes les plus avilies pouvaient venir prier dans son temple. C'est pourquoi personne ne s'en voyait jamais refuser l'accès.

De même que la Vierge Marie bénie, si bien connue de nos jours en Orient comme en Occident, la Reine Isis avait conçu un enfant divin par des moyens divins. Grâce à son pouvoir personnel, elle avait réussi à tirer la semence vivante du corps d'un Osiris mort et châtré. Elle était souvent représentée, en peinture ou en sculpture, tenant sur ses genoux son fils divin, Horus, un sein dénudé en toute innocence pour nourrir le jeune dieu.

Osiris, lui, régnait sur le royaume des morts, son phallus perdu à jamais dans les eaux du Nil, où une semence inépuisable s'en écoule, fertilisant lors des crues annuelles du fleuve les champs d'Égypte aux récoltes prodigieuses.

La musique de notre temple était à proprement parler divine. Nous utilisions le sistre, une sorte de petite lyre en métal, des flûtes et des tambourins. Nous dansions, aussi, et chantions en chœur. Les litanies d'Isis étaient extatiques et d'une poésie raffinée.

Isis était la Reine de la Navigation, la protectrice des marins, comme la Vierge Marie, que l'on devait appeler « Notre-Dame-de-la-Mer ».

Chaque année, lorsque l'effigie de la déesse était portée jusqu'au rivage, la procession était d'une telle splendeur que tous les habitants de Rome venaient voir les dieux égyptiens aux têtes d'animaux, les monceaux de fleurs, la statue de la Reine Mère elle-même. Les prêtres et les prêtresses, vêtus de lin blanc, s'avançaient solennellement, au son des hymnes qui s'élevaient. La déesse, toute en marbre, portée sur un haut palanquin, tenant le sistre sacré, était somptueusement vêtue de robes grecques, et coiffée dans le style grec.

Telle était mon Isis. Après mon deuxième et dernier divorce, je m'étais éloignée d'elle. Père n'aimait pas ce culte, et je m'y étais moi-même consacrée suffisamment longtemps, et avec plaisir. Mais, étant une femme libre, je n'admirais pas particulièrement les prostituées. Mon sort était bien plus enviable que le leur. Je m'occupais de la maison de mon Père, et il était juste assez vieux, en dépit de ses cheveux restés noirs et de sa vue remarquablement perçante, pour que l'empereur me laisse en paix.

Je ne puis prétendre que je me souvenais de Marius,

ou que je pensais à lui. Depuis des années, personne ne l'avait mentionné. Après les Lupercales, il avait disparu de mes pensées. Aucune force sur terre ne pouvait s'interposer entre mon Père et moi.

Mes frères étaient tous favorisés par la chance. Ils avaient fait de bons mariages, avaient eu des enfants, et étaient revenus des guerres périlleuses auxquelles ils avaient participé pour défendre les frontières de l'Empire.

Je n'aimais guère mon frère cadet, Lucius. Il était d'un naturel inquiet, et apparemment porté sur la boisson, ainsi que sur le jeu, ce qui horripilait sa femme.

Elle, je l'aimais, de même que j'aimais toutes mes belles-sœurs, mes nièces et mes neveux. J'étais heureuse quand ces hordes d'enfants envahissaient la maison, criant et se démenant avec « la bénédiction de tante Lydia », comme ils n'étaient jamais autorisés à le faire chez eux.

L'aîné de mes frères, Antoine, avait l'étoffe d'un grand homme. Le destin en décida autrement. Il avait pourtant tout ce qui fait la grandeur : une excellente éducation, une formation complète, et une grande sagesse.

L'unique remarque stupide ou imprudente que j'aie jamais entendu dans sa bouche fut de me dire très distinctement que Livia, l'épouse d'Auguste, avait empoisonné ce dernier afin que son fils, Tibère, pût accéder au trône. Mon Père, qui était l'unique autre personne présente, lui avait dit sévèrement :

« Ne parle plus jamais de cela, Antoine ! Ni ici, ni ailleurs ! » Mon Père s'était levé, et, spontanément, avait défini les règles de vie que lui et moi respections : « Reste à l'écart du Palais impérial, reste à l'écart des familles impériales, montre-toi aux premiers rangs lors des jeux, sois toujours présent au Sénat, mais ne te mêle pas de leurs querelles et de leurs intrigues ! »

Antoine était très en colère, mais son courroux n'avait rien à voir avec Père. « Je l'ai seulement dit aux deux personnes auxquelles je peux le dire sans danger, toi et Lydia. Je déteste dîner avec une femme qui a empoisonné son mari ! Auguste aurait dû restaurer la république. Il savait que la mort était proche.

— Oui, et il savait aussi qu'il ne pourrait pas restaurer la république. C'était tout simplement impossible. L'Empire s'étendait au nord jusqu'à la Bretagne, et à l'est, plus loin que la Parthiène ; il englobait toute l'Afrique du Nord. Si tu veux être un bon Romain, Antoine, lève-toi et dis le fond de ta pensée au Sénat. Tibère y encourage les citoyens.

— O Père, tu te trompes lourdement », avait dit Antoine.

Sur ce, mon Père avait mis fin à la conversation.

En tout cas, notre existence était exactement telle qu'il l'avait décrite.

Tibère était très impopulaire auprès de la foule bruyante et agitée des Romains. Il était trop vieux, trop sec, trop dénué d'humour, trop puritain et tyrannique à la fois.

Il avait toutefois une qualité qui rachetait ses défauts. Outre ses vastes connaissances et son amour de la philosophie, il avait été un excellent soldat. C'était la principale aptitude exigée d'un empereur. Les soldats le tenaient en haute estime.

Il renforça la garde prétorienne du palais, et chargea un homme du nom de Séjan de diriger en son nom les affaires de l'État. Mais il ne fit pas venir les légions à Rome, et il disait des choses fort sensées sur les droits de la personne et sur la liberté — si toutefois l'on était capable de l'écouter sans s'endormir. A mon avis, ses discours étaient assommants.

Les sénateurs enrageaient lorsqu'il se refusait à prendre des décisions. Ils ne voulaient pas les prendre eux-mêmes, les décisions ! Mais tout cela n'était pas encore trop grave.

Il se produisit alors un incident épouvantable, qui me fit carrément détester l'empereur, et perdre toute foi en lui et en sa capacité de gouverner.

L'incident en question concernait le temple d'Isis.

Un homme aussi méchant que rusé, se faisant passer pour le dieu égyptien Anubis, avait entraîné une adepte d'Isis de haute naissance au temple et avait couché avec elle, la dupant complètement, encore que je ne puisse imaginer comment il s'y était pris.

Je me souviens encore d'elle comme de la femme la plus stupide de Rome. Mais cela n'explique sans doute pas tout.

Quoi qu'il en soit, cela s'était passé au Temple.

Ensuite, cet homme, ce prétendu Anubis, alla trouver cette femme vertueuse et de haute naissance, et lui déclara sans détours qu'il l'avait possédée ! Elle alla voir son mari en pleurant et en s'arrachant les cheveux. Ce fut un scandale sans pareil.

Cela faisait des années que je n'étais plus allée au Temple ; j'avais maintenant de bonnes raisons de m'en réjouir.

Ce qui suivit, la réaction de l'empereur, fut plus horrible que je n'aurais pu l'imaginer.

Le temple fut entièrement rasé. Tous les adeptes furent bannis de Rome, et plusieurs d'entre eux furent exécutés. Quant à nos Prêtres et Prêtresses, ils furent crucifiés ; leur corps furent « pendus à l'arbre », selon la vieille expression romaine, pour mourir lentement et pourrir au vu de tous.

Mon père entra dans ma chambre et alla droit vers le petit autel d'Isis. Il prit la statuette et la fracassa sur le sol en marbre. Il ramassa ensuite les morceaux pour les briser de nouveau, et ne s'arrêta que lorsque tout fut réduit en poussière.

Muette, je fis signe que je comprenais.

Je m'attendais à ce qu'il me condamne pour mes anciennes coutumes. Après ce qui s'était passé, j'étais submergée de tristesse et de consternation. D'autres cultes orientaux étaient également persécutés. L'empereur s'apprêtait à retirer le statut de sanctuaire à divers temples, d'un bout à l'autre de l'empire.

« Cet homme ne devrait pas être empereur de Rome, dit mon Père. Les souffrances et la cruauté l'ont déformé. Il est raide et ennuyeux, et il tremble littéralement pour sa vie ! Un homme qui ne veut pas réellement être empereur ne peut pas être empereur. Pas en un moment pareil.

— Peut-être abdiquera-t-il ? dis-je avec tristesse. Il a adopté le jeune général Julius Caesar Germanicus. Cela signifie que Germanicus sera son successeur, n'est-ce pas ?

— Quel bien cela a-t-il fait aux précédents héritiers d'Auguste, quand ils ont été adoptés ?

— Je ne comprends pas ce que tu veux dire, Père.

— Réfléchis, ma fille. Nous ne pouvons pas continuer à prétendre que nous sommes une république. Il faut définir les fonctions de l'empereur et les limites de son pouvoir ! Il faut trouver une forme de succession autre que l'assassinat ! »

J'essayai de le calmer :

« Quittons Rome, Père. Allons dans notre maison de Toscane. C'est une si belle région.

— Le problème, c'est que nous ne pouvons pas, Lydia. Il faut que je reste ici. Je dois être loyal envers mon empereur — pour le bien de toute ma famille. Je dois siéger au Sénat. »

Quelques mois après, Tibère envoya son jeune et beau neveu Germanicus en Orient, loin des foules romaines qui l'adoraient. Comme je l'ai déjà dit, les gens disaient ce qu'ils pensaient.

Germanicus était en principe l'héritier et successeur de Tibère ! Mais Tibère était bien trop jaloux pour continuer à écouter les Romains encenser Germanicus pour ses prouesses sur le champ de bataille. Il tenait à l'éloigner de Rome.

Le jeune général, d'ailleurs fort charmant et séduisant, alla donc en Orient, en Syrie, loin du regard adorateur des Romains, et loin du cœur de l'Empire, où une foule peut décider du destin du monde.

Tôt ou tard, pensions-nous tous, il y aurait de nouvelles batailles dans les pays du Nord. Lors de sa dernière campagne, Germanicus avait durement frappé les tribus germaniques.

Pendant le dîner, mes frères me racontèrent cela avec force détails.

Ils racontèrent comment ils étaient retournés là-bas pour venger l'affreux massacre du général Varus et de ses troupes dans la forêt de Teutobourg. Si on le leur demandait, les troupes iraient finir le travail, et mes frères participeraient volontiers à cette expédition. Cela ne me surprenait pas de la part de ces patriciens attachés aux valeurs traditionnelles !

En attendant, à en croire la rumeur, les *delatores*, les sinistres espions de la garde prétorienne, empochaient le tiers des biens de ceux qu'ils dénonçaient. Je trouvais cela horrible. Mon Père commenta avec un hochement de tête : « Cela avait déjà commencé sous Auguste.

— Sans doute, Père, répondis-je, mais à l'époque l'on considérait que la trahison se mesurait aux actes, et non aux seules paroles.

— Raison de plus pour se taire. » Il s'adossa avec lassitude. « Chante pour moi, Lydia. Va chercher ta lyre et improvise une de tes épopées comiques. Il y a bien longtemps que tu ne l'as fait.

— Je suis trop vieille, maintenant », répondis-je, pensant aux satires stupides et impudiques sur des thèmes homériques, que j'improvisais si rapidement et avec une telle liberté que tout le monde en était émerveillé. Pourtant, je ne me fis pas prier. Je me souviens de cette soirée avec une telle force que je me sens irrésistiblement poussée à coucher toute cette histoire par écrit, en dépit de la douleur qu'il me faudra reconnaître et explorer.

Pourquoi écrit-on ? Quel sens cela a-t-il ? Tu verras que cette question surgira de nouveau, David, car à chaque page ma compréhension s'approfondit — je vois des relations, des schémas qui jusqu'alors m'avaient échappé, ce qui signifie que je rêvais au lieu de vivre.

Ce soir-là, donc, j'inventai un poème d'une grande drôlerie, qui fit beaucoup rire mon Père. Finalement, il s'assoupit sur un lit du triclinum. Soudain, comme en état de transe, il parla : « Lydia, ne continue pas à vivre seule à cause de moi. Fais un mariage d'amour ! Ne renonce pas ! »

Le temps de me retourner, sa respiration était redevenue calme et régulière.

Quinze jours plus tard, à moins que ce ne fût un mois, notre existence jusqu'alors paisible connut une fin brutale.

Un jour, en rentrant chez moi, je trouvai la maison entièrement vide, à l'exception de deux vieux esclaves terrorisés — qui appartenaient en fait à mon frère Antoine. Ils me firent entrer et se hâtèrent de verrouiller la porte.

Je traversai le grand vestibule, franchis le péristyle et entrai dans la salle à manger. Un spectacle stupéfiant s'offrit à mon regard.

Mon Père était en grande tenue de combat, armé de l'épée et du glaive ; seul manquait le bouclier. Il avait même mis sa cape rouge. Son plastron soigneusement poli était resplendissant.

Il regardait fixement le sol à ses pieds. Non sans de bonnes raisons. La terre avait été retournée. Le Foyer séculaire de nos ancêtres avait été exhumé. Dans les temps anciens, aux débuts de Rome, ç'avait été la première pièce de la maison ; c'était autour de ce Foyer que la famille s'assemblait, célébrait le culte, dînait.

Je ne l'avais jamais vu. Nous avions nos autels domestiques, mais ceci... cet énorme cercle de pierres calcinées ! Il y avait aussi des cendres, réellement, mises au jour. Comme tout cela paraissait sacré, et de mauvais augure...

« Au nom des dieux, que se passe-t-il ? demandai-je. Où sont les autres ?

— Ils sont partis, répondit mon Père. J'ai affranchi les esclaves et leur ai dit de décamper. Je t'attendais.

Ne reste pas ici ; tu dois quitter cette maison sur-le-champ !

— Pas sans toi !

— Je ne tolérerai aucune désobéissance, Lydia ! » Je ne lui avais jamais vu une expression aussi implorante, et aussi digne à la fois. « Une charrette t'attend derrière la maison ; elle te conduira jusqu'à la côte, où un marchand juif, qui est mon ami le plus sûr, t'emmènera loin de l'Italie. Pars, je le veux ! Ton argent est déjà à bord du navire. Tes vêtements, tout. J'ai une entière confiance en ces hommes. Prends néanmoins cette arme. »

Il alla chercher un poignard sur une table proche et me le donna. « Tu as suffisamment observé tes frères pour savoir t'en servir. Prends également ceci. » Il me tendit une bourse. « C'est de l'or, une monnaie qui a cours partout. Prends-le et pars ! »

Je portais toujours un poignard sur moi, retenu à mon avant-bras par un bracelet, mais, jugeant que ce n'était pas le moment de lui faire une pareille révélation, je glissai l'arme dans ma ceinture, et pris aussi la bourse.

« Je n'ai pas peur de rester à tes côtés, Père ! Qui a voulu nous nuire ? Tu es sénateur de Rome. Quel que soit le crime dont tu es accusé, seul le Sénat peut te juger !

— O ma précieuse fille à l'esprit vif ! T'imagines-tu que le maudit Séjan et ses *delatores* portent leurs accusations en public ? Ses *speculatores* ont d'ores et déjà surpris tes frères, leurs femmes et leurs enfants. Ces esclaves sont ceux d'Antoine. Il les a envoyés pour me mettre en garde alors qu'il se battait et mourait. Il les a vus fracasser le crâne de son fils contre le mur. Pars, Lydia. »

Je n'ignorais pas, bien sûr, que c'était une coutume romaine — assassiner une famille entière, massacrer l'épouse et les descendants du condamné. Telle était la loi, en fait. Et en de telles occasions, lorsque l'on apprenait que l'empereur avait décrété la perte d'un homme, n'importe lequel de ses ennemis pouvait précéder les assassins.

« Viens avec moi, dans ce cas. A quoi bon rester ici ?

— Je mourrai dans ma maison, en Romain. Et maintenant, si tu m'aimes, pars, ma poétesse, ma chanteuse, ma philosophe. Ma Lydia... Pars ! Tu ne me désobéiras pas. J'ai passé la dernière heure de ma vie à préparer ta fuite et ton salut ! Embrasse-moi, et obéis. »

Je courus vers lui et l'embrassai sur la bouche. L'instant suivant, les esclaves m'entraînèrent vers le jardin.

Je connaissais mon Père. Je ne pouvais pas me révolter, lui refuser son ultime souhait. J'étais presque sûre que, selon l'ancienne coutume romaine, il se prendrait la vie avant que les *speculatores* n'enfoncent la porte.

Arrivée au petit portail, j'aperçus les marchands hébreux et leur voiture, mais il me fut impossible de faire un pas de plus. Non, je ne pouvais pas partir.

Me retournant, voici ce que je vis :

Mon Père s'était tailladé les poignets, et tournait autour du Foyer, arrosant le sol de son sang. Il s'était coupé les veines, profondément ! Tout en marchant, il devenait de plus en plus pâle. Son regard avait une expression dont je ne devais comprendre la pleine signification que bien plus tard.

Il y eut un énorme fracas. On enfonçait la porte d'entrée. Mon Père se figea dans une immobilité totale. Deux hommes de la garde prétorienne se précipitèrent sur lui. L'un d'eux faisait des remarques sarcastiques : « Achève-toi donc, Maximus, cela nous évitera ce travail. Allez, vas-y !

— Comme vous êtes fiers de vous ! rétorqua mon Père. Lâches ! Cela vous plaît, d'exterminer des familles entières ? Combien êtes-vous payés pour cela ? Vous êtes-vous jamais vraiment battus, à la guerre ? Venez mourir avec moi ! »

Leur tournant le dos alors qu'ils se jetaient sur lui,

il fit soudain des moulinets avec son glaive et son poignard, et les abattit tous deux. Il les frappa à plusieurs reprises.

Mon Père titubait, comme s'il était sur le point de s'évanouir. Il était tout blanc. Le sang ne cessait de couler de ses poignets. Ses yeux se révulsaient.

Des plans insensés me traversaient l'esprit. Il fallait le porter jusqu'à la voiture. Mais un Romain tel que mon Père n'aurait certainement pas coopéré.

Soudain les Hébreux, un jeune et un homme d'un certain âge, me prirent par les bras et m'entraînèrent dehors.

« J'ai juré de vous sauver, me dit le plus âgé. Et vous ne me ferez pas être infidèle à la promesse que j'ai faite à mon vieil ami.

— Lâchez-moi ! dis-je entre mes dents. Je veux l'assister jusqu'au bout. »

Les repoussant — ils étaient trop timides pour oser s'opposer à moi —, je fis volte-face et vis au loin le corps de mon Père étendu devant le foyer. Il s'était achevé avec son propre poignard.

Ils me jetèrent dans la charrette. Les yeux fermés, la main sur la bouche, je me laissai tomber sur des coussins et des ballots de tissu, cahotée dans la voiture qui commençait à rouler doucement sur la route en lacet du mont Palatin.

Des soldats à cheval nous crièrent de déguerpir en vitesse.

Le vieil Hébreu leur dit : « Je suis presque sourd, messieurs, que disiez-vous ? »

Le stratagème fut efficace. Les soldats passèrent leur chemin sans s'occuper de nous.

Le vieil homme savait parfaitement ce qu'il faisait. Dans les rues emplies d'une foule tumultueuse, il continuait à rouler très lentement.

Le jeune Hébreu vint me rejoindre à l'arrière. « Je m'appelle Jacob, commença-t-il. Tenez, mettez ces mantes blanches. Vous ressemblerez à une femme orientale. Si l'on vous interroge aux portes de la ville, baissez votre voile et faites comme si vous ne compreniez pas. »

Nous réussîmes à sortir de Rome avec une facilité surprenante. « Salut, David et Jacob ! dirent seulement les hommes de garde. Avez-vous fait bon voyage ? »

On m'aida à monter à bord d'un navire marchand de fort tonnage, avec de grandes voiles et des rangées de galériens, comme il en existait beaucoup à l'époque. Jacob me fit entrer dans une petite cabine en bois, toute nue.

« C'est tout ce que nous pouvons vous offrir. » Il ajouta : « Nous allons lever l'ancre dans un instant.

— En pleine nuit ? m'étonnai-je. Nous allons naviguer dans le noir ? »

C'était tout à fait inhabituel.

Déjà, nous nous écartions lentement du quai, et les rames commençaient à frapper l'eau. Dès que le navire eut suffisamment de place pour manœuvrer, il mit le cap sur le sud. Je compris alors ce que nous faisions.

A perte de vue, la magnifique côte sud-ouest de l'Italie était illuminée par des centaines de villas seigneuriales, et des phares se dressaient sur les promontoires rocheux.

« Nous ne reverrons jamais cette belle république », dit Jacob avec amertume, remarque digne d'un citoyen romain — je pense d'ailleurs qu'il en était réellement un. « Mais le dernier vœu de votre père a été exaucé. Nous sommes hors de danger, maintenant. »

Le vieil homme s'approcha de moi. Il me dit que son nom était David.

Il me fit maintes politesses et se confondit en excuses, car il n'y avait aucune servante pour s'occuper de moi. J'étais la seule femme à bord.

« Je vous en supplie, oubliez ces scrupules ! Dites-moi plutôt pourquoi vous avez pris de tels risques ?

— Il y a longtemps que nous faisons des affaires avec votre père, expliqua David. Il y a quelques années, lorsque nos bateaux ont été coulés par des pirates, votre père a assumé nos dettes, nous faisant confiance une fois de plus, et nous l'avons remboursé au quintuple. Il nous a confié de véritables trésors à votre intention. Ils sont cachés dans la cargaison, parmi des objets de peu de valeur. »

J'entrai dans la cabine et m'effondrai sur l'étroite couchette. Détournant les yeux, le vieil homme m'apporta une couverture.

Peu à peu, je pris conscience que, jusqu'à ce moment, j'avais été certaine qu'ils me trahiraient.

Je n'avais pas de mots, pas de gestes, je ne ressentais rien. Je me tournai contre le mur. « Dormez, madame », me dit-il.

Un cauchemar me vint, un rêve comme je n'en avais jamais fait de ma vie. J'étais au bord d'un fleuve, et j'avais soif de sang. Tapie dans de hautes herbes, je guettais les villageois. Lorsque j'eus attrapé un de ces pauvres hères, je le tins fermement par les épaules et enfonçai deux longs crocs dans son cou. Ma bouche s'emplit d'un sang délicieux, à l'arôme d'une douceur et d'une puissance indicibles — même dans le rêve, je m'en rendais compte. Je ne pouvais pas m'attarder en ce lieu ; l'homme était presque mort, je le laissai tomber. D'autres, bien plus dangereux, me poursuivaient. Et une autre menace, non moins terrible, pesait sur ma vie.

J'arrivai aux ruines d'un temple, loin du marais. Ici, c'était le désert — en l'espace d'un instant, j'étais passée des marécages à cette étendue de sable. J'avais peur. Le jour allait se lever : il fallait que je me cache. Sans oublier que j'étais pourchassée. Digérant toujours le sang délectable, j'entrai dans le temple. Rien, aucun endroit où s'abriter ! Je m'étendis de tout mon long contre un mur agréablement frais. Il était couvert d'images gravées. Mais il n'y avait pas la moindre petite chambre, aucun réduit où me cacher.

Il aurait fallu que je gagne les collines avant le lever du jour, mais ce n'était pas possible. J'aurais dû marcher droit vers le soleil !

Soudain, une grande lumière fatale apparut au-dessus des collines. Mes yeux étaient en feu, ils me faisaient atrocement mal. « Mes yeux ! » m'écriai-je en levant le bras pour les protéger. Mon corps entier s'embrasait. « Amon Râ, je te maudis ! » hurlai-je. Je criai aussi un autre nom. Je savais qu'il désignait Isis, mais ce n'était pas ce nom-là, c'était un autre titre de la déesse qui s'échappait de mes lèvres.

Je me réveillai en sursaut et me redressai, toute tremblante.

Le rêve avait été aussi clair, aussi réel qu'une vision. Il résonnait en moi comme un souvenir ancien. Avais-je vécu auparavant ?

Je sortis sur le pont du navire. Tout allait bien, apparemment. La côte continuait à se détacher clairement, plusieurs phares étaient visibles, et le navire avançait régulièrement. Je regardai longuement la mer — et j'avais soif de sang.

« C'est impossible... Ce doit être un mauvais présage, une perversion de mes souffrances. » Je sentais encore le feu dévorant. Je ne pouvais oublier la saveur du sang, si naturelle, si bonne, parfaite pour étancher ma soif. Je revis le corps disloqué du villageois dans les marais.

Quelle horreur ! Ce rêve, ou cette vision, ne me lâchait pas ! J'étais exaspérée, et je me sentais fiévreuse.

Le grand Jacob, le jeune Hébreu, arrivait dans ma direction. Il était accompagné d'un jeune Romain. Celui-ci avait rasé sa première barbe, mais à part cela il ressemblait à un enfant tout frais et rose.

Je me demandai avec lassitude si à trente-cinq ans j'étais déjà assez vieille pour que tout être jeune me paraisse beau.

« Ma famille elle aussi a été trahie, se lamenta-t-il. Ma mère m'a forcé à partir !

— A qui devons-nous cette catastrophe partagée ? » lui demandai-je. Je passai la main sur ses joues humides. Contrastant avec sa bouche de bébé, sa barbe était rude. Il avait des épaules larges et musclées, et ne portait qu'une mince tunique. N'avait-il donc pas froid, en pleine mer ? Peut-être que si, en réalité.

Il secoua la tête. Il était mignon, et serait beau plus tard. Ses cheveux bruns étaient joliment bouclés. Il n'avait pas honte de pleurer, et ne s'en excusait pas.

« Ma mère est restée en vie le temps de tout me raconter. Râlant et suffoquant, elle a attendu que j'arrive. Lorsque les *delatores* avaient dit à mon père qu'il avait comploté contre l'empereur, mon père avait ri. Il avait littéralement éclaté de rire. Ils l'accusaient d'avoir comploté avec Germanicus ! Ma mère s'était refusée à mourir avant de me l'avoir dit. Elle a ajouté que tout ce que l'on pouvait reprocher à mon père, c'était d'avoir parlé avec d'autres hommes de servir de nouveau sous les ordres de Germanicus s'ils étaient envoyés dans le Nord. »

Je hochai tristement la tête. « Je vois. Mes frères n'en avaient sans doute pas dit davantage. Germanicus est l'héritier de l'empereur, il a reçu en partage l'*imperium* d'Orient. Et pourtant, parler de servir Rome sous les ordres de ce fier général, c'est une trahison. »

Je m'apprêtai à regagner ma cabine. Comprendre n'atténuait pas ma douleur.

« Nous vous emmenons vers d'autres villes, me dit Jacob. Vers d'autres amis. Mieux vaut ne pas dire où. »

Le garçon se tourna vers moi. « Ne me laissez pas seul. Pas cette nuit.

— Soit », dis-je. Je le fis entrer dans la cabine et refermai la porte, avec un signe de tête poli à l'intention de Jacob, qui avait tout observé d'un air sévère et protecteur.

« Que veux-tu ? » lui demandai-je.

Le jeune homme me regardait fixement, en hochant la tête. Brusquement, il avança les mains, se plaqua contre moi et m'embrassa. Ce fut une orgie de baisers et de caresses.

Je retirai ma chemise et l'entraînai dans le lit. En dépit de son visage poupin, il était incontestablement un homme.

Lorsque je parvins à l'extase, ce qui fut très facile compte tenu de sa vigueur phénoménale, je sentis dans ma bouche le goût du sang. J'étais la buveuse de sang du rêve. Je me laissai aller, inerte, mais c'était sans conséquence. Il n'avait pas besoin de mon aide pour nous satisfaire tous deux.

Il se redressa, et me dit : « Tu es une déesse.

— Non », murmurai-je. Le rêve s'imposait à moi. J'entendais le vent sur le sable, je sentais l'odeur du fleuve. « Je suis un dieu... un dieu qui se nourrit de sang. »

Nous accomplîmes les rites de l'amour jusqu'à n'en plus pouvoir.

« Sois circonspect et très poli avec nos hôtes hébreux, lui recommandai-je. Ils ne peuvent comprendre ce genre de chose. »

Il fit un signe d'assentiment. « Je t'adore, dit-il.

— Ce n'est pas indispensable. Comment t'appelles-tu ?

— Marcellus.

— Bien, Marcellus. Va dormir, maintenant. »

Après cela, Marcellus et moi fîmes bon usage de nos nuits, jusqu'au moment où le célèbre phare de Pharos apparut à l'horizon. Nous étions arrivés en Égypte.

De toute évidence, Marcellus devait débarquer à Alexandrie. Il m'expliqua que sa grand-mère maternelle, une Grecque, était toujours en vie, ainsi d'ailleurs que tout son clan.

« Ne me raconte pas tout cela, dis-je, et va ! Sois sage et prends garde à toi. »

Il me supplia de venir avec lui. Il était tombé amoureux de moi, il voulait m'épouser. Peu importait si je ne lui donnais pas d'enfants. Peu lui importait que j'eusse trente-cinq ans. Je me contentai de rire, avec un tendre apitoiement.

Les yeux mi-clos, Jacob observait toute la scène. Quant à David, il faisait semblant de ne rien voir.

Comme prévu, Marcellus débarqua à Alexandrie, suivi d'un nombre considérable de malles.

« Et maintenant, demandai-je à Jacob, me direz-vous enfin où vous m'emmenez ? J'ai peut-être quelques idées à ce sujet, bien que je doute de pouvoir améliorer les plans de mon Père. »

Je continuais à nourrir des soupçons. Agiraient-ils en toute honnêteté à mon égard, maintenant qu'ils m'avaient vue jouer à la putain avec ce garçon ? C'était des hommes tellement pieux et puritains...

« Votre destination est une ville magnifique, me dit Jacob. On ne pourrait rêver d'un meilleur endroit. Votre père y a des amis grecs !

— Comment pourrait-ce être mieux qu'Alexandrie ? m'étonnai-je.

— Oh ! c'est infiniment mieux à tous égards, rétorqua Jacob. Je vais aller parler à mon père avant de vous en dire davantage. »

Nous avions déjà levé l'ancre. Le navire se dirigeait vers le large. L'Égypte disparaissait au loin. Il commençait à faire nuit.

« N'ayez pas peur, me dit encore Jacob. Vous paraissez terrifiée.

— Je n'ai pas peur, répondis-je. Mais je ne supporte plus de rester allongée dans ce lit, en proie à mes pensées, à mes souvenirs et à mes rêves. » Je le regardai, tandis qu'il détournait timidement les yeux. « J'ai tenu ce garçon contre moi comme un enfant, nuit après nuit. »

C'était pratiquement le plus énorme mensonge que j'eusse jamais dit de ma vie.

« Dans mes bras, il était comme un enfant. » Un sacré enfant ! « Et maintenant, je crains les cauchemars. Il faut que vous me le disiez — quelle est notre destination ? Je veux connaître le sort qui nous attend. »

3

« Antioche, dit Jacob. Antioche, sur l'Oronte. Des amis grecs de votre père vous y attendent. Ce sont aussi des proches de Germanicus. Un jour, peut-être... mais ils seront loyaux à votre égard. Vous épouserez un Grec, fortuné et de bonne lignée ; tout est prévu. »

Mariée ! A un Grec, un Grec de province, d'Asie mineure ? J'étouffai mon rire et je ravalai mes larmes. Non, il était impensable qu'une chose pareille m'arrive, à moi ! Le pauvre homme... S'il était réellement un Grec provincial, il revivrait la conquête romaine depuis le tout début !

Pendant que nous continuions à naviguer, faisant escale dans de nombreux ports, je tournais et retournais tous ces détails dans mon esprit.

Ces pensées triviales et d'autres du même genre me protégeaient, bien sûr, en retardant le choc et la douleur, inévitables après ce qui était arrivé. Veille à ce que la ceinture de ta robe soit nouée comme il convient. Ne vois pas ton Père, étendu, mort, son propre poignard planté dans la poitrine.

En ce qui concernait Antioche, j'étais bien trop absorbée dans la vie romaine pour avoir beaucoup entendu parler de cette ville. Si Tibère y avait envoyé son « héritier » Germanicus pour l'éloigner d'une Rome où il était trop populaire, Antioche devait être à la lisière du monde civilisé.

Au nom des dieux, pourquoi ne m'étais-je pas enfuie ? Pourquoi n'avais-je pas débarqué à Alexandrie ? Alexandrie était la plus grande ville de l'Empire après Rome. C'était une ville jeune, bâtie par Alexandre, qui lui avait donné son nom, ainsi qu'un port magnifique. A Alexandrie, personne n'oserait raser le temple d'Isis ! Isis était une déesse égyptienne, épouse du puissant Osiris.

Mais tout ceci n'était que vaine rêverie. Je suppose qu'en mon for intérieur j'ourdissais déjà des projets et des intrigues, sans me l'avouer vraiment, de crainte de flétrir mon caractère et mes principes moraux de Romaine bien née.

Je remerciai mes protecteurs hébreux de m'avoir donné ce renseignement, leur sachant gré de l'avoir caché au jeune Romain Marcellus, qu'ils avaient également arraché aux griffes des assassins de l'empereur, et leur demandai de répondre franchement à mes questions concernant mes frères.

« Tous pris par surprise, me répondit Jacob. Les *delatores*, ces espions de la garde prétorienne, sont prompts comme l'éclair. Et votre père avait tant de fils... Ce sont les esclaves de votre frère aîné qui, sur ordre de leur maître, ont sauté le mur et ont couru avertir votre père. »

Antoine... J'espère que tu as répandu leur sang. J'en suis sûre. Je sais que tu t'es battu jusqu'à ton dernier souffle. Et ma nièce, ma petite nièce Flora, s'est-elle enfuie en hurlant pour tenter de leur échapper, ou l'ont-ils achevée rapidement, avec miséricorde ? La garde prétorienne, témoigner de miséricorde ! Il fallait être stupide pour penser une chose pareille.

Je gardais toutefois ces pensées pour moi, et me contentai de soupirer.

Après tout, quand ces deux marchands juifs me regardaient, ils voyaient le corps et le visage d'une femme ; il était donc naturel que mes protecteurs pensent qu'il y avait une femme en moi. La disparité entre les apparences extérieures et la disposition intérieure m'avait troublée toute ma vie durant. Mais à quoi bon perturber Jacob et David ? En route pour Antioche !

Je n'avais certainement pas l'intention de vivre dans une famille grecque à l'ancienne mode, s'il en existait toujours dans la ville grecque d'Antioche : une famille où lcs femmes vivaient séparées des hommes, filant et tissant du matin au soir, sans jamais sortir, sans participer en quoi que ce soit à la vie de la cité.

Mes nourrices m'avaient appris tous les méritoires arts féminins ; j'étais sans nul doute capable de faire n'importe quoi avec du fil de laine et un métier à tisser, aussi bien que n'importe quelle autre femme, mais je ne connaissais que trop bien les « anciennes coutumes grecques ». Je me souvenais vaguement de la mère de mon père, qui était morte quand j'étais encore toute jeune : une vertueuse matrone romaine toujours occupée à filer et à tisser. C'était d'ailleurs ce que disait son épitaphe, et, de fait, exactement ce que disait l'épitaphe de ma propre mère : « Elle gardait la maison. Elle filait la laine. »

Exactement ce qu'ils avaient dit de ma mère ! Les mêmes mots rebutants et exaspérants.

En tout cas, personne ne risquait de dire des choses pareilles dans mon épitaphe ! (Comme il est étrange et amusant de réaliser maintenant, des milliers d'années plus tard, que je n'ai pas d'épitaphe !)

Ce dont je ne me rendais pas compte dans mon état d'abattement absolu, c'était que l'Empire romain était immense, et que ses provinces orientales étaient incroyablement différentes des contrées barbares du Nord, où mes frères avaient combattu.

L'Asie mineure tout entière, notre destination, avait été conquise par Alexandre de Macédoine des siècles auparavant. Comme tu ne l'ignores pas, Alexandre avait été l'élève d'Aristote. Alexandre voulait répandre la culture grecque dans le monde entier. Et en Asie mineure, les idées et les mœurs grecques n'avaient pas rencontré des paysans ignares ou des villes campagnardes, mais des cultures très anciennes, telles que l'empire de Syrie, prêtes à accueillir les idées nouvelles, la grâce et la beauté de la philosophie et de l'art grecs, et disposées à les intégrer à leur propre littérature séculaire, à leurs religions, à leurs modes de vie et même à leurs styles vestimentaires.

Antioche avait été fondée par un général d'Alexandre le Grand, qui, voulant que la ville égale, voire dépasse en beauté les autres cités hellénistiques, la dota de temples splendides, d'imposants bâtiments administratifs, de riches bibliothèques emplies d'ouvrages grecs, d'écoles où était enseignée la philosophie grecque. Un gouvernement de type grec fut établi — fort éclairé en comparaison de l'ancien despotisme oriental. Pourtant, sous la surface, survivaient le savoir, les coutumes, voire la sagesse de l'Orient mystérieux.

Les Romains n'avaient pas tardé à conquérir Antioche, car c'était un important centre commercial. La ville occupait une position unique, comme Jacob me le montra en traçant sur la table avec son doigt mouillé une carte rudimentaire. Antioche, située à trente kilomètres seulement de l'embouchure de l'Oronte, était de fait un port sur la Méditerranée. A l'est, la ville s'ouvrait toutefois sur le désert : les immémoriales routes caravanières y aboutissaient toutes ; les négociants apportaient sur leurs chameaux des marchandises extraordinaires venant de pays fabuleux — l'Inde et la Chine, comme nous le savons maintenant —, des soieries, des tapis et des pierres précieuses qui n'arrivaient jamais jusqu'aux marchés de Rome.

D'innombrables commerçants transitaient par Antioche. Vers l'est, de bonnes routes reliaient la ville à l'Euphrate et jusqu'à l'Empire parthe ; au sud, l'on pouvait rejoindre Damas et la Judée ; et au nord, bien sûr, se trouvaient les nombreuses villes créées par Alexandre, qui avaient prospéré sous les Romains.

Les soldats romains l'adoraient. La vie y était facile et pleine d'intérêt. Pour sa part, Antioche aimait les Romains, car ces derniers protégeaient les routes marchandes et les caravanes, et maintenaient la paix dans la ville et le port.

« Vous y trouverez de grandes places, des arcades,

des temples, tout ce que vous pouvez souhaiter, et des marchés tels que vous n'en croirez pas vos yeux. Il y a des Romains partout. Au Nom du Très Haut, j'espère qu'aucune personne de même origine que vous ne vous reconnaîtra ! C'est le seul danger contre lequel votre père n'a pas eu le temps de se prémunir. »

D'un geste, je lui fis comprendre que cela ne m'inquiétait pas.

« Y a-t-il encore des philosophes à Antioche ? demandai-je. Et des marchands de livres ?

— Il en vient de partout ! Vous trouverez même des livres que personne n'est capable de lire. Et tout le monde parle grec. Il faut aller au fin fond des campagnes pour trouver quelque pauvre paysan qui ne comprend pas cette langue. Et l'usage du latin se généralise.

« Les philosophes sont intarissables ; ils parlent de Platon et de Pythagore, des noms qui ne me disent pas grand-chose je dois dire. Ils parlent de la magie chaldéenne de Babylone. Et bien sûr, il y a des temples dédiés à tous les dieux imaginables. »

Poursuivant ses réflexions, il ajouta :

« Les Hébreux d'Antioche ? Personnellement, je les trouve trop profanes — ils portent des tuniques courtes, ils aiment fréquenter les Grecs, et vont aux bains publics. Ils s'intéressent trop à la philosophie grecque. Elle envahit tout, cette pensée des Grecs. Ce n'est pas bon, cela. Il n'en est pas moins certain qu'une ville grecque est un univers séduisant. »

Il leva les yeux. Son père nous observait attentivement. Nous étions assis trop près l'un de l'autre, à cette table installée sur le pont.

Il se hâta de changer de sujet de conversation, et m'apprit quelques faits intéressants :

Germanicus Julius Caesar, héritier du trône impérial, officiellement adopté par Tibère, avait reçu l'*imperium maius* d'Antioche. Autrement dit, il contrôlait tout ce territoire. Et Cneius Calpurnius Piso était gouverneur de Syrie.

Je l'assurai qu'aucun d'entre eux ne saurait quoi que ce soit à mon sujet ou à celui de ma famille — une vieille famille attachée aux traditions, vivant paisiblement dans une ancienne maison du mont Palatin, entourée de nombreuses demeures plus récentes et bien plus luxueuses.

« Tout est dans le style romain, renchérit Jacob. Vous verrez. Et vous avez de l'argent ! Et aussi, pardonnez-moi, mais vous êtes encore belle malgré votre âge ; votre peau est lisse et vos membres sont souples comme ceux d'une jeune fille. »

Je soupirai, et remerciai Jacob. Il était temps de mettre un terme à cette conversation, s'il ne voulait pas encourir les foudres de son père.

Je me levai pour regarder les vagues, l'ondulation sans fin de la mer éternellement bleue.

En secret, j'étais reconnaissante que notre famille eût renoncé à participer aux banquets et aux soirées du Palais impérial, mais je m'en voulus aussitôt d'éprouver ce sentiment, consciente que notre réclusion avait ouvert le chemin de notre chute.

J'avais vu Germanicus lors de sa procession triomphale dans les rues de Rome : un homme jeune et magnifique, supportant la comparaison avec Alexandre, et je savais par mon père et mes frères que Tibère, effrayé par la popularité de son successeur désigné, l'avait nommé en Orient pour l'éloigner des foules romaines.

Le gouverneur Piso (ou Pison, comme on dit maintenant) ? Je ne l'avais jamais aperçu. A en croire la rumeur, il avait été envoyé en Orient pour harceler Germanicus. Quel gâchis ! Tant de talent et de pensée pour rien...

Jacob revint me voir.

« Ainsi donc, vous arrivez dans cette immense ville, sans nom, inconnue, me dit-il. Et vous avez de nobles protecteurs au caractère sans reproche, qui sont aimés de Germanicus. Il est jeune, il fait régner dans la ville une ambiance de gaieté et de vitalité.

— Et Pison ? demandai-je.

— Tout le monde le déteste. Surtout les soldats. Et vous savez ce que cela signifie, dans une province romaine. »

Certains peuvent regarder sans fin, du pont d'un navire, la mer ondoyante ou écumeuse ; d'autres s'en lassent au bout d'un moment.

Cette nuit-là, je fis mon deuxième rêve de sang. Il était très semblable au premier. J'avais soif de sang. Des ennemis me pourchassaient, des ennemis qui savaient que j'étais un démon et qu'il fallait me détruire. Je courais. Les miens m'avaient abandonnée, me livrant sans protection aux superstitions de la populace. Courant toujours, je vis soudain le désert, et sus que j'allais mourir. Je me réveillai, me redressai en sursaut et poussai un cri, mais je me couvris aussitôt la bouche pour que personne ne l'entende.

Ce qui me troublait et m'effrayait plus que tout, c'était cette soif de sang. A l'état de veille, je n'aurais pu imaginer pareille chose, mais dans les rêves j'étais ce monstre que les Romains appellent lamie. A ce qu'il semblait, du moins. Le sang était doux et parfumé, le sang était tout. Le vieux Pythagore avait-il raison ? Les âmes transmigrent-elles, passant d'un corps à l'autre ? Si c'était le cas, dans cette vie passée mon âme avait été celle d'un monstre.

Le jour, lorsque je fermais les yeux, je me trouvais parfois dangereusement aux confins du rêve, comme s'il existait dans mon esprit une trappe prête à engloutir ma conscience. Mais c'était la nuit que le rêve arrivait en force. *Tu m'as servie auparavant !* Que pouvaient signifier ces mots ? *Viens à moi.*

Soif de sang. Fermant les yeux, je me roulai en boule dans le lit et priai, « Mère Isis, purge mon esprit de cette folie sanguinaire ! »

Je voulus ensuite recourir au bon vieil érotisme. Entraîner Jacob au lit ! Pas de chance. Je ne savais pas encore que les Hébreux étaient, et seraient à jamais, les plus difficiles à séduire de tous les hommes !

Il me le fit comprendre avec infiniment de charme et de tact.

Je considérai les esclaves, l'un après l'autre. Hors de question. Les premiers éliminés furent les galériens ; aucun Ben Hur enchaîné n'attendait que je le sauve. Ce n'était rien de plus que la lie des criminels, pauvres hères attachés « à la romaine », afin qu'ils coulent avec le navire si jamais celui-ci sombrait ; comme tous les galériens, ils mouraient à petit feu à force de monotonie et de coups de fouet. Ce n'était pas un spectacle agréable, de descendre dans la cale de la galère et de voir ces hommes courbant le dos.

Pourtant, mon regard était aussi insensible que celui d'un Américain regardant à la télévision des images en couleurs des bébés mourant de faim en Afrique, petits squelettes noirs aux grosses têtes hurlant pour qu'on leur donne à boire. News Break, Sound Bite, CNN et les autres chaînes commerciales américaines passent ensuite à la Palestine : jets de pierres, balles en caoutchouc... Du sang, non plus en Technicolor, mais en télé couleur.

En dehors de cela, il n'y avait à bord que des marins parfaitement ennuyeux, et deux vieux marchands hébreux très pieux qui me regardaient comme si j'étais une catin ou pire, et détournaient la tête chaque fois que je montais sur le pont dans ma longue tunique flottante, les cheveux défaits.

Je devais présenter un spectacle vraiment indigne. En réalité, j'étais bien stupide dans mon apathie, et je trouvais somme toute ce voyage agréable — uniquement parce que la douleur et la rage ne s'étaient pas encore vraiment emparées de moi. Tout était arrivé trop vite.

Je me repaissais de cette dernière image de mon Père, taillant en pièces les soldats de Tibère, ces assassins minables envoyés par un empereur apeuré et indécis. Quant au reste, je le bannissais de mon esprit, affectant l'attitude du Romain ou de la Romaine ou du Romain endurci.

Le poète irlandais W. B. Yeats a parfaitement décrit l'attitude romaine officielle face à l'échec et à la tragédie :

Jeter un regard froid sur la vie, sur la mort.
Passe ton chemin, cavalier !

Quel Romain n'aurait pas adhéré à cette formule ?

Tel était le rôle que je jouais : unique survivante d'une grande famille, à laquelle son Père avait ordonné de « vivre. » Je n'avais pas le courage de m'attarder sur le sort de mes frères, de leurs adorables épouses, de leurs petits enfants. Je me refusais à imaginer le massacre des enfants — petits garçons éventrés, bébés fracassés contre les murs. O Rome, toi et ton antique sagesse sanguinaire : ne pas oublier de tuer tous les descendants, veiller à massacrer la famille entière !

Seule dans mon lit, la nuit, j'étais en proie à de nouveaux rêves de sang non moins horrifiants que les précédents, semblables aux fragments d'une vie oubliée, d'un pays perdu. Les rêves étaient dominés par des échos vibrants et profonds, comme si quelqu'un tapait sur un gong, tandis que d'autres, à ses côtés, frappaient solennellement de gros tambours au son étouffé. Dans un brouillard, je voyais sur les murs tout un univers inconnu d'images hiératiques et figées. Des yeux peints m'entouraient de toutes parts. Et je buvais du sang ! Le sang d'un petit être humain tremblant et palpitant, agenouillé devant moi comme si j'étais Mère Isis.

M'éveillant, je saisissais la cruche posée à coté du lit et je la vidais. Je buvais de l'eau pour défier et satisfaire à la fois la soif du rêve. J'en avalais de telles quantités que j'en avais presque la nausée.

Je fouillais dans ma mémoire : m'était-il jamais arrivé de faire des rêves de ce genre quand j'étais enfant ?

Non. Et maintenant, ces rêves, aussi réels et convaincants que des souvenirs ! Ils me rappelaient mon initiation au temple d'Isis, avant que son culte ne fût proscrit. J'avais été droguée, aspergée du sang d'un taureau, et j'avais dansé, tourné jusqu'au vertige. Ma tête était pleine des litanies d'Isis. On nous avait promis pas moins que la renaissance ! « Ne dévoile jamais, jamais, jamais... » Comment une initiée aurait-elle pu dévoiler quoi que ce soit, alors que nous étions tellement ivres que nous nous souvenions à peine des rites ?

Isis faisait remonter à ma mémoire l'exquise musique des lyres, des flûtes, des tambourins, le son aigu et magique des cordes métalliques du sistre, que la Mère en personne tenait à la main. Il ne restait qu'un souvenir fugace de la danse du sang que j'avais exécutée, nue, au cours de cette nuit où nous nous élevions vers les étoiles, recevant une vision de la totalité de la vie avec ses cycles, acceptant sans réserve, ne serait-ce qu'un moment, le fait que la lune serait à jamais capricieuse et changeante, que le soleil se coucherait chaque soir et se lèverait chaque matin. Étreintes d'autres femmes. Joues douces, baisers, corps se balançant à l'unisson. « La vie, la mort, la renaissance, ne sont pas une succession de miracles, disait la Prêtresse. Le comprendre et l'accepter, voilà le miracle. Réalisez le miracle en votre propre sein. »

En tout cas, nous n'avions pas bu du sang, c'était certain ! Quant au taureau — c'était uniquement un sacrifice à l'occasion de l'initiation. Nous n'amenions pas des animaux impuissants vers ses autels couverts de fleurs. Non, notre Mère bénie n'exigeait pas cela de nous.

Et maintenant, allongée seule au sein de la vaste mer, je restais éveillée pour échapper à ces rêves de sang.

Lorsque la fatigue prenait le dessus, un rêve accompagnait aussitôt le sommeil, comme s'il avait guetté le moment où mes paupières se fermeraient.

J'étais étendue dans une chambre revêtue d'or. Je buvais du sang, à même le cou d'un dieu me semblait-il, tandis que des chœurs chantaient ou psalmodiaient — un son lassant, terne, répétitif, qui ne méritait pas vraiment d'être qualifié de musique. Et, lorsque j'étais rassasiée de sang, le dieu, si cet être orgueilleux à la peau soyeuse en était vraiment un, me soulevait et me plaçait sur un autel.

Je sentais vivement le froid du marbre. Je réalisai que je ne portais pas le moindre vêtement, mais je n'éprouvais aucune honte. Quelque part au loin, une femme se lamentait ; ses sanglots se répercutaient dans les vastes salles. J'étais gorgée de sang. Les chanteuses s'approchèrent de moi, portant de petites lampes à huile en argile. Les visages qui m'entouraient étaient bruns, suffisamment sombres pour venir de la lointaine Éthiopie, voire de l'Inde. Ou d'Égypte. Regarde leurs yeux peints ! J'observai mes mains et mes bras. Leur peau était foncée. J'étais cette personne étendue sur l'autel, et je dis « personne » intentionnellement, car dans le rêve je m'étais rendu compte, sans que cela me trouble aucunement, que, sur cet autel, j'étais un homme. Une vive douleur me transperçait. Le dieu dit alors : « Ce n'est qu'un passage. Maintenant, tu vas boire du sang de chacun d'entre nous, juste un petit peu. »

Ce ne fut qu'en me réveillant que ce bref passage à la condition masculine me parut aussi stupéfiant et incompréhensible que tout le reste. Le rêve m'avait laissé une tenace impression d'art égyptien, de mystère égyptien — me rappelant les statuettes en or en vente au marché, ou les danseuses égyptiennes se produisant lors des banquets, semblables à des statues animées avec leurs yeux soulignés de noir et leurs perruques aux tresses noires, murmurant des mots incompréhensibles et mystérieux. Qu'avaient-elles pensé de notre Isis en robes romaines ?

J'étais en proie à une énigme, qui tournait ma raison en ridicule. J'étais victime de cela même que les empereurs romains craignaient tant dans les cultes égyptiens et orientaux : un mystère et une émotion se prétendant supérieurs à la raison et à la loi.

Mon Isis était pourtant une déesse romaine, une déesse universelle, mère de tous les hommes, dont le culte s'était répandu dans les mondes grec et latin bien avant d'atteindre Rome. Nos prêtres, les pauvres hommes, étaient des Grecs et des Romains. Et nous, les fidèles, étions tous grecs ou romains.

Au fond de mon esprit, pourtant, quelque chose grattait avec insistance, disant : « Souviens-toi. » Cette minuscule voix désespérée issue de mon propre cerveau me suppliait de me « souvenir », pour mon propre bien.

Mes efforts pour me souvenir ne faisaient qu'engendrer des pensées confuses et chaotiques. Soudain, un voile s'abaissait entre la réalité — ma cabine à bord du navire, la mer agitée — et je ne sais quel monde indistinct et effrayant, un monde de temples couverts de paroles aux pouvoirs magiques, de visages longs et étroits, au superbe teint de bronze. J'entendis une voix murmurer : « Prends garde aux prêtres de Râ, ils mentent ! »

Je frissonnai. Fermant les yeux, je vis la Reine Mère. Elle était enchaînée, attachée à son trône ! Et elle se lamentait. C'était ses sanglots que j'avais entendus. Horreur et épouvante ! « Elle a oublié comment régner, vois-tu. Fais ce que nous te disons. »

Je me secouai pour m'éveiller. Je voulais savoir, et en même temps je ne voulais pas savoir. La Reine pleurait, sous ses liens monstrueux. Je ne la voyais pas distinctement. Tout changeait continuellement. J'étais très affairée. « Le Roi est avec Osiris, tu sais. Regarde comme il observe tout. Chacun de ceux dont tu bois le sang, tu le donnes à Osiris ; il devient Osiris.

— Pourquoi la Reine a-t-elle hurlé ? »

Non, cela menait à la folie. Il ne fallait pas que je me laisse submerger par cette confusion. Je ne pouvais pas tourner délibérément le dos à la raison pour m'abandonner à ces fantasmes, ou souvenirs, à supposer qu'ils eussent une origine réelle.

C'était sûrement des images dénuées de sens, fruits de la douleur et de la culpabilité ; oui, car je me sentais coupable de ne pas m'être précipitée vers le foyer ancestral pour m'y transpercer le cœur.

J'essayais de me rappeler la voix apaisante de mon Père, expliquant que le sang des gladiateurs apaisait la soif des morts, des *mânes*.

« Certains prétendent que les morts se nourrissent de sang », avait déclaré mon Père un jour lointain, alors que la famille s'était assemblée pour le dîner. « C'est pourquoi nous avons tellement peur de ces jours néfastes durant lesquels, dit-on, les morts seraient capables de revenir sur terre. Personnellement, je pense que ce sont des absurdités. Nous devons certes vénérer nos ancêtres...

— Où sont les morts, Père ? » avait demandé mon frère Lucius.

Et qui avait ouvert la bouche à l'autre bout de la table, pour citer Lucrèce d'une triste et faible voix féminine, qui n'en imposa pas moins le silence à cette assemblée d'hommes ? Lydia, bien sûr :

Tout ce qui vient de la terre retourne à la terre,
Et tout ce qui est descendu de l'éther regagne les hauts [temples des cieux.
La mort ne détruit pas les éléments de la matière,
Elle se borne à dissoudre leurs combinaisons.

« Non », m'avait dit mon père avec douceur. « Tu devrais plutôt citer Ovide : “Les fantômes se contentent de peu : ils accordent plus de prix à la piété qu'à un présent coûteux.” » Il vida sa coupe de vin avant d'ajouter : « Les fantômes résident dans le monde inférieur, où ils ne peuvent pas nous nuire. »

Antoine, mon frère aîné, avait émis son opinion : « Les morts ne sont nulle part, et ne sont rien. »

Mon père avait levé sa coupe : « A Rome. » Et cette

fois, c'était lui qui avait cité Lucrèce : « Trop souvent, la religion engendre le crime et la perversité. »

Soupirs et haussements d'épaules autour de la table. L'attitude romaine typique. Les prêtres et prêtresses d'Isis eux-mêmes auraient donné raison à Lucrèce lorsqu'il écrivit :

Nos terreurs et les ténèbres de notre esprit
Doivent donc être dissipées, non par les rayons du [soleil,
Par les traits lumineux du jour,
Mais par la compréhension de la nature, née de son [étude systématique.

Ivre ? Droguée ? Sang de taureau ? Étude systématique ? En dernière analyse, tout cela revenait au même. Ainsi que la poésie, par quelque bout qu'on la prenne. Savoir ! Et le phallus d'Osiris vit à jamais dans le Nil, et les eaux du Nil fécondent éternellement la Mère Égypte, la mort engendrant la vie avec la bénédiction de Mère Isis. Rien de plus qu'un agencement particulier, exigeant une forme systématique d'étude ou de contemplation.

Le navire poursuivait sa route.

Je languis encore une huitaine de jours dans ces tourments, restant souvent éveillée dans le noir, et ne dormant que le jour pour échapper aux rêves.

Et un matin, peu après le lever du jour, Jacob vint frapper à ma porte.

Nous naviguions sur l'Oronte, à mi-chemin de la ville.

Plus que vingt milles jusqu'à Antioche ! Je me coiffai tant bien que mal (je ne l'avais jamais fait sans l'aide d'une esclave), ramenant mes cheveux en chignon sur la nuque, puis enfilai par-dessus mes robes romaines une ample cape noire, et me préparai à débarquer : une femme orientale au visage voilé, protégée par des Hébreux.

Lorsque la ville apparut — lorsque l'immense port

nous salua avec ses centaines de mâts, lorsque son vacarme, ses odeurs, ses cris nous entourèrent de toutes parts —, je courus sur le pont pour la contempler. Elle était véritablement splendide.

« Vous voyez », me dit Jacob.

Je débarquai dans un palanquin. Les porteurs me firent traverser rapidement les marchés qui s'étendaient à perte de vue le long des quais, avant d'aborder une immense place pleine d'une foule bigarrée. De tous côtés, se dressaient des temples, des portiques ; je vis des marchands de livres, et aussi les hauts murs d'un amphithéâtre — tout ce que je me serais attendue à trouver à Rome. Décidément, Antioche n'était pas une banale petite ville de province.

Les jeunes hommes attendaient leur tour devant les échoppes des barbiers, pour l'obligatoire cérémonie du rasage ou pour se faire faire les inévitables petites boucles sur le front, que Tibère avait mis à la mode. Il y avait des marchands de vin à tous les coins de rues. Les marchés aux esclaves étaient en pleine activité. J'aperçus au passage des rues consacrées à divers artisanats : les fabricants de tentes, les orfèvres...

Soudain, au centre même de la ville d'Antioche, apparut dans toute sa gloire le temple d'Isis !

Ma déesse Isis, ses fidèles allant et venant librement, et en grand nombre ! Quelques prêtres vêtus de lin blanc, d'apparence très respectable, se tenaient aux portes. Le temple grouillait de monde.

Ici, me dis-je, je pourrais le cas échéant échapper à n'importe quel mari !

Au bout d'un moment, je me rendis compte qu'une fièvre subite s'était emparée du Forum, centre de la cité. J'entendis Jacob ordonner aux hommes de gagner le plus vite possible des rues secondaires. Mes porteurs se mirent à courir. La main de Jacob maintenait les rideaux fermés, de sorte que je ne pouvais rien voir.

En latin, en grec, en chaldéen, le même cri s'élevait : Assassinat ! Poison ! Trahison !

Je jetai un coup d'œil par la fente du rideau.

Les gens pleuraient et maudissaient le Romain Cneus Calpurnius Piso, ainsi que sa femme Placina. Pourquoi ? Je n'aimais pas particulièrement Cneus ni son épouse, mais pourquoi tout cet émoi ?

Jacob cria de nouveau aux porteurs de se dépêcher.

Peu après, nous franchîmes le portail et le vestibule d'une maison dont le plan général et même la couleur étaient analogues à ceux de ma propre demeure romaine, bien qu'elle fût nettement plus petite. Les mêmes détails raffinés, le même péristyle, où j'entrevis des groupes d'esclaves en pleurs.

Les porteurs posèrent le palanquin, et je descendis, très gênée de n'avoir pu me laver les pieds, comme il convenait, car ils ne m'avaient pas arrêtée au portail. Quant à mes cheveux, ils s'étaient défaits et tombaient librement sur mes épaules.

Personne ne parut s'apercevoir de ma présence, heureusement. Je me tournais de tous côtés, émerveillée par les tapisseries orientales et les lourdes portières ornées de glands, par les oiseaux en cage qui chantaient dans leurs minuscules prisons. Des tapis couvraient le sol, en couches superposées.

Deux dames, manifestement les maîtresses de la maison, vinrent vers moi ; elles paraissaient très agitées.

« Que se passe-t-il ? » demandai-je.

Elles étaient aussi élégantes que n'importe quelle riche Romaine, couvertes de colliers et de bracelets et portant des robes ourlées de fil d'or.

« Je vous en supplie, me dit l'une d'elles. Pour votre propre bien, ne restez pas ici ! Remontez dans votre palanquin ! »

Elles essayèrent de me pousser dans la petite litière entourée de rideaux, mais je leur résistai, et ne tardai pas à me mettre en colère :

« J'ignore où je suis, dis-je. Et je ne sais pas davantage qui vous êtes. Cessez de me bousculer ! »

Le maître de la maison, en tout cas un homme qui semblait avoir droit à ce titre, arriva en courant. Ses joues étaient couvertes de larmes, ses cheveux gris étaient dans un désordre affreux — comme s'il se les était arrachés en signe de deuil. Il avait également déchiré sa longue tunique, et son visage était barbouillé de terre ! Il était vieux, son dos était voûté, sa tête massive et son cou étaient pleins de replis de peau et de rides.

Il s'adressa à moi en latin : « Votre père était mon jeune collègue. » Il me prit par le bras. « J'ai dîné dans votre maison quand vous étiez encore bébé. Je vous ai vue marcher à quatre pattes.

— Comme c'est attendrissant...

— Votre père et moi avons étudié ensemble à Athènes. Nous dormions sous le même toit. »

Les femmes, la main sur la bouche, semblaient prises de panique.

« Votre père et moi avons combattu aux côtés de Tibère pendant sa première campagne. Nous nous battions contre ces sinistres barbares.

— Très courageux », fis-je observer.

Ma cape noire tomba à mes pieds, révélant mes cheveux en désordre et ma modeste robe. Personne n'y prêta garde.

« Germanicus est venu dîner dans cette maison parce que votre père lui avait parlé de moi !

— Réellement ! »

Une des femmes me fit signe de regagner le palanquin. Où était passé Jacob ? Le vieil homme ne voulait plus me lâcher.

« J'étais avec votre père et avec Auguste, le jour où l'on apprit que nos troupes avaient été massacrées dans la forêt de Teutobourg ; le général Varus et ses hommes avaient trouvé la mort. Et mes fils se sont battus aux côtés de vos frères dans les légions de Germanicus lorsqu'il est allé châtier ces tribus nordiques !

— C'est vraiment extraordinaire, dis-je gravement.

— Remontez dans votre litière et quittez cette maison ! » me cria une des femmes.

Le vieil homme continuait à s'agripper à moi.

« Nous nous sommes battus contre ce fou, le roi Arminius, poursuivit-il. Nous aurions pu remporter la victoire ! Votre frère Antoine était opposé à ce que nous abandonnions, n'est-ce pas ?

— Je... Non... »

« Partez d'ici ! » rugit un jeune patricien, qui était lui aussi en larmes. Il s'avança et me poussa vers le palanquin.

« Ne me touchez pas, espèce d'imbécile ! » Je lui flanquai une gifle.

Pendant tout ce temps, Jacob avait causé avec les esclaves, pour avoir un maximum de détails sur ce qui s'était passé. Il apparut à mes côtés, tandis que le vieux Grec, sanglotant toujours, couvrait mes joues de baisers.

Jacob prit les choses en main, et me conduisit à la litière tout en me parlant à l'oreille :

« Germanicus vient d'être assassiné. Tous ceux qui lui sont restés loyaux sont convaincus que l'empereur Tibère a incité le gouverneur Pison à commettre le meurtre. Il a été empoisonné. La nouvelle se répand dans la ville comme une traînée de poudre.

— Tibère, espèce de pleutre et de crétin, murmurai-je en levant les yeux au ciel. Une vilenie après l'autre ! »

Je m'allongeai de nouveau dans l'obscurité du palanquin. Je sentis qu'on le soulevait.

Jacob continua son rapport : « Évidemment, Cneus Calpurnius a des alliés, ici. Tout le monde en veut à tout le monde. Règlements de comptes, violences... Cette famille grecque était venue en Égypte avec Germanicus. Des émeutes ont déjà éclaté. Partons vite d'ici ! »

« Adieu, ami », criai-je au vieux Grec tandis que l'on m'emmenait. Je ne crois pas qu'il m'ait entendue. Il était tombé à genoux, maudissant Tibère, parlant de se suicider, suppliant qu'on lui donne un poignard.

Nous avions regagné la rue. Les porteurs se hâtaient.

Allongée de biais dans le palanquin, j'étais plongée

dans une sombre méditation. Germanicus, mort ! Empoisonné par Tibère !

Je savais que le récent voyage de Germanicus en Égypte avait mis Tibère dans une rage folle. L'Égypte n'était pas une province romaine comme les autres. Rome dépendait à tel point de ses récoltes de blé qu'il était interdit aux sénateurs de s'y rendre. Mais Germanicus y était allé, « uniquement pour voir les antiquités », disaient ses amis dans les rues de Rome.

« Simple prétexte ! pensai-je dans mon désespoir. Où a eu lieu le procès ? Quel a été le verdict ? Empoisonné ! »

Mes porteurs s'étaient mis à courir. Tout autour de nous, l'on entendait des gens crier et se lamenter : « Germanicus, Germanicus ! Redonnez-nous notre beau Germanicus ! »

Antioche était prise de folie.

Finalement, nous arrivâmes dans une rue très étroite, guère plus qu'une allée — tu vois ce que je veux dire, comme celles que l'on a retrouvées dans les ruines de Pompéi, en Italie. Cela sentait l'urine, qui stagnait dans les rigoles. Des odeurs de nourriture montaient des foyers aux hautes cheminées. Mes porteurs couraient, trébuchant sur le pavé inégal.

Une fois, nous fûmes repoussés de côté par un chariot qui arrivait à toute allure dans l'étroite ruelle ; ses roues avaient sans doute glissé dans les ornières creusées dans la pierre.

Ma tête avait heurté le mur. J'étais furieuse et effrayée, mais Jacob me rassura : « Nous sommes là, Lydia, à vos côtés. »

Je me couvris entièrement de la cape ; un seul œil dépassait du capuchon, me permettant de voir les rais de lumière qui filtraient par les rideaux. Ma main était crispée sur le poignard.

Finalement, les porteurs posèrent la litière, dans un lieu frais protégé par des murs. J'entendis David, le père de Jacob, parlementer en hébreu, mais je ne comprenais pas cette langue — si c'était vraiment en hébreu qu'il parlait.

Ensuite, Jacob prit la relève, s'exprimant en grec. Je compris qu'ils étaient en train d'acheter à mon intention une maison digne de moi, entièrement équipée, avec notamment de beaux meubles et autres accessoires, qu'avait récemment quittée une riche veuve qui y habitait seule ; malheureusement, les esclaves avaient été vendus. La transaction fut rapide.

Pour conclure, Jacob dit en grec : « J'espère pour vous que vous m'avez dit la vérité. »

Alors que les porteurs levaient de nouveau la litière, je lui fis signe d'approcher. « Vous m'avez donc sauvé la vie à deux reprises. Et cette famille grecque qui devait m'héberger ? Est-elle réellement en danger ?

— Bien entendu. Quand une émeute éclate, tout peut arriver, et nul ne se soucie des conséquences. Ils avaient accompagné Germanicus en Égypte. Les hommes de Pison le savent ! Sous le moindre prétexte, n'importe qui pillera, attaquera, tuera, n'importe qui d'autre. Regardez, un incendie ! » Il ordonna à ses hommes d'accélérer l'allure.

« Bien, dis-je. Ne prononcez plus jamais mon vrai nom. Dorénavant, je m'appelle Pandora. Je suis une Grecque de Rome. Je vous ai payés pour m'amener ici.

— A vos ordres, chère Pandora, répondit-il. Vous êtes une femme d'une force peu commune. L'acte de vente de votre nouvelle maison a été établi à un faux nom bien moins charmant. Il établit cependant que vous êtes veuve, libre, et citoyenne de Rome. L'acte ne nous sera remis que quand nous aurons payé, en or, ce que nous ne ferons pas avant d'avoir vu la maison. Et si cet homme ne me donne pas un acte stipulant avec précision tout ce qui est nécessaire pour votre protection, je l'étranglerai de mes propres mains.

— Vous êtes très habile, Jacob », dis-je avec lassitude.

Le voyage n'en finissait pas, j'en avais assez d'être cahotée dans le noir. Enfin, le palanquin s'immobilisa.

J'entendis la clef tourner dans la serrure du portail, et l'on nous fit entrer dans un spacieux vestibule.

Par considération pour mes protecteurs, j'aurais dû attendrc, mais je m'extirpai frénétiquement de cette misérable et sombre petite prison, rejetai la cape et emplis avidement mes poumons.

Nous nous trouvions dans le vestibule d'une superbe maison. Elle avait beaucoup de charme ; sa décoration était aussi soignée qu'originale.

En dépit du trouble qui agitait mes pensées, j'aperçus la fontaine à tête de lion sur le côté du portail que nous venions de franchir, et allai me laver les pieds dans l'eau délicieusement fraîche.

La salle de réception, donnant sur l'atrium, était de dimensions imposantes ; par-delà la luxueuse salle à manger, j'apercevais un assez grand jardin entouré d'un péristyle.

Ce n'était pas, certes, ma vieille maison massive et opulente du mont Palatin, à laquelle des générations successives avaient ajouté de nouvelles pièces empiétant sur les vastes jardins.

Elle était sans doute un peu trop voyante, mais elle avait de l'allure. Les murs avait été repeints récemment, dans le style oriental, je suppose, avec quantité d'entrelacs et de lignes sinueuses. Mais comment aurais-je pu en juger ? J'étais à deux doigts de m'évanouir de soulagement. Aurais-je réellement la paix, ici ?

Et à côté de la grande salle, se trouvait le bureau, rempli de livres ! De nombreuses portes s'ouvraient sur le portique entourant le jardin. Levant les yeux, je vis que les fenêtres de l'étage donnaient sur le jardin clos. Luxe et sécurité !

La mosaïque des sols était ancienne. Je connaissais ce style, illustrant la fête des Saturnales, avec de nombreux personnages. Elle avait certainement été amenée d'Italie.

Peu de vrai marbre, des colonnes en stuc, mais d'innombrables fresques habilement exécutées, avec les inévitables nymphes radieuses.

Je fis quelques pas sur l'herbe douce et humide du jardin, et levai les yeux sur le ciel d'un bleu immaculé.

Mon unique désir était de respirer, mais le moment de vérité concernant mes biens était arrivé. J'étais trop hébétée pour m'occuper de mes possessions ; il s'avéra d'ailleurs que ce n'était nullement nécessaire.

Pour commencer, Jacob et David firent un inventaire détaillé du mobilier qu'ils achetaient en mon nom. Je les regardai faire en écarquillant les yeux, stupéfaite de tant de patience et de minutie.

Lorsqu'ils eurent constaté que tout était en ordre dans les pièces du bas, sans oublier une chambre à coucher au bout du couloir à droite et un jardin potager quelque part sur la gauche, derrière la cuisine, ils montèrent à l'étage et constatèrent que tout était parfait. Ensuite, ils firent décharger mes possessions. Les malles se succédaient, apparemment sans fin.

Avec incrédulité, je vis David, le père de Jacob, sortir un rouleau de parchemin et commencer à faire l'inventaire de tout ce qui m'appartenait, depuis les épingles à cheveux jusqu'aux flacons d'encre, sans oublier les pièces d'or.

Pendant ce temps, Jacob était parti, chargé de je ne sais quelle mission.

Sur l'inventaire que David lisait à voix basse, je reconnus l'écriture hâtive de mon Père.

« Articles de toilette personnels, en ordre », annonça David, avant de poursuivre : « Vêtements. Une, deux, trois malles — dans la chambre de maître. La vaisselle ordinaire, à la cuisine ! Les livres, je les mets ici ?

— S'il vous plaît. » J'étais trop éberluée par sa méticuleuse honnêteté pour en dire davantage.

« Ah ! tant de livres... !

— Cela ira très bien, dis-je, ne les comptez pas.

— Je ne peux pas, vous comprenez, ces fragiles...

— Je sais. Continuez.

— Désirez-vous que l'on assemble votre étagère en ébène et ivoire dans la salle du devant ?

— Ce sera parfait. »

Je m'effondrai soudain comme une poupée de chiffon ; aussitôt, deux esclaves asiatiques empressés m'aidèrent à me lever et m'installèrent dans un siège romain aux pieds en croix, étonnamment confortable. L'on m'amena un gobelet d'eau fraîche à l'odeur suave. Je le vidai, en pensant à du sang. Je fermai les yeux.

« L'encre et le nécessaire d'écriture, sur le bureau ? demanda le vieil homme.

— Je vous en prie, soupirai-je.

— Et maintenant, tout le monde dehors ! » ordonna le vieil homme, en distribuant généreusement des pièces de monnaie aux esclaves asiatiques, qui s'inclinèrent profondément, puis sortirent à reculons, ce qui causa d'ailleurs une amusante bousculade.

J'essayais de trouver quelques mots de remerciements à peu près cohérents, lorsqu'un nouveau groupe d'esclaves fit son apparition — manquant d'entrer en collision avec ceux qui sortaient —, chargés de paniers emplis de toutes les nourritures qu'un marché bien approvisionné pouvait fournir, y compris au moins neuf variétés de pain, des cruches d'huile, des melons, des légumes verts et une grande quantité d'aliments fumés qui se garderaient longtemps : poisson, bœuf, étranges organismes marins séchés ressemblant à du parchemin.

« Tout à la cuisine, sauf un plateau d'olives, de pain et de fromage pour la dame. Vite, sur cette table, à gauche. Apportez aussi le vin de la dame, que son père a envoyé. »

Je croyais rêver. Le vin de mon Père !

Tous furent de nouveau renvoyés, à grand renfort de pièces distribuées avec largesse. Sans perdre un instant, le vieil homme retourna à son inventaire.

« Viens ici, Jacob, et compte ces trésors pendant que je te lis la liste. Vaisselle d'or, pièces, encore des pièces, joyaux de valeur exceptionnelle. Pièces, lingots... Bien, c'est cela. »

Ils continuèrent ainsi, sans perdre un instant.

Où mon père avait-il caché tout cet or ? Je ne pouvais l'imaginer.

Qu'allais-je faire de tout cela ? Allaient-ils vraiment me le laisser ? Ces hommes étaient honnêtes, mais il s'agissait d'une telle fortune...

« Lorsque tout le monde sera parti, me dit David, vous cacherez vous-même cet or un peu partout dans la maison. Vous trouverez certainement des endroits appropriés. Nous ne pouvons le faire à votre place, car nous saurions alors où il se trouve. Vos bijoux ? J'en laisse certains ici pour que vous les cachiez : ils sont bien trop précieux pour que vous les exhibiez devant la populace, du moins au début de votre séjour. » Il ouvrit un coffret de pierres précieuses. « Voyez comme ce rubis est splendide ! Regardez son poli, sa grosseur ! Il suffirait à vous nourrir pendant le restant de vos jours si vous le vendiez à un honnête homme pour la moitié de sa valeur. Tous les joyaux de ce coffret sont exceptionnels, et je m'y connais. Ils ont été sélectionnés parmi les plus beaux. Vous voyez ces perles ? La perfection même ! » Il remit le rubis et les perles dans le coffret et referma le couvercle.

« C'est certain, dis-je d'une voix défaillante.

— Des perles, encore de l'or, et de l'argent, des pièces d'orfèvrerie..., marmonna-t-il. Tout y est ! Nous devrions faire cela avec plus de soin, mais...

— Au contraire, déclarai-je, vous avez accompli des miracles. »

Je regardai le pain, la coupe emplie de vin. La bouteille de mon Père. Et partout, le long des murs, les amphores de Père.

« Pandora », commença Jacob en prenant son ton le plus solennel. « J'ai ici le titre de propriété de cette maison. Et un autre document qui établit votre arrivée officielle dans le port sous votre nouveau nom, Julia quelque chose. Mais nous devons vous quitter, Pandora. »

Le vieil homme hocha tristement la tête et se mordilla la lèvre.

« Nous devons nous hâter de reprendre la mer pour gagner Éphèse, mon enfant. J'ai honte de vous abandonner ainsi, mais le port ne tardera pas à être bloqué.

— Il y a déjà des bateaux en feu dans la rade, chuchota Jacob. Au forum, la statue de Tibère a été abattue.

— Tout est réglé, reprit le vieil Hébreu. L'homme qui a vendu la maison ne vous a jamais vue, et il ignore votre vrai nom, dont il ne subsiste aucun témoignage. Les esclaves qui vous ont amenée ici n'étaient pas les siens.

— Vous avez fait tout cela pour moi ! Rien de moins que des miracles...

— Vous ne pourrez compter que sur vous-même, ma belle princesse romaine, intervint Jacob. Cela m'afflige profondément de vous abandonner ainsi.

— Il le faut, pourtant, dit le vieil homme.

— Restez trois jours sans sortir », me recommanda Jacob en s'approchant aussi près qu'il l'osait, comme s'il avait l'intention d'enfreindre toutes les règles en m'embrassant sur la joue. « Il y a suffisamment de légions en ville pour écraser l'émeute, mais elles laisseront l'incendie s'éteindre de lui-même plutôt que de massacrer des citoyens romains. Et oubliez ces amis grecs. Dans leur maison, c'est déjà l'enfer. »

Ils s'apprêtaient à partir !

« Avez-vous été généreusement payés pour tout ce que vous avez fait ? demandai-je. Sinon, puisez librement dans mon or. J'insiste !

— Bannissez ces pensées, rétorqua le vieil Hébreu. Mais pour la paix de votre esprit, sachez ceci : votre père m'a renfloué à deux reprises lorsque des pirates s'étaient emparés de mes navires sur l'Adriatique. Votre père a investi son argent dans mes affaires, et j'ai réalisé des bénéfices pour nous deux. Quant à ce Grec, il devait de l'argent à votre père. Cessez de vous faire du souci à cet égard. Mais il est l'heure de partir !

— Que Dieu vous garde, Pandora », me dit encore Jacob.

Les joyaux. Où avaient-ils mis les joyaux ? Me levant d'un bond, j'allai ouvrir le coffret. Il y en avait des centaines, parfaits, d'une transparence cristalline, d'un éclat et d'une finesse exquis. Je voyais leur limpidité, leur polissage minutieux, je me rendais compte de leur valeur. Je pris le gros rubis ovoïde que David m'avait montré, puis un autre exactement semblable, et les tendis aux deux hommes.

Ils levèrent les mains en signe de dénégation.

« Prenez-les ! insistai-je. Ne me refusez pas cette marque de respect. Vous confirmerez ainsi que je suis une Romaine et une femme libre, et que je vivrai, comme mon Père me l'a demandé. Cela m'en donnera le courage ! Acceptez ce présent. »

David secoua obstinément la tête, mais Jacob prit le rubis.

« Tenez, Pandora, voici les clefs. Suivez-nous et fermez soigneusement le portail, ainsi que les portes du vestibule. N'ayez pas peur. Il y a des lampes partout, de l'huile en abondance...

— Partez ! » leur criai-je au moment où ils franchissaient le seuil. Je verrouillai le portail et, agrippée aux barreaux, je les regardai une dernière fois. « Si vous ne réussissez pas à partir, si jamais vous avez besoin de moi, revenez !

— Nous avons des amis en ville, des compatriotes, me dit Jacob d'un ton apaisant. Merci de tout cœur pour ce splendide rubis, Pandora. Vous survivrez. Rentrez dans la maison, fermez toutes les portes. »

Je réussis à aller jusqu'au fauteuil, mais au lieu de m'y asseoir, je m'effondrai par terre et me mis à prier : « *Lares familiares...*, esprits tutélaires de la maison, je devrais aller à la recherche de votre autel. Je ne veux de mal à personne, accueillez-moi, je vous en prie. Je couvrirai votre autel de fleurs, j'allumerai votre foyer. Accordez-moi la patience. Donnez-moi... le repos. »

Hébétée, inerte, en état de choc, je ne fis rien d'autre que de rester allongée sur le sol des heures durant, tandis que le jour déclinait. Tandis que cette petite maison inconnue s'assombrissait.

Un rêve de sang commença, mais je le repoussai. Je ne voulais pas de ce temple étranger, ni de cet autel ! Je ne voulais pas de sang. Je chassai le rêve de mon esprit, et imaginai que j'étais à la maison.

J'étais une petite fille. Rêve à cela, me dis-je, rêve à ton frère aîné, Antoine, parlant de la guerre dans le Nord, racontant comment ils avaient repoussé à la mer ces forcenés de Germains ! Il aimait tant Germanicus ; mes autres frères aussi. Lucius, le cadet, était si faible de nature. Cela me brisait le cœur de penser qu'il avait supplié ses assassins de l'épargner.

L'Empire était le monde. Au-delà de ses limites, tout n'était que misère, chaos, luttes incessantes. J'étais un soldat. Je savais me battre. Je rêvai que je mettais mon armure. Mon frère disait : « Tu ne peux savoir combien je suis soulagé de découvrir que tu es un homme ; je me l'étais toujours dit. »

Je dormis jusqu'au matin.

A mon réveil, le chagrin et la douleur de la perte s'imposèrent à moi comme jamais auparavant.

Note bien ceci. J'étais consciente de la totale absurdité du Destin, de la Fortune, de la Nature, plus vivement qu'un être humain ne peut le tolérer. Peut-être cette description, pour brève qu'elle soit, pourra-t-elle apporter quelque consolation à autrui. Le pire prend son temps pour arriver, puis pour passer.

En vérité, il est impossible d'y préparer quiconque, ou de le faire comprendre par des mots. Il faut l'avoir vécu. Et cela, je ne le souhaite à aucun habitant de ce monde.

J'étais seule. J'errais dans la maison, allant d'une pièce à l'autre, frappant les murs de mes poings, pleurant et grinçant des dents, tournant sur moi-même. Non, il n'y avait pas de Mère Isis.

Il n'y avait pas de dieux, tous les philosophes étaient des imbéciles, les poètes chantaient des mensonges !

Je sanglotais, je m'arrachais les cheveux. Je déchirais ma robe avec autant de naturel que si c'eût été une coutume récemment mise à la mode. Je renversais les chaises et les tables.

Par moments, je ressentais une joie sauvage, une libération de tous les mensonges, de toutes les conventions, de tous les subterfuges qui peuvent tenir en otage une âme ou un corps !

Et alors, la nature terrifiante de cette liberté se répandit dans tout l'espace qui m'entourait, comme si la maison n'existait pas, comme si les ténèbres ne connaissaient pas de murs.

Trois jours et trois nuits, je fus en proie à ces affres.

J'oubliais de manger du pain. J'oubliais de boire de l'eau.

Jamais je n'allumais une lampe. La lune, presque pleine, répandait une clarté suffisante sur cet absurde labyrinthe de petites chambres peintes.

Le sommeil m'avait fui à jamais.

Mon cœur battait très vite. Mes membres se contractaient, puis se détendaient un instant avant de se contracter de nouveau.

Parfois, je m'étendais sur la bonne Terre humide de la cour. Je le faisais pour mon père, car personne n'avait étendu mon Père sur la Terre humide et bienveillante aussitôt après sa mort, avant même de préparer les funérailles, comme le voulait la coutume.

Je compris soudain pourquoi cette disgrâce avait tant d'importance — son corps couvert de plaies, jamais placé sur la Terre. Je réalisai la gravité de cette omission comme peu d'hommes ont jamais compris la signification de quoi que ce soit. C'était de la plus haute importance parce que c'était absolument sans conséquence !

Vis, Lydia.

Je regardais les petits arbres feuillus du jardin, emplie d'une étrange gratitude d'avoir ouvert les yeux, des yeux humains, sur cette terre ténébreuse suffisamment longtemps pour voir de telles choses.

Je citai Lucrèce :

« ... tout ce qui est descendu de l'éther regagne les hauts temples des cieux. » En était-il vraiment ainsi ?

Folie !

Hélas, comme je l'ai dit, j'ai erré, je me suis traînée, j'ai pleuré et gémi trois nuits et trois jours durant.

4

Finalement, un matin que le soleil entrait à flots par l'ouverture du toit, je regardai les objets qui m'entouraient, et pris conscience qu'ils m'étaient inconnus. J'ignorais leur usage, je ne connaissais pas leurs noms usuels. Ils ne signifiaient rien pour moi. Je ne savais même pas où j'étais.

Me redressant, je me rendis compte que je me trouvais devant le *lararium*, l'autel consacré aux divinités du foyer.

C'était la salle à manger, bien sûr, avec les lits entourant la table, et là-bas, la somptueuse couche conjugale !

Le lararium, avec son autel à trois faces, était un petit temple abritant les statues des anciens esprits du foyer. Dans cette ville profane, personne n'avait songé à les emmener avec la femme décédée.

Les fleurs étaient mortes. Le feu s'était éteint de lui-même ; personne n'avait versé du vin sur les braises, comme il était d'usage.

Me traînant à genoux dans ma robe déchirée, je contournai le péristyle du jardin, cueillant des fleurs pour ces divinités. Je trouvai aussi du bois, et allumai le feu sacré.

Immobile, je les regardais. Je restais des heures à les fixer ainsi, comme si j'avais perdu la capacité de me mouvoir.

La nuit tomba. « Ne t'endors pas, murmurai-je. Sois vigilante pendant la nuit ! Ils te guettent dans l'obscurité, ces Égyptiens ! La lune — regarde, elle est presque pleine ; dans une nuit ou deux, elle sera pleine. »

Pourtant, le pire était passé. Exténuée, je me livrai à l'étreinte du sommeil, et le sommeil semblait me dire : « Oublie tous tes soucis. »

Le rêve arriva.

Je vis des hommes vêtus de robes d'or. « Tu vas être conduite au sanctuaire. » Mais qu'y avait-il dans ce sanctuaire ? Je ne voulais pas le savoir, je ne voulais pas le voir. « Notre Mère, notre bien-aimée Mère des Douleurs », dit le prêtre. Sur les murs, étaient peintes des rangées successives d'Égyptiens vus de profil, accompagnées de mots écrits avec des images. Le parfum de la myrrhe flottait dans l'air.

« Viens, dirent ceux qui me tenaient. Tu es maintenant libérée de toutes les impuretés, tu pourras boire à la Source sacrée. »

J'entendais une femme pleurer et gémir. Juste avant d'y pénétrer, je jetai un coup d'œil dans la grande salle. Ils étaient là, le Roi et la Reine sur leurs trônes : le Roi, immobile et le regard fixe, comme dans le rêve précédent ; la Reine, se débattant contre les chaînes d'or qui la retenaient. Elle était vêtue de lin finement plissé. Sa couronne portait les emblèmes de la Haute et de la Basse-Égypte. Ses cheveux n'étaient pas une perruque, mais de vrais boucles. Elle pleurait, et des traînées rouges sillonnaient ses joues très blanches. Son collier et ses seins étaient eux aussi maculés de rouge. Cela faisait comme une souillure ignominieuse.

« Ma Mère ! m'exclamai-je, ma Déesse ! Quelle abomination ! »

Au prix d'un immense effort, je parvins à me réveiller.

Je me redressai, et, posant une main sur le lararium, regardai les toiles d'araignées dans les arbres du jardin, dessinées par les rayons du soleil matinal.

Je crus entendre des gens murmurer dans l'ancienne langue égyptienne.

Non, je ne permettrai pas cela ! Je me refusais à devenir folle.

Assez ! La seul homme que j'eusse jamais aimé, mon Père, m'avait dit : « Vis ! »

Il était temps de passer à l'action. De me lever et d'agir. Je retrouvai brusquement toute ma vigueur et ma volonté.

Ces longues nuits de deuil et de larmes avaient été l'équivalent de l'initiation au temple d'Isis. La drogue qui m'avait été administrée n'était autre que la mort, et ma renaissance était le fruit de la compréhension.

C'était terminé, maintenant. Ce monde absurde était devenu tolérable et n'avait nul besoin d'être expliqué. Il ne le serait jamais, et j'avais été incroyablement stupide d'imaginer qu'il pouvait l'être.

Ma situation était difficile, et elle exigeait des actes.

J'emplis un gobelet de vin et, le tenant à la main, gagnai le portail.

La ville semblait paisible. Les rares passants détournaient les yeux du spectacle de cette femme en haillons, à demi dévêtue, qui sortait de son vestibule.

Au bout d'un moment, je vis arriver un ouvrier, ployant sous une lourde charge de briques.

Je lui tendis le gobelet à travers les barreaux, tout en lui demandant : « J'ai été malade pendant trois jours. Qu'en est-il de la mort de Germanicus ? Que se passe-t-il en ville ? »

L'homme accepta le vin avec joie. Le travail l'avait prématurément vieilli. Ses bras étaient maigres. Ses mains noueuses tremblaient.

« Merci, madame, merci... » Il vida la coupe, incapable de s'arrêter avant d'avoir tout bu. « Notre Germanicus a été exposé sur la place publique, pour que tous puissent le voir. Comme il était beau ! Certains le comparaient au grand Alexandre. Pour le reste, rien n'est certain. A-t-il été empoisonné ou non ? Certains disent oui, d'autres disent non.

« Ses soldats l'adoraient. Grâce aux dieux, le gouverneur Pison est parti et n'ose pas revenir. La femme de Germanicus, la gracieuse Agrippine, a fait mettre les cendres de Germanicus dans une urne qu'elle porte sur son sein. Elle va aller à Rome, pour demander justice à Tibère. »

Il me rendit le gobelet. « Je vous remercie humblement.

— Tout est normal, en ville ?

— Oh oui ! Il en faudrait beaucoup pour que cette magnifique machine s'arrête de tourner, répondit-il. Les affaires continuent comme si de rien n'était. Les soldats restent calmes et disciplinés, en attendant que justice soit faite. Ils ne laisseront pas revenir cet assassin de Pison, et Sentius rassemble autour de lui tous ceux qui ont servi sous Germanicus. La ville est paisible. La flamme brûle pour le défunt. S'il y a une guerre, ce ne sera pas ici. Ne vous faites pas de souci, madame.

— Merci, votre aide m'a été précieuse. »

Je pris le gobelet, refermai la porte du vestibule, et me préparai à agir.

Tout en grignotant un peu de pain pour reprendre des forces et en récitant à voix basse les sages paroles de Lucrèce, je fis le tour de la maison. A droite de la cour, se trouvait un grand bain, très clair, aux accessoires luxueux. L'eau coulait continuellement de coquillages marins que tenaient des nymphes. Je plongeai la main dans le bassin. L'eau était parfaite, inutile d'allumer un feu pour la chauffer.

Dans la chambre de maître, je trouvai mes habits.

Comme tu le sais, les vêtements romains étaient d'une grande simplicité, rien de plus que de longues chemises. Nous en portions deux ou trois superposées, plus une longue tunique pour sortir, la *stola*, et pardessus le tout, la *palla*, sorte de cape ou de manteau, qui descendait jusqu'aux chevilles et était retenue par une ceinture sous la poitrine.

Je choisis les tuniques les plus fines, trois couches de soie arachnéenne, et une palla rouge vif qui me couvrait de la tête aux orteils.

Depuis que j'étais née, jamais je n'avais été obligée de mettre moi-même mes sandales. Quelle barbe ! A dire vrai, ce fut à mourir de rire.

Tous les articles de toilette avaient été disposés sur des tables munies de miroirs de métal poli. Il y en avait tellement que j'étais incapable de m'y retrouver.

Je m'installai sur un des sièges en bois doré, rapprochai le miroir luisant, et essayai d'utiliser les divers fards et poudres comme j'avais toujours vu mes esclaves le faire.

Je réussis à me noircir les sourcils, mais l'horreur que m'inspiraient les yeux peints égyptiens m'empêcha d'en faire plus. Je mis du rouge sur mes lèvres, un peu de poudre blanche sur mon visage... il faudrait que cela suffise. A Rome, on m'aurait poudré les bras, mais je ne voyais pas comment j'aurais pu le faire sans aide.

Je me demande à quoi je pouvais bien ressembler... Ensuite, il fallut natter ces satanés cheveux. J'y parvins tant bien que mal, puis enroulai les tresses sur la nuque, en utilisant vingt fois plus d'épingles que nécessaire. Pour finir, je disposai joliment quelques mèches folles sur mon front et autour du visage. Le miroir me renvoyait maintenant l'image d'une honnête Romaine parfaitement présentable — c'est du moins ce qu'il me semblait —, coiffée avec une raie au milieu, les sourcils noircis et les lèvres d'un rouge tirant sur le rose.

Le plus énervant de tout, ce fut de disposer toutes ces couches de vêtements en s'arrangeant pour qu'elles tombent bien, en ayant la même longueur. J'essayai de mettre la stola en soie bien droit avant de serrer la ceinture sous mes seins. Draper, replier et attacher tout cela, quelle histoire ! J'avais toujours été entourée de jeunes esclaves. Pour finir, je ne gardai sur moi que deux tuniques de dessous et la longue et superbe stola rouge, puis attrapai une palla en soie, très ample et entièrement brodée d'or.

Je mis des bagues, des bracelets. J'avais d'ailleurs la ferme intention de me cacher dans toute la mesure du possible sous cette ample cape. Je me souvins que pas un jour ne passait sans que mon père maudisse l'obligation de porter la toge, le vêtement de dessus « officiel » que devait revêtir tout Romain de haute naissance. Quant aux femmes... seules les prostituées mettaient des toges. Cela au moins me serait épargné !

Je pris le chemin du marché aux esclaves.

En ce qui concernait la population de la ville, Jacob avait dit vrai. Elle était pleine d'hommes et de femmes de toutes nationalités. Beaucoup de femmes se promenaient deux par deux, en se donnant le bras.

Les amples drapés grecs étaient parfaitement admis, ici, de même que les exotiques robes phéniciennes ou babyloniennes, tant pour les hommes que pour les femmes. Les hommes avaient souvent les cheveux longs, ainsi que des barbes fournies. Je vis des femmes vêtues de tuniques pas plus longues que celles des hommes. D'autres étaient au contraire entièrement cachées par de longues robes ne révélant que les yeux, et accompagnées de gardes du corps et de serviteurs.

Les rues étaient sans doute plus propres qu'à Rome ; les eaux sales, rapidement évacuées par de profondes rigoles, ne stagnaient pas.

Bien avant d'arriver au forum — la place centrale, si tu préfères —, j'avais dépassé trois maisons devant lesquelles de riches courtisanes marchandaient sarcastiquement le prix de leurs services avec de jeunes Grecs et Romains de bonne famille.

Au passage, j'entendis l'une d'elles dire à un jeune homme bien fait : « Tu veux coucher avec moi ? Tu rêves ! Comme je te l'ai dit, tu peux aller avec n'importe laquelle de ces filles. Mais si c'est moi que tu veux, rentre chez toi et vends tous tes biens ! »

De riches Romains en toge virile se tenaient devant les débit de vins — il y en avait à tous les coins de rues. Ils se contentaient de me saluer respectueusement de la tête, tandis que je me hâtais de détourner les yeux.

Plaise aux dieux qu'aucun ne me reconnaisse ! C'était fort peu probable. Nous étions loin de Rome, et j'avais vécu si longtemps enfermée dans la maison de mon Père, sans participer aux banquets ni même aux cérémonies, car tel était son souhait ; j'en appréciais maintenant la sagesse.

Le forum était plus grand que dans mon souvenir — mais je n'avais fait que le traverser rapidement. Lorsque je vis l'immense place inondée de soleil, entourée de portiques, de temples et de bâtiments officiels, j'en eus le souffle coupé.

Dans les marchés protégés du soleil par des auvents, toutes les marchandises imaginables étaient à vendre. Les orfèvres avaient leur allée à eux, les tisserands étaient regroupés ailleurs, les marchands de soieries étaient tous alignés en bon ordre. Je vis que dans une rue de traverse, sur ma droite, l'on vendait des esclaves — des esclaves de qualité, ceux qui ne seraient sans doute jamais vendus aux enchères.

Au loin, se dressaient les hauts mâts des navires, et l'odeur du fleuve montait jusqu'à moi. Et là, s'élevait le temple d'Auguste, devant lequel des feux étaient allumés ; des légionnaires en uniforme montaient la garde, nonchalants mais vigilants.

J'avais très chaud, et j'étais mal à l'aise parce que ma cape glissait sans cesse ; en fait, toutes ces soieries ne cessaient de glisser et de se défaire. Il y avait de nombreuses tavernes de plein air, où je voyais des groupes de femmes rire et bavarder. J'aurais pu sans problème aller boire quelque chose dans un de ces estaminets.

Mais avant tout, j'avais besoin de domestiques. Il fallait que je trouve des esclaves loyaux et dévoués.

A Rome, je n'étais jamais allée dans un marché aux esclaves, bien sûr. Pourquoi aurais-je eu besoin de le faire ? Nous avions tellement de familles d'esclaves sur nos terres de Toscane et dans notre propriété romaine, que nous n'achetions pour ainsi dire jamais un nouvel esclave. Par contre, mon Père héritait régulièrement de ses amis des esclaves décrépits et sages ; c'était presque devenu une habitude. Nous le taquinions souvent au sujet de son « Académie », le jardin où les vieux esclaves passaient tout leur temps à discuter d'histoire et de philosophie.

En attendant, le moment était venu d'agir en femme du monde avisée. Après avoir examiné rapidement tous les esclaves de qualité proposés à la vente, je me décidai pour deux sœurs, très jeunes, et qui étaient terrorisées à l'idée d'être achetées par un bordel si elles passaient aux enchères à midi. Je demandai au marchand d'apporter des tabourets.

Une fois assises, nous pûmes parler.

Elles venaient d'une bonne maison de Tyr ; elles étaient nées esclaves. Elles avaient une bonne connaissance du grec et du latin, mais leur langue natale était l'araméen. La douceur de leurs traits et de leurs manières était véritablement angélique.

Leurs mains étaient très soignées. Elles avaient toutes les capacités requises : elles n'ignoraient rien de l'art de la coiffure et du maquillage, elles savaient faire la cuisine... Elles débitèrent pêle-mêle des recettes de plats orientaux dont je n'avais jamais entendu parler, et une longue liste de pommades et de fards. Toute rouge d'appréhension, l'une d'elles se décida à me dire : « Je pourrais si vous le désirez peindre votre visage, madame, en un tournemain, et à la perfection ! »

Je savais que cela signifiait que le résultat de mes efforts était catastrophique.

Je me rendis compte que, ayant été au service d'une petite maison qui avait peu de serviteurs, elles étaient bien plus polyvalentes que nos esclaves romaines.

Je les achetai toutes deux, exauçant ainsi leurs prières. Avant de les emmener, j'exigeai qu'elles fussent vêtues de tuniques propres d'une longueur décente, et j'obtins satisfaction ; les habits étaient en lin d'un joli bleu, mais de qualité médiocre. Apercevant ensuite un marchand ambulant aux bras chargés de pallae, j'en choisis deux, également de couleur bleue, et les leur donnai. Par modestie, elles tenaient à se couvrir la tête.

Les deux sœurs m'inspiraient une entière confiance. Elles se seraient fait tuer pour moi.

Il ne me serait pas venu à l'esprit qu'elles étaient affamées jusqu'au moment où, en quête d'autres esclaves susceptibles de me convenir, j'entendis un misérable marchand d'esclaves rappeler à un Grec cultivé et impudent qu'il n'aurait rien à manger avant d'être vendu.

« Quelle horreur ! m'exclamai-je. Vous devez avoir faim, les filles ! Allez donc au buffet du forum — vous voyez, au bout de la rue, ces bancs et ces tables disposés en tous sens.

— Seules ? demandèrent-elles avec consternation.

— Écoutez-moi, les filles. Je n'ai pas le temps de vous donner la becquée comme si vous étiez des oiseaux. Ne regardez aucun homme dans les yeux. Mangez et buvez tout ce qui vous fait envie. » Je leur donnai une somme d'argent apparemment exorbitante, à en juger par leur réaction. « Et ne bougez pas du buffet jusqu'à ce que je vienne vous chercher. Si un homme s'approche de vous, faites semblant d'être terrorisées ; baissez la tête et faites-lui comprendre du mieux que vous pourrez que vous ne comprenez pas ce qu'il dit. Si le pire arrivait, allez vous réfugier au temple d'Isis. »

Elles partirent en courant le long de l'étroite ruelle, en route vers le festin qui les attendait. Leurs capes flottant au vent derrière elles étaient d'un bleu si beau que je le revois encore, traînée couleur de ciel tranchant sur la foule luisante de sueur, sous l'enchevêtrement des marquises. Mia et Lia. Des noms faciles à retenir, mais j'étais incapable de les distinguer entre elles.

Un petit rire narquois me fit sursauter. C'était l'esclave grec que son maître venait de menacer de laisser sans nourriture.

Je l'entendis dire à son maître :

« Soit, affamez-moi. Qu'aurez-vous à vendre, alors ?

Un homme affaibli, exsangue, au lieu d'un grand penseur, d'un philosophe hors du commun. »

Grand penseur, philosophe hors du commun ?

Je me retournai pour regarder l'homme qui avait parlé. Il était assis sur un tabouret, et ne se leva pas pour me saluer. Il ne portait qu'une sorte de pagne crasseux, ce qui témoignait de la stupidité du marchand, mais cette tenue négligée avait l'avantage de révéler que l'esclave était un fort bel homme. Son visage était harmonieux, ses cheveux châtain étaient fins. Il avait des yeux verts en amande, et sa bouche bien dessinée avait une expression sarcastique. Il pouvait avoir trente ans, peut-être un peu moins. Il était en bonne condition physique pour son âge, avec une solide musculature, comme les Grecs en ont souvent.

Ses cheveux crasseux semblaient avoir été taillés à coups de serpe, et autour du cou, attaché à une cordelette, il portait un misérable tableau — tellement petit que c'en était ridicule —, bourré de minuscules caractères latins.

Remontant une fois de plus la cape qui glissait, je m'approchai tout près de son splendide torse dénudé, amusée par le regard effronté de l'esclave, et j'essayai de déchiffrer ce qu'il avait écrit.

A l'en croire, il était capable d'enseigner toutes les philosophies et toutes les langues, sans oublier les mathématiques, il savait chanter n'importe quoi, connaissait tous les poètes, pouvait préparer un banquet entier, et était de surcroît doux et patient avec les enfants ; il avait fait la guerre dans les Balkans avec son maître romain, savait manier les armes et pouvait faire office de garde du corps ; il était en outre docile et vertueux, et avait été depuis son enfance au service d'une même famille, à Athènes.

Je lus tout cela avec un certain mépris. En voyant mon air dédaigneux, il me lança un regard furieux, croisa les bras avec impudence juste sous la petite plaque, et s'adossa au mur.

Je compris alors pourquoi le marchand, qui ne s'était

éloigné que de quelques pas, n'avait pas ordonné au Grec de se lever. Il lui manquait une jambe. Au-dessous du genou, la gauche était en ivoire sculpté avec art ; le pied et même la sandale étaient habilement gravés ; le dessin des orteils était parfait. Cette superbe jambe en ivoire, parfaitement proportionnée, était faite de trois éléments minutieusement assemblés, tous ornés d'ingénieux motifs décoratifs ; le pied était à part, les ongles et les lanières étaient sculptés avec un art exquis.

Je n'avais jamais vu un membre artificiel pareil, affichant sa nature d'œuvre d'art plutôt que de tenter d'imiter la nature.

« Comment avez-vous perdu votre jambe ? » lui demandai-je en grec. Pas de réponse. Je montrai la jambe d'un geste éloquent. Aucune réaction.

Je lui posai la même question en latin. Toujours pas de réponse.

Le marchand d'esclaves sautillait sur place et se tordait les mains d'exaspération.

« Madame, commença-t-il, il sait tenir les livres de comptes et effectuer n'importe quelle transaction, son écriture est parfaite, et ses calculs sont toujours justes. »

Humm... Il n'avait pas parlé de l'éducation des enfants. Je n'avais donc pas l'air d'une respectable épouse et mère de famille. Mauvais signe, cela.

Le Grec se détourna en ricanant, et murmura en latin que si je dépensais de l'argent pour l'avoir, je n'aurais en échange qu'un homme mort. Sa voix était douce et agréable, en dépit de sa lassitude et du ton de mépris ; son élocution était parfaite et dénuée d'affectation.

A bout de patience, je m'adressai à lui en grec :

« Écoutez-moi bien, Athénien stupide et arrogant », commençai-je précipitamment, les joues en feu, furieuse d'avoir été si mal jugée à la fois par un esclave et par un marchand d'esclaves. « Si vous savez vraiment écrire le grec et le latin, si vous avez réellement étudié Aristote et Euclide — dont vous avez mal orthographié les noms, soit dit en passant —, s'il est exact que vous avez étudié à Athènes et combattu dans les Balkans, si ne serait-ce que la moitié de cette magnifique épopée est vraie, pourquoi ne voudriez-vous pas appartenir à une des femmes les plus intelligentes qu'il vous arrivera jamais de rencontrer, qui vous traitera avec dignité et respect en échange de votre loyauté ? Que savez-vous d'Aristote et de Platon que j'ignore ? De ma vie entière, je n'ai jamais levé la main sur un esclave. Vous laissez échapper l'unique maîtresse qui récompensera votre loyauté en vous accordant tout ce dont vous pourriez rêver. Cette tablette n'est qu'un ramassis de mensonges, n'est-ce pas ? »

Mon petit discours l'avait visiblement surpris, mais pas irrité. Il se pencha en avant pour mieux m'observer, en affectant toutefois une certaine discrétion. Le marchand d'esclaves fit des gestes furieux pour lui signifier de se lever. Il obéit, ce qui révéla une stature admirable — il me dépassait au moins d'une tête. Ses cuisses étaient fermes et musclées, même au-dessus de la jambe en ivoire.

« Et si vous me disiez ce que vous savez vraiment faire ? » demandai-je à l'esclave, passant au latin.

Je me tournai vers le marchand : « Allez me chercher de quoi écrire, pour que je corrige ces fautes d'orthographe. Si cet homme a jamais eu la moindre chance de devenir professeur, ces erreurs la réduisent à néant. Avoir écrit cela le fera prendre pour un idiot. »

« Je n'avais pas assez de place pour écrire ! » siffla soudain l'esclave avec fureur, dans un latin impeccable. Il se pencha vers moi, comme pour donner plus de poids à ses paroles :

« Regardez cette minuscule tablette, vous qui êtes tellement intelligente ! Vous rendez-vous compte de l'insondable stupidité de ce marchand ? Il n'est même pas assez futé pour réaliser qu'il possède une émeraude, et croit que c'est un bout de verre coloré. Quelle catastrophe ! J'ai résumé là-dessus tout ce que je pouvais. »

Séduite et enthousiasmée, j'éclatai de rire, sans pouvoir m'arrêter. C'était vraiment trop drôle ! Le marchand d'esclaves ne savait plus à quel saint se vouer ; devait-il donner une bonne leçon à ce fichu Grec, et diminuer ainsi sa valeur ? Ou nous laisser nous débrouiller seuls ?

« Qu'aurais-je pu faire ? » reprit l'esclave sur le même ton confidentiel, mais en grec, cette fois. « Crier à chaque passant : "Vous avez devant vos yeux un grand penseur, un philosophe !" ? » Ayant ainsi déversé sa rage, il ajouta plus calmement : « Les noms de mes grands-pères sont sculptés dans le marbre de l'acropole d'Athènes. »

Le marchand n'y comprenait plus rien. Il se garda toutefois d'intervenir : j'étais visiblement ravie et intéressée.

Ma cape glissa de nouveau ; je la remis en place d'un geste excédé. Ces satanés vêtements ! Pourquoi ne m'avait-on jamais dit que de la soie sur de la soie, ça glisse ?

« Et Ovide ? » lui demandai-je, reprenant mon souffle ; j'avais tellement ri que j'en avais les larmes aux yeux. « Vous avez écrit le nom d'Ovide, ici. Ovide est-il apprécié, dans cette ville ? A Rome, personne n'oserait écrire son nom ainsi, je vous assure. J'ignore même si Ovide vit toujours, vous savez. Quelle honte ! Quand j'avais dix ans, c'est en lisant les *Amours* que j'ai appris à embrasser. Avez-vous lu les *Amours* ? »

Son attitude changea du tout au tout. Il se radoucit, et je me rendis compte qu'il était à deux doigts d'espérer que je pourrais être une bonne maîtresse pour lui. Mais il n'osait pas y croire, c'était plus fort que lui.

Le marchand guettait un signe lui indiquant ce qu'il devait faire. Il était apparemment capable de suivre notre conversation.

« Écoutez, insolent esclave unijambiste, lui dis-je. Si je vous croyais réellement capable de me lire Ovide le soir, je vous achèterais sur-le-champ. Mais cette tablette fait de vous un Socrate et un Alexandre le

Grand en un seul homme. Lors de quelle guerre avez-vous porté les armes dans les Balkans ? Pourquoi vous retrouvez-vous entre les mains de ce marchand minable, au lieu d'avoir été aussitôt racheté par une bonne maison ? Qui pourrait croire tout cela ? Si Homère l'aveugle avait chanté une fable aussi extravagante, les gens se seraient levés et auraient quitté la taverne ! »

Les traits du Grec exprimaient une colère impuissante.

Le marchand leva la main en signe d'avertissement, comme pour l'empêcher de faire des bêtises.

« Que diable est-il arrivé à votre jambe ? repris-je. Où et comment l'avez-vous perdue ? Qui vous a fabriqué cet extraordinaire membre artificiel ? »

Baissant la voix en un murmure rageur mais éloquent, l'esclave expliqua patiemment :

« Je l'ai perdue lors d'une chasse au sanglier, avec mon maître romain. Il m'a sauvé la vie. Nous allions souvent à la chasse. C'est arrivé sur le Pentélique, la montagne qui... »

Je l'interrompis : « Merci, je sais où se trouve le Pentélique. »

Les expressions de son visage avaient beaucoup de grâce. Il était dans une confusion totale. Après avoir humecté ses lèvres craquelées, il reprit :

« Demandez seulement à ce marchand d'amener du parchemin et de l'encre. » Tout naturellement, sans le moindre effort, il parlait un latin d'une grande élégance, le latin des acteurs et des rhéteurs. « Je vous écrirai les *Amours* d'Ovide de mémoire », dit-il d'un ton presque suppliant, à travers ses dents serrées, ce qui constituait en soi une jolie prouesse. « Ensuite, si vous avez le temps, je copierai intégralement l'*Histoire des Perses* de Xénophon ; en grec, cela va de soi ! Mon maître me considérait comme son fils ; je combattais à ses côtés, j'étudiais avec lui, j'apprenais tout avec lui. J'écrivais ses lettres. J'ai entièrement partagé son éducation, car c'était ce qu'il souhaitait.

— Vraiment ! » fis-je avec un soulagement mêlé de fierté.

Il ressemblait plus que jamais à un gentilhomme courroucé d'être victime de circonstances improbables mais gardant sa dignité, et raisonnant avec juste assez d'optimisme pour ne pas perdre courage.

« Et au lit ? lui demandai-je. Que valez-vous au lit ? »

Il était réellement choqué. Bon signe. Ses yeux s'agrandirent visiblement, et il plissa le front.

Sur ces entrefaites, le marchand d'esclaves revint avec une table, un tabouret, du parchemin et de l'encre, et disposa le tout sur le pavé brûlant.

« Tiens, écris, ordonna-t-il à l'esclave. Trace des lettres pour cette dame. Fais-lui des additions. Sinon, je te tue et je vends ta jambe. »

Je fus de nouveau prise d'un fou rire. Je regardai le Grec, qui paraissait encore tout hébété. Il se détourna de moi pour regarder le marchand avec une moue de dédain.

« Peut-on vous laisser sans risque avec de jeunes et jolies esclaves ? lui demandai-je avec condescendance. A moins que vous n'aimiez que les garçons ?

— Je suis entièrement digne de confiance, répliqua-t-il. Je ne suis capable d'aucun crime, pour quelque maître que ce soit.

— Et si je vous veux dans mon lit ? Je suis la maîtresse de la maison, deux fois veuve et seule, et je suis une Romaine. »

Ses traits s'assombrirent. Je ne pourrais nommer les émotions que ses traits semblaient exprimer : la tristesse sans doute, l'indécision, la confusion, une profonde perplexité...

« Alors ? demandai-je.

— Disons les choses ainsi, madame. Vous serez bien plus satisfaite de ma façon de déclamer Ovide que de toute tentative de ma part de mettre sa poésie en pratique.

— Vous aimez les garçons, dis-je en hochant la tête.

— Je suis né esclave, madame. J'ai dû me contenter de garçons. C'est tout ce que je connais. Et je peux me passer des deux. » Son visage avait viré à l'écarlate, et il avait baissé les yeux.

Admirable pudeur athénienne !

Je lui fis signe de s'asseoir.

Il s'exécuta avec une simplicité et une grâce étonnantes, compte tenu des circonstances : la chaleur, la crasse, la foule, l'escabeau fragile et la table branlante.

Prenant la plume, il écrivit rapidement, dans un grec irréprochable : « Ai-je stupidement offensé cette grande dame cultivée et d'une patience hors du commun ? Ai-je, par témérité, provoqué ma propre perte ? » Passant au latin, il continua : « Lucrèce nous dit-il la vérité en affirmant que la mort n'est pas à craindre ? » Après avoir réfléchi un moment, il ajouta, revenant au grec : « Virgile et Horace sont-ils vraiment les égaux de nos grands poètes ? Les Romains le croient-ils vraiment, ou espèrent-ils seulement qu'il en est ainsi, tout en sachant que c'est dans d'autres arts qu'ils excellent ? »

Je lus attentivement ce qu'il avait écrit, avec un sourire fort gracieux. J'étais tombée amoureuse de lui. Je regardais son nez aquilin, la fossette de son menton, et je regardais ses yeux verts qui me regardaient.

« Comment êtes-vous tombé si bas ? lui demandai-je. Comment avez-vous abouti dans une boutique d'esclaves à Antioche ? Il est évident que vous avez eu une éducation athénienne, comme vous l'aviez dit. »

Il voulut se lever pour me répondre, mais je le forçai à se rasseoir.

« Je ne peux rien vous dire à ce sujet, répondit-il, sinon que j'étais très aimé de mon maître, et que celui-ci est mort dans son lit, entouré des siens. Et moi, je me retrouve ici.

— Il ne vous a donc pas affranchi dans son testament ?

— Il l'a fait, madame, et en pourvoyant à mes besoins.

— Qu'est-il arrivé, alors ?

— Je ne puis rien vous dire de plus.

— Pourquoi ? Qui vous a vendu, pour quelle raison ?

— S'il vous plaît, madame, ne sous-estimez pas ma loyauté envers une famille que j'ai servie toute ma vie durant. Je ne puis en dire davantage. Si je deviens votre serviteur, vous bénéficieriez de la même loyauté de ma part. Votre maison deviendra la mienne, et sera sacrée pour moi. Ce qui se passe entre vos murs restera entre vos murs. Je parle de la vertu et de la bonté de mon maître, car c'est ce qu'il convient de dire. Permettez-moi de ne rien ajouter. »

Sublime sens moral de la Grèce antique !

« Continue à écrire, dépêche-toi ! ordonna le marchand d'esclaves.

— Calmez-vous, lui dis-je. Il a écrit plus que suffisamment. »

Le bel esclave aux cheveux châtains, tellement séduisant bien qu'il lui manquât une jambe, était soudain plongé dans quelque sombre méditation. Il regardait fixement les silhouettes qui se succédaient au bout de la rue menant au forum.

Son attitude était celle d'un homme incroyablement solitaire et indifférent à son sort. Il leva soudain les yeux vers moi : « Que ferais-je si j'étais un homme libre ? Copier toute la journée pour les marchands de livres, en gagnant à peine de quoi vivre ? Écrire des lettres pour quelques piécettes ? Mon maître a risqué sa vie pour me sauver de ce sanglier. J'ai servi en Illyrie sous les ordres de Tibère, qui mit fin aux rébellions avec une quinzaine de légions. Un jour, pour sauver mon maître, j'ai tranché la tête d'un homme. Et que suis-je devenu ? »

J'étais en proie à une vive émotion ; oui, je souffrais intensément.

Il répéta sa question : « Que suis-je devenu ? » Après une pause, il poursuivit, « Si j'étais libre, je vivrais au jour le jour, et quand je dormirais dans quelque bouge crasseux, on scierait ma jambe en ivoire pour me la voler ! »

J'étouffai un cri et portai la main à ma bouche.

Il me regarda avec des yeux qui s'emplissaient de larmes, et baissa encore plus la voix, tout en articulant avec une netteté impitoyable :

« Certes, je pourrais enseigner la philosophie sous ces arcades, là-bas. Vous savez, discourir vainement sur Diogène et prétendre que j'aimerais me vêtir de haillons, comme le font ses adeptes de nos jours. Quel cirque ! Etes-vous allée voir ? De ma vie, je n'ai jamais vu autant de philosophes que dans cette ville ! Allez y jeter un coup d'œil en rentrant chez vous. Savez-vous ce qu'il faut pour enseigner la philosophie, ici ? Il faut savoir mentir. Il faut bombarder les jeunes gens de mots dénués de sens, sans répit, et prendre un air sombre et profond quand on est incapable de répondre, inventer des absurdités et les imputer aux anciens stoïciens. »

Il s'interrompit pour essayer de se calmer.

En le regardant, j'avais du mal à retenir mes larmes.

« Seulement voilà, je ne suis pas doué pour le mensonge. C'est ce qui a causé ma perte auprès de vous, noble Dame. »

J'étais ébranlée au plus profond de moi-même ; silencieusement, mes blessures se rouvraient. Le sursaut d'énergie qui m'avait permis de sortir de ma réclusion commençait à faiblir. Et il avait sûrement vu mes larmes.

Il regarda de nouveau en direction du forum.

« J'aspire à un maître ou à une maîtresse honorable, à une maison digne de respect. La contemplation de l'honneur peut-elle rendre un esclave honorable ? La loi le nie. Ainsi, tout esclave appelé à témoigner devant un tribunal doit être torturé, car il est dénué d'honneur ! Mais la raison en décide autrement. J'ai appris le courage et l'honneur, et je puis enseigner l'un comme l'autre. Et pourtant, tout ce que dit cette tablette est vrai. Je n'ai eu ni le temps ni l'occasion de corriger son style ampoulé. »

La tête basse, il se tourna vers le forum, comme s'il contemplait un monde perdu. Il se redressa sur son siège, pour témoigner de son courage, et voulut de nouveau se lever.

« Non, lui dis-je. Restez assis.

— Madame, si vous recherchez mes services pour une maison de mauvaise réputation, permettez-moi de vous dire que... s'il s'agit de torturer et de contraindre des jeunes filles comme celles que vous venez d'acheter, si vous m'ordonnez de proclamer leurs charmes aux habitants de la ville, je ne le ferai pas. A mon sens, c'est aussi déshonorant que de voler ou de mentir. Pourquoi me voulez-vous ? »

Ses larmes avaient cessé de couler, elles ne formaient plus qu'un écran qui brouillait sa vision du monde. Ses traits étaient sereins.

« Ai-je l'air d'une putain ? lui demandai-je avec consternation. Grands dieux ! j'ai mis mes meilleurs vêtements. Je fais de mon mieux pour paraître outrageusement respectable sous toutes ces soieries frivoles ! Est-ce de la cruauté que vous voyez dans mon regard ? Ne pouvez-vous imaginer qu'il s'agit de l'expression d'une âme qui a survécu à l'épreuve de la douleur ? On peut témoigner de courage ailleurs que sur le champ de bataille.

— Certes, madame, certes ! dit-il, visiblement contrit.

— Dans ce cas, pourquoi me lancer ces insultes ? repris-je, profondément blessée. D'ailleurs, je suis d'accord avec ce que vous avez écrit là-dessus ; nos poètes romains ne sont pas les égaux des Grecs. J'ignore quel sera le destin de notre empire, et cette incertitude m'oppresse autant qu'elle affligeait mon Père, et son père avant lui ! Pourquoi en est-il ainsi ? Je l'ignore ! » Je me détournai, faisant mine de partir, mais je n'en avais nullement l'intention ! Simplement, ses insultes étaient allées trop loin.

Il se pencha vers moi par-dessus la table.

« Madame », commença-t-il avec une grande sollicitude, en baissant encore plus la voix. « Excusez, je vous prie, mes propos inconsidérés. Mais vous êtes un paradoxe absolu. Votre visage est peint d'une façon excentrique, et je pense que votre fard à lèvres n'est pas bien mis : vous avez du rouge sur les dents. Vos bras ne sont pas poudrés. Vous portez trois robes de soie, et je peux voir à travers les trois ! Vos cheveux forment deux tresses dans le style barbare, et les épingles en tombent comme une pluie d'or et d'argent ! Regardez ces petites épingles qui se détachent, madame, elles vont finir par vous blesser. Votre pèlerine, qui serait d'ailleurs plus appropriée pour le soir, est tombée par terre. Vos jupes traînent dans la poussière. »

Sans interrompre ni même ralentir son discours, il se pencha prestement pour ramasser la palla, contourna la table d'un mouvement énergique de sa bonne jambe, et mit la palla sur mes épaules.

« Vous parlez à une vitesse miraculeuse, votre ironie est stupéfiante, poursuivit-il, mais vous portez un énorme poignard à la ceinture. Il devrait être fixé à votre avant-bras, bien caché sous votre palla. Quant à votre bourse... vous y avez puisé de l'or pour acheter les jeunes filles ; elle est énorme, et imprudemment exposée aux regards. Et vos mains, vos mains sont belles, aussi parfaites que votre latin et votre grec, mais elles sont tellement couvertes de poussière noirâtre que l'on croirait que vous avez creusé la terre. »

Je souris. J'avais ravalé mes larmes.

« Vous êtes très observateur », lui dis-je gaiement. J'étais sous le charme. « Pourquoi a-t-il fallu vous blesser si profondément pour trouver votre âme ? Pourquoi ne pouvons-nous simplement nous montrer l'un à l'autre tels que nous sommes ? J'ai besoin d'un intendant énergique, d'un garde connaissant le maniement des armes, d'un homme capable de veiller à la bonne marche de ma maison et de la protéger, car je suis seule. Ces couches de soie sont-elles vraiment si transparentes que vous pouvez voir à travers ? »

Il hocha la tête en signe d'assentiment. « A vrai dire, maintenant que la pèlerine est sur vos épaules, et dissimule... le poignard et la ceinture... » Il rougit. Tandis que je lui souriais, m'efforçant de retrouver mon calme, de repousser les ténèbres menaçantes qui m'ôteraient toute assurance, m'enlèveraient toute foi en une entreprise quelconque, il poursuivit :

« Nous apprenons à dissimuler nos âmes, madame, de crainte que d'autres nous trahissent. Mais à vous, je confierais volontiers mon âme ! J'en suis certain. Si seulement vous pouviez reconsidérer votre jugement ! Je pourrai vous protéger et veiller sur votre maison. Je n'importunerai pas vos petites filles. Après trois années de combats sanglants et ininterrompus en Illyrie, qui m'avaient laissé indemne, il a fallu qu'en revenant au pays, un sanglier me fasse perdre une jambe, parce qu'une lance, médiocre et mal trempée, s'est brisée quand je l'ai plantée dans l'animal.

— Comment vous appelez-vous ? lui demandai-je.

— Flavius », répondit-il. C'était un nom romain.

« Flavius, répétai-je.

— Votre palla glisse de nouveau, madame. Et ces petites épingles, il y en a partout... elles sont tellement pointues qu'elles risquent de vous blesser.

— Ne vous inquiétez pas de cela », dis-je, tout en le laissant me draper convenablement, comme s'il était Pygmalion, et moi, sa Galatée. Il ne touchait la palla que du bout des doigts, mais de toute façon elle était déjà sale.

« Ces jeunes filles que vous avez entrevues, reprisje. Elles font partie de ma maison — depuis une demiheure. Vous devrez être pour elles un maître affectueux. Mais si vous partagez la couche d'une femme sous mon toit, il vaudrait mieux que cette couche fût la mienne, je vous préviens ! Je suis faite de chair et de sang. »

Il fit signe qu'il comprenait, mais ne dit rien, manifestement à court de mots.

J'ouvris ma bourse et en sortis la somme que je pensais donner au marchand, un prix qui aurait été raisonnable à Rome, où les esclaves ne cessent de se vanter de ce qu'ils ont coûté. Je posai les pièces d'or sur la table, me contentant d'estimer leur valeur.

L'esclave me fixait avec une fascination croissante, puis il lança un regard cinglant au marchand.

S'enflant comme un crapaud, le gluant, impitoyable et sournois trafiquant d'esclaves m'annonça que cet inestimable lettré grec serait vendu très cher aux enchères. Plusieurs hommes riches avaient déjà fait savoir qu'ils étaient intéressés. Une classe entière viendrait l'interroger dans moins d'une heure. Des officiers romains avaient envoyé leurs ordonnances pour l'inspecter.

« Je n'ai plus le courage de marchander », dis-je en replongeant la main dans ma bourse.

Aussitôt, mon nouvel esclave Flavius leva doucement la main pour m'en empêcher.

Il fixa le marchand avec une grande autorité et un mépris non déguisé.

« Pour un homme qui n'a qu'une jambe ! siffla-t-il entre ses dents. Voleur ! Demander un prix pareil à ma maîtresse, ici, à Antioche, où les esclaves sont tellement abondants que les marchands les embarquent pour Rome, car c'est le seul moyen de rentrer dans leurs frais ! »

J'étais vivement impressionnée ; tout se passait à merveille. Les ténèbres se retirèrent, et il me sembla un moment que la chaleur du soleil avait une qualité religieuse.

« Vous trompez ma maîtresse, et vous le savez parfaitement ! Vous êtes la lie de l'univers ! continua Flavius. Serons-nous de nouveau les clients de ce gredin, madame ? Je le déconseille formellement. »

Arborant un sourire d'une rare stupidité, hideuse grimace où se mêlaient la lâcheté et la bêtise, le marchand s'inclina obséquieusement et me rendit le tiers de ce que je lui avais donné.

J'eus du mal à ne pas éclater de rire de nouveau. Je me baissai pour ramasser la cape une fois de plus mais Flavius me devança. Cette fois, je nouai convenablement la ceinture sur le devant.

Je regardai un instant les pièces d'or qui m'avaient été restituées, les ramassai, les confiai à Flavius, et nous nous mîmes en route sans nous attarder davantage.

Lorsque nous nous retrouvâmes dans la foule grouillante du forum, je ne me retins plus de rire de toute cette histoire, de rire à cœur joie.

« Vous voyez, Flavius, vous me protégez déjà ! Vous économisez mon argent, vous me donnez d'excellents conseils. S'il y avait davantage d'hommes tels que vous à Rome, le monde serait sans doute meilleur qu'il ne l'est. »

C'en était trop pour Flavius. Il en avait le souffle coupé. Ce fut au prix d'un grand effort qu'il parvint à murmurer :

« Madame, mon corps et mon esprit vous appartiennent à jamais. »

Me dressant sur la pointe des pieds, je déposai un baiser sur sa joue, réalisant soudain qu'il tolérait sans manifester la moindre protestation son infortune : sa nudité, la crasse de son pagne et tout le reste...

« Tenez », dis-je en lui donnant quelque argent. « Ramenez les filles à la maison et mettez-les au travail. Cela fait, allez aux bains et lavez-vous à fond, à la romaine. Payez-vous un garçon si cela vous dit. Deux, si cela vous chante. Ensuite, allez vous acheter des vêtements de qualité. Pas des vêtements d'esclaves, surtout, mais des vêtements que vous achèteriez pour un riche et jeune maître romain !

— Je vous en supplie, madame, cachez cette bourse, dit-il en prenant les pièces. Et comment se nomme ma maîtresse ? A qui dois-je dire que j'appartiens, si quelqu'un me le demande ?

— A Pandora d'Athènes, répondis-je. Il faudra d'ailleurs que vous me décriviez en détail à quoi ressemble actuellement mon lieu de naissance, car je n'y suis jamais allée, en fait. Mais un nom grec est parfait pour moi. Qu'attendez-vous ? Allez ! Regardez les filles, elles nous ont vus ! »

Nous attirions beaucoup de regards. Cette fichue soie rouge ! Sans oublier que Flavius était un homme magnifique.

Je l'embrassai de nouveau et lui murmurai à l'oreille, délibérément, diablesse que je suis : « J'ai besoin de vous, Flavius. »

Il me regarda du haut de sa taille imposante, frappé de crainte et de stupeur, et murmura : « Je suis à vous pour toujours, madame.

— Etes-vous vraiment sûr de ne pas y arriver avec moi, au lit ?

— Croyez-moi, madame, ce n'est pas faute d'avoir essayé », avoua-t-il en rougissant de nouveau.

Serrant le poing, je donnai un bon coup sur son bras musclé.

« Soit », lui dis-je.

J'avais fais signe aux petites demoiselles, qui s'étaient déjà levées. Elle avaient compris que je leur envoyais Flavius.

Je lui remis les clefs de la maison et lui indiquai comment y aller, en décrivant le portail et la vieille fontaine à tête de lion en bronze qui se trouvait juste derrière celui-ci.

« Et vous, madame ? demanda-t-il. Vous allez traverser cette multitude sans être accompagnée ? Votre bourse est énorme, madame, et pleine d'or !

— Attendez de voir tout l'or qu'il y a à la maison. Considérez que vous êtes le seul qui ait le droit d'ouvrir les coffres, puis cachez-les dans des endroits appropriés. Remplacez tous les meubles que j'ai brisés dans... dans ma solitude. Vous en trouverez plein dans les chambres du haut.

— De l'or dans la maison ! s'écria-t-il avec alarme. Des coffres emplis d'or !

— Allons, ne vous faites pas de souci pour moi. Je sais où trouver de l'aide, maintenant. Et si vous me trahissez, si vous volez mon héritage et que je trouve la maison vide à mon retour, je suppose que je l'aurai mérité. Couvrez les coffres pleins d'or avec des tapis. Vous trouverez des masses de petits tapis persans. Allez voir en haut. Et surtout, occupez-vous de l'autel !

— Je ferai tout ce que vous me demandez, et plus encore.

— C'est ce que je m'étais dit. Un homme incapable de mentir est incapable de voler. Ce soleil est vraiment intolérable. Allez, dépêchez-vous ! Les filles vous attendent. »

Je fis volte-face.

Mais il me contourna et je le retrouvai devant moi.

« Madame, je dois vous dire quelque chose.

— Quoi encore ! dis-je en prenant un air menaçant. Vous n'allez tout de même pas me raconter que vous êtes un eunuque ! Les eunuques n'ont pas des bras et des jambes aussi musclés.

— Non, dit-il, rien de la sorte. » S'assombrissant soudain, il ajouta : « Ovide. Vous aviez parlé d'Ovide. Ovide n'est plus. Il est mort il y a deux ans dans cette misérable ville de Tomis, sur la mer Noire. Un avant-poste barbare, un triste lieu d'exil.

— Personne ne me l'avait dit. Quel silence révoltant... » Je me cachai le visage dans les mains. La cape glissa au sol. Il la ramassa. Je le remarquai à peine. « J'avais tant prié pour que Tibère autorise Ovide à regagner Rome ! » Mais je n'avais pas de temps à perdre pour cela, pas maintenant. « Ovide... Le moment est mal choisi pour le pleurer...

— En tout cas, j'imagine que ses livres ne manquent pas, ici, dit Flavius. A Athènes, on les trouve très facilement.

— Excellent. Peut-être aurez-vous le temps de m'en dénicher quelques-uns. Il faut que j'y aille ; peu importent les nattes défaites, les épingles, ou la cape qui glisse. Et ne prenez pas cet air inquiet. Quand vous partirez de la maison, enfermez soigneusement les filles — et l'or. »

Lorsque je me retournai au bout d'un moment, il se frayait un chemin vers les jeunes filles. Je dois dire que sa démarche était fort gracieuse, et le soleil faisait de jolis dessins sur les muscles de son dos. Ses cheveux étaient bruns et ondulés, presque comme les miens. Il s'arrêta un moment lorsqu'un marchand ambulant fondit sur lui pour lui proposer les tuniques, les capes et je ne sais quoi encore qu'il portait sur le bras. Probablement des marchandises volées de qualité médiocre, qui déteindraient à la première pluie, mais sait-on jamais ? Il choisit à la hâte une tunique et l'enfila par-dessus la tête, puis une large ceinture rouge, qu'il noua autour de sa taille.

Quelle transformation ! La tunique lui arrivait à mi-cuisse. Quel soulagement ce devait être pour lui de porter des habits propres. J'aurais dû y penser avant de le quitter. Quelle stupidité !

Je l'admirais. Nu ou habillé, il était impossible d'avoir autant de dignité et de beauté à moins d'avoir été tendrement aimé. Il était comme imprégné de l'affection qui lui avait été prodiguée, dont témoignait aussi l'œuvre d'art qu'était sa jambe en ivoire.

Pendant notre brève entrevue, un lien indestructible avait été forgé.

Il salua les jeunes filles. Les prenant par les épaules, il les guida à travers la foule.

Quant à moi, j'allai droit au temple d'Isis, faisant ainsi à mon insu le premier pas vers une immortalité d'emprunt, condition surhumaine aussi imméritée que peu glorieuse, vers des ténèbres sans fin et d'une vanité absolue.

5

Dès que je pénétrai dans l'enceinte du Temple, je fus accueillie par plusieurs riches Romaines, qui me souhaitèrent la bienvenue avec effusion. Toutes étaient impeccablement fardées, les bras et le visage poudrés de blanc, les sourcils bien dessinés, les lèvres soigneusement peintes — tous les détails dont j'avais fait un beau gâchis ce matin.

Je leur expliquai que, bien qu'ayant de la fortune, je me retrouvais seule à Antioche. Elles se déclarèrent prêtes à m'aider à tous égards. Lorsque je leur appris que j'avais été initiée à Rome, elles en furent vivement impressionnées.

« Heureusement, ils ne vous ont pas découverte et exécutée, que Mère Isis en soit remerciée ! » s'exclama une des femmes.

Les autres m'encourageaient : « Entrez dans le temple, allez voir la prêtresse ! » Plusieurs d'entre elles n'avaient pas encore participé aux cérémonies secrètes ; elles attendaient l'appel de la déesse pour vivre cet événement capital.

Il y avait de nombreuses autres femmes, des Égyptiennes, et sans doute aussi quelques Babyloniennes, mais je pouvais me tromper. Les bijoux et les soieries étaient manifestement à l'ordre du jour ; beaucoup de manteaux avaient des lisérés d'or peints avec art. Quelques-unes étaient vêtues avec simplicité.

Mais toutes, me semblait-il, parlaient le grec.

Je ne pouvais me décider à pénétrer dans le temple.

Levant les yeux au ciel, je vis en esprit nos prêtres crucifiés à Rome.

« Dieu merci, vous n'avez pas été identifiée, me dit l'une d'elles.

— Beaucoup ont trouvé refuge à Alexandrie, ajouta une autre.

— Je n'ai élevé aucune protestation », dis-je avec amertume.

Un chœur de commisération s'éleva : « Comment auriez-vous pu, sous Tibère ? Croyez-nous, tous ceux qui ont pu s'enfuir l'ont fait.

— Ne vous laissez pas envahir par la tristesse », me dit une jeune Grecque aux yeux bleus, vêtue avec une simplicité classique.

« Je m'étais éloignée du culte », dis-je piteusement.

De nouveau, un chœur de douces voix me réconforta.

« Allez-y, n'hésitez pas, me dit une des femmes. Entrez et demandez à prier dans le sanctuaire de la Mère. Vous êtes une initiée, contrairement à la plupart d'entre nous. »

Je fis un signe d'assentiment.

Je montai lentement les marches conduisant au Temple et entrai.

Je marquai une pause pour secouer de ma palla toutes choses profanes, toutes les banalités dont nous avions parlé. Mon esprit était concentré sur la déesse. Je ressentais un besoin désespéré de croire en elle. L'hypocrisie avec laquelle je profitais de ce temple et de ce culte me répugnait, mais ce n'était après tout qu'un détail. Durant ces trois nuits, le désespoir s'était insinué trop profondément en moi.

Lorsque je levai les yeux sur l'intérieur du temple, cela me fit un tel choc que j'en eus le souffle coupé.

Il était bien plus ancien que notre Temple de Rome, et ses murs étaient couverts de peintures égyptiennes. A leur vue, un frisson me parcourut. Les colonnes aussi étaient dans le style égyptien, non pas cannelées, mais rondes et lisses ; peintes en orange vif, elles s'élevaient vers d'énormes chapiteaux en forme de feuilles de lotus. L'odeur de l'encens était suffocante, j'entendais de la musique venir du sanctuaire. Je reconnus les notes grêles de la lyre, le son léger du sistre, j'entendis psalmodier une litanie.

Ce lieu était entièrement égyptien, et il m'oppressait aussi impitoyablement que dans mes rêves de sang. J'étais à deux doigts de m'évanouir.

Les rêves me revinrent : l'impression intense et paralysante de me trouver dans un sanctuaire secret quelque part en Égypte, mon âme avalée par un autre corps et vivant en lui !

La prêtresse s'avança vers moi. Cela me fit un nouveau choc.

A Rome, elle aurait porté une stricte robe romaine, avec éventuellement une petite coiffure orientale, peut-être une sorte de mitre.

Mais cette femme était vêtue de lin plissé dans l'ancien style égyptien, et portait une splendide coiffure également égyptienne, ainsi qu'une perruque avec une masse de petites tresses toutes raides tombant sur les épaules. Elle me paraissait aussi extravagante que l'était sans doute Cléopâtre, mais je ne m'y connaissais pas vraiment.

J'avais seulement entendu des anecdotes sur l'amour que Jules César portait à Cléopâtre, puis sur la liaison de celle-ci avec Marc-Antoine, et enfin sur la mort de la princesse elle-même. Tout cela s'était passé bien avant ma naissance.

Je savais toutefois que la fastueuse entrée de Cléopâtre à Rome avait vivement offusqué le sens des convenances des Romains. Et je n'ignorais pas que les anciennes familles romaines avaient peur de la magie égyptienne. Lors du récent massacre punitif que j'ai décrit, il avait beaucoup été question de débauche et de luxure, mais cela dissimulait une peur inavouée du mystère et du pouvoir qui se cachaient derrière les portes du Temple.

Et maintenant, en regardant la prêtresse aux yeux

peints, je ressentais cette peur au tréfonds de mon être. Certes, cette femme semblait sortir tout droit de mes rêves, mais ce n'était pas cela qui m'impressionnait tant ; que sont les rêves, après tout ? C'était une Égyptienne — une créature qui m'était totalement étrangère et incompréhensible.

Mon Isis était une Isis gréco-romaine. Dans le sanctuaire romain, sa statue était vêtue d'un splendide drapé, et ses cheveux, coiffés avec raffinement à l'ancienne mode grecque, entouraient son visage de douces ondulations. Elle tenait son sistre, et aussi une urne. C'était une déesse complètement latinisée.

La même chose s'était sans doute produite avec la déesse Cybèle. Rome avalait tout, assimilait tout, romanisait tout.

Dans quelques siècles — mais comment aurais-je pu le savoir ? — Rome assimilerait aussi les disciples de Jésus de Nazareth, et bâtirait avec « ses » chrétiens l'Église catholique romaine.

Je suppose que tu connais l'expression moderne « A Rome, agis comme les Romains ».

Mais ici, dans cette pénombre rougeâtre, entourée de lampes tremblotantes et de l'odeur puissante d'un encens plus musqué que je n'en avais jamais senti, je restais enfermée dans un silence craintif. Alors les rêves s'abattirent sur moi, comme autant de voiles s'abaissant pour m'envelopper. L'espace d'un éclair, je vis pleurer la Reine, si belle. Elle hurlait. Elle appelait au secours. Non !

« Écartez-vous de moi, murmurai-je en me tournant de tous côtés. Loin de moi, pensées et êtres impurs et mauvais ! Écartez-vous lorsque j'entre dans la maison de ma Mère bénie ! »

La prêtresse me prit en main. J'entendais les voix de mon rêve se disputer avec véhémence. Je m'efforçai de clarifier ma vision, de voir les adorateurs qui sortaient du sanctuaire ou y pénétraient — pour méditer, pour offrir un sacrifice ou demander une faveur. J'essayai de réaliser que c'était une foule nombreuse, affairée et recueillie, guère différente de ce que j'avais connu à Rome.

Pourtant, la proximité de la prêtresse m'ôtait mes forces. Ses yeux peints me frappaient d'épouvante. Son large collier m'obligeait à ciller sans cesse — tant de rangées de pierres, de plaques de matières précieuses...

Elle m'emmena dans un appartement privé du temple, et mit à ma disposition une couche luxueuse. Je m'allongeai, exténuée. « Loin de moi, toutes choses impures et mauvaises, murmurai-je, écartez-vous, rêves impies ! »

La prêtresse s'assit à côté de moi et m'entoura de ses bras soyeux. Levant les yeux vers elle, je vis... un masque.

« Parle-moi, toi qui souffres, me dit-elle dans un latin à l'accent épais. Parle, et dis tout ce qui doit sortir. »

Brusquement — incontrôlablement —, je déversai l'histoire entière de ma famille, l'annihilation de mes proches, ma culpabilité, mes affres et mes souffrances.

« Et si j'étais responsable de la chute de ma famille — à cause de ma participation au culte d'Isis ? Et si Tibère s'en était souvenu ? Qu'ai-je fait ! Les prêtres ont été crucifiés, et je n'ai même pas protesté. Que veut de moi Mère Isis ? J'aspire à la mort.

— Cela, elle ne vous le demande *pas* », dit la prêtresse, qui me regardait fixement. Elle avait des yeux immenses, ou bien était-ce le maquillage ? Non, je voyais nettement le blanc de ses yeux, tellement brillant et pur. De sa bouche peinte, les mots s'échappaient, monocordes, pareils à une brise légère.

Je sombrai rapidement dans le délire, je devenais totalement déraisonnable. Dans un murmure, je parlai de mon initiation, donnant autant de détails qu'il était permis d'en révéler à une prêtresse, car toutes ces choses étaient strictement secrètes, comme tu le sais, mais je lui en dis assez pour confirmer que j'avais connu une deuxième naissance selon les rites.

Toute ma faiblesse et mes peurs accumulées se déversèrent soudain en un flot de paroles.

Je parlai longuement de mon sentiment de culpabilité. Jc confessai que, très tôt, j'avais abandonné le culte d'Isis, et que ces dernières années j'avais participé uniquement aux processions publiques, lorsque la déesse était portée jusqu'à la mer pour bénir les bateaux. Isis, déesse de la navigation. Ma vie avait manqué de toute piété.

Lorsque les prêtres d'Isis avaient été crucifiés, je n'avais rien fait, sinon partager mon sentiment avec de nombreux autres, à l'insu de l'empereur. Il existait un sentiment de solidarité entre moi et les autres Romaines et Romains qui tenaient Tibère pour un monstre, mais nous n'avions pas élevé la voix pour défendre Isis. Mon Père m'avait ordonné de garder le silence. J'avais obéi. Plus tard, ce même père m'avait enjoint de vivre.

Me retournant, je me laissai glisser de la couche et me retrouvai allongée sur le sol carrelé. J'ignore pourquoi j'avais agi ainsi. Je pressai ma joue contre le froid carrelage. Sa fraîcheur me réconfortait. J'étais dans un état proche de la folie, mais encore capable de me contrôler. Je restai allongée, immobile, le regard fixe.

J'étais certaine d'une seule chose : je voulais sortir de ce temple ! Cet endroit me déplaisait au plus haut point. Venir ici avait été une très mauvaise idée.

Je me détestais, m'en voulant d'être si vulnérable, de m'être mise ainsi à la merci de cette femme, quelles que fussent ses intentions. Je baignais encore dans l'ambiance des rêves de sang, ils me faisaient signe.

J'ouvris les yeux. La prêtresse se pencha au-dessus de moi, et je vis, oui, je vis la Reine en pleurs de mes cauchemars. Je détournai la tête et fermai les yeux.

« Sois en paix », me dit la prêtresse de sa voix assurée, soigneusement travaillée. « Tu n'as rien fait de mal. »

Il paraissait absurde qu'une voix pareille pût sortit

de ce visage peint, de cette forme apprêtée, mais il en était ainsi, et la voix était catégorique.

« En premier lieu, reprit la prêtresse, n'oublie pas que Mère Isis pardonne tout. Elle est la Déesse de Merci. » Après une pause, elle ajouta : « A en juger par ta description, tu as connu une initiation plus complète que la majorité des fidèles de cette ville ou d'ailleurs. Tu t'es soumise à un long jeûne. Tu t'es baignée dans le sang sacré du taureau. Tu as certainement bu la potion. Tu as rêvé, et dans ce rêve, tu as vu ta deuxième naissance.

— Oui », dis-je, tout en essayant de revivre l'extase de ce moment lointain, de retrouver le don inestimable de croire en quelque chose. « Oui, j'ai vu les étoiles et de grands champs de fleurs, des champs immenses... »

Cela ne servait à rien. Cette femme me faisait peur, et je voulais sortir d'ici. Je rentrerais à la maison, je dirais tout à Flavius, et je l'amènerais à me laisser pleurer sur son épaule.

« Je ne suis pas pieuse de nature », dis-je, poursuivant ma confession. « J'étais jeune. J'admirais les femmes libérées qui fréquentaient le temple, des femmes qui couchaient avec qui elles voulaient, les putains de Rome, les tenancières des maisons de plaisir. J'aimais les femmes capables de penser par elles-mêmes, et qui se tenaient au courant de tout ce qui se passait dans l'empire.

— Tu trouveras aussi bien pareille compagnie ici, répondit la prêtresse sans ciller. Et ne crains pas que tes anciens liens avec le Temple aient causé votre chute à Rome. De nombreuses informations confirment que les gens de haute naissance n'ont pas été inquiétés par Tibère lorsqu'il a détruit le Temple. Ce sont toujours les pauvres qui souffrent : la fille des rues et le modeste tisserand, la coiffeuse, le poseur de briques. Aucune famille noble n'a été persécutée au nom d'Isis. Vous le savez fort bien. Quelques femmes de haute naissance se sont réfugiées à Alexandrie parce qu'elles ne voulaient pas renoncer au culte, mais elles n'ont jamais été en danger. »

Je sentais que les rêves se rapprochaient. « O Mère de Dieu », murmurai-je.

La prêtresse continuait à parler :

« De même que Mère Isis, tu as été victime d'une tragédie. Et, de même que Mère Isis, tu dois trouver la force de marcher seule, comme le fit Isis lorsque son mari, Osiris, fut tué. Qui l'a aidée lorsqu'elle cherchait dans l'Égypte entière le corps de son mari assassiné ? Elle était seule. Elle, la plus grande des déesses. Lorsqu'elle retrouva le cadavre d'Osiris, et ne put trouver sur son corps aucun organe de génération dont elle aurait pu s'imprégner, elle puisa la semence directement dans son esprit. C'est ainsi que le Dieu Horus fut conçu, fils d'une femme et d'un dieu. Grâce à son seul pouvoir, Isis avait aspiré l'esprit du mort. Et c'est encore Isis qui, par ruse, amena le dieu Râ à révéler son nom. »

C'était bien ce que disaient les anciennes légendes.

Je me détournai de la prêtresse, incapable de regarder plus longtemps son visage peint. Elle devait sentir ma répulsion. Je ne voulais pas la blesser ; ses intentions étaient bonnes. Ce n'était pas de sa faute si elle m'apparaissait comme un monstre. Pourquoi diable étais-je venue ici !

J'étais inerte, comme hébétée. La salle était baignée d'une douce lumière dorée, qui entrait surtout par les trois portes, des portes de style égyptien, plus larges à la base qu'au sommet. Je laissais cette lumière troubler ma vue. Oui, je demandais à la lumière d'avoir cet effet.

Je sentis la main de la prêtresse. Quelle tiédeur soyeuse ! Son contact, sa douceur, étaient incroyablement agréables.

« Croyez-vous en tout ceci ? » chuchotai-je soudain.

Elle ignora complètement ma question. Son masque peint attestait de sa foi.

« Sois pareille à Mère Isis, dit-elle encore. Ne

dépends de personne. Tu n'as pas la lourde tâche de retrouver un mari ou un père perdus. Tu es libre. Reçois dans ta maison des hommes capables d'amour, s'il te semble bon. Tu n'appartiens à personne, sinon à Mère Isis. N'oublie pas, Isis est la déesse qui aime, la déesse qui pardonne, la déesse à l'infinie compréhension, car elle-même a souffert.

— Souffert ! » m'exclamai-je en un souffle. Je poussai un gémissement, ce qui ne m'était presque jamais arrivé, sauf en de rares périodes de ma vie. Je voyais la Reine en pleurs de mes cauchemars, attachée à son trône.

« Écoutez, dis-je soudain à la prêtresse, je vais vous raconter les rêves, et ensuite, vous me direz pourquoi je les fais. » J'étais consciente que mon ton était agressif et rageur, et j'en étais navrée. « Ces rêves ne sont pas dus au vin ou à des potions, ils ne suivent pas davantage de longues périodes d'insomnie qui pervertissent l'esprit. »

Je me lançai alors dans une confession que je n'avais absolument pas prévue.

Je décrivis à cette femme les rêves de sang, les rêves de l'ancienne Égypte dans lesquels je buvais du sang : l'autel, le temple, le désert, le soleil levant.

« Amon-Râ ! » m'exclamai-je. C'était le nom égyptien du dieu-soleil, mais je ne l'avais jamais prononcé, du moins pas à ma connaissance. « Oui, par sa ruse Isis l'a amené à révéler son nom, mais il m'a tuée, et je suis devenue sa buveuse de sang, vous m'entendez, c'est une déesse assoiffée !

— Non ! » dit la prêtresse, figée dans une totale immobilité.

Elle réfléchit un long moment. Je lui avais fait peur, ce qui ne fit qu'intensifier ma propre peur.

« Sais-tu lire les anciens pictogrammes égyptiens ? me demanda-t-elle.

— Non. »

Son ton se fit plus détendu, plus vulnérable :

« Tu te réfères à des légendes très anciennes, des

légendes enfouies dans l'histoire de notre culte d'Isis et d'Osiris. Jadis, ils acceptaient effectivement en sacrifice le sang des victimes. Des rouleaux conservés ici en témoignent. Mais personne ne sait vraiment les déchiffrer, à l'exception d'un seul... »

Elle ne termina pas sa phrase.

« De qui s'agit-il ? » demandai-je en me soulevant sur mes coudes. Je me rendis compte que mes tresses s'étaient défaites. Parfait. C'était une sensation agréable, ces cheveux libres et propres. Je les peignai avec mes mains.

Quel effet cela faisait-il, d'être enfoui sous cette perruque et toutes ces couches de fard, comme la prêtresse ?

« Répondez-moi, insistai-je. Qui est capable de lire ces légendes ? Dites-le-moi !

— Selon certains récits malveillants, dit-elle, Isis en personne et Osiris continueraient à vivre quelque part, sous une forme matérielle, en se nourrissant de sang. » Elle eut une expression de rejet et de dégoût. « Mais cela n'a aucun rapport avec notre culte. Nous ne faisons pas de sacrifices humains, ici ! L'Égypte était vieille et sage bien avant l'avènement de Rome ! »

Qui cherchait-elle à convaincre ? Moi ?

« Je n'ai jamais fait des rêves pareils : une série entière sur le même thème. »

Elle poursuivit son exposé, avec une excitation croissante :

« Notre Mère Isis n'aime pas le sang. Elle a conquis la mort, et elle a fait de son mari Osiris le Dieu des Morts, mais pour nous, elle représente la vie même. Ce n'est pas elle qui t'a envoyé ces rêves.

— Vous avez raison, c'est peu probable. Mais dans ce cas, d'où viennent-ils ? Pourquoi ces rêves m'ont-ils poursuivie jusqu'en pleine mer ? Et qui est cette personne capable de lire l'écriture antique ? »

La prêtresse était ébranlée. Elle m'avait lâchée et regardait fixement devant elle. Ses yeux avaient une expression féroce, mais c'était dû au fard à paupières noir.

« Peut-être as-tu entendu une légende très ancienne, qu'un vieux prêtre égyptien aurait pu te raconter durant ton enfance ? Tu l'avais oubliée, et maintenant elle resurgit dans ton esprit torturé. Elle se nourrit de feux qui lui sont étrangers, à savoir la mort de ton père.

— Oui... J'aimerais qu'il en soit ainsi, mais je n'ai jamais connu de vieux prêtre Égyptien. Tous les prêtres du temple étaient romains. Et puis, si nous prenons les rêves et les examinons en détail, quels points communs voyons-nous ? Pourquoi la Reine pleure-t-elle ? Pourquoi le soleil me tue-t-il ? La Reine est enchaînée. La Reine est prisonnière. Elle souffre le martyre !

— Taisez-vous ! » La prêtresse frissonna, puis me serra dans ses bras, comme si c'était elle qui avait besoin de réconfort. Je sentais contre moi le lin raide et empesé, les cheveux épais de sa perruque, et, sous toutes ces couches, le battement précipité de son cœur. « Non, reprit-elle. Tu es possédée par un démon, et nous parviendrons à chasser ce démon de ton esprit. Peut-être ce misérable démon a-t-il trouvé la porte ouverte au moment où ton Père a été attaqué devant le foyer de sa propre maison.

— Vous croyez vraiment qu'une chose pareille est possible ?

— Écoute », me dit-elle sur un ton aussi naturel et spontané que celui des femmes qui m'avaient accueillie devant le temple, « je voudrais que tu ailles prendre un bain et que tu t'habilles de neuf. Et cet argent, combien peux-tu m'en donner ? Si tu ne peux pas t'en séparer, nous prendrons tout à notre charge. Nous sommes riches. »

Je détachai la bourse de ma ceinture. « Ce n'est pas un problème. Il y en a plus qu'il n'en faut.

— Je veillerai à ce qu'on s'occupe de tout. Il te faut d'autres vêtements. Cette soie est trop fragile.

— Comme si je ne le savais pas !

— La cape est déchirée. Tes cheveux sont complètement décoiffés... »

Je fis couler de la bourse une douzaine de pièces d'or, plus que ce que j'avais payé pour Flavius.

Cela lui fit visiblement un choc, mais elle se reprit aussitôt. Puis elle me regarda, et son masque peint réussit à transmettre une expression, une sorte de froncement de sourcils. Je crus que le fard allait craquer.

J'avais l'impression qu'elle allait fondre en larmes. Décidément, je devenais experte dans l'art de faire pleurer les gens. Mia et Lia avaient pleuré. Flavius avait pleuré. Maintenant, la prêtresse était au bord des larmes. Et la Reine du rêve pleurait !

Rejetant la tête en arrière, je partis d'un rire dément. A ce moment précis, je vis la Reine ! Ce n'était qu'une réminiscence lointaine, une image floue et déformée, mais cela me fit tellement de peine que j'en aurais pleuré, moi aussi. Mon rire moqueur était blasphématoire et mensonger, il allait à l'encontre de mes convictions les plus intimes.

« Prenez cet or, dis-je, c'est pour le temple. Et pour payer les vêtements neufs et tout ce dont j'aurai besoin. Mais pour mon offrande à la déesse, je veux uniquement des fleurs et un pain sortant du four, une petite miche.

— Excellent, dit-elle en approuvant chaleureusement de la tête. C'est ce que désire Isis. Elle ne veut pas de sang. Non ! Pas de sang ! »

Elle se pencha pour m'aider à me lever.

Je l'arrêtai. « N'oubliez pas que dans le rêve, elle pleure. Elle n'est pas heureuse, elle n'aime pas ces buveurs de sang. Elle proteste, elle n'est pas d'accord. Ce n'est pas elle qui boit du sang. »

D'abord déconcertée, la prêtresse finit par hocher la tête : « Oui, cela me paraît évident.

— Moi aussi, je proteste et je souffre.

— Je sais. Viens. » Elle me fit franchir une haute et lourde porte, et me confia aux esclaves du temple. Je me laissai faire avec soulagement. J'étais tellement lasse.

On m'emmena d'abord aux bains cérémoniels, où je fus lavée par de jeunes vierges attachées au temple. D'autres vierges me revêtirent de vêtements neufs.

Quel plaisir de se faire habiller avec tant de soin et d'habileté !

Un moment, je m'étais demandé avec résignation si elles allaient m'emprisonner dans des plissés blancs et noirs, mais à mon grand soulagement, les habits étaient dans le style romain.

Ces jeunes filles me coiffèrent ensuite avec une grande adresse, ramenant mes cheveux en un bandeau qui ne se déferait pas, tout en laissant libres suffisamment de boucles pour encadrer joliment mon visage.

Mes nouveaux vêtements étaient en lin d'une extrême finesse, avec des lisérés de fleurs brodées. Cette parure faite avec tant de soin et de minutie me paraissait plus précieuse que de l'or.

Elle me procurait certainement un plus grand plaisir que de l'or.

Je me sentais si fatiguée, et j'étais tellement reconnaissante !

Les jeunes filles avaient maquillé mon visage avec une habileté dont je n'aurais jamais été capable, mais plutôt dans le style égyptien. En me regardant dans le miroir, j'eus un mouvement de recul. Certes, je n'étais pas couverte de peinture comme la prêtresse, mais en tout cas mes yeux étaient soulignés de noir.

« De quel droit oserais-je me plaindre ? » laissai-je échapper.

Je remis le miroir en place. On n'est pas obligé de se regarder. Heureusement !

Je regagnai la grande salle du temple, transformée en respectable dame romaine, mais avec un exubérant maquillage oriental. C'était un spectacle fort commun à Antioche.

Je trouvai la prêtresse en compagnie de deux de ses consœurs, accoutrées aussi cérémonieusement qu'elle, et d'un prêtre portant la même coiffure à l'ancienne mode égyptienne, mais sous celle-ci, il n'avait en guise de perruque qu'une sorte de large capuchon à rayures. Sa tunique courte était plissée. Lorsque je m'approchai du petit groupe, il se retourna et me foudroya du regard.

La peur. J'étais paralysée de peur. Fuir ! Fuir ce lieu sinistre ! Oublier l'offrande, ou charger quelqu'un de la faire à ma place. Rentrer chez moi, où Flavius m'attend. Sortir d'ici !

J'étais muette de stupeur. Je n'opposai aucune résistance lorsque le prêtre m'attira à l'écart.

« Écoutez-moi attentivement, commença-t-il d'une voix étonnamment douce. Je vais vous emmener dans le sanctuaire. Je vous y laisserai seule, vous pourrez parler à la Mère. Mais quand vous sortirez, il faudra venir me voir. Ne partez surtout pas sans m'avoir vu ! Et promettez-moi de revenir tous les jours ; si vous faites de nouveau ces rêves, vous nous les raconterez en détail. Il faudrait absolument les décrire à une certaine personne. A moins, bien sûr, que la déesse ne les chasse de votre esprit.

— Je les décrirai à quiconque est susceptible de m'aider, évidemment. Je hais ces rêves. Mais pourquoi êtes-vous tellement inquiet et agité ? Avez-vous peur de moi ? »

Il secoua la tête. « Je ne vous crains pas, mais je dois vous confier quelque chose. Il faut que je vous parle, aujourd'hui ou demain. Il le faut. Allez au sanctuaire, maintenant, puis revenez me voir. »

Les prêtresses m'accompagnèrent jusqu'à l'étroit sanctuaire. Des rideaux de lin cachaient l'autel, devant lequel mon sacrifice était posé : une grande guirlande de fleurs au parfum suave, et la miche de pain encore chaud. Je m'agenouillai. Des mains invisibles tirèrent les rideaux, et je me retrouvai seule dans la chambre, agenouillée devant la *Regina Coeli*, la Reine du Ciel.

Un autre choc m'attendait.

C'était une antique statue égyptienne de notre Isis,

sculptée dans du basalte noir. Elle portait une coiffe étroite passant derrière les oreilles, surmontée d'un grand disque avec des cornes sur le côté. Sa poitrine était nue. Sur ses genoux, était assis le pharaon adulte, son fils Horus. Elle tenait son sein gauche pour lui donner son lait.

J'étais complètement désespérée. Cette image ne signifiait rien pour moi ! Je m'efforçai en vain d'y retrouver l'essence de mon Isis.

« Est-ce toi qui m'as envoyé ces rêves, Mère ? » murmurai-je.

Je disposai les fleurs. Je rompis le pain.

Dans le silence, aucune réponse ne vint de l'antique et sereine statue.

Je me laissais tomber au sol, prostrée, les bras tendus en avant. De toute mon âme, je luttais pour dire : j'accepte, je crois, je suis à toi, j'ai besoin de toi. J'ai besoin de toi !

Mais je versais des larmes amères. J'avais tout perdu. Non seulement Rome et ma famille, mais aussi Isis, mon Isis. Cette déesse-là incarnait la foi d'un autre pays, d'un autre peuple.

Petit à petit, imperceptiblement, le calme se fit en moi.

Il en est ainsi, me disais-je. Le culte de la Mère est célébré en tous lieux, au nord et au sud, à l'est comme à l'ouest. C'est à son esprit que ce culte doit son pouvoir. Il n'est pas indispensable que j'embrasse littéralement les pieds de cette effigie. L'essentiel est ailleurs.

Lentement, je relevai la tête, puis me rassis sur les talons. Une révélation, une véritable révélation me fut donnée. Je ne puis la décrire vraiment, mais je la connus pleinement, en l'espace d'un instant.

Il me fut révélé que toutes les choses étaient des symboles d'autres choses ! Je compris que tous les rituels étaient des représentations d'autres événements ! Je vis que nos esprits humains pragmatiques avaient inventé tout cela, car l'âme, dans son immensité, ne voulait pas que le monde restât dénué de sens.

Cette statue représentait l'amour. L'amour plus fort que la cruauté. L'amour plus fort que l'injustice. L'amour plus fort que la solitude et l'opprobre.

C'était cela qui importait, cet unique fait. Tout le reste était secondaire. Levant les yeux sur le visage de la déesse, je la reconnus ! Je regardai le petit pharaon, le sein offert...

« Je suis à toi ! » dis-je sans émotion.

Ses traits égyptiens sévères et primitifs n'étaient plus un obstacle pour toucher mon cœur. Je considérai longuement la main droite qui tenait le sein.

Amour. L'amour exige la force, qui à son tour exige la longanimité ; et celle-ci exige l'acceptation de tout ce qui nous est inconnu.

« Délivre-moi de ces rêves, Mère céleste ! Ou révèle-moi leur raison d'être. Indique-moi le chemin que je dois suivre. Je t'en conjure... »

Je récitai ensuite une ancienne litanie latine :

Tu es celle qui a séparé le Ciel et la Terre.
Tu es celle qui s'élève dans le ciel avec Sirius.
Tu es celle qui donne de la force au juste.
Tu es celle qui fait que les enfants aiment leurs [parents.
Tu es celle qui a décrété la merci pour quiconque la [demande.

Je croyais ce que disaient ces mots, mais dans un sens purement profane. J'y croyais parce que, à mes yeux, son culte avait tiré des esprits des hommes et des femmes les meilleures idées que ceux-ci pouvaient produire. Telle était la raison d'être d'une déesse, sa fonction ; c'était de là qu'elle tirait sa force et sa vitalité.

Le phallus perdu d'Osiris est présent dans le Nil. Et le Nil féconde les champs. Quelle merveille !

L'astuce, c'était non de la rejeter, comme l'aurait sans doute suggéré Lucrèce, mais de réaliser la signification de son image. D'extraire de cette image ce que ma propre âme contenait de meilleur.

Baissant les yeux pour regarder les merveilleuses fleurs blanches, je songeai : « C'est ta sagesse, Mère, qui veut qu'elles fleurissent. » Par cela, j'entendais simplement que le monde est tellement plein de choses qui méritent d'être chéries, protégées, honorées, que le plaisir lui-même est lumineux — et qu'elle, Isis, incarne ces concepts, trop profonds pour être qualifiés d'idées.

Je l'aimais, cette expression de la bonté qu'on appelait Isis.

Plus je fixais son visage de pierre, plus j'avais l'impression qu'elle me voyait. Un stratagème vieux comme le monde. Plus je restais agenouillée devant elle, plus il semblait qu'elle me parlait. Les rêves s'étaient éloignés ; ils n'étaient plus guère qu'une énigme qui attendait sa stupide solution.

Ensuite, avec une ferveur qui n'était pas feinte, je m'avançai vers elle, toujours prosternée, et embrassai ses pieds.

Le culte était terminé. J'avais rendu hommage à la déesse.

Je sortis du sanctuaire, rafraîchie et heureuse.

Ces rêves ne me hanteraient plus. Il faisait encore jour. J'étais radieuse.

Dans la cour du temple, je trouvai de nombreuses amies. Assise en leur compagnie au pied des oliviers, je leur soutirai tous les renseignements pratiques qui pourraient m'être utiles : comment trouver des fournisseurs, des traiteurs, des coiffeurs, et ainsi de suite ; où acheter ceci, et cela.

Autrement dit, mes riches amies m'armèrent de pied en cap pour organiser la vie quotidienne de ma maison, sans pour autant m'encombrer d'esclaves dont je ne voulais pas. Je pourrais me contenter de Flavius et des deux filles. Parfait. Tout le reste pouvait s'acheter ou se louer.

Finalement, très fatiguée, la tête pleine de noms et

d'adresses qu'il ne faudrait surtout pas oublier, amusée par les blagues et anecdotes que mes amies m'avaient racontées, et ravie de l'aisance avec laquelle elles s'exprimaient en grec — une langue que j'ai toujours adorée —, je m'adossai au tronc et me dis que maintenant, je pouvais rentrer à la maison.

M'apprêter à rentrer, en tout cas.

Le temple était encore en pleine activité. Je regardai en direction des portes. Où était le prêtre ? Peu importait, je pourrai revenir demain. En tout cas, je ne voulais plus revivre ces rêves, c'était certain. De nombreux hommes et femmes allaient et venaient avec des fleurs et du pain. Quelques-uns avaient apporté des oiseaux qu'ils libéreraient pour la déesse : ils s'envoleraient par la haute fenêtre de son sanctuaire.

Quelle chaleur, dans cette ville ! Le mur était couvert d'une masse de fleurs qui semblaient en feu ! Je n'aurais jamais cru qu'il existait sur terre quelque chose d'aussi beau que la Toscane, mais ce lieu était lui aussi d'une grande beauté.

Je sortis de la cour, descendis les marches, et traversai le forum.

Je m'approchai d'un homme installé sous les arcades. Il enseignait à un groupe de jeunes gens tout ce que prônait Diogène : renoncer à la chair et à ses plaisirs, mener une vie pure en niant les sens.

C'était somme toute ce que Flavius m'avait décrit. A cela près que cet homme paraissait sincère, et était de surcroît fort cultivé. Il discutait de la résignation libératrice. Cela me parlait vraiment, car c'était précisément ce que je pensais avoir ressenti dans le temple : une résignation libératrice.

Les garçons qui l'écoutaient étaient trop jeunes pour avoir connu cela ; mais moi, je l'avais vécu. Et l'homme me plaisait bien. Il avait des cheveux gris et était vêtu d'une simple tunique longue. Il ne s'exhibait pas en haillons.

Je ne tardai pas à l'interrompre. Avec un sourire empli d'humilité, je proposai à sa réflexion la remarque d'Épicure selon laquelle les sens ne nous auraient pas été donnés s'ils n'étaient pas bons. N'en était-il pas ainsi ? « Devons-nous nier ce que nous sommes ? Regardez là-bas, dans la cour du temple d'Isis, toutes ces fleurs qui couvrent le mur ! N'est-ce pas une chose digne d'être savourée ? Regardez le rouge véhément de ces fleurs ! A elle seule, cette floraison suffit à nous faire oublier toute notre peine. Et qui pourrait prétendre que les yeux sont plus sages que les mains ou les lèvres ? »

Les jeunes gens se tournèrent vers moi. J'engageai la conversation avec plusieurs d'entre eux. Comme ils étaient frais et agréables à regarder ! Il y avait des jeunes hommes de Babylone aux longs cheveux, et même quelques Hébreux de haute naissance, aux mains et aux torses velus, ainsi que de nombreux colons romains. Tous étaient éblouis par mon argumentation, voulant que la vérité de la vie peut être découverte dans la chair et le vin.

« Les fleurs, les étoiles, le vin, les baisers de l'amant ou de l'amante, tout cela fait indubitablement partie de la nature, n'est-il pas vrai ? » Depuis ma sortie du temple, j'étais tout exaltée et embrasée : ne venais-je pas de rejeter toutes mes peurs, de résoudre tous mes doutes ? Pour le moment, j'étais invincible. Le monde était neuf.

Le maître, qui se nommait Marcellus, s'avança pour me saluer :

« Gracieuse Dame, vous me surprenez agréablement, commença-t-il. Mais dites-moi, d'où tenez-vous ces convictions ? Les avez-vous apprises dans Lucrèce ? Ou est-ce le fruit de votre propre expérience ? Vous savez pourtant qu'il ne faut jamais encourager les gens à succomber aux sens !

— Ai-je parlé de succomber ? Accepter et s'abandonner n'est pas succomber, c'est honorer. Ce dont je parle, c'est de mener une vie avisée. C'est d'écouter la sagesse de nos corps. Je parle de la forme suprême d'intelligence que sont la bonté, la tendresse, la capacité de jouir des choses. Et si vous tenez à le savoir, Lucrèce m'a moins appris qu'on ne pourrait le croire. Je l'ai toujours trouvé trop sec, trop austère à mon goût. Ce sont des poètes, Ovide surtout, qui m'ont appris à aimer la multiple splendeur de la vie. »

Les jeunes hommes applaudirent à tout rompre. « Ovide ! criaient-ils. Ovide m'a tout appris ! »

« Très bien, leur dis-je avec fermeté, mais n'oubliez pas vos bonnes manières, elles sont aussi importantes que vos leçons. »

Cela me valut de nouveaux vivats. Ensuite, les jeunes gens se mirent à déclamer des vers des *Métamorphoses*.

« Fantastique ! déclarai-je. Combien êtes-vous ? Quinze ? Pouquoi ne viendriez-vous pas souper chez moi ? Venez tous. Dans cinq jours, vous êtes tous invités. Il me faut du temps pour tout préparer. J'ai de nombreux livres, que j'aimerais vous faire voir. Croyez-moi, je vous montrerai ce qu'un festin délectable peut faire pour l'âme ! »

Mon invitation fut acceptée avec des rires amusés. Je leur révélai où se trouvait ma maison.

« Je suis veuve. Mon nom est Pandora. Je vous invite en toute bienséance, et le festin sera prêt pour vous. Ne vous attendez pas à des danseurs et danseuses, vous n'en trouverez pas sous mon toit. Il n'y aura que des mets délicieux. Et de la poésie. Qui sait chanter les vers d'Homère ? Vraiment les chanter ? Lequel d'entre vous veut les chanter maintenant de mémoire, juste pour le plaisir ? »

Rires, bonne humeur, convivialité. Victoire ! Apparemment, tous en étaient capables, et tous étaient ravis d'en avoir l'occasion. Timidement, l'un d'eux fit allusion à une autre Romaine, qui serait extrêmement jalouse en apprenant qu'elle avait une rivale à Antioche.

« Penses-tu, dit un autre. Il y a déjà trop de monde à sa table. Puis-je vous baiser la main, madame ?

— Il faudra me dire qui est cette dame. Je la recevrais volontiers. Je veux faire sa connaissance et voir ce qu'elle pourra m'apprendre. »

Le maître était tout souriant. Je lui glissai discrètement quelques pièces.

Le jour déclinait. Je soupirai en regardant les premières étoiles apparaître dans le ciel teinté de rouge qui précède les ténèbres de la nuit.

Je reçus les chastes baisers des jeunes hommes, et leur confirmai la date de notre fête.

Quelque chose avait changé, pourtant. Le temps de fermer et de rouvrir les yeux. Non, pas des yeux peints !

Peut-être n'était-ce que le crépuscule qui s'abat sur le monde telle une chape de plomb.

Je sentis un frisson me parcourir. *C'est moi qui t'ai mandée.* Qui avait prononcé ces paroles ? *Prends garde, car tu pourrais maintenant m'être volée, et je ne le tolérerais pas.*

J'étais frappée de stupeur. Je serrais chaleureusement la main du maître. Il parlait de modération, de vie simple : « Regardez ma modeste tunique. Ces garçons ont tellement d'argent que cela risque de les détruire. »

Les jeunes gens protestèrent en chœur.

Je les entendais à peine. Je prêtais l'oreille à autre chose. Je fouillais la pénombre des yeux. Qui avait dit ces mots ? Qui m'avait convoquée, et qui s'aviserait de me voler ?

Soudain, à ma stupéfaction muette, j'aperçus un homme, au visage dissimulé par sa toge, qui m'observait. Je le reconnus aussitôt à son front et à ses yeux, qui restaient visibles. Et lorsqu'il s'éloigna d'un pas mesuré, je reconnus également sa démarche.

C'était mon frère Lucius, le cadet, celui que je méprisais. Ce ne pouvait être que lui — rien qu'à voir la manière furtive dont il se fondait dans les ombres pour ne pas être vu.

Je le connaissais de la tête aux pieds, Lucius, corps et âme. Il s'était arrêté à l'extrémité du long portique.

J'étais incapable de faire un geste. La nuit était presque tombée ; tous les marchands qui n'ouvraient boutique que le jour étaient partis. Les tavernes commençaient à sortir leurs lanternes ou leurs torches. Un seul marchand de livres restait ouvert, son grand éventaire éclairé par plusieurs lampes.

Lucius — mon frère cadet très détesté — ne venait pas m'accueillir avec des larmes, mais se cachait dans les ombres du portique. Pourquoi ?

J'avais peur de connaître déjà la réponse.

Pendant tout ce temps, les jeunes gens me suppliaient de les accompagner dans une taverne située à proximité, un endroit très agréable, m'assuraient-ils. Ils se chamaillaient pour savoir qui paierait mon dîner.

Réfléchis, Pandora. Cette adorable petite invitation a pour objet de mettre à l'épreuve ton audace et ta liberté. Certes, je ne devrais pas aller dans une vulgaire taverne avec ces garçons ! Mais dans quelques instants, je me retrouverais seule...

Le forum était devenu calme et silencieux. De grands feux avaient été allumés devant les temples, mais de vastes espaces restaient plongés dans l'obscurité. L'homme à la toge attendait.

« Non, dis-je, il faut que je rentre. » Je me demandais désespérément où trouver un porte-flambeau. Oserais-je demander à ces jeunes hommes de m'accompagner jusqu'à la maison ? Leurs esclaves attendaient à quelque distance ; certains avaient déjà allumé des torches ou des lanternes.

Des chants venaient du temple d'Isis.

C'est moi qui t'ai mandée. Prends garde... n'oublie pas mes desseins !

« C'est de la folie », dis-je entre mes dents, tout en saluant ceux qui partaient par groupes de deux ou de trois. Je me forçais à sourire, à lancer quelques mots gentils.

Je regardais avec rage la lointaine silhouette de Lucius, qui paraissait tout avachi à l'autre bout de l'arcade, devant des portes fermées pour la nuit. Sa posture même était un signe de dissimulation et de lâcheté.

Soudain, je sentis une main sur mon épaule. Ne tenant pas à encourager pareille familiarité, je me dégageai, me rendant compte au même moment qu'un homme murmurait à mon oreille :

« Le prêtre du temple vous conjure de revenir, madame. Il faut qu'il vous parle. Il tenait à ce que vous ne partiez pas sans vous avoir parlé. »

Me retournant, je vis un prêtre, portant une grande coiffe égyptienne, vêtu de lin immaculé, avec autour du cou un médaillon à l'effigie de la déesse.

Ce n'était donc que cela. Que les cieux en soient remerciés !

Avant que je ne pusse me ressaisir ou lui répondre, un autre homme s'avança hardiment, en soulevant puissamment sa jambe en ivoire. Il était accompagné de deux porte-flambeaux. Une lumière réconfortante nous enveloppa.

« Ma maîtresse souhaite-t-elle parler à ce prêtre ? » s'enquit-il.

Flavius avait suivi mes instructions. Ses superbes vêtements étaient ceux d'un Romain bien né : tunique longue et ample cape flottante. Étant esclave, il ne pouvait porter la toge. Ses cheveux impeccablement coupés étaient aussi élégants que ceux de n'importe quel homme libre. Il resplendissait de propreté, et paraissait empli d'assurance.

Marcellus, le philosophe et professeur, s'était attardé. « Très gracieuse dame Pandora, me dit-il, permettez-moi de vous assurer que la taverne que ces garçons fréquentent peut voir apparaître un nouveau Platon ou un autre Aristote ; mais ce n'est pas un endroit pour vous.

— J'en suis parfaitement consciente, répondis-je. Ne vous faites pas de souci pour moi. »

Le maître considérait le prêtre et le beau Flavius avec une certaine méfiance. Je pris Flavius par la taille. « Je vous présente mon intendant, qui vous recevra lorsque vous viendrez pour la soirée. Merci de m'avoir permis d'interrompre votre enseignement. Vous êtes un homme de cœur. »

Soudain, les traits du maître de philosophie se figèrent, et il se pencha vers moi : « Il y a un homme sous ce portique ; non, ne regardez pas dans cette direction, mais il vous faut davantage d'esclaves pour vous protéger. C'est une ville divisée, dangereuse.

— Je sais. Vous l'avez donc vu, vous aussi. Avec sa glorieuse toge, marque d'une noble naissance !

— Il fait presque nuit, intervint Flavius. Je vais engager d'autres porte-flambeaux et louer une litière. Il y en a juste à côté. »

Il remercia le professeur, qui partit à regret.

Le prêtre, oui... il attendait toujours. Flavius fit signe à deux porteurs de torches, qui arrivèrent au pas de course. Nous avions maintenant de la lumière en abondance.

Je me tournai vers le prêtre. « Je viens tout de suite au temple, mais il faut d'abord que je m'entretienne avec cet homme, là-bas. Celui qui est dans l'ombre, vous voyez ? » Ce disant, je le montrai du doigt. Mon geste devait se voir de loin, car j'étais inondée de lumière, presque comme une actrice sur scène.

Je vis le personnage lointain se recroqueviller, comme s'il voulait se fondre dans le mur.

« Pourquoi ? » me demanda Flavius avec à peu près autant d'humilité qu'un sénateur romain. « L'attitude de cet homme ne me plaît pas du tout. Un rôdeur sans doute. Le professeur avait raison.

— Je sais », dis-je, tout en entendant l'écho lointain d'un rire de femme. Grands dieux ! faites que je ne perde pas la raison avant de rentrer chez moi ! Je regardai attentivement Flavius. Non, il n'avait pas entendu le rire.

Il y avait une seule façon de procéder sans danger. « Porteurs, venez avec moi, tous ! » dis-je aux quatre esclaves. « Flavius, vous restez ici avec le prêtre et vous m'observez pendant que je vais saluer cet homme. Je le connais. Ne venez que si je vous appelle.

— Cela ne me dit rien de bon, commenta Flavius.

— A moi non plus, ajouta le prêtre. Vous êtes attendue au temple, madame. Nous avons de nombreux gardes, qui pourront vous escorter jusqu'à votre domicile.

— Comptez sur moi », dis-je, tout en me dirigeant vers la silhouette portant la toge. Entourée du halo lumineux des torches, je m'engageai sur les dalles de pierre de la vaste place.

Je vis l'homme à la toge sursauter violemment, de tout son corps, puis faire quelques pas en avant en s'écartant du mur.

Avant d'avoir traversé toute la place, je m'arrêtai.

Il serait bien obligé de venir vers moi. Je n'avais pas l'intention de faire un pas de plus. Le vent avivait les flammes des torches. Tout le monde pouvait nous voir. Nous formions le groupe le plus éclairé de tout le forum.

L'homme s'approcha, marchant d'abord lentement, puis de plus en plus vite. La lumière des torches frappa son visage. Ses traits étaient déformés par la colère.

« Lucius, dis-je à voix basse. Je te vois, mais je n'en crois pas mes yeux.

— Moi non plus, rétorqua-t-il. Que diable fabriques-tu ici ?

— Hein ? » J'étais trop estomaquée pour trouver une réponse appropriée.

« A Rome, notre famille est en disgrâce, et tu t'exhibes ainsi en plein centre d'Antioche ! Regarde-toi ! Fardée et parfumée, les cheveux pommadés ! Tu n'es qu'une catin.

— Lucius ! m'écriai-je. Que t'imagines-tu, au nom des dieux ? Notre Père est mort. Tes propres frères le sont probablement. Comment as-tu fait pour t'échapper ? Pourquoi ne te réjouis-tu pas de me voir ? Pourquoi ne m'emmènes-tu pas dans ta maison ?

— Heureux de te voir ! siffla-t-il. Nous vivons cachés, espèce de chienne !

— Combien êtes-vous ? Qui est ici ? Où est Antoine ? Qu'est-il arrivé à Flora ? »

Il fit une grimace exaspérée.

« Ils ont été assassinés, Lydia, et si tu ne te caches pas dans quelque lieu sûr où aucun citoyen romain en vadrouille ne te trouvera, tu es aussi morte qu'eux. Oh ! te voir soudain en ce lieu, débitant des niaiseries philosophiques ! Dans les tavernes, on ne parle déjà que de toi. Et cet esclave, avec sa jambe en ivoire ! Je t'ai vue à midi, infernale créature de malheur ! Va au diable, Lydia ! »

C'était de la haine à l'état pur.

De nouveau, j'entendis nettement ce rire qui se perdait en échos. Bien entendu, il n'avait rien remarqué. Moi seule pouvais l'entendre.

« Et ta femme, où est-elle ? Je veux la voir. Tu *vas* m'emmener chez toi !

— Certainement pas.

— Je suis ta sœur, Lucius. Et je veux voir ta femme. Mais tu as raison. J'ai agi stupidement. Je n'ai pas vraiment réfléchi aux conséquences de mes actes. Une mer entière nous sépare de Rome. Il ne me serait jamais venu à l'esprit...

— Précisément, Lydia, tu ne réfléchis pas vraiment, tu n'as aucun sens pratique. Tu as toujours été ainsi. Tu es une rêveuse irréductible, et stupide de surcroît.

— Que puis-je faire, Lucius ? »

Il se tourna de tous côtés, observant les porte-flambeaux pour prendre leur mesure.

Il me regarda en plissant les yeux. Je ressentais physiquement sa haine. O Père, détourne les yeux de ce spectacle, que tu sois au ciel ou dans le monde souterrain ! Mon frère veut ma mort.

« Oui, dis-je à mi-voix. Quatre porte-flambeaux, et nous sommes au milieu du forum. Sans oublier l'homme à la jambe d'ivoire, là-bas, et le prêtre... Et tu vois ces soldats, qui montent la garde devant le temple impérial ? Tiens-en compte. Alors, comment va ta femme ? Il faut que je la voie. Je viendrai en secret.

Elle se réjouira de me savoir en vie, je n'en doute pas, car je l'aime comme une sœur. N'aie crainte, je ne me montrerai jamais avec toi en public. J'ai commis une terrible erreur.

— Tais-toi donc ! Comme une sœur ! Elle est morte. » De nouveau, il regarda autour de lui. « Ils ont tous été massacrés. Ne comprends-tu donc pas ? Éloigne-toi de moi. » Il recula de quelques pas, mais je le suivis et les esclaves m'emboîtèrent le pas, de sorte qu'il resta en pleine lumière.

« S'il en est ainsi, qui est avec toi ? Qui s'est enfui avec toi ? Qui d'autre est resté en vie ?

— Priscilla, répondit-il, et nous avons une sacrée chance de nous en être tirés.

— Comment ! Ta maîtresse ? Tu es venu ici avec ta maîtresse ! Et les enfants, tous morts ?

— Oui, très certainement. Comment auraient-ils pu y échapper ? Écoute-moi bien, Lydia, je te donne une nuit pour quitter cette ville et aller loin de moi. Je suis à l'abri, ici, et logé fort confortablement. Je ne tolérerai pas ta présence. Quitte Antioche. Par terre ou par mer, peu m'importe, mais pars !

— Tu as abandonné ta femme et tes enfants, tu les a laissés mourir ? Et tu es venu ici avec Priscilla ?

— Et toi, sale chienne en chaleur, comment diable as-tu fait pour t'échapper, hein ? Dis-le-moi ! Évidemment, tu n'avais pas d'enfants, toi, la célèbre matrice stérile de notre famille ! » Il regarda les porte-flambeaux et leur cria : « Allez-vous-en, partez !

— Ne bougez pas d'un pouce. »

Je posai la main sur mon poignard et écartai les pans du manteau pour qu'il puisse voir l'éclat du métal.

Il parut sincèrement surpris, puis eut un sourire abominablement faux. C'était révoltant.

« Lydia, pour rien au monde je ne te ferais du mal, dit-il d'un air offusqué. Mais je me fais du souci pour nous tous. J'avais été prévenu qu'à la maison, tous avaient été assassinés. Qu'aurais-je pu faire ? Y retourner, et mourir pour rien ?

— Tu mens. Et ne me traite plus jamais de chienne en chaleur si tu tiens à garder ce qui fait ta virilité. Je sais que tu mens. Quelqu'un t'avait prévenu, et tu t'es sauvé ! Ou alors... c'est toi qui nous as tous trahis. »

Dommage pour lui qu'il ne soit pas plus malin, plus prompt à réagir. Au lieu de se révolter contre cette terrible accusation, comme il eût été naturel de le faire, il se contenta de dire, en penchant la tête de côté :

« Non, ce n'est pas vrai. Écoute, viens avec moi, maintenant. Renvoie ces hommes, débarrasse-toi de cet esclave, et je t'aiderai. Priscilla t'adore, tu sais.

— C'est une menteuse et une traînée ! Avec quel calme tu as réagi à mes soupçons ! Tu étais bien plus en colère quand tu m'as aperçue ! Je viens de t'accuser d'avoir trahi notre famille aux *delatores*. Je t'ai accusé d'avoir livré ta femme et tes enfants à la garde prétorienne. Entends-tu ce que je dis ?

— C'est totalement absurde. Jamais je n'aurais fait une chose pareille !

— Tu pues la culpabilité ! Regarde-toi ! Je devrais te tuer sur-le-champ ! »

Il recula d'un pas. « Quitte Antioche ! répéta-t-il une fois de plus. Peu m'importe comment tu me juges, ou ce que tu penses de ce que j'ai été obligé de faire pour nous sauver, Priscilla et moi. Pars d'Antioche ! »

Je ne trouvais pas de mots assez durs pour exprimer mon verdict. Il était plus impitoyable que mon âme ne pouvait le tolérer.

Il eut un mouvement de recul, puis partit d'un pas rapide, disparaissant dans l'obscurité avant même d'être arrivé au portique. J'écoutai l'écho de ses pas s'éloigner dans la rue.

« Doux cieux ! » murmurai-je, au bord des larmes. Mais ma main n'avait pas lâché le poignard.

Je fis volte-face. Le prêtre et Flavius étaient là, bien plus près que je ne leur avais ordonné. J'étais complètement abasourdie, incapable de penser.

Je ne savais plus que faire.

« Venez au temple, me dit le prêtre. Immédiatement.

— Soit. Flavius, accompagnez-moi. Vous monterez la garde avec les quatre porte-flambeaux. Restez à côté des gardiens du temple, et assurez-vous que cet homme ne revient pas.

— Qui est-ce, madame ? » murmura Flavius tandis que je me dirigeais à grands pas vers le temple, devançant les deux hommes.

Sa prestance était à proprement parler royale. Il avait l'assurance d'un homme libre. Sa tunique de fin lainage à rayures d'or, retenue par une ceinture dorée, tombait parfaitement sur son torse puissant. Même sa jambe en ivoire avait été polie. J'étais plus que satisfaite. Mais était-il armé ?

En dépit de son calme apparent, son attitude à mon égard était très protectrice.

Dans mon égarement, je ne pus trouver de mots pour lui répondre.

Plusieurs palanquins traversaient la place en tous sens, sur les épaules d'esclaves qui pressaient le pas, accompagnés d'autres esclaves portant des torches. Une sorte de doux halo lumineux les entourait. Tous ces gens étaient en route pour des dîners ou des cérémonies privées. Il se passait quelque chose au temple. Je me tournai vers le prêtre : « Veillerez-vous sur mon esclave et mes porte-flambeaux ?

— Certes, madame », m'assura-t-il.

Il faisait nuit noire. La brise marine était douce. Quelques rares lanternes éclairaient maintenant les longs portiques. Nous approchions des feux allumés en l'honneur de la déesse.

« Il faut que je vous laisse, dis-je. Je vous donne l'autorisation de protéger mes biens, jusqu'à la mort, comme vous l'aviez dit avec une telle solennité. Restez devant ces portes. Je ne partirai pas d'ici sans vous. Je ne resterai pas longtemps, je n'y tiens pas. Mais dites-moi, avez-vous un couteau ?

— Oui, madame, mais je ne l'ai pas essayé. Je l'ai trouvé parmi vos possessions ; comme vous ne reveniez pas et que le jour déclinait...

— Ne remontez pas à la création du monde. Vous avez bien agi. Vous ferez probablement toujours ce qui s'impose. »

Tournant le dos à la placc, j'ajoutai : « Montrez-le-moi. Je verrai tout de suite s'il est aiguisé, ou simplement décoratif. »

Lorsqu'il le tira du bracelet de cuir qui le retenait à son avant-bras, je passai mon doigt sur la lame ; aussitôt, du sang perla à l'endroit de la coupure. Je lui rendis le poignard. Il avait appartenu à mon Père. Afin que je vive, mon Père avait donc empli mes malles non seulement de sa fortune, mais aussi de ses armes !

Flavius et moi échangeâmes un dernier et long regard.

Le prêtre ne tenait plus en place. « S'il vous plaît, madame, venez », me dit-il d'un ton pressant.

Il ouvrit les hautes portes du temple ; dans la vaste salle, je retrouvai les prêtresses et le prêtre que j'avais vus au début de l'après-midi.

« Que voulez-vous de moi ? » demandai-je. J'étais à bout de souffle, et sur le point de défaillir. « J'ai beaucoup à faire, de nombreuses préoccupations. Cela ne peut-il pas attendre ?

— Non, madame, m'assura le prêtre, cela ne saurait attendre ! »

Je sentis un frisson parcourir mes membres, comme si quelqu'un m'observait en secret. Il y avait trop d'ombres dans ce temple, trop de recoins où se cacher.

« Soit, dis-je. C'est au sujet de ces horribles rêves, n'est-ce pas ?

— Oui, répondit le prêtre. Et ce n'est pas tout. »

6

Des assistantes nous conduisirent à une petite salle, qu'éclairait une seule lampe à la flamme incertaine.

Je voyais si mal à cette pâle lumière que je ne pouvais distinguer les traits des prêtres et des prêtresses. Un paravent oriental en ébène ajouré isolait le fond de la salle ; j'étais certaine qu'il cachait quelqu'un.

Pourtant, aucun de ceux qui m'entouraient ne semblait manifester la moindre hostilité. Tous respiraient la bienveillance, mais j'étais tellement perturbée au sujet de mon frère, tellement nerveuse et impatiente, que j'avais du mal à trouver les mots polis qui convenaient.

« Pardonnez-moi, je vous prie, finis-je par dire. Une affaire malencontreuse exige ma présence. » Je commençais aussi à avoir peur pour Flavius ; ne risquait-il vraiment rien ? « Envoyez des gardes pour protéger mes esclaves. Tout de suite.

— C'est fait, madame, m'assura le prêtre, celui que je connaissais. Je vous en conjure, restez, et racontez-nous de nouveau votre histoire.

— Qui est là ? demandai-je en montrant le paravent. Qui se cache derrière ce panneau ? » Ma remarque était d'une impolitesse grossière, mais j'étais réellement prise de panique.

« Un de vos alliés les plus dévoués, répondit le prêtre qui m'avait accompagnée au sanctuaire d'Isis la première fois que j'étais venue. Une personne qui vient souvent prier la nuit devant l'autel, et qui a fait de généreuses donations au temple. Elle veut uniquement écouter ce que nous avons à nous dire.

— Rien de plus ? Je me le demande... Dites-lui de se montrer ! Que sommes-nous censés dire, d'ailleurs ? »

Je devins soudain furieuse en pensant qu'ils avaient pu trahir mes confidences. Certes, je leur avais seulement parlé de ma tragédie, sans révéler mon vrai nom romain ; le temple n'en était pas moins une enceinte sacrée.

Tous paraissaient sincèrement désolés, et plus qu'un peu embarrassés.

Un personnage, une silhouette plutôt, sortit de derrière le paravent. Drapé dans une toge, il était d'une taille remarquable, nettement plus grand que mon frère, en fait. Bien que de couleur foncée, la toge était d'une coupe parfaitement classique. Ramenée sur sa tête, elle cachait son visage ; seule la bouche restait visible.

« N'ayez aucune crainte, murmura l'inconnu. Cet après-midi, vous avez parlé aux prêtres et aux prêtresses de ces rêves de sang...

— C'était en confidence ! » m'exclamai-je avec indignation. J'étais plus que jamais emplie de méfiance et de crainte, car je leur avais parlé de bien d'autres choses, en plus des rêves de sang.

Je m'efforçai de distinguer les traits de l'inconnu. Il avait quelque chose de familier — la voix, bien qu'il n'eût fait que murmurer, et autre chose aussi...

« Dame Pandora, commença la prêtresse qui m'avait si bien rassérénée quelques heures plus tôt, vous m'avez décrit un culte ancien et légendaire, un culte auquel nous sommes opposés et que nous condamnons. Un culte de notre Mère bien-aimée qui comportait jadis des sacrifices humains. Je vous avais dit que nous aborrhons de telles pratiques. C'est effectivement le cas.

— Cependant, enchaîna le prêtre, il se trouve que la ville d'Antioche est hantée par une créature qui boit le sang des humains, qui les vide du fluide vital jusqu'à la mort. Quand il en a fini avec eux, il jette les corps sur nos marches, avant l'aube. Oui, sur les escaliers de notre temple ! » Il soupira. « Je vous fais là une redoutable confidence, dame Pandora. »

Toutes les pensées relatives à mon méchant frère m'abandonnèrent. La meute féroce des rêves repassait à l'attaque, avec son haleine empestée. Je m'efforçai en vain de rassembler mes esprits, quand je repensai soudain à la voix que j'avais entendue dans ma tête, « *C'est moi qui t'ai mandée* », et au rire de femme.

« Non, murmurai-je, c'était le rire d'une femme.

— Dame Pandora ?

— Vous me dites que quelqu'un, ici, à Antioche, boit le sang des humains ?

— La nuit. La nuit seulement. Il ne peut sortir de jour », dit le prêtre.

Je voyais le rêve, le soleil levant, consciente que les rayons du soleil seraient fatals au buveur de sang.

« Vous voulez dire que ces buveurs de sang que j'ai vus en rêve existent vraiment ? demandai-je. Que l'un d'eux se trouve ici ?

— Quelqu'un veut nous le faire croire, en tout cas, dit le prêtre. Nous faire croire que les anciennes légendes ont une réalité. Mais nous ignorons qui cela peut être. Et nous nous méfions des autorités romaines. Vous savez ce qui est arrivé à Rome. Vous êtes venue nous parler de rêves dans lesquels le soleil vous tuait, dans lesquels vous étiez une buveuse de sang. Madame, croyez que je ne trahis pas votre confiance. Cet homme... » il désigna la haute silhouette. « C'est lui qui sait déchiffrer l'écriture ancienne. Il a lu les légendes. Or, vos rêves font écho aux légendes.

— Je ne me sens pas bien, dis-je. Donnez-moi un siège. J'ai mes propres soucis, des ennemis...

— Je vous protégerai contre vos ennemis, dit le personnage mystérieux vêtu d'une toge.

— Comment le pourriez-vous ? Vous ne savez même pas qui ils sont. »

Sa réponse me parvint, silencieuse :

Votre frère Lucius a trahi toute votre famille. Il a agi de la sorte parce qu'il était jaloux de votre frère Antoine. Il les a tous vendus aux delatores *pour un tiers de la fortune familiale, puis est parti avant le début du massacre. Il a agi avec l'aide de Séjan, de la garde prétorienne. Il veut vous tuer.*

Cela me fit un choc, mais je n'allais pas laisser cet inconnu.

Vous parlez exactement comme la femme, lui répondis-je de même. *Vous parlez directement à mes pensées. Vous parlez comme la femme que j'ai entendue dire dans ma tête : « C'est moi qui t'ai mandée. »*

Je sentis que mes paroles l'avaient fortement ébranlé. Je chancelais, comme si l'on m'avait porté un coup mortel. L'inconnu savait donc tout au sujet de mes frères, et Lucius nous avait vraiment trahis ! Oui, l'inconnu savait.

Qui êtes-vous ? demandai-je au grand homme qui me parlait en esprit. *Un magicien ?*

Aucune réponse ne me parvint.

Ne pouvant suivre cet échange mental, le prêtre et la prêtresse continuaient à parler :

« Le buveur de sang, dame Pandora. Avant l'aube, il abandonne ses victimes sur les marches du temple. Avec leur propre sang, il trace sur leurs corps un nom ancien, en vieux hiéroglyphes égyptiens. Si le gouvernement l'apprenait, il pourrait demander des comptes à notre temple. Ce n'est pas notre culte, pourtant.

« Nous raconterez-vous de nouveau vos rêves — pour notre ami ici présent ? Nous devons protéger le culte d'Isis. Nous n'accordions aucune foi à ces vieilles légendes, jusqu'au jour où cette créature est apparue et a commencé à tuer. Et voilà qu'arrive de la mer une belle dame romaine, et elle nous parle d'êtres similaires, qui peuplent ses rêves.

— Quel nom écrit-il sur ses victimes, ce buveur de sang ? demandai-je. Serait-ce celui d'Isis ?

— Il s'agit de choses interdites, condamnables, dénuées de sens. C'est du vieil égyptien, un des noms jadis donnés à Isis, mais jamais par nous.

— Quel nom ? Dites-le-moi. »

Aucun d'eux ne répondit, pas même le grand inconnu.

Dans le silence, je repensai à Lucius, et faillis pleurer. Puis, sans transition, la haine me submergea, une haine absolue, comme celle que j'avais ressentie face à sa rage impuissante et à sa couardise, sur l'esplanade du forum. Trahi toute ma famille ! Il est dangereux d'être faible. Antoine et mon père étaient pourtant des hommes forts, réellement forts.

« Dame Pandora, reprit le prêtre, savez-vous quelque chose sur cet être qui sévit à Antioche ? Avez-vous rêvé de lui ? »

Je me concentrai. J'examinai ces rêves, en m'efforçant de tenir compte de ce que m'avaient appris ces serviteurs du temple, et de leur répondre avec le sérieux qu'ils méritaient.

Le grand Romain à l'air distant prit la parole :

« Dame Pandora ignore tout de ce buveur de sang. Elle ne vous cache rien. Elle ne connaît que les rêves, et aucun nom n'a été prononcé dans ces rêves. Dans ses rêves, elle est transportée dans une Égypte très ancienne.

— C'est bien bon à vous, gracieux Seigneur ! » J'étais furieuse. « Peut-on savoir comment vous êtes parvenu à cette conclusion ?

— En lisant dans vos pensées ! répliqua le grand Romain sans se troubler. De la même manière que j'ai appris qui représentait un danger pour vous, ici. Je vous protégerai contre votre frère.

— Vraiment ! Ne vous donnez pas cette peine. Je réglerai moi-même mes comptes avec lui. Mais assez parlé de mes malheurs personnels. Puisque vous êtes si malin, expliquez-moi plutôt pourquoi je fais ces rêves !

Mettez à contribution votre faculté de lire dans les esprits pour en tirer quelque magie utile. Vous savez, un homme qui a votre don devrait se poster au tribunal et résoudre les affaires à la place du juge. Ou alors, allez à Rome, pour y devenir le conseiller de l'empereur Tibère ? »

Je sentais, littéralement, l'émoi qui agitait le cœur du Romain dissimulé sous sa toge. De nouveau, j'eus cette impression de familiarité. J'avais connu, certes, des nécromanciens, astrologues et autres oracles. Mais cet homme avait mentionné des noms spécifiques : Antoine, Lucius. Il m'étonnait vraiment.

« Dites-moi, mystérieux étranger. Dans quelle mesure mes rêves ressemblent-ils à ce que vous avez lu dans les textes anciens ? Et ce buveur de sang, celui qui hante Antioche, est-ce un mortel ? »

Pas de réponse.

Je m'efforçais en vain de voir le Romain plus clairement, mais il s'était un peu reculé, et son visage se perdait dans l'ombre. Mes nerfs étaient sur le point de craquer. Je voulais tuer Lucius ; en réalité, je n'avais pas le choix.

Le Romain reprit, d'une voix calme et douce : « Elle ignore tout du buveur de sang d'Antioche. Dites-lui ce que vous savez à son sujet — il se pourrait que ce soit lui, ce buveur de sang, qui lui envoie les rêves. »

Je n'y comprenais plus rien. J'avais entendu si nettement la voix de femme dans ma tête : *C'est moi qui t'ai mandée.*

Je sentis comme une petite turbulence dans l'air ; manifestement, le Romain lui aussi l'avait perçue, et en était troublé.

Le prêtre parla : « Nous l'avons vu. Nous sommes sur le qui-vive, vous comprenez ; nous surveillons les abords du temple pour recueillir ces pauvres corps vidés de leur sang avant que d'autres ne les découvrent et ne nous imputent ces crimes. Il est brûlé, tout son corps est calciné et noirci. Ce ne peut être un homme.

C'est un dieu ancien, calciné comme s'il avait traversé l'enfer.

— Amon-Râ, dis-je. Mais pourquoi n'est-il pas mort ? Dans les rêves, je meurs.

— C'est un spectacle affreux, horrible ! » intervint soudain la prêtresse, comme si elle ne pouvait plus se contenir. « Il est impossible que cette chose soit un être humain. Ses os percent la peau noircie. Il est faible, mais ses victimes elles aussi sont faibles. Il tient à peine debout, mais il est capable de vider de leur sang ces pauvres âmes blessées dont il se nourrit. Et au matin, il part en se traînant, comme s'il n'avait plus la force de marcher. »

Le prêtre paraissait à bout de patience.

« Quoi qu'il en soit, dit-il, il est vivant. Dieu, homme ou démon, il vit. Et chaque fois qu'il boit le sang d'une de ces pauvres créatures, il reprend un peu de forces. Il sort tout droit des légendes anciennes, de ces légendes dont vous avez rêvé. Ses cheveux sont longs, dans le style de l'Égypte ancienne. Et ses brûlures le mettent au supplice. Il crache des malédictions contre le temple.

— Quel genre de malédictions ? »

La prêtresse ne lui laissa pas le temps de répondre : « Apparemment, il croit que Mère Isis l'a trahi. Il parle en vieil égyptien. Nous ne comprenons presque rien à ce qu'il dit. Notre ami romain ici présent, notre bienfaiteur, nous a traduit ses paroles.

— Taisez-vous ! dis-je d'un ton impérieux. N'en dites pas davantage. Cet homme, là-bas, a dit vrai. J'ignore tout de cette créature calcinée et assoiffée de sang. Je ne sais pas pourquoi je fais ces rêves. Je pense qu'ils me sont envoyés par une femme. Peut-être est-ce la reine que je vous ai décrite, la reine enchaînée sur le trône, et qui pleure, pour je ne sais quelle raison !

— Vous n'avez jamais vu cet homme ? » me demanda le prêtre.

Le Romain répondit à ma place : « Elle ne l'a jamais vu.

— Encore vous et vos merveilleux talents d'intermédiaire ! Dois-je vous en remercier ? Pourquoi vous cachez-vous sous cette toge ? Pourquoi restez-vous à l'écart, si loin que je ne puis vous voir ? Avez-vous vu ce buveur de sang ?

— Ne vous fâchez pas, madame, prenez patience. » Il avait parlé avec un tel charme que je renonçai à lui en dire davantage. Je me tournai vers le prêtre et la prêtresse :

« Pourquoi ne guettez-vous pas cette créature chétive et calcinée ? J'entends des voix dans ma tête. Mais ce sont les mots d'une femme qui me viennent, pour me prévenir d'un danger. Une femme qui rit. Je veux partir, maintenant. Il faut que je rentre chez moi. Une affaire urgente m'attend, qui exige une grande habileté. Je ne peux pas rester davantage.

— Je vous protégerai contre votre ennemi, m'assura de nouveau le Romain.

— C'est bien bon de votre part. Si vous êtes capable de me protéger, si vous savez qui est mon ennemi, pourquoi ne pouvez-vous tendre un piège à ce buveur de sang ? Attrapez-le dans un filet de gladiateur, enfoncez-lui cinq tridents dans le corps... A cinq, vous pourrez le maîtriser. Il vous suffira de l'immobiliser jusqu'au lever du soleil, les rayons d'Amon-Râ feront le reste. Cela prendra peut-être deux jours, ou trois, mais ils le tueront. Il brûlera, comme cela m'est arrivé dans le rêve. Pourquoi ne faites-vous rien pour nous aider, vous qui lisez si bien dans les pensées ? »

Je m'interrompis, toute désorientée. Pourquoi étais-je tellement certaine de ce que j'avançais ? Pourquoi utilisais-je si naturellement le nom d'Amon-Râ, comme si je croyais en ce dieu, alors que je connaissais tout juste quelques fables le concernant ?

« La créature semble savoir quand nous la guettons, dirent en chœur le prêtre et la prêtresse. Elle sait quand notre grand ami est présent, et ne vient pas. Nous sommes vigilants, nous sommes patients ; nous croyons que nous ne la reverrons plus, lorsque soudain elle revient. Et, comme si cela ne suffisait pas, vous arrivez pour nous parler de ces rêves. »

En un éclair, je revis une scène du rêve, crûment réaliste. J'étais un homme. Je parlais fort, en proférant des jurons. Je me refusais à exécuter un ordre qui m'avait été donné. Une femme pleurait. Je repoussais ceux qui voulaient me barrer le passage. Je n'avais pas prévu que ma fuite me conduirait dans un endroit désert, où je ne trouverais aucun abri.

Si les autres parlaient, je ne m'en rendais pas compte. J'entendais sangloter la femme du rêve, la reine enchaînée, qui était elle aussi une buveuse de sang. « Tu dois boire à la Source », disait l'homme dans mon rêve. En fait, ce n'était pas un homme. Et je n'étais pas un homme. Nous étions des dieux — et des buveurs de sang. Voilà pourquoi le soleil me détruisait. Son feu était la force d'un dieu plus puissant. Sous cette courte scène si vivement remémorée, se cachaient les strates successives du rêve.

Je revins au présent, ou plutôt repris conscience de la présence des autres, lorsque quelqu'un plaça un gobelet de vin entre mes mains. J'en pris une gorgée ou deux. C'était un excellent vin d'Italie. Sur le moment, il me rafraîchit, mais il ne tarda pas à m'alourdir. Si j'en buvais davantage, le trajet jusqu'à la maison serait trop fatigant. J'avais besoin de toutes mes forces.

« Reprenez cela », dis-je. Je regardai le prêtre et la prêtresse. « Dans le rêve, comme je vous l'ai dit, j'étais l'un d'eux. Ils voulaient que je boive le sang de la reine, qu'ils appelaient "la Source". Ils disaient qu'elle était incapable de régner. Je vous ai déjà expliqué tout cela. »

La prêtresse fondit en larmes et me tourna le dos, courbant ses frêles épaules.

« J'étais un des buveurs de sang, repris-je. J'avais soif de sang. Écoutez, je n'aime pas les sacrifices sanglants. Que savez-vous vraiment de ce qui se passe ici ? La reine Isis serait-elle quelque part dans ce temple, enchaînée...

— Non ! » s'écria le prêtre. La prêtresse se retourna, pour faire écho à cette dénégation horrifiée.

« Admettons, dis-je. Pourtant, vous avez reconnu que selon certaines légendes, elle existait toujours quelque part, sous une forme matérielle. Que se passe-t-il en réalité, selon vous ? M'a-t-elle convoquée ici pour venir en aide à cet être chétif et brûlé ? Pourquoi moi ? Comment en serais-je capable ? Je suis une simple mortelle ; le souvenir de ces rêves d'une vie passée n'augmente en rien mes pouvoirs. Écoutez ! C'était une voix de femme, je vous l'ai dit, que j'ai entendue dans ma tête au forum, il y a à peine une heure, et elle disait, "C'est moi qui t'ai mandée". J'ai entendu ces mots, et elle a juré qu'elle ne tolérerait pas que l'on me soustraie à son pouvoir. Sur ce, arrive cet homme, ce mortel, qui représente pour moi une menace plus grave que tout ce que je peux avoir dans la tête. Et la voix m'avait mise en garde contre lui ! Je ne veux pas de votre mystérieuse religion égyptienne. Je me refuse à devenir folle. C'est à vous, à vous tous — et en particulier à cet homme si doué pour lire dans les esprits — de trouver cette créature avant qu'elle ne commette de nouveaux ravages. Permettez-moi de me retirer. »

Je me levai et me dirigeai vers la porte.

Derrière moi, j'entendis le Romain dire avec douceur : « Allez-vous vraiment sortir du temple ? Vous aventurer seule dans la nuit, alors que vous savez parfaitement ce qui vous y attend — un ennemi qui veut votre mort, sans oublier que vos rêves contiennent une science susceptible d'attirer ce buveur de sang ? »

Quel changement de ton de la part de ce télépathe hautain ! Ce langage soudain familier, légèrement teinté de sarcasme, faillit me faire éclater de rire.

« Je rentre chez moi, dis-je avec fermeté. A l'instant même ! »

Tous commencèrent à me supplier, sur les tons et modes les plus divers : « Restez au temple, restez... »

« Il n'en est pas question, répliquai-je. Si je fais de nouveaux rêves, je les noterai à votre intention.

— Ne soyez pas stupide ! » dit le Romain d'un ton à la fois excédé et distingué — on aurait cru mon frère !

« Quelle impertinence intolérable ! Les magiciens et télépathes peuvent donc se permettre d'ignorer les bonnes manières ? » Je me tournai vers le prêtre et la prêtresse. « Qui est donc cet homme ? »

Je sortis et me dirigeai d'un pas décidé vers la grande porte du temple. Ils me suivirent.

A la lumière de la grande salle, je vis que la prêtresse me regardait. « Nous savons seulement qu'il est le meilleur ami du temple. Je vous en prie, suivez son conseil. Il ne nous a jamais fait que du bien. Il vient lire les livres égyptiens que nous conservons. Il en achète aux libraires dès que les bateaux en apportent de nouveaux. C'est un homme d'une grande sagesse. Il sait lire dans les esprits, comme vous avez pu le constater.

« Vous aviez promis une escorte de gardes », lui rappelai-je.

Et je vous accompagnerai. La voix venait du Romain, mais je ne le voyais nulle part. Il n'était pas dans la grande salle, en tout cas.

« Allons, insista le prêtre. Venez vous installer au temple d'Isis. Ici, vous ne risquerez rien.

— Je ne pense pas être faite pour vivre dans l'enceinte du temple », répondis-je, en prenant mon ton le plus humble et le plus reconnaissant. « En moins d'une semaine, je vous rendrais tous fous. Ouvrez la porte, je vous prie. »

Je me glissai dehors. J'avais l'impression de m'être échappée d'un sombre couloir plein de toiles d'araignées pour retrouver la nuit romaine, avec ses temples et ses colonnes.

Flavius était là, le dos contre une colonne, ne quittant pas des yeux le grand escalier qui descendait vers le forum. Nos quatre porte-flambeaux n'étaient qu'à quelques pas, visiblement très effrayés.

Il y avait aussi quelques autres hommes, sûrement des gardes du temple, mais eux aussi restaient tout près des portes.

« Madame, regagnez vite le temple », me dit Flavius à voix basse.

Au pied de l'escalier, se tenait un groupe de soldats romains en tenue de campagne, avec des plastrons de bronze poli imitant des pectoraux musclés, de courtes capes et des tuniques rouges. Ils portaient leurs redoutables épées comme s'ils s'apprêtaient à livrer bataille. Leurs casques resplendissaient à la lumière des feux.

En tenue de combat en pleine ville ! Il ne leur manquait que des boucliers. Qui donc était leur chef ?

Je vis alors que Lucius, mon frère Lucius, se tenait à côté du commandant. Il portait sa tunique militaire rouge, mais pas d'armure ni d'épée. Sa toge était pliée sur son bras gauche. Il était pimpant, ses cheveux pommadés luisaient, il puait l'argent. Un poignard orné de joyaux était fixé à son avant-bras ; il en portait un autre à la ceinture.

Lucius leva une main tremblante dans ma direction.

« La voilà ! s'exclama-t-il. Seule de toute la famille, elle a échappé à la consigne de Séjan. C'était un complot pour tuer Tibère, mais en soudoyant je ne sais qui, elle a réussi à s'enfuir de Rome ! »

Je jaugeai rapidement les soldats. Il y avait deux jeunes Asiatiques, mais les autres étaient *vieux* et *romains*, six en tout. Grands dieux, ils avaient dû croire que j'étais Circé en personne !

« Rentrez, me supplia mon bien-aimé et loyal Flavius. Demandez asile au temple.

— Du calme, dis-je. Chaque chose en son temps. »

La clef, c'était le chef. Je vis que c'était un homme d'un certain âge, plus vieux que mon frère Antoine, mais moins que mon père. Il avait d'épais sourcils grisonnants, et était rasé de frais.

Il arborait fièrement les cicatrices des combats passés, une à la joue, une autre à la cuisse. Il était visiblement exténué. Ses yeux étaient rouges, et il secouait sans cesse la tête comme s'il n'y voyait pas clair.

Les bras de l'officier étaient très bronzés, et puissamment musclés. Les guerres en étaient la cause, les combats et les campagnes sans fin.

« La famille entière a été et reste condamnée, déclara Lucius. Cette femme devrait être exécutée sur-le-champ ! »

Je décidai de ma stratégie comme si j'étais César en personne. Descendant de deux marches, je pris aussitôt la parole :

« Vous êtes le légat, n'est-ce pas ? Comme vous devez être fatigué ! » Je pris une de ses mains entre les miennes. « Étiez-vous sous les ordres de Germanicus ? »

Il fit un signe d'assentiment.

J'avais marqué un coup !

« Mes frères ont combattu avec Germanicus dans le Nord, poursuivis-je. Après le défilé triomphal à Rome, Antoine, l'aîné, a vécu assez longtemps pour nous parler des ossements découverts dans la forêt de Teutobourg.

— Ah ! Madame, la vue de ce champ d'ossements ! Une armée entière prise dans une embuscade, les cadavres laissés sans sépulture, pourrissant sur place !

— Deux de mes frères ont trouvé la mort à l'issue de cette bataille. Dans une tempête, en mer du Nord.

— Jamais l'on n'avait vu catastrophe pareille, madame, mais croyez-vous que le dieu barbare, Thor, faisait peur à notre Germanicus ?

— Certes pas ! Vous êtes arrivé ici avec le général ?

— Je l'ai suivi partout, des rives de l'Elbe, au nord, à l'extrême sud du Nil.

— Que c'est merveilleux ! Et vous êtes tellement fatigué, tribun ; regardez-vous, vous tombez de sommeil. Où est donc le fameux gouverneur Cneius Calpurnius Pison ? Pourquoi lui a-t-il fallu si longtemps pour ramener le calme dans la ville ?

— Parce qu'il n'est pas ici, madame. Et il n'ose pas

revenir. Certains disent qu'il fomente une rébellion en Grèce ; d'autres, qu'il s'est enfui car il craint pour sa vie.

— Cessez d'écouter cette femme ! s'écria Lucius.

— A Rome non plus, il n'a jamais été très aimé, poursuivis-je sans tenir compte de cette interruption. C'était Germanicus que mes frères aimaient, et dont mon père vantait les mérites.

— Certes, et si l'on nous avait accordé une année de plus — une seule année, madame —, nous aurions éteint à jamais l'incendie allumé par ce parvenu sanguinaire, le roi Arminius. Il ne nous aurait même pas fallu si longtemps ! Vous avez parlé de la mer du Nord. C'est vrai, nous avons combattu sur terre et sur mer.

— Et au cœur de la forêt. Dites-moi, monsieur, étiez-vous présent lorsque l'étendard perdu des légions du général Varus a été retrouvé ? Cette histoire est-elle vraie ?

— Ah ! Madame, lorsque cette aigle d'or a été levée... jamais encore nos soldats n'avaient poussé de telles clameurs !

— Cette femme est une menteuse et une traîtresse ! » cria Lucius.

Je lui fis face. « Ne me poussez pas à bout ! Ma patience a atteint ses limites. Connaissez-vous au moins les numéros des légions du général Varus qui sont tombées dans l'embuscade de la forêt de Teutobourg ? Non, n'est-ce pas ? Cela m'aurait étonnée ! La septième, la huitième et la neuvième.

— C'est exact, dit le légat. Dire que nous aurions pu exterminer complètement ces tribus ! L'Empire s'étendrait jusqu'à l'Elbe ! Mais pour je ne sais quelle raison, dont il ne m'appartient pas de juger, l'empereur Tibère nous a rappelés.

— Hum... ! et ensuite, il reproche à notre bien-aimé général d'être allé en Égypte.

— Madame, ce voyage de Germanicus en Égypte, ce n'était pas pour prendre le pouvoir. C'était à cause de la famine.

— Sans doute, et Germanicus avait été nommé *imperium majus* de toutes les provinces orientales, dis-je.

— Et il y régnait un tel désordre ! reprit le légat. Vous n'imaginez pas la mentalité des soldats qui étaient cantonnés là-bas, leurs mœurs ! Mais notre général ne dormait jamais ! Dès qu'il a appris que le pays était en proie à la famine, il y est allé.

— Et vous l'avez accompagné ?

— Nous tous, ses cohortes. En Égypte, il adorait visiter les monuments anciens. Moi aussi, d'ailleurs.

— Que ce devait être merveilleux pour lui ! Parlez-moi de l'Égypte. Vous savez sans doute que, en ma qualité de fille de sénateur, je ne peux pas davantage aller en Égypte qu'un sénateur. J'aimerais tellement...

— Pourquoi en est-il ainsi ? s'enquit le légat.

— Elle ment ! rugit Lucius. Sa famille entière a été assassinée !

— La raison en est simple, tribun, répondis-je sans me laisser troubler. Ce n'est pas un secret d'État. Rome dépend à tel point du blé de l'Égypte que l'empereur veut à tout prix empêcher le pays de tomber sous la coupe d'un traître. Vous avez certainement grandi, comme moi, dans la crainte d'une nouvelle guerre civile.

— J'avais toute confiance en nos généraux, dit le légat.

— A juste titre. Et Germanicus n'a jamais manifesté le moindre signe de déloyauté, n'est-ce pas ?

— Pas le moindre. Ah ! l'Égypte ! Les temples que nous avons vus, et les statues... !

— Les statues qui chantent, les avez-vous vues ? Un homme et une femmes colossaux qui gémissent au lever du soleil ?

— Oui, madame, je les ai vues et entendues, répondit-il en hochant énergiquement la tête. J'ai entendu cette musique magique. L'Égypte abonde en magie et en merveilles ! »

Un frisson me parcourut. Je le réprimai. L'espace

d'un instant, je vis deux images se superposer : le grand Romain portant la toge, et une créature calcinée et sournoise. Pense, Pandora, sois vigilante !

« Et au temple du grand Ramsès, poursuivit le légat, un prêtre nous a lu ce qui était écrit sur les murs. Il n'était question que de batailles, madame. Il n'était question que de victoires. Cela nous avait fait rire aux éclats : rien ne change jamais sous le soleil !

— Pour en revenir au gouverneur Pison, croyez-vous ces rumeurs ? Ne pouvons-nous en parler sans crainte, comme si les rumeurs n'étaient effectivement que des rumeurs, et non des faits ?

— Ici, tout le monde le méprise, déclara le légat. C'était un mauvais soldat, ce n'est pas plus compliqué que cela ! Agrippine l'Aînée, la bien-aimée épouse de Germanicus, s'est embarquée pour Rome avec les cendres du général. Elle mettra publiquement le sénateur en accusation devant le Sénat !

— C'est très courageux de sa part, et c'est exactement ce qu'il convient de faire. Si des familles sont condamnées sans être jugées, cela signifie que nous avons glissé dans la tyrannie, n'est-ce pas ? N'êtes-vous pas d'accord, notre lunatique ami ? »

Lucius, à court de paroles, rougit jusqu'à la racine des cheveux.

« Et dans la forêt de Teutobourg, repris-je avec émotion, ce ténébreux décor de notre perte, avez-vous vu les ossements éparpillés de nos légions perdues ?

— Je les ai enterrés, madame, de mes propres mains ! » Le légat montra ses mains robustes et calleuses. « Mais comment distinguer les os des nôtres de ceux des ennemis ? Et elle était toujours debout, la plate-forme de ce roi lâche et sournois, du haut de laquelle ce rustaud ventru et gluant, aux longs cheveux graisseux, avait ordonné de sacrifier nos hommes à ses dieux païens. »

Les soldats hochèrent la tête avec de pieux murmures.

« J'étais encore toute petite quand nous avons appris

que le général Varus était tombé dans une embuscade. Je me souviens cependant de notre divin empereur Auguste : en signe de deuil, il s'était laissé pousser les cheveux, et il se tapait la tête contre les murs en gémissant et en criant : "Varus, redonne-moi mes légions !"

— Vous l'avez réellement vu dans cet état ?

— Plus d'une fois, oui, et j'étais aussi présente un soir, lorsqu'il exposa sa conception, dont on parle souvent : l'Empire ne doit plus songer à s'agrandir, mais plutôt veiller à policer les États qu'il inclut déjà.

— César Auguste a donc vraiment dit cela ! s'exclama le légat, fasciné.

— Votre bien-être lui tenait à cœur. Combien d'années êtes-vous resté en campagne ? Etes-vous marié ?

— Si vous saviez combien j'aspire à rentrer chez moi ! Et maintenant, mon général est tombé ! Ma femme a les cheveux gris, tout comme moi. Je la vois lorsque je vais à Rome pour participer à des défilés...

— Eh oui ! Sous la République, le service militaire obligatoire ne durait que six ans, mais maintenant, combien d'années devez-vous passer à combattre ? Douze ? Vingt ? Mais de quel droit critiquerais-je Auguste, que j'aimais autant que j'aimais mon père et mes frères disparus ? »

Lucius avait saisi ce qui se passait.

« Tenez, tribun, regardez mon sauf-conduit ! Lisez-le ! » Il bredouillait et postillonnait en parlant.

Le légat parut extrêmement contrarié.

Mon frère mobilisa le peu d'éloquence qu'il possédait : « Elle ment ! Elle est condamnée. Sa famille est morte. J'ai été contraint de témoigner devant Séjan parce qu'ils voulaient tuer Tibère en personne ! »

Le soldat se tourna vers lui. « Vous avez dénoncé votre propre famille ?

— Ne vous donnez pas tant de mal, dis-je au légat. Depuis ce matin, cet homme ne cesse de me harceler. Il a découvert que j'étais une femme seule et une riche héritière, et il s'imagine que nous sommes dans un avant-poste barbare de l'Empire, où il peut porter des accusations contre une fille de sénateur sans apporter de preuves. Écoutez-moi bien, cher lunatique. Jules César a donné à Antioche son statut de grande ville il y a près d'un siècle. Des légions sont cantonnées ici, n'est-ce pas ? »

Je regardai le légat.

Le légat foudroya du regard mon frère, qui était tout tremblant.

« Qui a signé ce sauf-conduit ? demandai-je. Porte-t-il le nom de Tibère ? »

Avant que Lucius ne pût réagir, le légat lui arracha le rouleau des mains et me le tendit. Pour le dérouler, je dus retirer ma main du poignard.

« Ah ! m'exclamais-je. Séjan, de la garde prétorienne ! Je m'en doutais. L'empereur n'en a sans doute même pas été informé. Savez-vous, tribun, que ces gardes du palais gagnent une fois et demie plus qu'un légionnaire ? Et depuis quelque temps, il y a ces *delatores*, que l'on encourage à accuser d'autres gens de divers crimes en leur garantissant un tiers des biens du condamné ! »

Le légat examinait maintenant mon frère de la tête aux pieds. Tous les défauts de Lucius apparaissaient au grand jour : son attitude veule, ses mains tremblantes, son regard fuyant, ses lèvres pincées trahissant un désespoir croissant.

Je me tournai vers lui :

« Espèce de fou, qui que vous soyez, vous rendez-vous compte de ce que vous demandez à cet officier romain sage et aguerri ? Qu'arriverait-il s'il accordait foi à vos mensonges insensés ? Qu'adviendrait-il de lui lorsque arrivera de Rome la lettre demandant où je réside et l'état de ma fortune ?

— Monsieur, cette femme est une traîtresse ! bredouilla Lucius. Sur mon honneur, je jure...

— Sur votre honneur ? Quel honneur est-ce là ? ronchonna le soldat sans cesser de fixer Lucius.

— Si Rome en était arrivée au point que des familles aussi anciennes que la mienne puissent être aussi aisément annihilées que cet homme vous demande de le faire avec moi, comment la veuve de Germanicus oserait-elle se présenter devant le Sénat pour demander justice ?

— Ils ont tous été exécutés », intervint mon frère, plus solennel, détestable et inepte que jamais, et ne réalisant pas, apparemment, l'effet de ses paroles. « Tous, jusqu'au dernier, parce qu'ils avaient ourdi un complot pour assassiner Tibère. J'ai obtenu un sauf-conduit et un passage sur un navire parce que, obéissant à mon devoir, je les avais dénoncés aux *delatores* et à Séjan, que j'ai vu en personne ! »

Le légat commençait à entrevoir où cette affaire pouvait mener.

« Monsieur, dis-je à Lucius, avez-vous sur votre personne un autre document permettant de vous identifier ?

— Je n'ai besoin de rien d'autre ! rétorqua Lucius. Vous êtes condamnée à mourir.

— Comme l'était votre père ? demanda le légat. Et votre femme ? Aviez-vous des enfants ?

— Jetez-la en prison ce soir même et informez-en Rome, déclara Lucius. Vous verrez alors que j'ai dit la vérité !

— Et où serez-vous, qui que vous soyez, pendant que je serai en prison ? En train de piller ma maison ?

— Catin ! cracha Lucius. Ne voyez-vous pas que tout ceci n'est que ruse féminine et grotesques faux-fuyants ? »

Les soldats sursautèrent, les traits du légat exprimèrent une vive répugnance. Flavius se rapprocha de moi.

« Officier, demanda Flavius avec dignité et retenue, que suis-je autorisé à faire pour protéger ma maîtresse contre ce fou ?

— Si vous utilisez encore une seule fois des termes pareils, dis-je avec fermeté à Lucius, je perdrai patience pour de bon, monsieur. »

Le légat prit Lucius par le bras. Celui-ci porta la main droite à son poignard.

« Qui êtes-vous, au juste ? demanda impérieusement le légat. Etes-vous un de ces *delatores* ? Vous me dites que vous avez dénoncé toute votre famille ?

— Tribun, dis-je en effleurant légèrement son bras pour attirer son attention. Les origines de mon Père remontent à l'époque de Romulus et Remus. Nous n'avons d'autres racines que romaines. Il en est de même du côté de ma mère, qui était elle aussi fille de sénateur. Les allégations de cet homme sont... épouvantables.

— A ce qu'il semble, dit le légat en plissant les yeux pour mieux examiner Lucius. Quels amis avez-vous ici, qui fréquentez-vous, où habitez-vous ?

— Vous ne pouvez rien me faire ! » glapit Lucius.

Le légat se rembrunit, regardant de façon éloquente la main de Lucius crispée sur le poignard.

« Vous comptez utiliser cette arme contre moi ? »

Lucius ne répondit pas, manifestement pris au dépourvu.

« Pourquoi êtes-vous venu à Antioche ? lui demandai-je. Apportiez-vous le poison qui a tué Germanicus ?

— Arrêtez-la ! cria Lucius.

— Non, je ne crois pas que mon accusation soit fondée, poursuivis-je. Même Séjan ne confierait pas pareille traîtrise à une misérable canaille comme vous ! Allons, qu'avez-vous d'autre sur vous qui prouve vos liens avec cette famille, à part ce sauf-conduit qui, à vous en croire, est de la main de Séjan ? »

Lucius était complètement désarçonné.

« Quant à moi, ajoutai-je, je n'ai certainement aucune possession qui me relie à vos fables insensées et sanguinaires. »

Le légat m'interrompit : « Rien qui vous relie à ce nom ? » Il prit le sauf-conduit, que je tenais toujours à la main.

« Absolument rien, sinon cet insensé qui débite des horreurs, et qui voudrait faire croire au monde entier que notre empereur a perdu la tête. Lui seul me relie à ce sanglant complot, sans témoins ni vérifications d'aucune sorte, et m'accable d'insultes. »

Le légat enroula le document. « Et la raison de votre séjour à Antioche ? me demanda-t-il à voix basse.

— Vivre en paix, connaître la tranquillité, répondis-je. Vivre en sécurité, sous la protection de l'administration romaine. »

Je savais que la bataille était gagnée. Mais pour sceller la victoire, il manquait un dernier détail. Je pris un nouveau risque.

Lentement, je portai la main à mon poignard et le dégageai du brassard fixé à mon avant-bras.

Lucius eut un mouvement de recul, puis dégaina et se précipita sur moi. Aussitôt, il fut frappé par le légat et par au moins deux de ses soldats.

Empalé sur les lames brillantes, tout ensanglanté, jetant des regards éperdus autour de lui, il essaya de parler, mais sa bouche s'emplit de sang. Ses yeux s'agrandirent, et de nouveau il parut sur le point de parler. A ce moment, les soldats retirèrent leurs armes, et son corps s'affaissa sur le pavé, au pied des marches.

Mon frère Lucius était mort, définitivement et miséricordieusement mort.

Je le regardai en hochant la tête.

Le légat se tourna vers moi. C'était le moment décisif, j'en étais consciente.

« Légat, lui demandai-je, qu'est-ce qui nous distingue des Barbares du Nord aux longs cheveux ? N'est-ce pas la loi ? La loi écrite ? La loi traditionnelle ? N'est-ce pas la justice ? Le fait que les hommes et les femmes doivent rendre compte de leurs actes ?

— En effet, madame.

— Vous savez », continuai-je avec déférence, sans détacher le regard du tas de vêtements, de chair et de sang qui se trouvait à mes pieds. « J'ai vu notre grand empereur César Auguste le jour de sa mort.

— Réellement ? De vos propres yeux ? »

Je fis un signe d'assentiment. « Lorsqu'il fut certain que la fin était proche, nous fûmes priés de venir sans tarder, ainsi que quelques autres proches de l'empereur. Il espérait ainsi éviter des rumeurs susceptibles de causer des troubles dans la capitale. Il avait demandé un miroir et s'était coiffé. Adossé à ses coussins, il paraissait très digne. Dès notre arrivée, il nous a demandé si nous ne trouvions pas qu'il avait bien joué son rôle dans la comédie de la vie !

« Quel courage ! m'étais-je dit. Ensuite, il a fait une autre plaisanterie, en citant les vers par lesquels s'achève traditionnellement une pièce de théâtre :

« "Si je vous ai rendu heureux, ayez la gentillesse de m'adresser un galant adieu quand j'aurai fait ma révérence."

« Je pourrais vous en dire davantage, mais...

— Faites-le, je vous en prie, me dit le légat.

— Pourquoi pas, après tout ? J'avais appris aussi que l'empereur avait dit de Tibère, son successeur désigné, "Pauvre Rome, être mastiquée lentement par ces mâchoires paresseuses !" »

Le légat sourit, puis murmura tout bas : « Mais il n'y avait personne d'autre...

— Merci pour votre précieuse assistance, tribun. M'autoriserez-vous à prendre dans ma bourse de quoi vous offrir, ainsi qu'à vos hommes, un bon repas...

— Non, madame, je ne voudrais pas qu'il soit dit que moi-même ou tout autre soldat cantonné dans la ville ait été soudoyé. Et maintenant, nous voilà avec ce mort sur les bras. Savez-vous autre chose à son sujet ?

— Seulement ceci, officier : il mérite sans doute que son corps soit jeté dans le fleuve. »

Les hommes approuvèrent de la tête en riant.

« Bonne nuit, gracieuse dame », dit le légat.

Je me mis en route, franchissant d'un pas rapide le sombre forum, mon cher unijambiste à mes côtés, les porte-flambeaux autour de nous.

Alors seulement, je me mis à trembler des pieds à la tête. Alors seulement, mon corps se couvrit de sueur.

Lorsque nous nous enfonçâmes dans les ténèbres d'une étroite ruelle, je dis à Flavius : « Renvoyez ces porte-flambeaux. Il n'est pas utile qu'ils connaissent notre destination.

— Je n'ai pas de lanterne, madame.

— Le ciel est plein d'étoiles, et la lune est presque pleine. Et puis, regardez ! d'autres nous ont suivis depuis le temple !

— Vraiment ? » Il paya les porte-flambeaux, qui s'empressèrent de regagner la clarté du forum.

« Oui. L'un d'eux nous observe. De toute façon, nous y verrons assez à la lumière des fenêtres et à celle qui tombe du ciel, ne croyez-vous pas ? Je suis tellement lasse, tellement fatiguée... »

Je pressai le pas, me souvenant de temps à autre que Flavius ne pouvait pas suivre. Je me mis à pleurer.

« Dites-moi, vous qui êtes si versé en philosophie », repris-je sans m'arrêter, déterminée à refouler ces larmes. « Dites-moi pourquoi les gens méchants sont tellement stupides. Pourquoi tant d'entre eux sont-ils tout simplement idiots ?

— A mon avis, madame, il y a pas mal de méchants qui sont fort intelligents et habiles. En tout cas, je n'ai jamais entendu dans la bouche de quiconque, bon ou méchant, rhétorique aussi habile que celle dont vous venez de témoigner.

— Je suis ravie que vous ayez saisi que ce n'était rien de plus. De la simple rhétorique. Dire qu'il a eu les mêmes professeurs que moi, la même bibliothèque, le même père... » Ma voix se brisa.

Il me prit timidement par les épaules ; cette fois, je ne le repoussai pas. Je lui permis de me soutenir. Ainsi enlacés, presque comme un couple, nous avancions plus vite.

« Non, Flavius. La plupart des méchants sont tout simplement stupides, je l'ai constaté toute la vie durant. La personne malfaisante réellement astucieuse est rare. Presque toutes les misères dont souffre le monde sont le fruit de la stupidité et de l'incompétence. Elles sont causées par des gens qui sous-estiment leurs semblables. Observez ce qui se passe.

Regardez Tibère. Tibère et la garde. Regardez ce satané Séjan. A force de semer partout les graines de la discorde, ils finissent par se perdre dans des fourrés inextricables.

— Nous sommes arrivés, madame, m'annonça Flavius.

— Oh ! Dieu merci, vous avez reconnu la maison ! J'aurais été incapable de vous dire que c'était bien celle-ci. »

Quelques instants plus tard, il s'arrêta ; j'entendis la clef tourner dans la serrure. L'odeur d'urine était suffocante, comme toujours dans les rues écartées des vieilles villes. Une faible lanterne était allumée au-dessus du portail en bois. La lumière faisait danser mille reflets dans l'eau qui jaillissait de la gueule de lion de la fontaine.

Flavius frappa à plusieurs reprises. J'eus l'impression que les femmes qui venaient ouvrir la porte intérieure pleuraient.

« Grands dieux ! m'exclamai-je. Que se passe-t-il encore ? Quoi que ce soit, occupez-vous-en, Flavius. »

J'entrai.

« Madame... », gémit une des jeunes filles — je ne me souvenais plus de son nom. « Ce n'est pas moi qui l'ai fait entrer. Je n'ai pas déverrouillé la porte, je le jure ! Je n'ai pas la clef du portail. Nous avions tout préparé, la maison était prête à vous accueillir... » Elle éclata en sanglots.

« Au nom du ciel, de quoi parles-tu ? » lui demandai-je.

Mais je savais. Je l'avais vu du coin de l'œil. Je savais. Me retournant, je vis un Romain d'une stature imposante dans mon salon entièrement remis à neuf. Détendu, les jambes croisées, il était installé dans un des fauteuils dorés.

« Tout va bien, Flavius, dis-je. Je le connais. »

Effectivement, je le connaissais. C'était Marius. Marius, le grand Celte. Marius, qui m'avait charmée quand j'étais enfant. Marius, que j'avais presque reconnu à la lumière incertaine du temple.

Il se leva aussitôt.

S'approchant de moi — j'étais restée dans l'obscurité, au bord de l'atrium — il murmura : « Ma belle Pandora ! »

7

Il s'arrêta à un pas de moi, assez près pour me toucher, mais il n'en fit rien.

« S'il te plaît », murmurai-je. Je levai la tête pour l'embrasser ; aussitôt, il s'éloigna. Plusieurs lampes éclairaient la pièce, mais il recherchait les recoins obscurs.

« Marius, bien sûr ! Marius ! Tu n'as pas vieilli d'un jour depuis que je t'ai vu quand j'étais enfant. Ton visage est radieux, et tes yeux... que tes yeux sont beaux ! Je chanterais tes louanges en me faisant accompagner d'une lyre, si je le pouvais ! »

Flavius s'était retiré discrètement, sans un bruit, emmenant les filles éplorées avec lui.

« J'aimerais tant pouvoir te prendre dans mes bras, Pandora, dit Marius, mais pour certaines raisons, il ne faut pas que je te touche, et tu ne dois pas me toucher ; non parce que je le désire trop, mais parce que je ne suis pas ce que tu crois. Ce que tu vois en moi, ce ne sont pas les témoignages de la jeunesse, mais un phénomène tellement éloigné des promesses de la jeunesse que je commence à peine à connaître les tourments qu'il me réserve. »

Soudain, il détourna les yeux, et leva la main pour me demander de ne pas l'interrompre et de prendre patience.

« La chose est dans la ville, dis-je pourtant. Le buveur de sang au corps tout brûlé.

— Ne pense pas à tes rêves pour le moment, me

dit-il. Pense à ta jeunesse. J'étais déjà amoureux de toi quand tu avais dix ans. Quand tu es devenue une jeune fille de quinze ans, j'ai supplié ton père de m'accorder ta main.

— Tu as fait cela ? Il ne m'en avait rien dit. »

Il se détourna de nouveau, puis secoua vivement la tête.

« Le calciné, insistai-je.

— C'est bien ce que je craignais, dit-il en se frappant la tête. Il t'a suivie depuis le temple. Oh ! Marius, que tu es stupide ! Tu as fait son jeu ! Mais il n'est pas aussi malin qu'il se l'imagine.

— Marius, est-ce toi qui m'as envoyé ces rêves ?

— Certainement pas ! Je ferais tout ce qui est en mon pouvoir pour te protéger contre moi.

— Et contre les anciennes légendes ?

— Ne sois pas tellement impétueuse, Pandora. Je sais que ton immense intelligence t'a bien servie là-bas, avec ton odieux frère Lucius et le noble légat. Mais ne pense pas trop à... aux rêves. Les rêves ne sont rien, ce sont des choses qui passent..

— Les rêves venaient donc de lui, de ce hideux tueur calciné ?

— Je ne vois pas comment ce serait possible. En tout cas, ne pense pas aux images. Ne le nourris pas de ton esprit.

— Il lit dans les esprits, comme toi ?

— Oui. Mais tu peux cacher tes pensées. C'est un simple truc mental. Cela s'apprend. Tu peux vaquer à tes occupations avec ton âme enfermée dans une petite boîte en métal. »

Je me rendis compte qu'il souffrait intensément. Une tristesse infinie émanait de lui. « Il faut à tout prix éviter cela, insista-t-il.

— Que se passe-t-il, Marius ? Tu parles de la voix féminine, tu...

— N'en dis pas davantage.

— Je ne me tairai pas ! Je veux aller au fond de cette affaire !

— Respecte mes instructions ! » Il fit un pas vers moi et, de nouveau, avança la main comme pour me toucher, pour me prendre dans ses bras comme aurait pu le faire mon Père, mais de nouveau, il n'en fit rien.

— Non, dis-je. C'est toi qui dois tout m'expliquer.

Je regardais avec stupéfaction la blancheur de sa peau, si parfaite, sans le moindre défaut. Et de nouveau, la lumière qui irradiait de ses yeux me parut presque irréelle. Inhumaine.

Alors seulement, je vis la splendeur de sa longue chevelure. Il ressemblait aux Celtes, ses ancêtres. Ses cheveux d'un blond doré, incroyablement brillants, tombaient en douces boucles sur ses épaules.

« Regarde-toi ! dis-je dans un souffle. Tu n'es pas vivant !

— Non. Regarde-moi bien, c'est la dernière fois, car tu vas partir d'ici !

— Comment ! La dernière fois ? » Je répétai ses propres termes. « De quoi parles-tu ? Je viens à peine d'arriver, j'ai fait plein de projets, je me suis débarrassée de mon frère ! Il n'est pas question que je parte d'ici. Ou bien veux-tu dire que tu me quittes ? »

Ses traits exprimaient une terrible angoisse ainsi qu'une résolution inébranlable ; en même temps, son regard était implorant. Je n'avais jamais vu une expression pareille, pas même chez mon Père, qui, en ces ultimes moments, avait tout organisé à la hâte, comme s'il s'agissait simplement de me préparer à un rendez-vous important.

Les yeux de Marius étaient voilés de sang. Il pleurait, et ses yeux étaient irrités par les larmes. Oh non ! Ses larmes étaient pareilles à celles de la splendide reine du rêve, qui pleurait, enchaînée à son trône, et dont les larmes souillaient les joues, le cou et le linge.

Il voulut le nier. Il secoua vivement la tête, tout en sachant que c'était vain : j'avais vu, et j'avais compris.

« Pandora, commença-t-il, lorsque je t'ai reconnue à ton arrivée au temple, lorsque j'ai réalisé que c'était toi qui faisais ces rêves de sang, j'étais complètement éperdu. Il faut que je t'éloigne de tout ceci, que je te mette à l'abri de tout danger. »

Je m'arrachai à son charme envoûtant, à l'aura de sa beauté. Je le considérai avec une froide objectivité tandis qu'il continuait à parler, prenant note du moindre détail, du chatoiement de ses yeux, de ses gestes.

« Tu dois quitter Antioche sans tarder. Je passerai la nuit ici, avec toi. Au lever tu jour, tu appelleras ton fidèle Flavius et les deux jeunes filles — elles sont honnêtes — et tu les emmèneras. Profite du jour pour aller le plus loin possible de cette ville, la créature ne pourra pas te suivre ! Ne me dis pas où tu as l'intention d'aller, pas maintenant. Nous pourrons en parler le matin venu, sur les quais. L'argent n'est pas un problème, tu n'en manques pas.

— Maintenant, c'est toi qui rêves, Marius. Je ne pars pas. Qui voudrais-tu que je fuie, exactement ? La reine éplorée sur son trône ? Le rôdeur au corps brûlé ? La première m'adresse ses messages en pleine mer, à des milles de la côte la plus proche, et me met en garde contre mon méchant frère. L'autre, je m'en débarrasserai aisément. Il ne me fait pas peur. Grâce aux rêves, je sais ce qu'il est, je sais comment le soleil l'a blessé, et je le collerai moi-même contre un mur en plein soleil. »

Silencieux, Marius se mordillait la lèvre.

« Je le ferai pour elle, pour la reine du rêve. Je veux la venger.

— Je t'en conjure, Pandora.

— En vain, dis-je. Penses-tu que je suis allée aussi loin pour m'enfuir de nouveau ? Et cette voix de femme...

— Comment peux-tu être sûre que c'était celle de la reine dont tu as rêvé ? Il y a peut-être d'autres buveurs de sang dans la ville. Des hommes, des femmes. Et tous veulent la même chose.

— Ils te font peur ?

— Je les exècre ! Et je dois absolument les éviter,

refuser de leur donner ce qu'ils veulent ! Non, surtout ne pas leur donner ce qu'ils veulent.

— Je comprends tout, maintenant, dis-je.

— Tu ne comprends rien du tout ! » dit-il en me regardant d'un air sombre. Il était tellement ardent, tellement parfait.

« Tu es l'un d'eux, Marius. Tu es indemne. Tu n'as pas été brûlé. Ils veulent ton sang pour se guérir eux-mêmes.

— Comment peux-tu imaginer pareille chose ?

— Dans mes rêves, ils appelaient la reine "la Source". »

Je me précipitai sur lui et l'emprisonnai dans mes bras. Il était fort et puissant, solide comme un arbre ! Jamais je n'avais senti chez un homme des muscles aussi durs. J'inclinai la tête sur son épaule ; contre mon front, sa joue était glacée !

Dur, tellement dur, et pourtant dénué du pouls de la vie. Nul sang humain ne réchauffait ses gestes doux et caressants.

« Ma chérie, commença-t-il, j'ignore d'où te viennent ces rêves, mais je sais ceci : tu seras protégée contre moi et contre eux tous. Tu ne feras jamais partie de cette histoire ancienne qui se poursuit inlassablement, vers après vers, en dépit des bouleversements que connaît le monde ! Je ne le permettrai pas.

— Explique-moi tout cela. Je ne coopérerai pas avec toi tant que tu ne m'auras pas tout expliqué. Partages-tu les affres de la Reine du rêve ? Ses larmes sont pareilles aux tiennes. Regarde. Ce sont des larmes de sang. Tu as taché ta tunique ! Est-elle ici, cette reine ? M'a-t-elle appelée ?

— Même si c'était le cas, même si elle voulait te punir d'avoir rêvé de cette vie antérieure dans laquelle des dieux malfaisants la maintenaient enchaînée...

— Non, dis-je, telle n'est pas son intention. Et puis, je me refusais à faire ce que demandaient les mauvais dieux du rêve. Je ne voulais pas boire à "la Source".

Je m'enfuyais, et c'est pourquoi je trouvai la mort dans le désert.

— C'est donc cela ! » Il s'écarta de moi en levant les bras au ciel, et fit quelques pas comme pour regarder, au-delà du sombre péristyle, les arbres que seule éclairait la lumière des étoiles. Dans l'aile opposée de la maison, une lueur filtrait de la salle à manger.

Je le regardai, admirant sa taille imposante et son dos si droit, la manière dont ses pieds étaient plantés si fermement sur le sol en mosaïque. Les lampes faisaient resplendir sa longue chevelure blonde.

Bien qu'il me tournât le dos et que sa voix ne fût qu'un murmure, je l'entendis clairement :

« Comment une chose aussi stupide a-t-elle pu se produire !

— Quelle chose stupide ? demandai-je vivement, en m'approchant de lui. Tu veux parler de ma présence ici, à Antioche ? Je vais te l'expliquer. Mon père avait préparé ma fuite, et c'est ainsi...

— Non, non, ce n'est pas cela. Ce que je veux, c'est que tu vives. Que tu sois en sécurité, à l'abri de tout danger, afin de t'épanouir comme le veut ton destin. Regarde-toi : tes pétales ne sont même pas meurtris, et ta fougue rend encore plus ardente la flamme de ta beauté ! Face à ton savoir et à ta rhétorique, ton frère n'avait aucune chance. Tu as su charmer les soldats et en faire tes esclaves grâce à ta supériorité, sans jamais éveiller leur ressentiment. Tu portes en toi de longues années de vie ! Mais il faut que je trouve un moyen d'assurer ta sécurité. C'est essentiel, comprends-tu ? Dès qu'il fera jour, tu dois quitter Antioche.

— "Un ami du temple", c'est ainsi que t'ont qualifié le prêtre et la prêtresse. Ils m'ont dit que tu savais lire l'ancienne écriture des Égyptiens, et que tu achetais tous les livres égyptiens dès que les bateaux amenaient. Pour quelle raison ? Si c'est elle que tu cherches, la Reine, cherche-la par mon intermédiaire, car c'est elle qui a dit qu'elle m'avait mandée.

— Dans les rêves, elle ne parlait pas ! Rien ne te

prouve que c'est elle qui a dit ces mots. Peut-être faut-il chercher la racine de ces rêves dans ton âme migrante ? Peut-être as-tu déjà vécu une autre vie jadis ? Et voilà que tu te présentes au temple, au moment où un de ces exécrables dieux anciens rôde dans la ville... Tu es en danger. Il faut que tu partes loin d'ici, loin de moi, loin de ce chasseur blessé, que je finirai par trouver.

— Tu me caches quelque chose, Marius ! Que s'est-il passé ? Qui t'a fait cela, qui est la cause de ton miraculeux rayonnement ? Ce n'est pas un simulacre, la lumière vient de l'intérieur !

— Enfin diable, Pandora ! T'imagines-tu que je voulais que ma vie s'achève avant l'heure, que je reste à jamais esclave de mon destin... » Visiblement, il souffrait. Il me regarda longuement, hésitant à parler ; je sentis en lui une telle douleur, une telle solitude, que ce fut un moment intolérable.

Je crus revivre mon angoisse de la longue nuit précédente, lorsque la vanité absolue de toutes les religions et croyances m'était apparue ; face à ce vide effrayant, même le simple désir de mener une « bonne » vie me semblait être un piège pour les imbéciles, rien de plus.

Il me surprit en refermant brusquement ses bras autour de moi ; il frottait tendrement sa joue contre mes cheveux et me baisait la tête. Soyeux, délicat, plus doux que les mots ne peuvent l'exprimer. « Pandora, Pandora, Pandora, répétait-il. La si jolie petite fille devenue cette femme merveilleuse... »

Je serrais contre moi cette dure effigie de l'homme le plus remarquable et le plus singulier qu'il m'eût été donné de connaître. Cette fois, j'entendis le battement de son cœur, je perçus distinctement son rythme régulier. Je posai mon oreille sur sa poitrine.

« Oh ! Marius, si seulement je pouvais reposer ma tête à côté de la tienne ! Si seulement je pouvais m'abandonner, me fier à ta protection. Mais tu me chasses ! Au lieu de me promettre protection et sécurité, de devenir mon gardien, tu décrètes que mon lot est la fuite, l'errance et de nouveaux cauchemars, l'inconnu et ses mystères, le désespoir. Non. Je ne puis. »

Je me dérobais à ses caresses. Je sentais ses baisers sur mes cheveux.

« Ne me dis pas que je ne te reverrai jamais. Crois-tu qu'après tout ce qui s'est passé, je pourrais encore supporter cela ? Je suis seule, ici, et voilà qu'arrive, entre tous, celui qui a laissé sur mon cœur de jeune fille une marque si profonde que les détails en sont aussi clairs que ceux de l'empreinte d'une pièce de monnaie frappée d'hier. Et tu me dis que nous ne nous reverrons jamais, que je dois partir ? »

Je lui tournai le dos.

C'était de désir que ses yeux brillaient. Mais il refréna son ardeur, et me dit avec un petit sourire :

« Combien j'ai admiré ton travail avec le légat ! Je m'étais dit qu'à vous deux, vous alliez orchestrer la conquête de toutes les tribus germaniques ! » Il soupira. « Il faut que tu mènes une bonne vie, une vie riche, une vie qui nourrisse ton âme et ton corps. » Le rouge monta à ses joues. Il regarda mes seins, mes hanches, mon visage... Il avait honte, et s'efforçait de le cacher. C'était de la concupiscence.

« Es-tu encore un homme ? » lui demandai-je.

Il ne répondit pas, d'abord, mais son expression se fit glaciale.

« Tu ne prendras jamais l'entière mesure de ce que je suis ! dit-il enfin.

— Ah ! mais pas un homme ! J'ai raison, n'est-ce pas ? Pas un homme.

— Pandora ! Pourquoi ces sarcasmes ? Pourquoi te moquer ainsi de moi ?

— Cette mutation, cette transformation en buveur de sang, n'a pas ajouté un centimètre à ta taille.A-t-elle ajouté quelques centimètres autre part ?

— S'il te plaît, cesse ce jeu.

— Désire-moi, Marius ! Dis que tu me veux. Je le vois. Confirme-le avec des mots. Qu'est-ce que cela te coûte ?

— Tu es vraiment intolérable ! » Son visage était rouge de colère, et il serrait les lèvres si fort qu'elles paraissaient exsangues. « Grâce aux dieux, je ne te désire pas ! Pas assez pour trahir l'amour en échange d'une brève et sanglante extase.

— Les gens du temple, ils ne savent pas ce que tu es en réalité, n'est-ce pas ?

— Non !

— Et tu te refuses à m'ouvrir ton cœur.

— Jamais. Tu m'oublieras, et ces rêves se dissiperont. Je gage que je pourrai les faire disparaître par mes prières, en intervenant en ta faveur. Oui, je le ferai.

— Que voilà une pieuse tactique ! Qu'est-ce qui te vaut une telle faveur auprès de l'antique Isis, qui buvait le sang et qui était la Source ?

— Ne dis pas de telles choses ; ce ne sont que des mensonges, du début à la fin. Tu ne sais même pas si cette reine que tu as vue était vraiment Isis. Qu'as-tu appris dans ces cauchemars ? Réfléchis. Tu as appris que cette reine était prisonnière de ceux qui buvaient le sang, et qu'elle les condamnait. Ils étaient malfaisants ! Réfléchis bien. Dans le rêve, tu les trouvais malfaisants, et ton jugement est resté le même. Au temple, tu avais perçu la présence du mal. J'en suis certain : je t'observais.

— Sans doute. Mais toi, Marius, tu n'es pas mauvais ! Tu ne m'en convaincras jamais. Ton corps semble fait de marbre, tu es un buveur de sang — mais un buveur de sang pareil à un dieu, pas une créature malfaisante ! »

Il voulut protester, mais s'interrompit aussitôt, une fois de plus. Du coin de l'œil, il semblait guetter quelque chose ; lentement, il parcourut du regard le péristyle, leva les yeux vers le toit.

« Est-ce déjà l'aube, demandai-je, qui annonce les rayons d'Amon-Râ ?

— Tu es l'être humain le plus exaspérant que j'aie jamais rencontré ! Si je t'avais épousée, tu m'aurais mis dans la tombe avant l'heure. Et tout ceci m'aurait été épargné !

— Tout ceci ? Quoi, exactement ? »

Il appela Flavius, qui était resté à proximité pendant tout ce temps, et avait tout entendu.

« Je vais partir, Flavius, lui dit-il. J'y suis contraint. Pendant mon absence, protège-la. A la tombée du jour, je reviendrai aussi vite que je pourrai. Si quelque chose me devance, un assaillant redoutable et couvert de cicatrices, frappe-le à la tête avec ton épée. A la tête, n'oublie pas ! D'ailleurs, je ne doute pas que ta maîtresse sera parfaitement capable de te prêter main forte pour se défendre.

— Bien, monsieur. Devons-nous quitter Antioche ?

— Surveille tes paroles, mon fidèle Grec, intervins-je. Je suis la maîtresse de cette maison. Il n'est pas question que nous partions d'Antioche.

— Essaie de la convaincre de s'y préparer », ajouta Marius.

Un long silence s'installa entre nous. Je savais que Marius lisait mes pensées. Un frisson me parcourut, écho des rêves de sang. Je vis son regard s'éclairer, ses traits s'animer. Emplie d'effroi, je chassai le rêve. La terreur n'est pas un hôte que j'accueille volontiers.

« Tout est inextricablement lié, murmurai-je. Les rêves, le temple, ta présence ici, le fait qu'ils t'appellent à l'aide. Qui es-tu, un dieu de lumière envoyé sur terre pour traquer les ténébreux buveurs de sang ? Dis-moi, la reine vit-elle toujours ?

— Que j'aimerais être un tel dieu ! Je le serais si je le pouvais ! En tout cas, il ne sera plus jamais créé un seul buveur de sang : de cela, je suis certain. Qu'ils déposent des fleurs sur un autel, devant une statue de basalte ! »

Je ressentais un tel amour pour lui ! Je courus vers lui. « Emmène-moi avec toi, où que tu ailles.

— Impossible ! » Il cilla, comme si quelque chose blessait ses yeux. Il était incapable de tenir la tête droite.

« C'est la lumière du jour qui s'annonce, n'est-ce pas ? Tu es l'un d'eux...

— Quand je viendrai à toi, Pandora, sois prête à quitter ce lieu ! »

Sur ce, il disparut.

Comme ça. En un clin d'œil, il disparut. Loin de mes bras, de mon salon, de ma maison.

Je me détournai et fis quelques pas dans la pièce ombreuse, regardant les peintures murales : les joyeux danseurs et danseuses avec leurs lauriers et leurs couronnes de feuillage : Bacchus et ses nymphes, trop chastement vêtues pour une compagnie aussi exubérante.

Flavius s'adressa à moi : « Madame, cette épée que j'ai trouvée parmi vos possessions, puis-je la garder sur moi ?

— Oui, prenez aussi des poignards, il y en a en quantité. Et le feu, n'oubliez pas d'allumer un feu. Le feu le met en fuite. » Comment se faisait-il que je savais cela ? pensai-je en soupirant. Je le savais. Et peu importait pourquoi ou comment. « Flavius... » Je me tournai vers lui. « ...Il ne vient que la nuit. Or, la nuit tire presque à sa fin. Dès que nous verrons le ciel s'empourprer, nous pourrons tous deux aller dormir. » Je portai la main à mon front. « J'essaie de me souvenir...

— De quoi, madame ? » demanda Flavius. Même après le glorieux spectacle qu'offrait Marius, il ne paraissait pas moins beau ; simplement un homme autrement proportionné, mais tout aussi noble — et avec une peau douce et chaude, une peau humaine.

« Si ces rêves me viennent aussi de jour. Ou seulement la nuit ? Je suis morte de fatigue, et ils m'appellent. Flavius, posez donc une lampe près de mon bain. Non, je vais me coucher. J'ai tellement sommeil. Monterez-vous la garde ?

— Oui, madame.

— Regardez, les étoiles ont pâli, on ne les voit presque plus ! O Flavius, comment se sent-on lorsqu'on est une étoile ? Imaginez, n'être admirée que dans l'obscurité, quand les hommes et les femmes vivent à la lumière des chandelles et des lampes ! N'être connu et observé que dans l'opacité de la nuit, lorsque toutes les activités des hommes sont en suspens !

— Vous êtes certainement la femme la plus fertile en ressources que j'aie jamais connue, dit-il. Quand je pense à la façon dont vous avez retourné le bras de la justice contre celui qui vous accusait... » Il me prit par l'épaule, et nous nous dirigeâmes vers la chambre où je m'étais habillée ce matin.

Je l'aimais. Une vie entière de crises et de scènes n'aurait pas rendu ce sentiment plus fort.

« Vous ne dormez pas dans le grand lit de la salle de réception ?

— Non. C'est un lit d'apparat pour la nuit de noces, et je ne connaîtrai plus jamais de nuit de noces. J'aurais envie de prendre un bain, mais j'ai trop sommeil.

— Je peux aller réveiller les jeunes filles, si vous voulez.

— Non, je vais me mettre au lit. La chambre est prête ?

— Oui, madame. » Il me précéda. Il faisait encore presque nuit. Je crus entendre un bruit de tissu froissé. Je prêtai l'oreille, mais ce n'était rien.

Enfin le lit ! Le lit, avec sa petite lampe, et quantité de coussins empilés dessus, à la mode orientale. En m'enfonçant dans ce nid douillet, j'avais l'impression d'être une chatte persane.

Aussitôt, le rêve vint :

Nous, les buveurs de sang, nous tenions dans un temple aux vastes proportions. Le temple était plongé dans l'obscurité. Mais nous pouvions voir dans ces ténèbres, de même que certains animaux voient la nuit. Nous étions tous hâlés, la peau couleur de bronze ou d'or. Nous étions tous des hommes.

Allongée sur le sol, la Reine hurlait. Sa peau était blanche. D'une blancheur parfaite. Sa longue chevelure était noire. Sa couronne portait les deux cornes et l'emblème du soleil. C'était la Déesse ! Il ne fallait pas moins de cinq buveurs de sang de part et d'autre pour la maîtriser. Elle agitait la tête en tous sens, ses yeux semblaient crépiter de Lumière divine.

« Je suis votre reine ! Vous ne pouvez pas me faire cela ! » Qu'elle était blanche ! Ses cris se firent encore plus implorants et désespérés : « Grand Osiris, épargne-moi cela ! Sauve-moi de ces blasphémateurs ! Épargne-moi cette profanation ! »

Le prêtre qui était à mes côtés la regarda avec un ricanement sardonique.

Le Roi était assis sur le trône, immobile. Mais ce n'était pas à lui que s'adressaient les prières de la Reine. Elle implorait un Osiris d'un autre monde.

« Tenez-la plus fort. »

Deux autres vinrent lui maintenir les chevilles.

« Bois ! » m'ordonna le prêtre qui était à mes côtés. « Agenouille-toi et prends ta part de son sang. Il est plus puissant que tout autre sang au monde. Bois. »

Elle pleurait doucement.

« Monstres ! sanglotait-elle. Enfants du démon !

— Je ne le ferai pas, déclarai-je.

— Il le faut ! Tu as besoin de son sang !

— Non, pas contre sa volonté. Pas ainsi ! Elle est notre Mère, Isis !

— Elle est notre Source et notre prisonnière.

— Non », répétai-je.

Le prêtre me donna une bourrade pour me faire avancer. Je lui assenai un coup qui le fit tomber. Je me tournai vers elle.

Elle me regardait aussi impartialement qu'elle regardait les autres. Son visage délicat était exquisément peint. Ses traits n'étaient pas déformés par la rage qui l'habitait. Sa voix rauque était emplie de haine :

« Je vous détruirai tous. Un matin, je m'enfuirai, je m'avancerai vers la lumière du soleil, et vous brûlerez tous. Tous, jusqu'au dernier ! Vous brûlerez avec moi. Car je suis la Source ! Et tout le mal en moi sera consumé de même qu'il s'éteindra en vous, à jamais. Viens, misérable oisillon, poursuivit-elle, s'adressant à moi. Fais ce qu'ils disent. Bois, et attends ma vengeance.

« Le Dieu Amon-Râ surgira à l'orient, je m'avancerai vers lui, et ses rayons fatals me tueront. J'incarnerai le sacrifice du feu, qui détruira tous ceux d'entre vous qui sont nés de moi, transformés par mon sang ! Dieux avides et lubriques qui voudraient utiliser notre pouvoir à leur profit ! »

Le rêve entier subit alors une transformation hideuse. Elle se leva, retrouvant toute sa fraîcheur primitive, parée d'ornements nouveaux. Soudain, des torches apparurent autour d'elle, une, deux, trois, puis beaucoup d'autres, crépitant comme si elles venaient d'être allumées. Elle était entièrement entourée de flammes. Souriante, elle me fit signe d'approcher. Elle baissa la tête ; le blanc de ses yeux levés vers moi brillait. Son sourire était sournois.

Je me réveillai en hurlant.

J'étais dans mon lit. Antioche, oui... La lampe était allumée. Flavius me tenait dans ses bras. Je vis la lumière se refléter sur sa jambe d'ivoire. Je vis la lumière se refléter sur les orteils sculptés.

« Tiens-moi, tiens-moi fort ! Mère Isis ! Serre-moi dans tes bras ! » Je lui demandai ensuite : « Combien de temps ai-je dormi ?

— Pas plus de quelques instants, madame.

— C'est impossible !

— Le jour vient juste de se lever. Désirez-vous sortir, vous allonger à la chaleur du soleil ?

— Non ! » J'avais hurlé ce mot.

Il resserra son étreinte réconfortante et désespérée. « Ce n'était qu'un mauvais rêve, ma belle dame, dit-il. Fermez les yeux. Je vais m'étendre à vos côtés, mon poignard à portée de la main.

— Oh oui ! S'il vous plaît, Flavius, s'il vous plaît. Ne me quittez pas, tenez-moi fort », dis-je en gémissant.

Je me rallongeai. Il se blottit à mes côtés, ses jambes entre les miennes, son bras autour de moi.

Mes yeux s'ouvrirent. J'entendis de nouveau la voix de Marius :

« Grâce aux dieux, je ne te désire pas ! Pas assez pour trahir l'amour en échange d'une brève et sanglante extase. »

« Flavius, m'exclamai-je soudain, ma peau ! Ma peau brûle-t-elle ? » Je commençai à me lever. « Éteignez la lampe. Éteignez le soleil !

— Non, madame, votre peau est toujours aussi superbe. Restez allongée. Permettez-moi de chanter pour vous.

— C'est cela, oui, chantez... »

Je l'écoutai attentivement. C'était Homère, Achille et Hector. J'adorais sa façon de scander les vers, les pauses qu'il marquait. Je voyais les héros, les hauts remparts de Troie condamnée, tout en sentant mes paupières s'alourdir. Je m'abandonnai. Je trouvai le repos.

Il posa une main sur ma tête, comme pour empêcher les rêves d'entrer, comme si l'homme qu'il était pouvait prendre les rêves à son piège. Tandis qu'il me caressait les cheveux, je soupirais.

Je revis Marius, le luisant de sa peau si semblable à celle de la Reine, l'éclat ardent de ses yeux, en vérité pareil à l'éclat de ceux de la Reine, et je l'entendis dire : « Enfin diable, Pandora ! T'imagines-tu que je voulais que ma vie s'achève avant l'heure, que je reste à jamais esclave de mon destin... »

Avant de glisser dans l'inconscience, je revécus le désespoir total, le sentiment de la vanité absolue de tout effort, de toute recherche. Mieux vaudrait n'être que des bêtes, pareilles aux lions dans l'arène.

8

Je me réveillai. J'entendais les oiseaux. Il ne devait pas être tard, sans doute le milieu de la matinée... je ne savais pas vraiment.

Pieds nus, j'allai dans la pièce voisine et la traversai jusqu'à l'atrium. Je suivis la bordure dallée, regardai la Terre, levai les yeux vers le ciel bleu. Le soleil n'était pas encore assez haut pour être visible au-dessus du toit.

Je déverrouillai la porte et, toujours pieds nus, allai jusqu'au portail. Je demandai à la première personne que j'aperçus, un homme du désert portant un long voile sur la tête :

« Quelle heure est-il ? Midi ?

— Oh non, madame, loin de là ! Vous avez oublié de vous réveiller à temps ? Vous avez bien de la chance. » Il me salua de la tête et poursuivit son chemin.

Une lumière venait du salon. J'entrai dans la vaste pièce et vis qu'une lampe était allumée sur le bureau que les servantes avaient préparé à mon intention.

Elles n'avaient rien oublié. Il y avait de l'encre, des plumes, des feuilles de parchemin immaculées.

Je m'installai et commençai à consigner mes rêves, notant tout ce dont je me souvenais, plissant les yeux pour y voir à la misérable lueur de la lampe à huile, trop loin de la lumière qui emplissait le jardin frais et verdoyant.

A force de faire courir la plume d'oie grinçante sur

le parchemin, j'avais mal au bras. Je décrivis le dernier rêve en détail : les torches, le sourire de la Reine, son geste me signifiant d'approcher.

C'était terminé. Au fur et à mesure que j'écrivais, j'avais disposé les feuilles par terre pour permettre à l'encre de sécher. Il n'y avait pas un souffle de vent, aucune brise susceptible de les éparpiller. J'allai les ramasser.

J'allai jusqu'au péristyle, dans l'unique but de regarder le ciel bleu, la liasse de feuilles de parchemin pressée sur mon cœur. Si bleu, si clair...

« Ainsi, tu recouvres ce monde. Et tu ne changes jamais, n'était cette unique lumière qui monte et qui descend, dis-je au ciel. Ensuite vient la nuit, avec ses figures séduisantes et trompeuses. »

« Madame ! » Flavius était arrivé derrière moi, l'air tout ensommeillé. « Vous avez à peine dormi ! Il faut vous reposer. Vous devriez retournez vous coucher.

— Apportez-moi mes sandales, dis-je. Vite ! »

Il disparut. Moi aussi : je franchis le portail et sortis dans la rue, marchant aussi vite que je le pouvais.

J'étais déjà à mi-chemin du temple d'Isis lorsque je réalisai combien il était déplaisant de marcher pieds nus sur ce pavé crasseux. Je vis aussi que je portais toujours les robes de lin froissées dans lesquelles j'avais dormi. Mes cheveux n'étaient même pas attachés. Je ne ralentis pas le pas.

L'enthousiasme me donnait des ailes. Je n'étais pas sans défense comme le jour où j'avais fui la maison de mon Père. Je n'étais pas sur les nerfs et en danger de mort comme la nuit dernière, lorsque Lucius m'avait dénoncée aux soldats romains.

Je n'étais pas paralysée de peur, comme quand la Reine m'avait souri dans le rêve. Ni tremblante comme ce matin en me réveillant.

J'avançais avec détermination, sans jamais m'arrêter. J'étais aux prises avec un drame immense, et fermement décidée à le mener à son dénouement.

Des gens passaient — des ouvriers matinaux, un

vieillard avec une canne tordue. C'est à peine si je les voyais.

Je savourais avec détachement le fait qu'ils remarquaient mes cheveux défaits et mes robes froissées, me demandant comment c'était, quand on fait fi de toutes les règles de la civilisation, sans jamais se soucier de la bonne position d'une épingle, sans avoir peur de rien !

N'avoir peur de rien ! Que cela me paraissait enviable !

J'arrivai au forum. Les marchés débordaient d'activité. Les mendiants étaient tous au rendez-vous. Des litières protégées par des rideaux filaient en tous sens. Les philosophes prodiguaient leur enseignement sous les portiques. J'entendais au loin des chocs sourds, ces bruits indéfinissables qui viennent toujours des ports — peut-être les marchandises que l'on décharge ? Je sentais l'odeur de l'Oronte. J'espérais bien que le corps de Lucius flottait dans ses eaux.

Je montai rapidement les marches et allai droit au temple d'Isis.

« Le Grand Prêtre et la Prêtresse, dis-je, hors d'haleine. Il faut que je les voie. » Passant devant une jeune femme confuse et troublée, à l'allure manifestement virginale, j'entrai dans la salle latérale où ils m'avaient reçue la première fois. Pas de table. Rien que le lit de repos. J'allai dans un autre appartement du temple. Une table. Des rouleaux de manuscrits.

J'entendis un bruit de pas pressés. La prêtresse vint vers moi. Elle était déjà peinte pour la journée, sa perruque et les autres ornements étaient en place. Je la regardai, nullement surprise par son aspect.

« Écoutez, lui dis-je. J'ai fait un nouveau rêve. » Je montrai les feuilles de parchemin qui formaient une pile bien nette sur la table. « J'ai tout noté à votre intention. »

Le prêtre arriva. Il s'approcha de la table et regarda les feuillets.

« Lisez ceci, jusqu'au dernier mot. S'il m'arrive quelque chose, vous pourrez témoigner ! »

Le prêtre et la prêtresse m'entouraient. Le prêtre prenait soigneusement une page après l'autre pour l'examiner, sans jamais feuilleter la liasse entière.

« Je suis une âme errante, qui passe de corps en corps, tentai-je d'expliquer. Elle veut quelque chose de moi, une expiation ou une faveur, je ne sais. En tout cas, elle vit toujours ! Elle n'est pas qu'une simple statue. »

Ils me regardaient avec stupeur.

« Alors ? Dites quelque chose ! Tout le monde vient vous demander conseil.

— C'est que... nous sommes incapables de déchiffrer le moindre mot.

— Hein ?

— C'est écrit dans la forme la plus ancienne et la plus ornée des pictogrammes traditionnels.

— Comment ! »

J'avais beau regarder les feuillets, je ne voyais que mes propres mots, tels qu'ils avaient coulé rythmiquement de mon esprit à la main tenant la plume, sans pouvoir fixer mon regard sur la forme des caractères.

Je pris un feuillet et lus une phrase à voix haute : « Son sourire était rusé, il m'emplissait de crainte. » Je leur montrai le parchemin.

Ils secouèrent vigoureusement la tête en signe de dénégation.

Soudain, il y eut un bruit de voix confus, et Flavius, tout essoufflé, le visage empourpré, fut admis dans la salle. Il avait apporté mes sandales. Il me regarda un moment, puis s'adossa au mur avec un intense soulagement.

« Venez ici », lui dis-je.

Il obéit.

« Regardez ces feuillets, lisez-les. Ne sont-ils pas en latin ? »

Deux jeunes esclaves arrivèrent timidement, me

lavèrent rapidement les pieds puis fixèrent les sandales. Au-dessus de moi, Flavius étudiait les feuillets.

Il releva la tête. « C'est de l'écriture égyptienne ancienne. La plus ancienne que j'aie jamais vue. A Athènes, cela vaudrait une fortune !

— Je viens tout juste de l'écrire », déclarai-je. Je regardai le prêtre, puis la prêtresse. « Appelez votre ami, le grand homme aux cheveux blonds. Faites-le venir ici. Celui qui lit dans les esprits, et qui sait déchiffrer les vieux hiéroglyphes.

— C'est impossible, madame. » Le prêtre regarda la prêtresse comme pour la prendre à témoin.

« Pourquoi est-ce impossible ? Où est-il en ce moment ? Il ne vient qu'après la tombée de la nuit, c'est cela ? »

Tous deux hochèrent solennellement la tête.

« Et lorsqu'il va acheter des livres, tous ces livres sur l'Égypte, il le fait également à la lumière des lampes ? » demandai-je. Je connaissais déjà la réponse.

Ils se regardèrent, tout désemparés.

« Où habite-t-il ?

— Nous l'ignorons, madame. S'il vous plaît, ne tentez pas de le trouver. Il sera ici dès que le jour décline. La nuit dernière, il a tenu à nous assurer que vous comptiez beaucoup pour lui.

— Vous ne savez pas où il vit ? » C'était une constatation plutôt qu'une question.

Je me levai.

« Soit », dis-je en prenant la liasse de feuillets couverts de ma spectaculaire écriture ancienne.

« Et le calciné, dis-je en allant vers la porte, votre meurtrier buveur de sang. Est-il venu la nuit dernière ? A-t-il laissé une offrande ?

— Oui », répondit le prêtre. Il paraissait humilié. « Reposez-vous un moment, Dame Pandora, acceptez quelque nourriture.

— Oui, renchérit mon loyal Flavius, vous en avez certainement besoin.

— Pas question. » Empoignant les feuilles de parchemin, je traversai la grande salle jusqu'aux portes, sourde à leurs supplications.

Je sortis dans la chaleur de midi, suivie par Flavius. Le prêtre et la prêtresse nous conjuraient de rester.

Je parcourus du regard l'immense place du marché. Les bons marchands de livres étaient tous regroupés à l'extrémité opposée, sur la gauche. Je filai dans cette direction.

Flavius avait du mal à me suivre. « Je vous en prie, madame ! Qu'avez-vous l'intention de faire ? Vous avez perdu l'esprit !

— Absolument pas, et vous le savez parfaitement. Vous l'avez vu, cette nuit !

— Attendez-le au temple, madame, comme il l'a demandé, insista Flavius.

— Pourquoi ? Pourquoi ferais-je cela ? »

Il y avait de nombreux étalages de libraires, proposant des livres dans toutes les langues. « Égypte, Égypte ! » criais-je à la cantonade, en latin et en grec. Il régnait une bruyante agitation ; les vendeurs et les acheteurs se bousculaient. Partout, des œuvres de Platon ; d'Aristote, aussi. Une pile entière du livre d'Auguste César sur sa vie, qu'il avait écrit pendant ses dernières années.

« Égypte ! » criais-je. Des marchands me montraient de vieux rouleaux, des fragments.

Le vent faisait claquer les avant-toits en toile. Passant la tête à l'intérieur des boutiques, je voyais des rangées d'esclaves occupés à copier, trempant leurs plumes sans oser lever les yeux de leur tâche.

Dehors aussi, il y avait des esclaves ; installés à l'ombre, ils écrivaient des lettres que leur dictaient des gens humbles, hommes et femmes. Partout, il régnait une activité fiévreuse.

Des hommes traînaient de lourdes malles vers un magasin. Le propriétaire, un homme assez âgé, sortit.

« Marius, annonçai-je. Je viens de la part de Marius, le grand blond qui ne vient acheter des livres que la nuit. »

L'homme ne réagit pas.

J'entrai dans la boutique voisine. Ici, tout était égyptien, pas seulement les étalages de parchemins déroulés et de papyrus, mais aussi des fragments de peintures ornant les murs, des éclats de pierre ou de plâtre conservant le profil d'un roi ou d'une reine, des rangées de pots et de petites jarres, reliques de tombes depuis longtemps profanées. Et ces petites statuettes en bois, que les Égyptiens aimaient tant...

J'aperçus alors le libraire, exactement le genre d'homme que je cherchais. Un authentique amoureux de l'histoire, doublé d'un amateur d'antiquités. A contrecœur, il interrompit sa lecture ; l'homme était grisonnant, et le livre était un codex en égyptien moderne.

« Rien qui puisse intéresser Marius ? » demandai-je en entrant dans la boutique, évitant à chaque pas des malles et des caisses. « Vous savez, le grand Romain, Marius, qui étudie les manuscrits anciens, et achète les plus rares d'entre eux. Vous voyez de qui je veux parler ? Blond, les yeux très bleus. Il ne vient que la nuit ; vous restez ouvert exprès pour lui. »

L'homme fit un signe d'assentiment. Regardant Flavius, il haussa les sourcils : « Une jambe en ivoire comme on n'en voit guère. » Il parlait le grec des lettrés. Excellent ! « Travail grec ou oriental, ajouta-t-il. Ivoire d'un blanc laiteux, sans le moindre défaut.

— Je viens de la part de Marius.

— Je lui garde tout, comme il l'a demandé », dit l'homme avec un petit haussement d'épaules. « Je ne vends rien avant de l'avoir d'abord proposé à Marius.

— Je n'en doute pas. Je viens de sa part. » Je regardai autour de moi. « Puis-je m'asseoir ?

— Mais bien sûr, veuillez m'excuser », dit l'homme en désignant une robuste malle. Flavius paraissait perplexe. Le libraire se rassit à sa table encombrée de manuscrits et d'objets divers.

« Désolé de ne pas avoir une table plus présentable. Où est donc passé mon esclave ? Il doit y avoir du vin quelque part, j'en suis pratiquement sûr. Je... je viens de lire une histoire absolument stupéfiante !

— Vraiment ? dis-je. Jetez plutôt un coup d'œil sur ceci ! » Je lui mis les feuillets dans la main.

« Bigre, une copie vraiment superbe, marmonna-t-il dans sa barbe. Et si fraîche ! » Il parvint à déchiffrer un certain nombre de mots. « Marius sera très intéressé. Cela concerne les légendes d'Isis, le sujet qu'il étudie. »

Je repris doucement les feuillets. « Je l'ai écrit à son intention.

— Vous avez écrit cela ?

— Oui, mais je voudrais lui faire un cadeau, vous comprenez, une surprise. Quelque chose qui vient d'arriver, qu'il n'a pas encore vu.

— Mmm, ce n'est pas ce qui manque.

— Flavius, l'argent !

— Je n'en ai pas sur moi, madame.

— Ne mentez pas, Flavius. Vous ne sortiriez jamais sans prendre les clefs et de l'argent. Donnez.

— Si c'est pour Marius, dit le vieil homme, je suis prêt à faire crédit. Voyons... plusieurs choses sont arrivées sur le marché cette semaine. A cause de la famine qui règne en Égypte. Les gens sont contraints de vendre, je suppose. On ne connaît jamais la provenance d'un manuscrit égyptien. Ceci, par contre... » Il avança la main pour prendre un fragile papyrus posé dans un recoin des étagères poussiéreuses.

Il le posa avec respect sur la table et le déplia avec mille précautions. Le papyrus était assez bien conservé, mais ses bords commençaient à s'effriter. Manié sans soin, il risquait de tomber en poussière.

Alors que je me levais pour regarder par-dessus son épaule, je fus prise d'un vertige soudain. Je voyais le désert, un village de huttes couvertes de feuilles de palmiers. Au prix d'un grand effort, je parvins à ouvrir les yeux.

« C'est positivement le plus ancien manuscrit égyptien que j'aie jamais eu entre les mains, dit le vieil homme. Allons, ma chère, reprenez-vous. Retenez-vous à mon épaule. Tenez, prenez mon tabouret.

— Ce ne sera pas nécessaire, merci », dis-je en parcourant les hiéroglyphes du regard. Je lus à voix haute : « A mon seigneur Narmer, roi de Haute et de Basse Égypte. Quels sont ces ennemis qui prétendent que je m'écarte des voies de la rectitude ? Quand Votre Majesté m'a-t-elle jamais vu m'éloigner du droit chemin ? En vérité, je m'efforce toujours d'en faire davantage que ce que l'on attend de moi. Ai-je jamais omis d'écouter toutes les déclarations de l'accusé afin qu'il soit jugé en toute équité, comme le ferait Votre Majesté ?... »

Je m'interrompis, prise d'un soudain étourdissement. Un bref souvenir : j'étais enfant, et nous marchions tous dans le désert en direction des montagnes pour demander au dieu Osiris, le dieu du sang, de sonder le cœur de celui qui avait fait le mal. « Regardez ! » s'exclamaient ceux qui m'entouraient. Le dieu était un homme d'une perfection absolue ; sa peau était couleur de bronze à la lumière de la lune ; il se saisit du condamné et aspira lentement son sang. A côté de moi, une femme murmura que le dieu avait rendu son jugement et infligé le châtiment ; le sang mauvais reviendrait, purifié, pour renaître dans un autre homme qui ne ferait pas le mal.

Je voulais chasser cette vision, échapper à cette sensation d'être prisonnière du souvenir. Empli de sollicitude, Flavius me tenait par les épaules.

J'étais suspendue entre deux mondes. Tout en regardant « dehors » le soleil éblouissant frapper les pierres du forum, je vivais ailleurs et escaladais le flanc d'une montagne tout en clamant mon innocence : « Faites appel au vieux roi, maître du sang ! Il sondera le cœur de mon mari et verra qu'il ment. Je n'ai jamais partagé la couche d'un autre ! » Douces ténèbres, venez, étendez votre voile sur la montagne où le dieu du sang dort pendant le jour, caché, de crainte que Râ, le dieu soleil, ne le trouve et ne le détruise par jalousie.

« Parce qu'elle les a tous conquis », murmurai-je. Je voulais parler de la Reine Isis. « Tiens-moi, Flavius.

— Oui, madame, n'ayez crainte.

— Venez », dit le vieil homme en me faisant asseoir sur son tabouret.

La nuit égyptienne s'emplissait d'étoiles. Je la voyais aussi distinctement que je voyais ce magasin autour de moi, à Antioche en plein midi. Je voyais les étoiles, et je savais que j'avais eu gain de cause. Le dieu rendrait son jugement. « Viens, sors de cette montagne, notre Osiris bien-aimé, sonde le cœur de mon mari et sonde mon cœur. Si tu me trouves en défaut, mon sang t'appartient, j'en fais le serment. » Il arrivait ! Il était tel que je l'avais vu dans mon enfance, avant que les prêtres de Râ n'interdisent le culte ancien. « Justice ! Justice ! Justice ! » scandait la foule. L'homme qui était mon mari se mit à trembler lorsque le dieu pointa son doigt vers lui en signe de jugement. « Donnez-moi ce sang mauvais, que je le dévore ! ordonna le dieu. Remportez vos offrandes. Ne soyez pas lâches face à la riche caste des prêtres. Vous vous tenez devant un dieu. » Désignant de la main les villageois et villageoises, l'un après l'autre, il les appela par leurs noms. Il connaissait le métier de chacun. Il lisait dans leurs esprits ! Le dieu retroussa les lèvres et montra ses crocs. La vision s'estompa. Un long moment, je fixai les objets ordinaires qui m'entouraient comme s'ils étaient vivants et pleins de venin.

« Dieux ! m'exclamai-je dans ma détresse. Il faut que je voie Marius. Il faut que je le voie sur-le-champ ! » Lorsqu'il apprendrait ces faits, Marius me ferait partager la vérité qu'il connaissait. Il ne pourrait refuser.

« Allez chercher un palanquin pour votre maîtresse, dit le vieux libraire à Flavius. Elle est exténuée, et c'est une longue montée jusqu'en haut de cette colline.

— Colline ? » Je me redressai brusquement. Il savait donc où habitait Marius ! Je laissai aussitôt retomber ma tête, et dis avec un geste languissant :

« S'il vous plaît, monsieur, ayez la bonté d'indiquer à mon majordome le chemin de sa maison.

— Avec plaisir. Je connais deux raccourcis, dont l'un est un peu plus ardu que l'autre. Nous livrons régulièrement des livres à Marius. »

Flavius était visiblement consterné.

Je m'efforçai de ne pas sourire. Cela se passait beaucoup mieux que je ne l'avais imaginé. J'étais encore profondément ébranlée par ces visions d'Égypte. Je détestais l'aspect de ce désert, de ces montagnes, et l'idée de ces dieux buveurs de sang me faisait horreur.

Je me levai pour partir.

« C'est une villa rose, à la lisière de la ville, expliqua le vieil homme. En fait, c'est la dernière maison, juste avant l'enceinte. Elle domine le fleuve. Jadis, c'était une maison de campagne, hors les murs. Elle est tout en haut d'une colline rocailleuse. Mais personne ne viendra ouvrir tant qu'il fait jour. Il est bien connu que Marius aime dormir le jour et travailler la nuit. Telle est sa coutume. Nous laissons les livres aux jeunes serviteurs.

— Il me recevra, affirmai-je.

— Si c'est vous qui avez écrit cela, c'est fort probable », opina le vieil homme.

Nous ne nous attardâmes pas davantage. Le soleil était au zénith. La place était pleine de gens venus faire leur marché. Des femmes portaient des paniers sur la tête. Les parvis des temples étaient noirs de monde. C'était presque un jeu de se frayer un chemin dans la foule, en changeant constamment de direction.

« Allez, Flavius, venez ! » l'encourageai-je.

C'était une torture de suivre son pas lent tandis que nous gravissions la colline, en suivant le sentier sinueux qui nous rapprochait de notre but.

« Vous savez parfaitement que c'est de la folie ! dit Flavius, tout essoufflé. Il ne peut pas être actif tant qu'il fait jour. Nous en avons acquis la certitude — moi, l'Athénien sceptique, et vous, la Romaine cynique ! Ciel ! que faisons-nous ! »

Nous ne cessions de monter, passant devant nombre de demeures somptueuses. Portails verrouillés, aboiements de chiens.

« Dépêchez-vous ! Faut-il que j'écoute sans cesse vos sermons ? Regardez, Flavius bien-aimé ! La maison rose, la dernière maison. Marius vit sur un grand pied. Regardez ces murs, ce portail... »

Enfin, je pus empoigner les barreaux en fer. Flavius s'effondra sur un carré d'herbe, de l'autre côté de l'étroit chemin. Il était à bout de forces.

Je fis tinter la cloche.

Des arbres étalaient leurs branches puissantes au-dessus du mur. A travers l'entrelacs de feuilles et de rameaux, je vis une silhouette apparaître sur la haute terrasse de la maison.

« On n'entre pas ! » cria l'inconnu.

Je mis mes mains en porte-voix. « Il faut que je voie Marius ! Il m'attend ! Il veut me voir. Il m'a dit de venir. »

Flavius marmonna une rapide prière. « Maîtresse, soupira-t-il, j'espère que vous connaissez cet homme mieux que vous ne connaissiez votre propre frère. »

J'éclatai de rire. « Ce n'est pas comparable. Cessez de vous lamenter tout le temps. »

La silhouette avait disparu. J'entendis des pas légers dans le parc.

Deux jeunes gens aux cheveux noirs apparurent : à peine plus que des enfants, imberbes, aux longues boucles noires, vêtus de superbes tuniques bordées d'or. Sans doute des Chaldéens.

« Ouvrez le portail, dépêchez-vous ! leur ordonnai-je.

— Je ne peux pas vous faire entrer, madame, dit celui des deux qui était apparemment le porte-parole. Personne ne doit entrer dans la propriété avant que Marius ne vienne en personne. Ce sont ses ordres.

— Avant qu'il ne vienne d'où ? voulus-je savoir.

— Madame, il vient quand il lui plaît, et reçoit qui

il veut. S'il vous plaît, madame, donnez-moi votre nom, et je lui dirai que vous êtes venue.

— Si vous n'ouvrez pas ce portail, je vais grimper par-dessus le mur ! »

Les deux garçons était épouvantés.

« Vous ne pouvez pas faire cela, madame !

— Alors ? dis-je. Pourquoi n'appelez-vous pas à l'aide ? »

Les deux jeunes esclaves se regardèrent avec stupéfaction. Ils étaient tellement mignons ! L'un d'eux était un peu plus grand que l'autre. Tous deux portaient d'exquis bracelets.

« C'est bien ce que je pensais. En dehors de vous, il n'y a personne. »

Je tirai sur l'enchevêtrement de plantes grimpantes et de racines pour en éprouver la solidité, puis posai un pied le plus haut possible sur le mur en briques recouvertes d'enduit, et, d'un seul élan, réussis à m'agripper au sommet du mur.

Flavius, qui s'était levé, se précipita vers moi. « Je vous en supplie, madame, ne faites pas cela ! C'est mal, très mal. Vous ne pouvez pas escalader le mur de cet homme, comme ça ! »

De l'autre côté du portail, les serviteurs jacassaient avec excitation. Je crois qu'ils parlaient en chaldéen.

« Madame ! j'ai peur pour vous ! s'écria Flavius. Comment pourrais-je vous protéger contre un homme tel que Marius ? Il sera très en colère contre vous ! »

Faisant un rétablissement, je me retrouvai à plat-ventre sur le mur. Tout en reprenant mon souffle, je contemplai le jardin. Il était immense et magnifique. Quelles belles fontaines de marbre ! Les deux petits esclaves s'étaient reculés et me regardaient, médusés, comme si j'étais un monstre très puissant.

« S'il vous plaît, madame, s'il vous plaît ! s'écrièrent-ils en chœur. Sa vengeance sera terrible ! Vous ne le connaissez pas. S'il vous plaît, madame, attendez !

— Flavius, donnez-moi le manuscrit, vite ! Ce n'est pas le moment de désobéir, je suis pressée ! »

Flavius s'exécuta, tout en disant : « Ce n'est pas bien, madame, c'est mal, très mal. Cela ne peut qu'entraîner de redoutables malentendus. »

Je me laissai lentement glisser jusqu'au sol, agréablement chatouillée par le tapis de feuilles vernissées et soyeuses qui couvrait le mur, la tête enfouie dans une épaisse couche de fleurs et de vrilles. Les abeilles ne me faisaient pas peur ; je n'ai jamais craint les abeilles. Je me reposai un moment, serrant le manuscrit contre moi, puis allai jusqu'au portail, où je pourrai voir Flavius.

« Je me charge de Marius, lui dis-je. Vous n'êtes quand même pas venu sans votre poignard ?

— Certes pas », répondit-il, levant sa cape pour montrer l'arme. « Avec votre permission, j'aimerais m'en percer le cœur sur-le-champ, de sorte à être aussi mort et froid que la pierre avant que le maître de la maison ne vous voie batifoler dans son jardin !

— Autorisation refusée ! Ne vous en avisez surtout pas. N'avez-vous donc pas entendu ce que nous disions ? Vous devez monter la garde et me protéger, non contre Marius, mais contre un démon ratatiné et boiteux à la chair calcinée. Il viendra à la tombée de la nuit ! Et s'il arrivait ici avant Marius ? »

Flavius se prit le visage dans les mains. « Grands dieux, venez-moi en aide !

— Redressez-vous, Flavius. Vous êtes un homme ! Est-il nécessaire de vous le rappeler constamment ? Vous devez guetter ce terrifiant sac d'os tout brûlé — terrifiant, mais faible. N'oubliez pas ce qu'a dit Marius : visez la tête. Frappez-le à la tête, poignardez ses yeux, frappez et taillez vaillamment, et appelez-moi. Je viendrai. Et maintenant, allez dormir jusqu'au soir. Il ne viendra pas avant, si même il connaît le chemin de cette maison ! De toute façon, je pense que Marius sera ici avant lui. »

Faisant volte-face, je me dirigeai vers la villa, dont les portes étaient grandes ouvertes. Les beaux adolescents aux longs cheveux étaient en larmes.

Un moment, le calme et l'air frais et humide du jardin apaisèrent mes craintes. Je me sentais en sécurité, entourée de structures que je comprenais, loin, très loin de tout temple ténébreux. En sécurité comme je l'étais en Toscane, dans les jardins de nos propriétés, aussi soignés et luxuriants que celui-ci.

« Une dernière fois, je vous conjure de sortir du jardin de cet homme ! » cria Flavius derrière moi.

Je l'ignorai.

Toutes les portes de l'adorable villa au crépi rose donnaient sur des terrasses suspendues, ou directement sur le jardin. Ah ! le murmure des fontaines ! Il y avait des citronniers, et plus d'une statue de dieu ou de déesse indolents et sensuels, entourées de parterres de fleurs bleues ou d'un rouge profond. Diane, la chasseresse, au marbre rongé par le temps, se dressait au-dessus d'une riche floraison orange. Et là-bas, un Ganymède paresseux, à demi couvert de mousse, indiquait un sentier envahi par la végétation. Au loin, Vénus au bain, dénudée, se penchait vers un bassin dans lequel coulait de l'eau vive. De tous côtés, j'apercevais des fontaines.

Les petits lis communs, revenus à l'état sauvage, dressaient partout leurs fleurs blanches et odorantes. Ici et là, poussaient de vénérables oliviers aux troncs merveilleusement tourmentés, sur lesquels les enfants adorent tant grimper.

Le jardin avait une douce atmosphère pastorale ; pourtant, la nature avait été savamment maîtrisée. Les murs de la villa étaient fraîchement repeints, de même que les volets.

Les deux jeunes esclaves sanglotaient. « Il va être terriblement en colère, madame, gémirent-ils.

— Pas contre vous, en tout cas », dis-je en entrant dans la maison. Comme j'avais marché dans l'herbe, mes sandales ne laissaient pratiquement aucune trace sur le sol de marbre.

« Cessez de pleurnicher, les garçons ! Vous n'aurez

même pas besoin de le supplier de vous croire. C'est vrai, non ? Il lira la vérité dans vos esprits. »

Cela les surprit, chacun à sa façon. Ils me regardèrent avec méfiance.

Je m'arrêtai juste au-delà du seuil. Il émanait de la maison un je ne sais quoi, pas assez distinct pour être qualifié de son, mais quelque chose comme le précurseur rythmique d'un son. J'avais déjà perçu une fois cet étrange rythme silencieux. Où était-ce ? Au temple ? Lorsque j'étais entrée dans la petite salle où Marius s'était caché derrière un paravent ?

J'allai d'une pièce à l'autre, glissant sur les dalles de marbre. Partout, la brise balançait les lampes suspendues. Il y avait de nombreuses lampes. Et des chandelles. Tant de chandelles ! Ainsi que des lampadaires en bronze. Lorsque tout était allumé, il devait faire clair comme en plein jour !

Je finis par comprendre que le rez-de-chaussée entier était une immense bibliothèque, mis à part l'inévitable et somptueux bain romain et une énorme garde-robe bourrée de vêtements.

Toutes les autres pièces étaient pleines de livres. Partout, des livres. Il y avait évidemment des sofas pour lire confortablement, et des bureaux pour écrire, mais tous les murs étaient couverts d'un prodigieux entassement de rouleaux ou de rayonnages surchargés d'ouvrages reliés.

Il y avait aussi d'étranges portes, qui donnaient apparemment sur des escaliers cachés. Étranges, car elles n'avaient pas de serrures, et semblaient faites de granit poli. J'en découvris au moins deux de la sorte. Il y avait également une chambre totalement enclose de pierre et fermée de la même manière, par des portes impénétrables.

Passant devant les esclaves tremblants et en pleurs, je sortis et montai l'escalier extérieur jusqu'au premier étage. Vide ! Toutes les pièces étaient vides, sauf une chambre, qui était manifestement celle des garçons. Il y avait deux lits, et de petits autels avec des dieux persans, de beaux tapis, des coussins garnis de glands et de franges, avec les habituels motifs ornementaux orientaux.

Je redescendis.

Les petits serviteurs étaient assis de part et d'autre de la porte d'entrée, pareils à des statues de marbre ; les genoux relevés, la tête basse, ils pleuraient silencieusement, sans doute un peu las de toute cette histoire.

« Où sont les chambres à coucher dans cette maison ? Où est la chambre de Marius ? Où est la cuisine ? Où est l'autel domestique ? »

L'un d'eux poussa un doux gémissement. « Il n'y a pas de chambres, dit-il d'une voix étranglée.

— Cela me semble évident.

— On nous apporte notre nourriture, gémit l'autre. Toute cuite et délicieuse. Mais je crains bien que, sans le vouloir, nous ayons mangé notre dernier repas.

— Allons, calmez-vous ! Pourquoi vous rendrait-il responsable de mes actes ? Nous n'êtes que des enfants, et il est très gentil, n'est-ce pas ? Tenez, allez mettre ces pages sur son bureau, et posez quelque chose de lourd dessus pour qu'elles ne s'envolent pas.

— C'est vrai, il est gentil, répondit l'adolescent, mais il tient beaucoup à ses habitudes. »

Fermant les yeux, je perçus de nouveau cette vibration, ce son qui s'insinuait partout. Voulait-il être entendu ? Je n'aurais su le dire. Il paraissait impersonnel, comme le battement d'un cœur endormi ou le bruissement léger de l'eau coulant dans les fontaines.

Je me dirigeai vers un large divan couvert d'une superbe soierie à motifs persans. Bien que le tissu eût été soigneusement lissé, il semblait conserver l'empreinte d'une forme humaine, celle d'un homme à en juger par sa taille. Sur l'oreiller, tout bouffant et comme neuf, je vis aussi le creux laissé par la tête, là où l'homme avait reposé.

« C'est ici qu'il vient s'allonger ? »

Les garçons se levèrent d'un bond, faisant voler leurs boucles.

« Oui madame, c'est sa couche, dit celui des deux qui parlait. Je vous en prie, n'y touchez pas. Il s'y étend des heures durant, et il lit. S'il vous plaît, madame ! Il tient absolument à ce que nous ne nous y allongions pas par jeu, en son absence, bien qu'il nous laisse une entière liberté à tous les autres égards.

— Même si vous ne faites que le toucher, il le saura », dit l'autre garçon, sortant de son mutisme.

« Je crois que je vais y dormir », déclarai-je. Je m'étendis et fermai les yeux, puis me tournai de côté et remontai les genoux. « Je suis fatiguée. Tout ce que je désire, c'est dormir. Pour la première fois depuis très longtemps, je me sens en sécurité.

— Vraiment ? demanda un des garçons, incrédule.

— Venez, venez vous allonger près de moi ! Amenez des coussins pour cacher vos têtes, je veux qu'il me voie avant vous. Il me connaît bien. Les feuillets que j'ai apportés, où sont-ils ? Ah oui, sur le bureau ! Eh bien, ils expliqueront pourquoi je suis venue. Tout a changé, maintenant. On veut quelque chose de moi. Je n'ai pas le choix. Je ne peux pas revenir en arrière. Marius comprendra. Je suis venue aussi près de lui que je le pouvais, pour ma protection. »

Je laissai retomber ma tête dans le creux de l'oreiller où il avait reposé, et pris une profonde inspiration. « Ici, la brise est pareille à de la musique, murmurai-je. L'entendez-vous ? »

Je dormis du profond sommeil qui suit une grande fatigue, et que j'avais repoussé si longtemps, de jour comme de nuit.

Des heures passèrent, de longues heures sans doute.

Je m'éveillai en sursaut. Le ciel était pourpre. Les jeunes esclaves recroquevillés près du lit, juste au-dessous de moi, ressemblaient à de petits animaux terrifiés.

J'entendis de nouveau ce bruit rythmé, cette pulsation. Curieusement, je repensai à une chose que j'aimais faire quand j'étais petite. Voici : je posais l'oreille contre le torse de mon Père, et, lorsque j'entendais son cœur, je l'embrassais. Cela le rendait toujours très heureux.

Je me levai, consciente que je n'étais pas complètement éveillée, mais certaine que ce n'était pas un rêve. Je me trouvais dans la magnifique villa de Marius, à Antioche. Les pièces dallées de marbre s'ouvraient les unes sur les autres.

J'allai tout au bout de la maison, jusqu'à la chambre entièrement entourée de murs en pierre. Les portes étaient incroyablement lourdes et épaisses. Soudain, sans un bruit, elles s'ouvrirent, comme si elles avaient été poussées de l'intérieur.

J'entrai. La chambre avait un aspect massif. Deux autres portes me faisaient face. Elles aussi étaient en pierre. Elles donnaient certainement sur des escaliers, car la maison n'allait pas plus loin.

Ces portes s'ouvrirent à leur tour, comme mues par un ressort !

Baissant les yeux, je vis de la lumière.

Un escalier descendait du seuil de la porte. Il était en marbre blanc. Tout neuf, pas encore usé par les pas ; marche après marche, chacune délicieusement lisse et immaculée.

En bas, des flammes brûlaient doucement, éveillant d'antiques reflets dans la cage d'escalier.

Le son paraissait plus fort, maintenant. Je fermai les yeux. Oh ! que le monde entier soit contenu dans ces chambres polies, que tout ce qui existe trouve ici son explication !

Soudain, j'entendis crier derrière moi :

« Dame Pandora ! »

Je fis volte-face.

« Dame Pandora, il a franchi le mur ! »

Les garçons arrivaient en hurlant, faisant écho au cri de Flavius : « Dame Pandora ! »

Une grande noirceur prit forme sous mes yeux, puis la masse sombre et ténébreuse s'abattit sur moi, rejetant de côté les jeunes esclaves impuissants. Je faillis être précipitée en bas des marches.

Je compris alors que j'étais dans les griffes de la créature calcinée. Baissant les yeux, je vis le bras noirci et ridé, pareil à du vieux cuir, qui m'enserrait. Des odeurs fortes et épicées montaient à mes narines. Des habits neufs couvraient mal la jambe d'une maigreur hideuse, le pied décharné.

« Vite, les garçons ! Allez chercher les lampes, il faut le brûler, le mettre en feu ! » Je me débattais désespérément, nous éloignant tous deux de la cage d'escalier, mais je ne pouvais me libérer de la créature. « Vite, les lampes qui sont en bas ! »

Terrorisés, les deux garçons se blottissaient l'un contre l'autre.

« Je te tiens ! murmura tendrement le calciné à mon oreille.

— Oh non ! » rétorquai-je en lui assenant un coup de coude qui le déséquilibra. Il faillit tomber, mais ne lâcha pas prise. La blancheur de sa tunique luisait dans la pénombre tandis qu'il refermait ses bras autour de moi, m'immobilisant presque complètement.

« Vite, les garçons, en bas ! criai-je. Les lampes pleines d'huile ! Flavius ! »

La créature resserrait son étreinte comme un serpent géant, au point que je pouvais à peine respirer.

« Nous ne pouvons pas aller en bas ! se lamenta un des garçons.

— Nous n'avons pas le droit », ajouta l'autre.

Contre mon oreille, j'entendis le rire sonore et caverneux de la créature. « Tout le monde n'a pas un caractère aussi rebelle que toi, ma belle, toi qui as su déjouer les plans de ton frère, au pied de l'escalier du temple. »

Il était presque révoltant d'entendre une voix aussi claire et distincte sortir d'un corps qui paraissait brûlé au point de ne plus pouvoir abriter la vie. Impuissante, je vis les doigts noircis effleurer les miens. Je sentis le contact de quelque chose de froid sur mon cou. Puis je sentis les piqûres. C'était ses crocs.

« Non ! » m'écriai-je, me débattant et donnant des coups de pied en tous sens pour me libérer de son étreinte. Je le poussai de tout mon poids ; de nouveau, il faillit perdre l'équilibre, mais de nouveau, il ne tomba pas.

« Arrête ça, catin, ou je te tue sur-le-champ !

— Pourquoi ne le faites-vous pas ? » Mon ton était hautain.

Je rejetai la tête en arrière pour voir son visage. On aurait dit celui d'un très vieux cadavre desséché dans le désert, tout noirci. Du nez, il ne restait que l'arête ; les lèvres minces et retroussées semblaient ne jamais pouvoir recouvrir les dents et les deux crocs blancs, qu'il dénuda présentement en me regardant.

Ses yeux étaient emplis de sang, comme l'avaient été ceux de Marius. Sa chevelure noire était belle et épaisse, propre et brillante, comme si son corps l'avait renouvelée par quelque magie.

« Oui, me dit-il en confidence, c'est exactement ce qui s'est passé. Et bientôt, très bientôt, j'aurai le sang dont j'ai besoin pour me renouveler entièrement ! Je ne serai plus ce monstre hideux que tu vois. Je serai ce que j'étais avant que ces stupides Égyptiens ne la mettent au soleil !

— Je vois... Elle a donc tenu sa promesse. Elle s'est exposée aux rayons d'Amon-Râ afin que vous brûliez tous !

— Qu'en sais-tu, toi ? Il y a mille ans qu'elle n'a ni parlé, ni bougé. C'est l'âge que j'avais lorsqu'ils ont retiré les pierres qui l'enfermaient. Elle aurait été incapable d'aller vers le soleil. Elle n'est qu'une outre de sang sacré, une source de force et de puissance intronisée, rien de plus, et j'obtiendrai ce sang, que ton Marius a volé et ramené d'Égypte ! »

Je réfléchis à la situation, cherchant désespérément un moyen de me libérer.

« Tu as été pour moi un vrai don du ciel, reprit le calciné. Exactement ce dont j'avais besoin pour relever le défi de Marius ! Il exhibe l'affection qu'il te porte et sa faiblesse à ton égard comme de brillants oripeaux de soie, propres à attirer mon attention.

— Je vois, dis-je.

— Tu ne vois rien du tout ! » s'exclama-t-il. Il empoigna mes cheveux et rejeta ma tête en arrière. Je poussai un hurlement — de contrariété, plutôt que d'épouvante.

Ses crocs aiguisés s'enfoncèrent dans mon cou. Je sentis des fils de métal chauffés à blanc parcourir mon corps entier.

Je défaillis, paralysée par une extase soudaine. J'aurais voulu résister, mais j'avais des visions : je le voyais dans sa gloire, homme doré dans une contrée orientale, dans un temple fait de crânes. Il portait des culottes de soie vert vif, un bandeau brodé ceignait son front. Un visage finement dessiné, au nez et à la bouche délicats. Soudain, sans raison apparente, je le vis prendre feu, j'entendis ses esclaves hurler à la vue des flammes. Il se tournait en tous sens, se tordait dans ces flammes ; sans mourir, mais en proie à une souffrance exquise.

J'avais le vertige, mes forces m'abandonnaient. De toutes les parties de mon corps, de tous les organes, mon sang s'écoulait dans cette misérable carcasse. Je pensai alors à mon Père, à mon Père disant : « Vis, Lydia ! » Au prix d'un terrible effort, je parvins à libérer mon cou. Je lui donnai un violent coup d'épaule, tout en le repoussant des deux mains. Il tomba à la renverse en m'entraînant avec lui, je relevai violemment le genou... mais rien ne pouvait lui faire lâcher prise !

J'essayai de saisir mon poignard, mais j'avais des étourdissements — et de toute façon, je n'avais pas mon poignard sur moi. Mon unique chance était l'huile qui brûlait dans les lampes, en bas de l'escalier. Je me retournai, à deux doigts de la syncope. Le monstre empoigna de nouveau mes longs cheveux des deux mains, et me ramena brutalement contre lui.

« Ignoble démon ! » sifflai-je entre mes dents. Sa

force m'avait exténuée. Lentement, il resserra sa prise. Dans un moment, j'en étais sûre, mes bras se briseraient.

« Ah ! » fit-il en se dégageant de mes bras, mais sans relâcher son étreinte. « J'ai obtenu ce que je voulais ! »

Une lumière plus vive emplit soudain la cage d'escalier.

Une torche fut placée en bas des marches. Un moment plus tard, Marius apparut.

Il paraissait parfaitement calme, et fixait un point situé derrière moi — sans doute regardait-il mon ravisseur droit dans les yeux.

« Alors, Akbar, que comptes-tu faire ? demanda Marius. Brutalise-la, viole-la encore une seule fois, et je te tue. Tue-la, et tu mourras dans les pires tourments. Lâche-la, et tu es libre. »

Il monta les marches une à une.

« Tu me sous-estimes, dit le calciné. Misérable parvenu romain, crois-tu que j'ignore que tu détiens le Roi et la Reine, que tu les as volés et ramenés d'Égypte ? C'est un fait avéré. La nouvelle s'est répandue d'un bout à l'autre du monde, dans les forêts du Nord lointain, dans des pays sauvages, des contrées dont tu ignores jusqu'à l'existence. Tu as tué l'Ancien qui gardait le Roi et la Reine, et tu les as volés ! Le Roi et la Reine n'ont pas bougé ni parlé depuis mille ans. Tu es allé en Égypte et tu as emmené notre Reine. Te prends-tu pour un empereur romain ? T'imagines-tu qu'elle est une reine que tu peux emmener en captivité, comme Cléopâtre ? Cléopâtre était une putain grecque. Elle, c'est notre Isis, notre Akasha ! Blasphémateur stupide ! Et maintenant, conduis-moi en la présence d'Akasha. Oppose-toi à moi, et cette femme, l'unique mortelle que tu aimes vraiment, meurt. »

Marius monta les marches vers nous, sans hâte.

« Tes informateurs t'ont-ils dit, Akbar, que c'était l'Ancien d'Égypte, le gardien immémorial, qui avait laissé le Couple royal en plein soleil ? » Marius monta une marche de plus. « T'ont-ils dit que c'est l'Ancien en personne qui est la cause de tout : les rayons du soleil qui les ont frappés, le feu qui a détruit des centaines des nôtres, épargnant les plus âgés afin qu'ils connaissent une vie de tourments, comme c'est ton cas ? »

Marius fit un geste brusque. Aussitôt, je sentis les crocs s'enfoncer dans mon cou. Impossible de me libérer. De nouveau, je revis le calciné dans sa splendeur d'antan, me narguant avec sa beauté, avec ses pieds couverts de bijoux, tandis qu'il dansait, des femmes peintes faisant cercle autour de lui.

J'entendais la voix de Marius, tout près, mais le sens des mots m'échappait.

En esprit, je revivais ces événements, cette folie. J'avais conduit cette créature à Marius, mais était-ce la volonté de la Mère ? Akasha, tel était le nom très ancien tracé sur les corps abandonnés sur les marches du temple. Je connaissais ce nom ; dans les rêves, je le connaissais. Je me sentis défaillir. « Marius ! » m'écriai-je avec mes dernières forces.

Ma tête tomba en avant, libérée des crocs. Je luttais pour ne pas m'abandonner à cette faiblesse tellement séduisante. J'invoquai délibérément l'image de l'empereur Auguste nous recevant sur son lit de mort, et murmurai : « Je ne verrai pas la fin de cette comédie.

— Oh si ! tu la verras. » C'était la voix calme de Marius, toute proche. J'ouvris les yeux. « Ne prends pas de nouveau ce risque, Akbar. Tu as suffisamment prouvé ta détermination.

— N'essaie pas de me toucher de nouveau, répliqua le calciné. Mes dents caressent son cou. Une goutte de plus, et son cœur est silencieux. »

Le noir profond de la nuit faisait paraître plus brillante la torche, au-dessous de moi. La torche. C'était tout ce que je pouvais voir. « Akasha », murmurai-je.

Le calciné prit une profonde inspiration, son torse se gonflant contre moi. « Son sang est exquis », susurra-t-il. Il embrassa ma joue de ses lèvres sèches et brûlées. Je fermai les yeux. J'avais de plus en plus de mal à respirer. Mes paupières étaient de plomb.

Le calciné poursuivit :

« Vois-tu, Marius, je ne crains pas de l'emporter dans la tombe avec moi. Si je dois mourir de ta main, pourquoi pas avec elle pour compagne ? »

Les mots n'étaient qu'un écho lointain.

« Prends-la dans tes bras », dit Marius. Il n'était qu'à un pas de nous. « Porte-la doucement, comme si elle était ton enfant unique et adoré, et descends avec moi au sanctuaire. Viens, et tu verras la Mère. Prosterne-toi devant Akasha, et tu sauras ce qu'elle désire et autorise ! »

Je glissai de nouveau dans l'inconscience, mais cela ne m'empêchait pas d'entendre le rire de la créature. Elle me souleva en me prenant sous les genoux ; ma tête retomba en arrière. Le calciné commença à descendre l'escalier.

« Marius, soupirai-je, il est faible. Tu peux le tuer. » Il descendait lentement les marches. Ma tête ballottait contre le torse du calciné, je sentais ses os et ses côtes. « Très faible, je t'assure », répétai-je, à la limite de l'évanouissement. Akasha, oui, c'était son vrai nom.

« Doucement, mon ami, dit Marius. Si elle meurt, je te détruis. Tu es presque allé trop loin, déjà. A chaque respiration laborieuse, elle diminue tes chances. S'il te plaît, Pandora, ne dis rien. Akbar est un grand buveur de sang, un grand dieu. »

Je sentis une main ferme et fraîche s'emparer de la mienne.

Nous étions arrivés au niveau inférieur. J'essayai de lever la tête. Je vis des rangées de lampes, de splendides peintures murales rehaussées d'or, un plafond tendu d'or.

Les portes en pierre s'ouvraient sur une chapelle, une chapelle emplie d'une lumière frémissante, dense, pieuse, et de l'arôme puissant des lis.

Le buveur de sang qui me tenait émit un cri pitoyable : « Mère Isis ! Oh ! Akasha... »

Il me libéra, et je me retrouvai sur mes pieds, aussitôt retenue par Marius, tandis que la créature estropiée et couverte de cloques se précipitait vers l'autel.

Je regardais ce spectacle stupéfiant. Mais je me mourais. Je ne pouvais plus respirer. Je me sentais tomber. J'essayais en vain d'emplir mes poumons. Sans l'aide de Marius, je n'aurais pu me tenir debout.

Mais, oh ! quitter la Terre et toutes ses misères sur une telle vision :

Ils étaient là, assis, la grande déesse Isis et le dieu Osiris — du moins me semblait-il que c'était eux —, la peau couleur de bronze, et non blanche comme celle de la pauvre Reine captive de mes rêves, idéalement vêtus de vêtements d'or tissé, plissés et cousus dans le style égyptien traditionnel. Leurs cheveux noirs formant de longues tresses étaient étonnamment réels. Leur peinture faciale était toute fraîche : le khôl noir soulignant les paupières, le mascara, le rouge des lèvres...

Elle ne portait pas la couronne avec les cornes et le disque du soleil. Son splendide collier d'or et de pierres précieuses me paraissait vivant.

« Je dois aller chercher la couronne ! Il faut remettre la couronne en place ! » dis-je distinctement, mais il me semblait que la voix qui sortait de ma bouche venait d'ailleurs, pour m'instruire. Mes yeux se fermèrent.

Le calciné se prosterna devant la Reine.

Je ne voyais pas clairement. Je sentais les bras de Marius qui m'entouraient, puis un flot de sang chaud emplit ma bouche. Je voulus dire, « Non ! Protège-la, Marius ! » mais le sang emporta mes paroles. « Protège la Mère ! » De nouveau, le sang emplit ma bouche, et je dus avaler. Je sentis aussitôt la force de ce sang, son pouvoir, infiniment plus grand que celui d'Akbar. Comme autant de fleuves coulant impétueusement vers la mer, le sang se répandait dans mes veines. Rien ne pouvait arrêter son flux. Soudain, le flot se gonfla, comme si un énorme orage avait poussé le fleuve encore plus vite vers son estuaire, ses ramifications innombrables atteignant le moindre morceau de chair.

Un monde immense et merveilleux s'ouvrait devant moi, prêt à m'accueillir, profonde forêt inondée de soleil, mais je me refusai à le voir. Je m'en libérai. « La Reine, sauve-la, protège-la contre lui ! » dis-je faiblement. Le sang gouttait-il de mes lèvres ? Non, il était entré en moi.

Marius ne m'écoutait pas. De nouveau, une plaie béante s'appliqua sur ma bouche. Le sang coulait plus vigoureusement que jamais. Je sentais l'air emplir mes poumons. Je sentais toute la longueur de mon corps, un corps solide, robuste, fermement planté sur le sol. En se répandant en moi, le sang émettait une vive clarté, comme s'il avait enflammé mon cœur. J'ouvris les yeux. Je vis un pilier. Je vis le visage de Marius, ses cils dorés, ses yeux d'un bleu profond. Ses longs cheveux divisés par une raie tombaient sur ses épaules. Il était sans âge, c'était un dieu.

« Protège-la », m'écriai-je. Me retournant, je tendis le bras vers la Déesse.

Un voile se leva, un voile qui ma vie durant s'était interposé entre moi et toutes choses. Prenant leurs formes et couleurs véritables, elles révélaient leur raison d'être. La Reine regardait fixement devant elle, aussi immobile que le Roi. Rien au monde n'aurait pu imiter une pareille sérénité, une impassibilité aussi totale. J'entendais l'eau qui gouttait des fleurs. Gouttelettes minuscules frappant le sol de marbre, chute d'une feuille isolée. Me retournant, je la vis, cette petite feuille enroulée, dansant sur le dallage. J'entendais maintenant une brise passer sous le dais doré du plafond, et les lampes chantaient avec des langues de feu.

Le monde était un chant tissé, une tapisserie de chants. Les luisantes mosaïques polychromes perdirent soudain toute forme, même leur structure disparut. Les murs parurent se dissoudre, formant des nuées de brume colorée, accueillante, à travers laquelle nous pourrions errer à jamais.

Elle était là, assise, la Reine des Cieux, régnant sur tout cela dans son immobilité suprême que rien ne peut troubler.

Toutes les aspirations de mon cœur d'enfant étaient exaucées. « Elle vit, elle est réelle, elle règne sur la Terre et le Ciel ! »

Le Roi et la Reine. Pas un geste, pas un frémissement. Leurs yeux ne voyaient rien. Ils ne nous regardaient pas. Ils ne regardaient pas la créature calcinée qui approchait de leur trône.

Les bras du couple royal étaient chargés de bracelets ornés d'inscriptions et de motifs contournés. Leurs mains reposaient sur les cuisses, comme on le voit sur nombre de statues égyptiennes. Mais jamais il n'avait existé de statue d'une beauté comparable.

« La couronne, elle veut sa couronne ! » répétai-je. Avec une vigueur surprenante, je m'avançai vers elle.

Me tenant toujours la main, Marius suivait attentivement les mouvements du calciné.

« Elle existait bien avant toutes ces couronnes, dit-il ; elles ne signifient rien pour elle. »

Cette idée éclata sur ma langue avec la douceur d'un grain de raisin. Elle était là avant tout cela, c'était évident ! Dans mes rêves, elle ne portait pas de couronne. Elle ne risquait rien. Marius veillait sur elle.

« Ma Reine, dit Marius derrière moi. Tu as un suppliant. Akbar, venu d'Orient. Il voudrait boire le sang royal. Quelle est ta volonté, Mère ? »

La voix de Marius était d'un tel calme ! Il ignorait la peur.

« Mère Isis, laisse-moi boire ! » implora l'être calciné. Il se redressa, et, levant les bras, créa une nouvelle vision dansante de son moi antérieur. A sa ceinture, pendaient des crânes humains. Il portait un collier de doigts humains noircis ! C'était macabre et révoltant, et pourtant, il semblait croire que c'était séduisant et grandiose. L'image qu'il avait créée s'évanouit. Le dieu du pays lointain était à genoux.

« Je suis ton serviteur, je l'ai toujours été ! Je n'ai

tué que celui qui fait le mal, comme tu l'avais ordonné. Je n'ai jamais abandonné ton culte authentique. »

Comme il paraissait fragile et insignifiant, ce suppliant, et odieux. Comme il serait facile de l'éloigner de Sa présence. Je regardai le roi Osiris, aussi lointain et imperturbable que la Reine.

« Marius, dis-je, le grain d'Osiris, ne désire-t-il pas le grain ? Il est le dieu du blé. » J'étais habitée par des visions de nos processions romaines, de gens qui chantaient en portant les offrandes.

« Non, dit Marius, il ne veut pas le grain. » Il me prit par l'épaule.

« Ils sont vrais, ils sont réels ! m'exclamai-je. Tout est réel. Tout est transformé. Tout est accompli. »

Le calciné se retourna et me foudroya du regard. Mais j'étais inaccessible à la raison. Il fit de nouveau face à la Reine et avança une main vers son pied.

Les ongles de ses orteils étincelaient à la lumière, recouvrant une chair dorée. Elle, pourtant, restait immuable, immobile comme la pierre, de même que le Roi sans couronne, apparemment dénués de jugement et de pouvoir.

Soudain, la créature se leva d'un bond et tenta de saisir la Reine à la gorge.

Je poussai un cri strident.

« Infâme, méprisable ! »

Rapide comme l'éclair, le bras droit figé de la Reine se dressa, sa main se referma sur le crâne du calciné et l'écrasa. Le sang ruissela sur le corps de la déesse, tandis que le monstre glapissait une ultime supplique hoquetante. Elle saisit le cadavre qui s'affaissait sur ses hanches et le projeta en l'air. Tous les membres se détachèrent, et retombèrent au sol tels des morceaux de bois mort.

Un rafale de vent soudaine rassembla les restes épars tandis qu'une lampe tombait de son trépied, répandant l'huile enflammée sur ces vestiges.

« Regarde, dis-je, le cœur ! Je vois son cœur. Il bat ! »

Mais le feu eut vite fait de consumer le cœur, de consumer les doigts qui se contractaient et les orteils qui se tordaient. Il y eut une grande agitation, une danse des os dans ce bûcher, les os tournoyaient dans les flammes ; petit à petit, ils noircissaient, rapetissaient, se brisaient et se fragmentaient. Finalement, la chose entière fut réduite en cendres fumantes, qui grésillaient en s'éparpillant sur le sol.

La brise se leva de nouveau, grand souffle venu du jardin, pour soulever ces scories et les emporter, comme autant de minuscules et fragiles insectes noirs, dans les ombres de l'antichambre.

J'étais médusée.

La Reine était comme auparavant, la main à la même place. Elle-même et le Roi regardaient fixement devant eux, comme s'il ne s'était rien passé. L'unique témoignage était une vilaine tache sur la robe de la Reine.

Leurs yeux ne me voyaient pas, ne voyaient pas Marius.

Le silence revint dans la chapelle. Tout n'était que doux silence parfumé, lumière dorée. Je respirai profondément. J'entendais l'huile des lampes devenir flamme. Les mosaïques étaient peuplées d'adorateurs rendus avec art. Je discernais le lent et imperceptible début de décomposition des nombreuses fleurs, mais ce semblait n'être qu'un accent particulier du chant qui exprimait leur croissance ; les bords jaunissants des pétales étaient en harmonie avec leurs brillantes couleurs.

« Pardonne-moi, Akasha, dit Marius à voix basse, de l'avoir laissé approcher de toi. J'ai manqué de sagesse. »

Je me mis à pleurer. Mes larmes coulaient à flot.

« Tu m'as appelée, dis-je à la Reine à travers mes larmes. Tu m'as convoquée ici ! Je ferai tout ce que tu voudras. »

Lentement, son bras droit se dressa. Il se leva de la cuisse sur laquelle il reposait, s'avança, et sa main se replia avec une grande douceur, dans le geste d'invite du rêve. Mais il n'y eut pas de sourire, ses traits figés ne changèrent pas.

Je sentis une force invisible et irrésistible m'envelopper, une force qui venait de son bras qui se tendait pour m'accueillir. C'était doux et caressant. Un frisson de plaisir parcourut mes membres, mon visage s'empourpra.

Je m'avançai, prisonnière de sa volonté.

« Je t'en supplie, Akasha, dit Marius doucement. Au nom d'Inanna, au nom d'Isis, au nom de toutes les déesses, je t'en supplie, ne lui fais pas de mal ! »

Marius ne comprenait pas ! Il ignorait la nature réelle de son culte ! Je savais que l'intention de la déesse était que ses enfants buveurs de sang jugent ceux qui avaient fait le mal, et ne boivent que le sang des condamnés ; telle était sa loi. Je vis le dieu de la caverne ténébreuse, tel qu'il m'était apparu dans ma vision. Je comprenais tout.

J'aurais voulu le dire à Marius, mais je ne pouvais pas. Pas maintenant. Le monde était né de nouveau, tous les systèmes fondés sur le scepticisme ou sur la volonté égoïste n'étaient que de fragiles toiles d'araignées, destinées à être balayées. Mes propres moments de désespoir n'avaient été que des errances dans les ténèbres impies de l'égocentrisme.

« La Reine des Cieux », murmurai-je, consciente de parler dans la langue ancienne. Une prière monta à mes lèvres :

« Malgré toute sa puissance, Amon-Râ, le Dieu-Soleil, ne conquerra jamais le Dieu des Morts et son épouse, car elle règne sur les Cieux étoilés et sur la lune, et sur ceux qui veulent accomplir le sacrifice du méchant. Maudits soient ceux qui font mauvais usage de cette magie. Maudits soient ceux qui cherchent à s'en emparer ! »

Moi, femme et humaine pourtant, je sentais que seuls les complexes réseaux du sang que Marius m'avait donné maintenaient ma forme. Je sentais physiquement la structure qui me soutenait. Mon corps, lui, ne pesait rien.

Je fus soulevée vers elle. Son bras m'entoura, sa main chassa les cheveux qui cachaient mon visage. Je tendis les bras pour enlacer son cou, car je ne pouvais faire autrement. Nous étions trop proches pour qu'un autre témoignage d'amour fût possible.

Je sentis la douceur soyeuse de ses cheveux finement tressés et si réels, la fermeté et la fraîcheur de ses épaules, de son bras. Pourtant, elle ne me regardait pas. Elle était une chose pétrifiée. Aurait-elle pu me regarder ? Avait-elle choisi de rester à jamais silencieuse, le regard fixe ? Ou bien quelque maléfice la réduisait-elle à l'impuissance, un charme dont mille hymnes pourraient peut-être la réveiller ?

Dans mon délire, je voyais les mots gravés sur les pièces d'or, parmi les joyaux de son collier : « Amenez-moi celui qui a fait le mal et je boirai son sang. »

Il me semblait être dans le désert ; le collier tombait et roulait sur le sable, tournoyait dans le vent, de même que le corps du calciné avait tournoyé. Tombé, perdu, destiné à être recréé.

Je me sentis attirée vers son cou. Elle avait écarté les doigts dans mes cheveux et poussait ma tête vers son corps, jusqu'à ce que mes lèvres sentent le contact de sa peau.

« C'est ta volonté, n'est-ce pas ? » demandai-je. Mais les mots me paraissaient lointains, pauvre et pathétique expression de la plénitude de mon âme. « Tu veux que je devienne ta fille ! »

Elle pencha légèrement la tête de côté et en arrière, de sorte à révéler pleinement son cou. Je vis la veine se gonfler, la veine dont elle voulait que je me nourrisse.

Ses doigts montaient doucement dans mes cheveux, sans jamais les tirer, sans me faire mal, m'emplissant d'une extase effrénée, tandis qu'elle renversait tendrement la tête afin que mes lèvres ne puissent plus éviter sa peau chatoyante.

« O ma Reine adorée », murmurai-je. Jamais je

n'avais connu une telle certitude, ni ressenti une telle extase, une extase sans bornes ni cause matérielle. Jamais je n'avais connu une foi aussi débordante, aussi triomphante, que celle que j'avais en elle.

J'ouvris la bouche. Rien d'humain ne pouvait percer cette chair de pierre ! Pourtant, elle céda, comme si elle était tendre et fragile, et le sang afflua en moi. « La Source ». J'entendais son cœur le pomper, force assourdissante qui vibrait dans mes tympans. Ce n'était pas du sang, cela. C'était du nectar. C'était tout ce qu'un être créé pouvait désirer.

9

Le nectar qui coulait en moi ouvrit les portes d'un autre monde. Son rire sonore se répercutait dans un long couloir ; elle courait devant moi, d'une grâce juvénile, féline, libérée de tout cérémonial. Elle me fit signe de la suivre. Dehors, sous les étoiles, Marius était assis dans son jardin anarchique et merveilleux. Elle me le montra. Je vis Marius se lever et me prendre dans ses bras. Sa longue chevelure formait une somptueuse parure. Je compris ce qu'elle voulait. C'était Marius que j'embrassais dans cette vision, tout en buvant à satiété ; c'était avec Marius que je dansais.

Une pluie de pétales descendit sur nous comme sur un couple de jeunes mariés à Rome ; Marius me tenait par le bras comme si nous venions de nous marier, et tout autour de nous, des hommes et des femmes chantaient. C'était un bonheur parfait, une allégresse si vive que certains, peut-être, sont nés sans même la capacité de l'éprouver.

Elle se tenait sur un grand et large autel de diorite noire.

Il faisait nuit. C'était un lieu clos et sombre, et pourtant plein de gens, que rafraîchissait le vent chargé de sable venu de la vallée, et elle regardait du haut de l'autel celui qu'ils étaient venus lui offrir. C'était un homme, les yeux fermés, les mains liées. Il ne se débattait pas.

Elle dénuda ses dents ; les fidèles retinrent leur souffle. Saisissant l'homme par la gorge, elle but son sang.

Lorsqu'elle eut terminé, elle le laissa choir et, levant les bras, s'écria :

« En moi, toute chose est purifiée ! » Il y eut une nouvelle pluie de fleurs, de pétales de toutes les couleurs ; des plumes de paon ondoyaient au-dessus de nous, et des rameaux de palmiers ; des chants s'élevaient en vagues puissantes, accompagnés de battements de tambour déchaînés, tandis qu'elle regardait en souriant du haut de son piédestal, le visage étonnamment coloré et animé — un visage humain. Ses yeux soulignés de noir parcouraient la foule des adorateurs.

Tous se mirent à danser, sauf elle, qui les observait, puis ses yeux se levèrent lentement pour fixer, par-dessus leurs têtes, les hautes fenêtres rectangulaires ouvertes sur le firmament scintillant. Des pipeaux se mirent à jouer. La danse devint frénétique.

Une lassitude secrète envahit insensiblement ses traits, comme si son âme s'était transportée jusqu'aux cieux, et que soudain, elle baissât les yeux vers la terre avec tristesse. Elle parut un moment désorientée, puis la colère la submergea.

D'une voix tonnante, elle s'écria alors : « Le buveur de sang égaré ! » La foule retint son souffle. « Qu'on me l'amène ! »

La foule s'écarta pour laisser passer ceux qui maintenaient ce dieu furieux.

« Tu oses me juger ! » criait-il. C'était un Babylonien, aux longs cheveux bouclés, portant barbe et épaisse moustache. Il ne fallait pas moins de dix mortels pour le maîtriser.

« Au lieu de l'embrasement, dans la montagne, au soleil, solidement enchaîné ! » Les hommes l'entraînèrent.

Une fois encore, elle leva les yeux. Les étoiles devinrent immenses. Les constellations immémoriales étaient clairement visibles. Nous étions suspendus sous les astres.

Un jeune garçon assis sur un gracieux siège doré

discutait avec les hommes qui l'entouraient. Ils étaient vieux, à peine visibles dans l'obscurité. La lampe n'éclairait que le visage du garçon. Nous nous tenions sur le seuil. Il était frêle, ses membres étaient minces comme des baguettes de bois.

« Et vous prétendez, dit le jeune garçon incrédule, que ces buveurs de sang sont adorés dans les collines ? »

Je savais que c'était le pharaon, à cause de la mèche sacrée qui ornait son crâne chauve, et de l'attitude déférente de son entourage. Lorsqu'elle s'approcha, il leva des yeux épouvantés. Ses gardiens prirent la fuite.

« Oui, dit-elle, et tu ne feras rien pour y mettre fin ! »

Elle le souleva, petit garçon fragile, et lacéra son cou comme le ferait un animal, laissant le sang s'écouler de la blessure fatale. « Petit roi, dit-elle. Petit royaume. »

La vision prit fin.

Sa peau froide et blanche s'était refermée sous mes lèvres. Je ne buvais plus, maintenant. Je l'embrassais.

Consciente de ma propre forme, je me sentais retomber en arrière, échappant à l'étreinte de son bras.

Dans la pénombre lumineuse, son profil était redevenu pareil à lui-même, silencieux et impassible. Un visage figé, parfait, sans une ride. Les bras de Marius m'accueillirent. Le bras et la main de la déesse reprirent leur position primitive.

Tout était merveilleusement clair et distinct : le Roi et la Reine figés dans leur immobilité, les ingénieuses figures en lapis-lazuli des mosaïques à fond d'or.

Je sentis une douleur fulgurante au cœur et au ventre, comme si j'avais été poignardée. « Marius ! » m'écriai-je.

Il me souleva et m'emmena loin de la chambre souterraine.

« Non, dis-je, non, je veux me prosterner à ses pieds. » La douleur me coupait le souffle. Je me faisais violence pour ne pas hurler. Oh ! le monde venait de renaître, et maintenant, cette agonie !

Il me déposa dans les hautes herbes, qui s'écrasèrent sous mon poids. Un fluide acide s'écoulait de mon ventre, et même de ma bouche. Tout près de moi, je voyais des fleurs. Je voyais le ciel amical, aussi clair et vivant que dans ma vision. La douleur était atroce, inexprimable.

Je compris alors pourquoi il avait voulu m'éloigner du sanctuaire.

J'essuyai ma joue. Cette ordure me répugnait. La douleur me dévorait. Je m'efforçais de voir de nouveau ce qu'elle m'avait révélé, de me souvenir de ce qu'elle avait dit, mais la douleur y mettait obstacle.

« Marius ! » criai-je de nouveau.

Il s'allongea sur moi et m'embrassa sur la joue. « Bois, dit-il, bois jusqu'à ce que la douleur s'apaise. C'est seulement le corps qui meurt. Tu es immortelle, Pandora.

— Emplis-moi, prends moi », dis-je, en le touchant entre les jambes.

« Cela n'a plus d'importance, maintenant. »

Il était dur, pourtant, l'organe que je cherchais, l'organe qu'Osiris avait perdu à jamais. Je le guidai, dur et froid qu'il était, jusqu'à ce qu'il pénètre dans mon corps. Ensuite, je bus, bus sans m'arrêter, et, lorsque je sentis ses dents sur mon cou, lorsqu'il commença à aspirer la nouvelle mixture qui emplissait mes veines, ce fut d'une douceur inexprimable, comme si je l'allaitais. Je le connaissais, je l'aimais, et, en un bref instant ne signifiant rien, je connus tous ses secrets.

Il avait raison. Les organes inférieurs n'avaient aucune importance. Il se nourrissait de moi. Je me nourrissais de lui. C'était cela, notre mariage. Tout autour de nous, l'herbe ondulait doucement dans la brise, majestueux lit conjugal, et l'odeur de la végétation me submergeait.

La douleur avait disparu. J'allongeai le bras pour sentir la douceur des fleurs.

Il arracha ma robe souillée et me prit dans ses bras. Il me porta jusqu'au bassin où la Vénus de marbre était immobilisée à jamais, le dos légèrement courbé, un pied en suspens au-dessus de l'eau fraîche.

« Pandora... », murmura-t-il.

Les deux jeunes esclaves étaient apparus à ses côtés, lui tendant des brocs.

Il en plongea un dans le bassin et en versa le contenu sur mes épaules. Tandis que l'eau ruisselait sur ma peau, je sentais sous mes pieds le carrelage dont était revêtu le fond du bassin. Jamais je n'avais connu une sensation pareille. Il replongea le broc ; l'eau coula délicieusement sur mon corps. Un instant, j'eus peur que la douleur ne revienne, mais elle avait bel et bien disparu.

« Je t'aime de tout mon cœur, dis-je. Tout mon amour vous appartient, à eux et à toi, Marius. Je vois dans le noir, Marius, je vois dans l'obscurité la plus profonde, sous les arbres ! »

Marius m'avait prise dans ses bras. Les deux garçons nous baignaient, puisant l'eau argentée à gestes lents et la versant sur nous.

« Oh ! t'avoir ici avec moi ! s'exclama Marius. Ne pas être seul, mais avec toi, ma beauté, toi entre toutes les âmes ! Toi. » Il s'écarta de moi ; je le regardai avec amour et fierté, puis, toute mouillée que j'étais, j'avançai la main pour toucher sa longue chevelure en désordre, étrangement exotique. Son corps était tout brillant de gouttelettes.

« Oui, dis-je. C'est exactement ce qu'elle voulait. »

Ses traits se figèrent. Il fronça les sourcils et me regarda fixement. Quelque chose avait changé, profondément et en mal. Je le sentais.

« Comment ? demanda-t-il.

— C'était ce qu'elle voulait. Dans les visions, elle me l'avait fait clairement comprendre. Elle voulait que je sois avec toi, pour mettre fin à ta solitude. »

Il fit un pas en arrière. Était-ce de la colère ?

« Qu'est-ce qui te prend, Marius ? Ne vois-tu donc pas ce qu'elle a fait ? ? »

Il s'éloigna encore plus de moi.

« Tu n'avais pas compris que c'était cela ? » lui demandai-je.

Les garçons nous tendirent des serviettes. Marius en prit une et commença à s'essuyer le visage et les cheveux.

Je fis de même.

Il était furieux. Il tremblait de rage.

Ce fut un moment de beauté et d'horreur inexplicablement mêlés : son corps si blanc, le bassin scintillant, les lumières tombant si joliment des fenêtres de la maison, et tout là-haut, les étoiles, ses étoiles à elle ; et Marius en colère, rageur et tout hérissé, le regard profondément blessé.

Je lui fis face :

« Je suis sa prêtresse, maintenant. Je dois restaurer son culte. C'est ce qu'elle veut. Mais elle m'a également fait venir pour toi, parce que tu étais seul. J'ai vu tout cela, Marius. J'ai vu nos propres noces à Rome, comme si c'était dans les jours anciens et que nos familles étaient avec nous. J'ai vu ses adorateurs, aussi. »

Il était manifestement épouvanté.

Je ne voulais pas voir cela. Sans doute avais-je mal interprété sa réaction.

Je sortis du bassin. Les pieds dans l'herbe, je laissai les garçons m'essuyer. Je levai les yeux vers les étoiles. La maison, avec toutes ses lampes à la lumière chaleureuse, paraissait grossière et fragile, tentative maladroite de fabriquer un ordre de choses qui ne pouvait se comparer à la création d'une simple fleur.

« Que la nuit est spectaculaire, dis-je. Cela semble une insulte à la nuit que de parler de projets et d'intentions, alors que ce moment ordinaire de parfaite quiétude abonde en desseins bénis. Tout suit son cours. »

Je me redressai et tournai sur moi-même, de plus en plus vite, faisant voler les gouttes d'eau en tous sens. J'étais tellement forte ! Lorsque je m'arrêtai, je n'eus même pas le vertige. J'avais une sensation de puissance infinie.

Un des garçons me tendit une tunique. C'était une tunique d'homme, mais, comme je l'ai déjà répété souvent, les vêtements romains sont très simples. Ce n'était qu'une tunique courte. Je la mis et le laissai nouer la large ceinture autour de ma taille. Je lui souris. Ém
u et tremblant, il s'éloigna à reculons.

« Sèche mes cheveux », lui ordonnai-je. Ah ! quelle sensation !

Lentement, je levai les yeux. Marius était lui aussi séché et vêtu de neuf. Il continuait à me regarder avec une expression de protestation véhémente et d'indignation absolue.

« Il faut que quelqu'un aille là-bas, dis-je, pour changer sa robe d'or. Ce blasphémateur l'a couverte de sang.

— Je m'en charge ! déclara Marius avec rage.

— Voilà donc où nous en sommes... » Je regardai autour de moi, tentée d'oublier tout ceci, de revenir à lui à une heure plus tardive, après avoir déambulé sous les oliviers et avoir tenu compagnie aux constellations.

Mais sa colère me faisait mal. Un mal étrange et profond, ignorant les stades successifs que l'esprit et la chair mortels font traverser à la douleur.

« C'est vraiment inouï ! m'exclamai-je. J'apprends que la déesse règne, qu'elle est réelle, qu'elle a créé tout ce qui existe ! Que le monde n'est pas qu'un gigantesque cimetière ! Mais j'apprends cela au moment où je me trouve entraînée dans un mariage arrangé ! Et regardez l'époux ! Regardez-le ruminer sa rage ! »

Il baissa la tête en soupirant. Allais-je de nouveau le voir pleurer, ce dieu sans défaut, familier et bien-aimé, au milieu des fleurs écrasées ? »

Il leva les yeux. « Pandora. Elle n'est pas une déesse. Elle n'a pas créé le monde.

— Comment oses-tu dire cela !

— Il faut que je le dise ! Quand j'étais vivant, je serais mort pour la vérité, et je suis prêt à mourir pour elle maintenant. Mais elle ne permettra pas que cela se produise. Elle a besoin de moi, et elle a besoin de toi pour me rendre heureux !

— Voilà qui est parfait ! m'exclamai-je en levant les bras. Je me réjouis de le faire. Et nous rétablirons son culte.

— Il n'en est pas question. Comment peux-tu envisager une chose pareille !

— Je voudrais le clamer, Marius, le chanter du haut des montagnes ! Je veux annoncer au monde que ce miracle existe, courir dans les rues en chantant. Nous allons la remettre sur son trône dans un grand temple, en plein centre d'Antioche !

— Tu dis des absurdités ! » cria-t-il.

Les jeunes esclaves s'étaient enfuis.

« Marius, t'es-tu bouché les oreilles pour ne pas entendre ce qu'elle a ordonné ? Nous devons pourchasser et tuer les dieux renégats, et veiller à ce que de nouveaux dieux naissent d'elle, des dieux qui sondent les âmes, des dieux qui cherchent la justice et abhorrent le mensonge, des dieux qui ne soient pas des idiots fantasques et lascifs, ni ces créatures avinées et capricieuses des cieux nordiques qui brandissent la foudre. Son culte est fondé sur le bien, sur la pureté !

— Non, non et non ! » rétorqua-t-il en se reculant comme pour donner plus de poids à ses paroles. « Tu divagues, tu dis des idioties. Ce n'est rien de plus que de la superstition écœurante !

— Je n'arrive pas à croire que tu aies dit cela ! m'écriai-je. Tu es un monstre ! Elle a droit à son trône. Ainsi que le Roi, installé à ses côtés. Ils ont droit aux adorateurs qui viennent leur apporter des fleurs. T'imagines-tu que c'est par hasard que tu as le pouvoir de lire dans les esprits, que tu peux le faire sans de bonnes raisons ? » Je m'avançai vers lui. « Te souviens-tu de la première fois où je me suis moquée de toi, au temple ? Quand j'avais dit que tu devrais te poster dans les tribunaux pour lire les pensées des accusés ? En te raillant ainsi, j'avais touché juste !

— Non ! rugit-il. C'est totalement faux ! »

Il me tourna le dos et se précipita vers la maison. Je le suivis.

Il descendit à toute vitesse l'escalier menant au sanctuaire, et s'arrêta juste devant Elle. Elle et le Roi étaient assis, dans leur posture habituelle. Pas un cil ne bougeait. Seules les fleurs s'accrochaient à la vie dans l'air parfumé.

Je regardai mes mains. Si blanches ! La mort pouvait-elle encore me saisir ? Vivrais-je des siècles, comme le calciné ?

J'observai attentivement leurs visages divins, apparemment divins. Ils ne souriaient pas. Ils ne rêvaient pas. Ils regardaient, rien de plus.

Je me laissai tomber à genoux.

« Akasha..., murmurai-je. Puis-je t'appeler de ce nom ? Dis-moi ce que tu veux. »

Son expression ne changea pas. Pas un geste. Rien.

« Parle, Mère », intervint Marius d'une voix empreinte de tristesse. « Parle ! Est-ce cela que tu voulais ? »

Brusquement, il monta d'un bond les deux marches de son piédestal, et martela de ses poings les seins de la déesse.

J'étais horrifiée.

Elle ne bougea pas, ne cilla pas. Les poings de Marius frappaient une substance si dure que rien ne pouvait l'ébranler. Seuls ses cheveux, effleurés par son bras, ondulèrent doucement.

Je courus vers lui et essayai de le faire descendre du piédestal.

« Arrête, Marius, elle va te détruire ! »

J'étais stupéfaite par ma force — égale à la sienne, sûrement. Le visage baigné de larmes, il ne m'opposa aucune résistance.

« Qu'ai-je fait ! » s'écria-t-il sans cesser de La regarder. « Pandora, qu'ai-je fait ! J'ai engendré un nouveau buveur de sang, alors que j'avais juré que jamais, au grand jamais, il n'y en aurait d'autres, pas tant que je survivrais !

— Viens en haut avec moi », lui dis-je calmement. Je jetai un coup d'œil sur le Roi et la Reine. Aucune réaction, pas le moindre signe de reconnaissance. « Il n'est pas convenable de nous quereller dans le sanctuaire. Viens, Marius. »

Il fit un signe d'assentiment.

La tête basse, il me suivit d'un pas lent.

« Tes longs cheveux de Barbare te vont très bien, lui dis-je. Et les yeux que j'ai maintenant me permettent de te voir comme jamais auparavant. Nos sangs se sont mêlés, comme dans un enfant qui serait né de nous. »

Sans me regarder, il s'essuya le nez.

Nous nous dirigeâmes vers la grande bibliothèque.

« Marius, lui demandai-je, n'y a-t-il donc rien en moi qui réjouisse ton regard, rien que tu trouves beau ?

— Oh si ! mon adorée, tout ! Mais pour l'amour du ciel, utilise ton entendement, réfléchis ! Ne saisis-tu donc pas ? Ta vie t'a été volée, non pas au nom d'une vérité sacrée, mais pour servir un mystère avili ! Lire dans les esprits ne me rend pas plus sage que le premier venu. Je tue pour vivre, comme elle-même le faisait jadis, il y a des milliers d'années. Et elle savait qu'elle devait agir ainsi. Elle savait que le moment était venu.

— Quel moment ? Que savait-elle ? »

Je le regardais avec incrédulité, prenant peu à peu conscience que je ne pouvais plus lire ses pensées, et que, probablement, il ne pouvait plus lire dans les miennes. Quant aux deux garçons qui s'attardaient à proximité, leur peur était transparente : ils pensaient être au service de démons bienveillants, mais bien bruyants et agités.

Marius poussa un profond soupir. « Elle a agi ainsi parce que j'avais presque trouvé le courage de faire ce que j'avais à faire ! Les exposer tous deux au soleil, avec moi, et mener ainsi à son terme ce que l'Ancien d'Égypte avait voulu faire : délivrer le monde du Roi et de la Reine et de tous leurs enfants, qui se repaissent de la mort ! Mais elle est tellement maligne, tellement rusée...

— Tu avais vraiment l'intention de faire cela ? Les immoler, et toi avec ? »

Il eut un petit ricanement sarcastique. « Absolument. J'étais résolu à le faire. La semaine prochaine, dans un mois, l'année prochaine, dans dix ans, quand un siècle se serait écoulé, dans deux siècles peut-être, le temps de lire tous les livres et de visiter le monde entier, dans cinq cents ans, qui sait... bientôt peut-être, dans ma solitude. »

J'étais trop abasourdie pour parler.

Il me regarda avec un sourire triste et sage, et sa voix était douce : « Oh ! mais je pleure comme un enfant.

— D'où te vient l'assurance nécessaire pour mettre fin si promptement à des témoignages aussi éclatants et aussi complexes d'une magie d'essence divine ?

— Magie ! cracha-t-il.

— Je préférerais que tu t'en abstiennes, dis-je. Je ne parle pas de tes larmes, mais de brûler la Mère et le Père, et...

— Je n'en doute pas ! rétorqua-t-il. Crois-tu vraiment que je supporterais de faire cela, de t'immoler par le feu, contre ta volonté ? Femme innocente, stupide et désespérée ! Reconstruire ses autels ! Vraiment ! Restaurer son culte ! Tu délires !

— Crétin ! Tu oses me lancer ces insultes ! T'imagines-tu que tu as amené une esclave dans ta maison ? Tu n'y as même pas amené une épouse ! »

Oui... Nos esprits étaient fermés l'un à l'autre, maintenant. Par la suite, je devais me rendre compte que c'était à cause du sang que nous avions échangé, mais tout ce que je savais alors, c'était que nous devions nous contenter de mots, comme tous les mortels et mortelles.

« Je ne voulais pas t'insulter, dit-il, piqué au vif.

— Dans ce cas, aiguise ta superbe raison masculine et châtie ton noble vocabulaire patricien. »

Nous nous affrontions du regard.

« Exactement, dit-il en levant le doigt. La raison. Tu es la femme la plus intelligente que j'aie jamais rencontrée. Et tu es accessible à la raison. Je vais m'expliquer, et tu comprendras. Voilà...

— Bien sûr, et tu es emporté et sentimental, tu te laisses aller à pleurer à maintes reprises — et tu tapes du poing la Reine en personne, comme un enfant qui pique une crise ! »

La colère lui monta au visage. Sa bouche se referma. Les lèvres serrées, il me tourna le dos et commença à s'éloigner.

« Tu me jettes dehors ? Veux-tu que je parte ? » Je m'étais mise à crier. « C'est ta maison. Dis-moi que tu veux que je m'en aille, et je partirai ! »

Il s'immobilisa. « Non. »

Il se retourna pour me regarder, visiblement ébranlé et pris au dépourvu. « Ne pars pas, Pandora ! » Sa voix était étranglée, râpeuse. Il battit des paupières comme pour mieux y voir. « S'il te plaît, ne pars pas. Pas cela. » Au bout d'un moment, il ajouta d'une voix à peine audible : « Nous sommes l'un à l'autre, maintenant.

— Et où vas-tu ainsi, pour me fuir ?

— Seulement changer sa robe, répondit-il avec un sourire triste et amer. Nettoyer et rhabiller "des témoignages aussi éclatants et aussi complexes d'une magie d'essence divine". »

Il disparut.

Je me tournai vers la nuit violette. Vers les nuages agités, bouillonnant à la lumière de la lune, défi lancé aux ténèbres. Vers les grands arbres vénérables qui disaient : « Monte sur nos membres, nous t'enlacerons ! » Vers les fleurs éparses qui disaient : « Nous sommes ton lit, étends-toi à nos côtés. »

C'est ainsi que commença la grande querelle, qui devait durer deux cents ans.

En fait, elle ne se termina jamais vraiment.

10

Les yeux fermés, j'entendais les rumeurs de la ville, des voix venues des maisons proches ; j'entendais parler des hommes qui passaient sur le chemin. J'entendais une musique venant de je ne sais où, des rires de femmes et d'enfants. En me concentrant, je pouvais comprendre ce qu'ils disaient, mais je ne faisais pas cet effort, préférant laisser leurs voix se mêler à la brise.

Soudain, cet état me parut intolérable. Que faire, sinon regagner le plus vite possible la chapelle pour me prosterner et adorer ! Ces sens qui m'avaient été donnés ne semblaient bons qu'à cela. Si tel était mon destin, qu'allais-je devenir ?

Pendant tout ce temps, j'entendais une âme pleurer de détresse, faisant écho à la mienne, une âme brutalement arrachée à un grand espoir, hésitant à croire qu'un début aussi prometteur pouvait aboutir à cette tragédie !

C'était Flavius.

Je bondis sur le vieil olivier noueux. Ce fut aussi simple que de faire un pas. Me dressant sur ses branches, je sautai sur un autre arbre, puis sur le mur couvert de plantes grimpantes. Je suivis le sommet du mur jusqu'au portail.

Il était là, le front pressé contre les barreaux qu'il agrippait des deux mains. Sur ses joues, plusieurs entailles saignaient. Il grinçait des dents.

« Flavius ! » m'écriai-je.

Il sursauta, puis leva la tête. « Dame Pandora ! »

A la lumière de la lune, il devinait certainement le miracle qui s'était produit en moi, quelle qu'en fût la cause. Je voyais en lui les stigmates de la condition mortelle, les rides qui creusaient sa peau, le douloureux frémissement de ses paupières, la fine couche de terre et de poussière collée à son corps par l'humidité naturelle de sa peau de mortel.

« Vous devriez rentrer à la maison », lui dis-je en m'asseyant sur le mur, laissant pendre mes jambes à l'extérieur. Je me penchai pour qu'il pût m'entendre. Il n'eut pas de mouvement de recul, mais ses yeux étaient agrandis de surprise et d'émerveillement. « Allez voir si les filles vont bien, dormez, et faites soigner ces bobos. Le démon est mort, vous n'avez plus rien à craindre. Revenez ici demain au coucher du soleil. »

Il secoua la tête. Il essaya de parler, en vain. Il voulut faire un geste, mais ne le put pas. Son cœur tonnait dans sa poitrine. Il se tourna vers le chemin et les lointaines lumières d'Antioche. Il me regarda. J'entendais son cœur galoper. Je sentais sa stupeur et sa panique, mais c'était pour moi qu'il avait peur, pas pour lui-même. Peur du sort funeste et irrémédiable qui m'avait sans doute frappée. Il s'accrochait au portail, le bras droit entourant les barreaux, la main gauche s'y agrippant, comme si rien ne pourrait le faire bouger de là.

Dans son esprit, je me vis comme il me voyait : vêtue d'une tunique d'homme retenue par une large bande de tissu, les cheveux en bataille, assise en haut du mur comme si mon corps était jeune et souple. Toutes les rides dues à l'âge s'étaient effacées. Il voyait un visage dont le peintre le plus habile n'aurait pu me parer.

Mais la question n'était pas là. Il était évident que cet homme avait atteint ses limites. Il ne pouvait aller plus loin. Et je ne savais que trop combien je l'aimais.

« Soit », lui dis-je. Me redressant, je me penchai et lui tendis les mains. « Venez, je vais essayer de vous faire franchir ce mur. »

Il leva les bras, empli de doute, ses yeux buvant avec avidité le moindre détail de ma transformation.

Il ne pesait rien du tout. Je le hissai sans mal et le déposai à l'intérieur des grilles, puis me laissai tomber dans l'herbe à ses côtés et le pris par la taille. Comme son alarme était vive ! Comme son courage était grand !

« Calmez votre cœur », lui dis-je. Je le guidai jusqu'à la maison, tandis qu'il ne cessait de me regarder, sa poitrine se soulevant comme s'il était à bout de souffle, mais ce n'était que le choc. « Je veillerai sur vous. »

Il parla, alors : « Je le tenais. Je l'avais attrapé par le bras ! » Sa voix paraissait sourde, emplie de fluides vitaux et trahissant l'effort. « Je l'ai poignardé je ne sais combien de fois, mais il continuait à me cingler le visage, puis il a disparu par-dessus le mur comme une nuée de moucherons, simple ombre noire, ténèbres immatérielles !

— Il est mort, Flavius. Brûlé, réduit en cendres !

— Si je n'avais pas entendu votre voix, oh ! je crois que je serais devenu fou ! Il y avait les garçons qui criaient et se lamentaient. Avec cette fichue jambe, je ne pouvais pas escalader le mur. Puis votre voix a retenti, et j'ai su, oui, j'ai compris que vous étiez en vie ! » Ses paroles vibraient de joie. « Vous étiez avec votre Marius. » Je sentais si naturellement son amour ; c'était à la fois doux et un peu effrayant.

Je revis brièvement le sanctuaire, le nectar de la Reine, la pluie de pétales de fleurs... Dans ce nouvel état aussi, il fallait que je préserve mon équilibre. Flavius, lui, était totalement déconcerté.

J'embrassai sa bouche, ses chaudes lèvres de mortel, puis, très vite, comme un chat rusé, je léchai le sang de ses balafres, sentant un frisson me parcourir.

Je l'emmenai dans la bibliothèque, qui était dans cette maison la pièce principale. Les garçons ne devaient pas être loin. Ils avaient allumé des lampes partout, et maintenant, ils se terraient quelque part. Je sentais l'odeur de leur sang, de leur jeune chair humaine.

« Vous resterez avec moi, Flavius. Oh ! les garçons ! Préparez une chambre pour mon intendant. Ici, au rez-de-chaussée. Il y a des fruits et du pain, n'est-ce pas ? Je le sens. Avez-vous assez de meubles pour lui installer un coin confortable au bout à droite, où il ne gênera personne ? »

Ils sortirent précipitamment de leurs cachettes respectives. Eux aussi me frappèrent par leur puissante humanité, qui me troublait. Le moindre détail naturel les concernant me paraissait infiniment précieux : leurs épais sourcils noirs, leurs petites bouches arrondies, leurs joues imberbes.

« Oui, madame, oui ! » s'écrièrent-ils presque à l'unisson, en venant vers nous.

« Je vous présente Flavius, mon intendant. Il va habiter chez nous. Pour commencer, emmenez-le au bain ; faites chauffer l'eau et occupez-vous de lui. Et servez-lui du vin. »

Ils prirent aussitôt Flavius en main, mais celui-ci se retourna brusquement vers moi. « Ne m'abandonnez pas, madame, dit-il avec une expression grave et songeuse. Je vous suis loyal, à tous les égards.

— Je sais, répondis-je. Vous ne pouvez imaginer avec quelle clarté je le vois. »

Sur ce, il partit en direction du bain avec les jeunes Babyloniens, qui semblaient ravis d'avoir quelque chose à faire.

J'allai explorer les immenses placards de Marius, qui contenaient suffisamment de vêtements pour parer les rois de Parthiène et d'Arménie, la mère de l'empereur, Livia, Cléopâtre et quelque patricien vaniteux faisant fi des stupides lois somptuaires de Tibère.

Je mis une tunique longue, infiniment plus belle que l'autre, en tissu de soie et lin, et choisis une ceinture en or. A l'aide des peignes et des brosses de Marius, je démêlai longuement mes cheveux, jusqu'à ce qu'ils soient aussi lisses, brillants et ondulés que quand j'avais quinze ans.

Il y avait de nombreux miroirs ; comme tu le sais, les miroirs de l'époque étaient de simples disques de métal poli. Le seul fait d'avoir retrouvé ma jeunesse m'assombrissait et me désorientait ; les bouts de mes seins étaient roses ; les rides des ans ne gâchaient plus la grâce originelle de mon visage ni de mes bras. Peut-être serait-il plus exact de dire que j'étais à l'abri du temps. Éternelle en mon âge adulte. Et tous les objets matériels semblaient n'exister que pour servir ma vigueur nouvelle.

Baissant les yeux sur les dalles de marbre recouvrant le sol, je discernai en elles une profondeur témoignant d'un processus prodigieux et mal compris.

J'aurais voulu retourner dehors, parler aux fleurs, en cueillir des brassées. J'avais des choses urgentes à dire aux étoiles. Je n'osais pas descendre au sanctuaire car j'avais peur de Marius, mais s'il n'avait pas été là, j'y serais allée ; je me serais prosternée devant la Mère, me contentant de la regarder, de la regarder dans une contemplation silencieuse, attentive à la moindre manifestation, tout en étant certaine, surtout après avoir observé le comportement de Marius, qu'il n'y en aurait pas.

Elle avait bougé le bras droit, apparemment à l'insu du reste de son corps. Elle l'avait levé pour tuer, et une autre fois pour accueillir.

Je regagnai la bibliothèque, m'assis devant le bureau où étaient empilés mes feuillets, et attendis.

Lorsque Marius arriva enfin, lui aussi était vêtu de neuf ; sa longue chevelure était soigneusement divisée par une raie. Il s'installa à côté de moi, sur un siège en ébène incrusté d'or, tout en courbes gracieuses. En le regardant, je me rendis compte à quel point il était semblable à ce fauteuil : une structure riche et complexe préservant tous les matériaux bruts dont il était fait. La nature s'était chargée de la sculpture et des incrustations, puis le tout avait été recouvert d'une fine couche de laque.

J'aurais voulu pleurer dans ses bras, mais je ravalai mes larmes et ma solitude. La nuit ne me ferait jamais défaut ; elle était là, fidèle, au-delà des portes ouvertes, et les herbes envahissantes, et les branches veinées des oliviers se dressant pour capter la lumière de la lune.

« Bénie soit celle qui a fait un buveur de sang à la pleine lune, murmurai-je, lorsque les nuages s'élèvent comme des montagnes dans la nuit transparente.

— Sans doute en est-il ainsi », dit-il.

Il déplaça la lampe qui se trouvait entre nous, pour que sa lumière ne se reflète pas dans mes yeux.

« J'ai installé mon majordome ici, lui annonçai-je. Je lui ai donné un lit et des vêtements, proposé un bain. Me pardonnes-tu ? Je l'aime, et ne veux pas le perdre. Il est trop tard pour lui, trop tard pour qu'il retourne vivre dans le monde.

— C'est un homme extraordinaire, dit Marius. Il est le bienvenu, de tout cœur. Demain, il pourrait aller chercher tes jeunes servantes ? Cela fera de la compagnie pour les garçons, et il régnera un peu plus de discipline pendant la journée. Flavius connaît les livres, il connaît énormément de choses.

— C'est très gentil de ta part. Je craignais que tu te mettes en colère. Pourquoi souffres-tu tant ? Je ne suis pas capable de lire dans ton esprit ; ce don ne m'a pas été donné. » Ce n'était pas vraiment exact. Je pouvais lire les pensées de Flavius, et je savais qu'en ce moment même, les garçons étaient très satisfaits ; la présence de Flavius, qu'ils aidaient à s'habiller pour la nuit, les rassurait.

« Nous sommes trop liés par le sang, répondit Marius. Moi non plus, je ne pourrai plus jamais lire dans tes pensées. Nous en sommes réduits à utiliser les mots, comme de simples mortels ; toutefois, nos sens sont infiniment plus aiguisés, et le détachement qu'il nous arrive parfois de ressentir est aussi froid que les glaces du Nord. A d'autres moments, des émotions nous emportent sur les vagues d'un océan de feu.

— Hum..., fis-je.

— Tu me méprises parce que j'ai mis fin à ton extase, poursuivit-il sur un ton de doux repentir. Je t'ai arrachée à ta joie, à tes convictions. » Il paraissait sincèrement malheureux. « Et je t'ai fait cela au moment le plus triomphal de ta conversion.

— Ne sois pas si certain que tu as tué ce désir en moi. Il n'est pas dit qu'un jour je ne reconstruirai pas ses temples pour restaurer son culte. Je suis une initiée, et je n'en suis qu'à mes premiers pas.

— Tu ne rétabliras pas son culte ! s'écria-t-il. De cela, tu peux être certaine. Tu ne parleras d'elle à personne, tu ne diras pas où elle se trouve, et tu ne créeras jamais un nouveau buveur de sang.

— Bigre ! Si seulement Tibère avait témoigné d'une telle autorité en s'adressant au Sénat !

— L'unique désir de Tibère a toujours été d'étudier au gymnase de Rhodes, de parler philosophie jour après jour, vêtu d'une cape et de sandales grecques. En conséquence, la faculté d'agir est l'apanage d'hommes d'une moindre trempe, qui se servent de lui, perdu dans sa solitude sans amour.

— Ce sermon est-il destiné à mon édification ? T'imagines-tu que je ne le sais pas ? Ce que tu ignores, par contre, c'est que le Sénat ne fait rien pour aider Tibère à gouverner. Rome veut maintenant un empereur digne de son amour et de sa vénération. C'est ta génération qui nous a accoutumés, sous le règne d'Auguste, à un gouvernement autocratique, pendant pas moins de quarante ans. Ne me parle pas de politique comme si j'étais une stupide ignorante.

— J'aurais dû comprendre que tu savais tout cela. Je me souviens de toi quand tu étais une toute jeune fille. Personne ne pouvait rivaliser avec ta brillante intelligence. Ton vif intérêt pour Ovide et ses écrits érotiques témoignait d'une rare sophistication, d'une réelle compréhension de la satire et de l'ironie. Un authentique esprit romain, bien fait et bien nourri. »

Je l'observai. Comme le mien, son visage avait été lavé de tous les stigmates de l'âge. Je pus contempler à loisir ses larges épaules, son cou droit et solide, l'expression inimitable de ses yeux et ses sourcils bien dessinés. Nous avions été transformés en statues de marbre, portraits idéalisés de nous-mêmes dus à la main d'un maître.

« Tu sais, lui dis-je, en dépit de ces assommantes définitions et déclarations dont tu me bombardes, comme si j'implorais ton approbation, je ressens de l'amour pour toi. Je sais parfaitement que nous sommes seuls à partager ceci, et que nous sommes mariés — et je n'en suis pas fâchée. »

Il parut surpris, mais ne répondit rien.

« Je suis exaltée et mon cœur est meurtri, repris-je. Je suis pareille à un pèlerin endurci. Mais j'aimerais que tu ne me parles pas comme si ton principal souci était de faire mon éducation et de m'endoctriner !

— Je ne puis parler autrement ! » répondit-il. Bien que fougueux, son ton était tendre. « C'*est* mon principal souci. Si tu peux saisir ce qu'a signifié la fin de la république romaine, si tu peux comprendre Lucrèce et les stoïques, alors tu es capable de comprendre ce que nous sommes. Fais-le, il le faut !

— Passons sur cette insulte. Je ne suis pas en humeur de te citer tous les poètes et philosophes que j'ai lus. Ni de te donner une idée du niveau de la conversation à notre table.

— Je ne voulais pas te blesser, Pandora. Mais je le répète, Akasha n'est pas une déesse ! Souviens-toi de tes rêves. Elle est le réceptacle d'une force infiniment précieuse. Tes rêves t'ont montré que d'autres pouvaient se servir d'elle, que n'importe quel buveur de sang dénué de scrupules pouvait transmettre le sang à un autre, qu'elle était une sorte de démon, détenant le pouvoir que nous avons en partage.

— Elle t'entend, murmurai-je, outrée.

— Je le sais, répondit-il sans se troubler. Quinze années durant, j'ai été son gardien. J'ai repoussé ces renégats venus d'Orient. Et d'autres acolytes venus des profondeurs de l'Afrique. Elle est consciente de ce qu'elle est. »

Nul n'aurait pu deviner son âge, dont seule témoignait la gravité de son expression. Son aspect était celui d'un homme en parfaite forme physique. Je m'efforçais de ne pas être éblouie par lui, par la nuit vibrante que je discernais derrière lui, et en même temps j'aspirais à errer sans but, librement. « Belle nuit de noces, vraiment ! J'ai des choses à dire aux arbres.

— Ils seront encore là la nuit prochaine », répliqua-t-il.

La dernière image que j'avais eue d'elle me revint à l'esprit, en couleurs extatiques. Elle arrachait le petit pharaon à son siège et le mettait en pièces. Je la vis aussi avant cette révélation, au début de la pâmoison, lorsqu'elle courait le long du couloir en riant.

Une peur insidieuse s'empara de moi.

« Que t'arrive-t-il ? demanda Marius. Confie-toi à moi.

— Lorsque je buvais à même son corps, je l'ai vue sous la forme d'une jeune fille rieuse. » Je lui décrivis ensuite l'épisode du mariage, la pluie de pétales de roses, puis l'étrange temple égyptien empli d'adorateurs frénétiques. Pour finir, je lui racontai son arrivée dans la salle du petit roi, dont les conseillers le mettaient en garde contre les dieux qu'elle engendrait.

« Elle l'a cassé en petits bouts, comme s'il était en bois, et elle a dit : “Petit roi, petit royaume”. »

Après avoir assemblé les feuillets épars qui étaient restés sur son bureau, je lui parlai du dernier rêve où elle figurait, lorsqu'elle hurlait qu'elle irait vers le soleil afin de détruire ses enfants indociles. Je lui dépeignis tout ce que j'avais vu — les multiples transmigrations de mon âme.

Mon cœur se serrait douloureusement. Tout en lui faisant ce récit, je prenais conscience de sa fragilité, de sa vulnérabilité, et du danger que cela impliquait. Lorsque j'eus terminé, je lui expliquai comment j'avais écrit tout cela en vieil égyptien.

J'étais tellement lasse que je souhaitais sincèrement n'être jamais née à cette vie. J'éprouvai de nouveau le désespoir déchirant, absolu de ces nuits de larmes dans ma petite maison d'Antioche, lorsque j'avais en vain martelé les murs de mes poings et enfoncé mon poignard dans la terre. Si seulement elle n'avait pas couru en riant dans ce couloir ! Que pouvait signifier cette image ? Et le petit roi impuissant, cassé en morceaux ?

Après avoir résumé ces événements sans trop de mal, j'attendis les remarques humiliantes de Marius. En ce qui le concernait, j'étais à bout de patience.

« Comment interprètes-tu ce que tu as vu ? » demanda-t-il avec douceur. Il voulut me prendre la main, mais je la retirai.

« Ce sont des fragments de ses propres souvenirs, répondis-je, le cœur brisé. C'est ce dont elle se souvient. Et dans tout cela, une seule indication relative à l'avenir. Une seule image intelligible exprimant un souhait : notre mariage, notre union. » D'une voix emplie de tristesse, je lui demandai pourtant :

« Pourquoi recommences-tu à pleurer, Marius ? » Après une pause, j'ajoutai : « Je suppose qu'elle assemble les souvenirs comme des fleurs cueillies au hasard dans le jardin du monde, comme des feuilles tombant entre ses mains, et avec ces souvenirs, elle a tressé une guirlande à mon intention. Une couronne de mariage. Un piège ! Une âme qui transmigre ? J'en doute. Si j'avais une âme qui a connu la transmigration, pourquoi serait-elle la seule à le savoir ? Pourquoi elle, être archaïque et impuissant dont le monde ne se soucie plus, dénuée de pouvoir, serait-elle la seule à le savoir — et à me le révéler ? »

Je le regardai de nouveau. En dépit de ses larmes, il était séduisant. Il n'avait aucune honte de pleurer, et ne s'en excuserait manifestement pas.

« Qu'avais-tu dit tout à l'heure ? poursuivis-je. Que

la capacité de lire dans les esprits ne vous rend pas plus sage que le premier venu ? » Je souris. « Voilà la clef. Comme elle riait en me conduisant vers toi ! Comme ellc tcnait à ce que je te voie dans ta solitude ! »

Il se contenta de hocher la tête.

« Je me demande comment elle a su lancer ses filets si loin, pour me trouver par-delà la mer houleuse.

— Lucius. C'est grâce à lui qu'elle a pu le faire. Elle entend des voix de nombreux pays. Elle voit ce qu'elle veut voir. Un soir, ici, j'avais terriblement effrayé un Romain, qui, m'ayant apparemment reconnu, s'était éclipsé furtivement, comme si je représentais un danger pour lui. Je l'avais suivi, me disant vaguement que sa réaction, sa peur excessive, devait cacher quelque chose.

« Je ne tardai pas à comprendre qu'un grand poids pesait sur sa conscience, dénaturant le moindre de ses gestes et de ses pensées. Il était terrorisé à l'idée d'être reconnu par une personne venant de la capitale.

« Il se rendit à la maison d'un marchand grec, tard, à la lumière des torches, frappa à la porte et exigea le remboursement d'une dette due à ton père. Le Grec lui répéta ce qu'il lui avait déjà dit auparavant : l'argent ne serait versé qu'à ton père en personne.

« La nuit suivante, je retrouvai Lucius au même endroit. Cette fois, le Grec avait une nouvelle surprenante à lui annoncer. Une lettre de ton père venait d'arriver, par un navire de guerre. Ce devait être quatre jours avant ton arrivée. Il ressortait clairement de cette lettre que ton père demandait une faveur au Grec, au nom de l'hospitalité et de l'honneur. Si la faveur était accordée, toutes ses dettes seraient annulées. Des détails plus précis seraient donnés dans une lettre accompagnant un chargement qui devait arriver à Antioche, mais cela prendrait quelque temps, car le bateau faisait de nombreuses escales. La faveur en question était d'une importance cruciale.

« En voyant la date d'envoi de la lettre, Lucius eut

comme un sursaut d'épouvante. Le Grec, qui en avait par-dessus la tête de Lucius, lui claqua la porte au nez.

« J'accostai Lucius à quelques pas de là. Il se souvenait de moi, bien sûr : l'excentrique Marius de ces temps lointains ! Je feignis d'être surpris de le rencontrer ici, et lui demandai de tes nouvelles. Pris de panique, il inventa une histoire, disant que tu étais mariée et vivais en Toscane. Il ajouta qu'il s'apprêtait à quitter la ville, puis s'éloigna précipitamment. Ce bref contact m'avait suffi pour voir la déposition contre sa famille — un tissu de mensonges — qu'il avait faite à la garde prétorienne, et pour imaginer ce qui en avait résulté.

« Après m'être réveillé le soir suivant, je ne réussis pas à le trouver. Je surveillais la maison des Grecs, tout en envisageant d'aller voir le vieil homme, le marchand grec, et de trouver un moyen de me lier d'amitié avec lui. Je pensais à toi. Je t'imaginais telle que tu étais dans mon souvenir. Dans ma tête, j'écrivais des poèmes à ton sujet. Je ne vis pas le moindre signe de ton frère, n'entendis rien à son sujet. Je supposai qu'il avait quitté Antioche.

« Ensuite, une nuit, je me réveillai et, montant à l'étage, je vis que la ville était en proie à de multiples incendies.

« Germanicus était mort, accusant jusqu'au dernier moment Pison de l'avoir empoisonné.

« Lorsque j'arrivai à la maison du marchand grec, il n'en restait que des cendres fumantes et des poutres calcinées. Nulle part, la moindre trace de ton frère. Peut-être étaient-ils tous morts, ton frère, ainsi que le marchand grec et sa famille.

« Les nuits suivantes, je continuai à chercher Lucius, sans répit. J'étais obsédé par le désir de te voir, sans imaginer un seul instant que tu étais ici, à Antioche. J'essayai de me raisonner : si je portais le deuil de tous les liens mortels que j'avais forgés quand j'étais vivant, je deviendrais fou bien avant de comprendre les dons que je devais à notre Roi et à notre Reine.

« Un autre jour, à la tombée de la nuit, je me trouvais chez le libraire, lorsque le prêtre apparut soudain à mes côtés et me fit signe de regarder dehors. Tu étais là, dans le forum, prenant congé des philosophes et des étudiants. Dire que j'étais si près de toi !

« Mon cœur débordait tellement d'amour que je n'écoutais même pas ce que le prêtre me disait, jusqu'au moment où je compris que, en te désignant, il parlait de rêves surprenants. Il disait que moi seul pourrais tirer tout cela au clair. La chose avait un rapport avec le buveur de sang qui sévissait depuis peu à Antioche. En soi, cela n'avait rien d'extraordinaire ; j'avais tué d'autres buveurs de sang auparavant. Je me promis d'attraper celui-ci.

« Ce fut alors que j'aperçus Lucius. J'assistai à votre rencontre. Pour moi, avec mes sens, sa colère et sa culpabilité étaient presque aveuglantes. En dépit de la distance, j'entendais clairement ce que tu disais, mais je ne voulais pas intervenir avant que tu ne sois en sécurité, loin de lui.

« J'aurais voulu le tuer sur-le-champ, mais il me parut plus avisé de te suivre dans le temple et de rester près de toi. Ignorant si c'était ton désir, je n'étais pas certain d'avoir le droit de tuer ton frère en ton nom. Je n'en acquis la certitude qu'après t'avoir révélé sa culpabilité. Je compris alors à quel point tu le souhaitais.

« Comment aurais-je pu savoir que tu étais devenue tellement intelligente et rusée, que tu avais conservé et cultivé les dons oratoires et la capacité de raisonner que j'admirais déjà en toi quand tu n'étais encore qu'une enfant ? Et maintenant tu étais là, au temple, réfléchissant trois fois plus vite que tous les autres mortels présents, évaluant tous les aspects de la situation dans laquelle tu te trouvais, les surpassant tous en finesse et déjouant leurs plans. Peu après, ce fut la spectaculaire confrontation avec ton frère, lorsque tu le pris dans un habile tissu de vérités, lui assenant le coup de grâce sans même avoir besoin de le toucher, en faisant de trois soldats qui assistaient à la scène les complices de sa mort. »

Après une pause, il reprit : « A Rome, il y a bien des années, je t'avais suivie. Tu avais seize ans. Je me souviens aussi de ton premier mariage. Ton père m'avait pris à part, avec sa gentillesse coutumière. "Marius, m'avait-il dit, ton destin est de devenir un historien nomade." Je n'avais pas osé lui dire ce que je pensais vraiment de ton mari.

« Et voilà que tu arrives à Antioche, et je me dis, à ma manière typiquement égocentrique — tu ne tarderas pas à le remarquer —, que si jamais une femme a été créée pour moi, c'est bien toi. Et lorsque je dois te quitter à l'approche du jour, j'ai acquis la conviction que le Père et la Mère ne peuvent plus rester à Antioche, que je dois les emmener ailleurs — sans doute, mais pas avant d'avoir détruit ce buveur de sang, car alors, et alors seulement, je pourrais te laisser ici sans crainte.

— Abandonnée sans crainte, dis-je.

— Tu m'en veux ? »

La question me prit au dépourvu. Je le regardai un moment qui me parut sans fin, laissant mes yeux s'emplir de sa beauté, sentant avec une acuité intolérable sa tristesse et son désespoir. Oh ! combien il avait besoin de moi ! Oui, il avait désespérément besoin, non seulement d'une âme mortelle à laquelle se confier, mais de moi.

« Ton but était vraiment de me protéger, n'est-ce pas ? lui demandai-je. Et tes explications, à tous les sujets, sont tellement rationnelles, d'une élégance quasi mathématique. Nul besoin d'invoquer la réincarnation, ou la destinée, ou quelque intervention miraculeuse pour rendre compte de ce qui est arrivé, n'est-ce pas ?

— C'est mon intime conviction », répliqua-t-il vivement. Un moment, il parut décontenancé, puis son expression se fit sévère. « Je ne te donnerai jamais moins que la vérité. Es-tu une femme qui désire être ménagée ?

— Ne pousse pas ton amour de la raison jusqu'au fanatisme. »

Il fut à la fois choqué et blessé par ces mots.

« Ne t'accrochc pas si désespérément à la raison dans un monde qui abonde en contradictions terrifiantes ! »

Cela le réduisit au silence.

« Si tu t'accroches à la raison, poursuivis-je, il se pourrait qu'un jour la raison te fasse défaut, et alors, tu chercheras peut-être refuge dans la folie.

— De quoi diable parles-tu ?

— Tu as fait de la raison et de la logique ta religion. Pour toi, c'est manifestement la seule façon de tolérer ce qui t'est arrivé : être devenu un buveur de sang et, à ce qu'il semble, le gardien de ces divinités déplacées et oubliées.

— Ce ne sont pas des divinités ! » Il se laissait gagner par la colère. « Il y a des milliers d'années, ils ont été faits, grâce à je ne sais quelle union de l'esprit et de la chair qui les rendait immortels. Leur refuge est l'oubli, c'est évident. Dans ta bonté, tu as dit que c'était un jardin où la Mère cueillait des fleurs et des feuilles pour t'en faire une guirlande — un piège, as-tu ajouté. Mais ce n'était que de l'affabulation, des images poétiques dignes d'une adorable petite fille. Tressent-ils vraiment des guirlandes de mots ?

— Je ne suis pas une adorable petite fille. La poésie appartient à tout le monde. Parle-moi ! Et n'utilise plus ces mots, “petite fille” et “femme”. N'aie pas tellement peur de moi.

— Je n'ai pas peur de toi, dit-il avec une rage contenue.

— Oh si ! Bien que ce sang nouveau coure toujours dans mes veines, me rongeant et me transformant, je n'ai besoin ni de la raison ni de la superstition pour me rassurer. Je suis capable d'explorer un mythe puis de m'en libérer ! Tu as peur de moi car tu ne sais pas ce que je suis. J'ai l'apparence d'une femme, je parle comme un homme, et ta raison te dit que le résultat de cette combinaison est impossible ! »

Il se leva. Son visage devint soudain luisant ; ce n'était pas de la simple sueur, mais quelque chose de bien plus lumineux.

« Laisse-moi te raconter ce qui m'est arrivé. » Son ton était résolu.

« Soit, je t'écoute. Mais dis-le d'une manière simple et directe, sans détours inutiles. »

Il ne releva pas cette pique. J'avais parlé sans écouter mon cœur. Je ne voulais que l'aimer, pourtant. Je connaissais ses réserves. Mais en dépit de toute sa sagesse, il témoignait d'une énorme volonté, d'une volonté d'homme, dont je voulais connaître la source. Je cachai donc mon amour.

« Comment t'ont-ils attiré ? lui demandai-je.

— Ils n'en ont rien fait, répondit-il calmement. En Gaule, dans la ville de Massalia, j'avais été capturé par les *Celtes*. Ils m'ont emmené dans le Nord, en Gaule, où ils m'ont enfermé en compagnie de barbares dans un énorme arbre creux ; entre-temps, mes cheveux avaient poussé. Un buveur de sang calciné a fait de moi un “nouveau dieu” et m'a dit de fausser compagnie aux prêtres locaux pour aller en Égypte, afin de découvrir pourquoi tous les buveurs de sang avaient été brûlés — les jeunes pour mourir, les vieux pour souffrir. J'y suis allé, mais j'avais mes propres raisons : je voulais savoir ce que j'étais.

— Je te comprends, dis-je.

— Seulement, auparavant, je devais connaître le culte du sang sous sa forme la plus effroyable, la plus monstrueuse. J'étais le dieu, ne l'oublie pas ; moi, Marius, qui t'avais suivie avec adoration dans les rues de Rome — et c'était à moi que ces victimes étaient offertes.

— J'ai lu cela dans les *Commentaires* de Jules César, en effet.

— Tu l'as lu, mais tu ne l'as pas vu. Comment oses-tu te vanter de ton savoir d'une façon aussi déplacée et triviale !

— Excuse-moi, j'avais oublié ton tempérament coléreux et puéril. »

Il soupira. « Excuse-moi, j'avais oublié ton esprit pragmatique et impatient.

— Désolée, je regrette d'avoir dit cela. A Rome, j'ai dû assister à des exécutions. C'était mon devoir. Et cela, c'était au nom de la loi. Qui souffre le moins ou le plus ? Les victimes du sacrifice, ou celles de la loi ?

— Bien. J'ai donc échappé à ces Celtes pour aller en Égypte, où j'ai trouvé l'Ancien, gardien de la Mère et du Père, de la Reine et du Roi, premiers buveurs de sang de tous les temps, et source de cette exaltation de notre sang. L'Ancien m'a raconté des histoires à la fois vagues et captivantes. Jadis, le Couple royal avait été humain, rien de plus. Un esprit ou un démon avait possédé l'un d'eux ou les deux à la fois, s'y logeant si solidement qu'aucun exorcisme ne pouvait l'expulser. Le Couple royal pouvait transformer d'autres êtres en donnant le sang. A maintes reprises, l'on voulut en faire une religion, mais chaque fois celle-ci fut renversée. Et quiconque possède le sang peut créer un autre de ses pareils ! Évidemment, l'Ancien affirmait ignorer pour quelle raison un si grand nombre d'entre eux avait été brûlé. C'était pourtant lui qui, après tant de siècles de loyaux services, avait traîné au soleil le couple royal et sacré dont il avait la charge ! L'Égypte était morte, m'expliqua-t-il. Il l'appelait "le grenier de Rome". Il disait que le couple royal n'avait pas bougé depuis un millénaire. »

Cela m'emplit d'une épouvante au plus haut point poétique.

« Quoi qu'il en soit, une journée de lumière incandescente ne fut pas suffisante pour détruire les antiques parents, mais d'un bout à l'autre du monde, les enfants souffrirent. Et ce méprisable Ancien, qui obtint pour toute récompense une peau douloureusement brûlée, n'eut pas le courage de continuer à exposer le Couple royal aux rayons fatals. Qu'y aurait-il gagné, d'ailleurs ?

« Akasha me parla, s'exprimant du mieux qu'elle pouvait, avec des images illustrant ce qui s'était passé depuis le commencement : comment elle avait engendré cette tribu de dieux et de déesses, les rébellions qui s'étaient produites, l'oubli de l'histoire et des objectifs primitifs... Lorsque les mots devinrent nécessaires, Akasha ne put que former quelques phrases silencieuses : "Emmène-nous loin de l'Égypte, Marius !" » Il marqua une pause. « Fais-nous sortir d'Égypte, Marius ! L'Ancien veut notre perte. Protège-nous, sinon nous périrons ici. »

Il reprit son souffle. Sa colère était retombée, mais il était profondément ébranlé. Grâce à ma vision de vampire de plus en plus aiguisée, j'appris à mieux le connaître, à voir son immense courage, sa détermination à ne pas renoncer à ses convictions, malgré la magie qui l'avait englouti avant même qu'il n'eût le temps d'en comprendre la nature. Envers et contre tout, il s'efforçait de préserver sa dignité d'homme.

« Mon sort, reprit-il, était directement lié au sien. Au leur ! Si je les abandonnais, tôt ou tard l'Ancien les exposerait de nouveau au soleil, et moi, privé du sang des siècles, je me consumerais comme une bougie de cire ! Ma vie, d'ores et déjà corrompue, prendrait fin. Mais l'Ancien ne me demanda pas d'établir une nouvelle classe de prêtres. Akasha ne me demanda pas d'instaurer une nouvelle religion ! Elle ne parla pas d'autels ni de culte. Seul le dieu calciné des forêts du Nord m'avait demandé d'agir de la sorte, lorsqu'il m'avait envoyé en Égypte, mère de tous les mystères.

— Depuis combien de temps es-tu leur gardien ?

— Depuis quinze ans, sinon plus. J'ai perdu la notion du temps. Ils ne bougent jamais, jamais ils ne parlent. Les blessés, ceux qui ont été brûlés si gravement qu'il leur faudra des siècles pour guérir, finissent par apprendre que je suis ici. Ils arrivent. J'essaie de les supprimer avant qu'ils ne puissent transmettre à d'autres esprits lointains une image confirmant leur découverte. Elle ne guide pas ces enfants brûlés vers le lieu où elle réside, comme elle l'avait fait pour moi jadis ! Et quand je suis dupé ou que je dois m'avouer vaincu, elle bouge, mais uniquement comme tu l'as vu, pour écraser le buveur de sang. Mais toi, Pandora, elle t'a appelée, elle est allée te chercher. Nous savons maintenant dans quel dessein. Et j'ai été cruel à ton égard. Maladroit, en tout cas. »

Me faisant face, il demanda d'une voix empreinte de tendresse : « Dis-moi, Pandora, dans cette vision que tu as eue, celle de nos noces, étions-nous jeunes ou vieux ? Étais-tu la jeune fille de quinze ans que je poursuivais de mes assiduités, trop tôt peut-être, ou la fleur pleinement épanouie que tu es devenue ? Les familles étaient-elles heureuses ? Étions-nous beaux ? »

J'étais vivement émue par la sincérité de son discours, derrière lequel se cachait une supplication angoissée.

« Nous étions tels que nous sommes maintenant, dis-je, répondant à son sourire par un sourire réservé. Tu étais un homme fixé à jamais dans la force de l'âge, et moi, telle que je suis à cette heure.

— Crois-moi... » Sa voix était emplie d'une douce ferveur. « Crois-moi, je ne t'aurais pas parlé si durement cette nuit, entre toutes les nuits, mais tant d'autres nuits t'attendent. Rien ne peut te détruire maintenant, sinon le soleil ou le feu. Rien en toi ne se flétrira. Mille expériences nouvelles t'attendent.

— Et l'extase que j'ai ressentie en buvant son nectar ? Et ses propres débuts, ses souffrances ? N'aurait-elle donc aucun lien avec le sacré ?

— Qu'est ce qui est sacré ? » Il haussa les épaules. « Dis-le-moi ! Était-ce sacré, ce que tu as vu dans les rêves ? »

Je baissai la tête, incapable de répondre.

« Certainement pas l'Empire romain, poursuivit-il.

Ni les temples d'Auguste César. Certainement pas le culte de Cybèle ! Et pas davantage le culte persan des adorateurs du feu. Le nom d'Isis est-il encore sacré, l'a-t-il jamais été ? L'Ancien d'Égypte, mon premier et unique instructeur en la matière, disait qu'Akasha avait inventé la légende d'Isis et Osiris à ses propres fins, pour donner à son culte un caractère poétique. Je crois plutôt qu'elle s'est greffée sur des légendes anciennes. A chaque nouveau buveur de sang qui est créé, le démon qui habite ces deux-là devient plus puissant.

— Mais à quoi cela lui sert-il ? demandai-je.

— A accroître son savoir ? A voir davantage, ressentir davantage, par l'intermédiaire de chacun de ceux qui portent son sang ? Peut-être existe-t-il une telle créature, dont chacun d'entre nous ne serait qu'un fragment, doté de sens et de capacités, et qu'elle perçoit et vit tout ce que nous percevons et vivons. Par notre intermédiaire, elle peut connaître le monde entier !

« Je puis en tout cas te dire ceci. » Il posa les mains à plat sur le bureau. « Ce qui brûle en moi ne se soucie pas de savoir si la victime est innocente, ou coupable de quelque crime. "Cela" a soif. Pas toutes les nuits sans doute, mais souvent ! Cela reste éternellement muet. Cela ne me parle pas d'autels érigés dans nos cœurs ! Tel un général de cavalerie, cela m'éperonne comme si j'étais un étalon fougueux. C'est Marius qui distingue le bien du mal selon des critères immémoriaux, pour des raisons que te paraîtront évidentes — Marius, et non cette soif dévorante : elle connaît la nature, mais ignore toute considération morale.

— Je t'aime, Marius. Toi et mon père êtes les seuls hommes que j'aie jamais vraiment aimés. Mais il faut que je sorte. Seule.

— Que dis-tu ! s'exclama-t-il avec stupeur. Il est minuit passé.

— Tu as été très patient avec moi, dis-je. Mais je dois aller seule, maintenant.

— Je t'accompagne.

— Tu n'en feras rien.

— Tu ne peux pas vagabonder dans les rues d'Antioche comme ça, sans escorte !

— Qu'est-ce qui m'en empêcherait ? Je peux maintenant épier les pensées des mortels, dès qu'il me plaît. Une litière vient de passer. Les esclaves sont tellement soûls que c'est miracle s'ils ne lâchent pas tout, envoyant rouler sur le chemin le maître, qui dort à poings fermés. Je veux me promener seule dans la ville, explorer les endroits sombres, les endroits dangereux et malfamés, les endroits où même... un dieu n'irait pas.

— C'est donc ainsi que tu te venges de moi », dit-il. Je sortis et me dirigeai vers le portail ; il me suivit. « Pas seule, Pandora...

— Marius, mon amour. » Je me retournai et lui pris la main. « Ce n'est pas pour me venger. Les mots que tu as prononcés, "fille", "femme", ils ont depuis toujours défini ma vie. Je veux simplement marcher sans crainte, les bras nus, les cheveux flottant dans le dos, aller où il me plaira, y compris dans les bouges les plus dangereux. Je suis ivre encore, ivre de son sang, et du tien. Les objets qui devraient luire scintillent et étincellent. J'ai besoin de solitude pour assimiler tout ce que tu m'as dit.

— Mais n'oublie pas de revenir avant l'aube, bien avant. Il faut que tu me rejoignes dans la crypte. Tu ne peux pas simplement reposer dans la première chambre venue. La lumière létale y pénétrera... »

Il était tellement protecteur, tellement éblouissant, tellement excédé.

« Je reviendrai, dis-je, bien avant l'aube. Oui, et mon cœur se brisera si nous ne sommes pas, à partir de ce moment, liés l'un à l'autre.

— Nous sommes liés. Tu finiras par me rendre fou, Pandora ! »

Il s'arrêta devant les barreaux du portail.

« Ne va pas plus loin », lui dis-je sans me retourner.

Je descendis vers Antioche. Mes jambes avaient une

vigueur et une souplesse incroyables, mes pieds sentaient à peine les pierres du chemin, et mes yeux perçaient la nuit pour découvrir l'assemblée des chouettes et des petits rongeurs perchés sur les arbres, m'observant un instant, puis prenant la fuite comme si leurs sens et leur instinct les avaient mis en garde contre moi.

J'arrivai bientôt en ville. Je suppose que la résolution avec laquelle j'avançais, allant de ruelle en ruelle, aurait suffi à dissuader quiconque aurait eu l'intention de me molester. Dans l'obscurité, je n'entendais que de veules appels érotiques, ces affreux blasphèmes dont les hommes accablent les femmes qu'ils désirent — à la fois menace et rejet.

Je sentais les gens endormis dans leurs maisons, j'entendais les soldats de garde bavarder dans leur caserne, derrière le forum.

Je faisais tous les gestes que font habituellement les nouveaux buveurs de sang. Je palpais la surface des murs, je regardais avec enchantement la lumière d'une vulgaire torche et les papillons de nuit qu'elle attirait. Je sentais mes bras nus, ma légère tunique, et tous les rêves d'Antioche qui m'entouraient.

Des rats détalaient dans les caniveaux, couraient le long des murs. Le fleuve avait ses propres échos, et les navires à l'ancre faisaient un bruit creux au moindre mouvement de l'eau.

Le forum, resplendissant de lampes toujours allumées, captait la lumière de la lune comme un immense piège tendu par l'homme, contraire absolu d'un cratère creusé dans la terre, structure faite de main d'homme susceptible d'être vue et bénie par les cieux intransigeants.

Arrivée à ma maison, je m'aperçus que je pouvais sans mal monter sur le toit ; je m'assis sur les tuiles, détendue, libre et me sentant en sécurité. De là, je contemplai l'atrium et le péristyle, où j'avais appris, durant ces trois nuits de solitude, les vérités qui m'avaient préparée à recevoir le sang d'Akasha.

En toute quiétude, sans crainte ni douleur, je passai en revue tous ces événements — comme si j'étais redevable de ce réexamen à la femme que j'avais été, à l'initiée, à la femme qui avait cherché refuge au temple. Marius avait dit vrai. La Reine et le Roi étaient possédés par je ne sais quel démon qui se répandait dans le sang, qui croissait en s'en nourrissant, comme je le sentais en moi en cet instant même.

Le Roi et la Reine n'avaient pas inventé la justice ! La Reine, qui avait brisé le petit pharaon en morceaux, n'avait inventé ni la loi ni la rectitude !

Et les tribunaux de Rome, qui tâtonnaient maladroitement pour prendre leurs décisions, en considérant tous les aspects, en rejetant toute considération magique ou religieuse, s'efforçaient, même en ces temps terribles, d'atteindre la justice. C'était un système fondé, non sur des révélations divines, mais sur la raison.

Pourtant, il m'était impossible de regretter ce moment d'ivresse, quand j'avais bu son sang, cru en elle, et vu la pluie de fleurs descendre sur nous. Je ne pouvais regretter qu'un esprit pût concevoir une transcendance aussi parfaite.

Elle avait été ma Mère, ma Reine, ma Déesse, mon tout. Je l'avais su, avec la certitude que nous étions censées avoir lorsque nous buvions les potions du temple, lorsque nous chantions, nous balançant au rythme d'un chant effréné. Dans ses bras, j'avais connu cela. Je l'avais connu, aussi, dans les bras de Marius, bien qu'à un degré moins excessif — et maintenant, je n'aspirais qu'à être avec lui.

Comme son culte me paraissait abominable ! Et elle, imparfaite et ignorante, mais investie d'un tel pouvoir ! Comme il me semblait révélateur soudain que les mystères recèlent en leur sein des explications aussi viles. Du sang répandu sur sa robe d'or !

Toutes les images et observations significatives ont pour unique fonction de nous enseigner des vérités plus profondes, me disais-je de nouveau, comme je l'avais déjà pensé au temple, du temps où je trouvais le réconfort auprès d'une statue de basalte.

Moi, et moi seule, dois faire de ma nouvelle vie une épopée héroïque.

Je me réjouissais pour Marius qu'il trouvât un tel réconfort dans la raison. Mais la raison n'est rien de plus qu'une structure artificielle imposée au monde par ceux qui ont foi en elle, et les étoiles ne promettent rien à personne.

Au cours de ces sombres nuits pendant lesquelles je me terrais dans cette maison d'Antioche, pleurant mon Père, j'avais saisi quelque chose de plus profond. J'avais compris qu'au cœur même de la Création se trouvait sans doute une chose aussi incontrôlable et incompréhensible qu'un volcan déchaîné.

Sa lave détruirait sans distinction les arbres et les poètes.

Accepte donc ce don, Pandora, me dis-je à moi-même. Rentre chez toi, heureuse d'être de nouveau mariée, car jamais tu n'aurais pu faire meilleure union, ni entrevoir un avenir aussi prometteur.

A mon retour — le trajet avait été très rapide et plein de nouveaux enseignements : comment passer par-dessus les toits en les effleurant à peine, franchir les murs... —, à mon retour, donc, je le trouvai tel que je l'avais laissé, mais bien plus triste. Il était assis dans le jardin, comme dans la vision que m'avait envoyée Akasha.

C'était sûrement un endroit qu'il aimait, derrière la villa aux nombreuses portes, sur un banc faisant face à un épais bosquet et à un ruisseau cascadant sur de petits rochers avant de se perdre dans les hautes herbes.

Dès qu'il me vit, il se leva.

Je le pris dans mes bras. « Je te demande pardon, Marius.

— Ne dis pas cela, tout ce qui est arrivé est ma faute. Et je ne n'ai pas su t'en protéger. »

Nous étions enlacés. J'avais très envie d'enfoncer mes dents en lui, de boire son sang. Soudain, je le fis, sentant au même moment qu'il prenait mon sang. Ce fut une union incomparable, plus puissante que toutes celles que j'avais connues dans le lit conjugal, et je m'y abandonnai plus complètement que jc ne m'étais jamais abandonnée à un autre être.

Brusquement, une vague d'extrême fatigue me submergea. Je mis fin à mon baiser de sang.

« Viens, dit-il, il est temps. Ton esclave dort. Et au lever du jour, quand nous devrons dormir, il ira chercher tes possessions, et ramènera aussi tes servantes, si tu tiens vraiment à les garder. »

Après avoir descendu l'escalier, nous pénétrâmes dans une pièce que je ne connaissais pas. Il fallut toute la force de Marius pour pousser la porte, ce qui signifiait tout simplement qu'aucun mortel n'y parviendrait.

Il y avait une sorte de cercueil massif en granit, sans le moindre décor.

« Peux-tu soulever le couvercle du sarcophage ? demanda Marius.

— Je me sens si faible...

— C'est parce que le soleil se lève. Essaie de le soulever. Fais glisser la dalle de côté. »

J'y parvins. A l'intérieur, je découvris un lit de pétales de lis et de roses froissés, des coussins de soie, quelques fleurs séchées gardées pour leur parfum.

J'entrai dans cette prison de pierre, m'assis, me tournai en tous sens, m'étirai. Il gagna aussitôt sa place dans la tombe, à côté de moi, puis remit la dalle en place. Aucune parcelle de toute la lumière du monde ne pouvait pénétrer ici, comme si tel était le désir des morts.

« Je suis toute somnolente, j'ai peine à former des mots.

— Quelle bénédiction ! murmura-t-il.

— Pourquoi cette insulte ? murmurai-je. Peu importe, je te pardonne.

— Je t'aime, Pandora, dit-il, comme si cela expliquait tout.

— Mets-la en moi, dis-je en le touchant entre les jambes. Emplis-moi et tiens-moi fort.

— C'est stupide et superstitieux !

— Ni l'un ni l'autre, répondis-je. C'est symbolique et réconfortant. »

Il fit ce que je lui demandais. Nos corps ne faisaient qu'un, unis par cet organe stérile qui n'était pas pour lui plus significatif que son bras — mais comme j'aimais le bras avec lequel il m'enlaçait, et les lèvres qu'il pressait sur mon front !

« Je t'aime, Marius, mon grand, mon beau et étrange Marius.

— Je ne te crois pas, dit-il en un murmure à peine audible.

— Qu'entends-tu par là ?

— Tu ne tarderas pas à me mépriser d'avoir agi comme je l'ai fait.

— Oh non, être trop rationnel ! Je ne suis pas aussi pressée de vieillir, de me flétrir et de mourir que tu sembles le croire. Il ne me déplaît pas d'avoir l'occasion d'accroître mon savoir, de voir davantage de choses... »

Je sentis ses lèvres se presser sur mon front.

« C'est vrai, tu voulais m'épouser quand j'avais quinze ans ?

— O souvenirs torturants ! Les insultes de ton père font encore tinter mes oreilles. C'est tout juste s'il ne m'a pas fait chasser de votre maison !

— Je t'aime de tout mon cœur, murmurai-je. Et tu as gagné, n'est-ce pas ? Je suis à toi, je suis ton épouse.

— Tu es à moi, mais je ne pense pas que “épouse” soit le terme qui convienne. Je m'étonne que tu aies si vite oublié tes objections contre ce mot.

— Ensemble... », commençai-je, à peine capable de parler à cause de ses baisers. J'étais somnolente, engourdie, et j'adorais le contact de ses lèvres, leur soudaine quête de pure affection. « Ensemble, nous trouverons un terme plus poétique qu'“épouse”. »

Soudain, je m'écartai de lui. Dans l'obscurité, je ne pouvais pas voir son expression.

« M'embrasses-tu pour m'empêcher de parler ?

— Oui, c'est exactement ce que je fais. »

Je lui tournai le dos.

« Reviens dans mes bras. S'il te plaît...

— Non. »

Je restai immobile, comprenant vaguement que son corps me paraissait maintenant tout à fait normal, car le mien était aussi dur que le sien, et aussi fort sans doute. Quel avantage sublime ! Oh ! mais je l'aimais ! Je l'aimais. Il avait beau m'embrasser sur la nuque, il ne pourrait me contraindre à me tourner vers lui !

Le soleil avait dû se lever.

En effet, un silence s'était abattu sur moi, comme si l'univers entier, avec ses volcans et ses mers déchaînées — sans oublier ses innombrables empereurs, rois, juges, sénateurs, philosophes et prêtres — s'était soudain effacé.

11

Et voilà, David.

Je pourrais continuer cette comédie dans le style de Plaute et de Térence pendant des pages et des pages, je pourrais rivaliser avec le Shakespeare de *Beaucoup de bruit pour rien*...

Tel est l'essentiel de cette histoire : ce qui se cachait derrière la version raccourcie et désinvolte donnée dans *Lestat le vampire*, qui doit sa forme quelque peu triviale à Marius — ou à Lestat, comment savoir ?

Laisse-moi te guider, t'expliquer les aspects sacrés qui continuent à brûler dans mon cœur, bien qu'un autre en ait fait peu de cas.

Notre séparation n'indique pas simplement une discordance : il se pourrait qu'elle recèle une utile leçon.

Marius m'apprit à chasser, à n'attraper que les méchants, et à tuer sans douleur, en enveloppant l'âme de ma victime dans de douces visions, ou en permettant à celle-ci d'illuminer sa propre fin par une cascade de fantasmes, que je ne dois pas juger, mais me contenter de dévorer, de même que j'absorbe le sang. Tout cela se passe aisément de détails réalistes.

Nous étions de force égale. Lorsqu'un buveur de sang calciné, habité d'une ambition impitoyable, trouvait le chemin d'Antioche — ce qui arriva quelques fois, puis de plus en plus rarement, et pour finir, plus du tout — nous l'exécutions de concert. Ces êtres avaient des mentalités monstrueuses, forgées en des âges que nous avions peine à comprendre, et ils cherchaient la Reine comme les chacals sont en quête de cadavres humains.

Nous ne nous sommes disputés au sujet d'aucun d'eux.

Souvent, nous nous faisions la lecture à voix haute. Nous avons ri ensemble en lisant le *Satyricon* de Pétrone ; plus tard, nous avons été partagés entre le rire et les larmes en découvrant les féroces satires de Juvénal. De Rome et d'Alexandrie, arrivait un flot ininterrompu de nouveaux textes satiriques et historiques.

Pourtant, quelque chose vint nous diviser à jamais, Marius et moi.

Notre amour ne cessait de croître — de même, hélas, que nos querelles constantes, qui finirent par devenir le dangereux ciment de notre union.

Tandis que les années passaient, Marius préservait jalousement son fragile rationalisme, pareil à une chaste Vestale entretenant le feu sacré. Si jamais une émotion extatique s'emparait de moi, il était là pour me saisir par les épaules et pour me dire sans ménagements que c'était irrationnel. Irrationnel, irrationnel, irrationnel !

Lorsque Antioche fut frappée par le terrible tremblement de terre du IIe siècle, dont nous sortîmes indemnes, j'osai parler de divine Providence. Cela mit Marius dans une rage folle ; il ne manqua pas de faire observer que la même Providence divine avait également protégé l'empereur Trajan, qui séjournait alors dans notre ville. Comment interprétais-je cela ?

A titre d'information, Antioche se releva rapidement de ses ruines, les marchés redevinrent prospères, de nouveaux esclaves furent amenés en masse ; rien n'arrêtait les caravanes qui approvisionnaient les navires, ni les navires qui approvisionnaient les caravanes.

Ce n'était pas la première fois. Bien avant le tremblement de terre, nous en étions presque venus aux coups, nuit après nuit.

Quand je m'attardais des heures durant dans la chapelle souterraine de la Mère et du Père, Marius venait immanquablement me chercher pour me ramener à mes sens. Il ne pouvait pas lire en paix lorsque j'étais dans un tel état, déclarait-il. Lorsqu'il savait que j'étais en bas, invitant délibérément la folie, il devenait incapable de penser.

Pourquoi, voulus-je savoir, devait-il absolument étendre sa domination jusqu'au moindre recoin de la maison et du jardin ? Et comment se faisait-il que j'égalais sa force lorsqu'un vieux buveur de sang calciné faisait son apparition à Antioche et que, ayant eu vent de ses forfaits, nous le faisions disparaître ?

« Ne sommes-nous pas égaux en esprit, aussi ? » lui demandai-je pour conclure.

Sa réponse fusa : « Il n'y a que toi pour poser une question pareille ! »

Bien entendu, la Mère et le Père ne firent plus jamais un seul geste, ne dirent plus un seul mot. Aucun rêve de sang, aucune directive divine ne me parvint. Marius me le rappelait parfois ; pas souvent, à vrai dire. Après bien des années, il m'autorisa à m'occuper du sanctuaire avec lui. Cela me permit de prendre toute la mesure de leur silence et de leur passivité apparemment stupide. Ils paraissaient absolument insensibles et hors d'atteinte ; ils coopéraient avec nous comme à contrecœur. Leur inertie offrait un spectacle effrayant.

Lorsque, dans sa quarantième année, Flavius tomba malade, Marius et moi eûmes notre première vraie dispute, une scène terrible. C'était au début de notre union, bien avant le tremblement de terre.

C'était d'ailleurs, soit dit en passant, une époque merveilleuse : le vieux et pervers empereur Tibère emplissait Antioche d'édifices plus splendides les uns que les autres. La ville rivalisait avec Rome. Cependant, Flavius était malade.

Pour Marius, c'était intolérable. Il s'était beaucoup attaché à lui. Ils discutaient tout le temps d'Aristote, et Flavius savait décidément tout faire, qu'il s'agît de s'occuper de la maison ou de copier sans la moindre erreur le texte le plus ésotérique d'un manuscrit tombant en poussière.

Flavius ne nous avait jamais demandé des éclaircissements sur ce que nous étions. Je m'aperçus que dans son esprit, le dévouement et l'acceptation dominaient de loin la curiosité ou la peur.

Nous espérions que la maladie de Flavius n'était pas grave. Mais la fièvre ne faisait qu'empirer, et Flavius détournait la tête chaque fois que Marius venait le voir. Pourtant, il acceptait toujours la main que je lui tendais. Souvent, je m'allongeais sur son lit et restais à ses côtés des heures durant, comme il l'avait fait avec moi jadis.

Finalement, un soir, Marius, que j'avais accompagné jusqu'au portail, me dit : « Lorsque je serai de retour, il sera mort. Peux-tu porter seule ce poids ?

— Prends-tu la fuite pour ne pas assister à ses derniers moments ?

— Non, répondit-il. Mais il ne souhaite pas que je le voie mourir ; il ne veut pas que je l'entende gémir de douleur. »

Je fis signe que je comprenais.

Marius partit.

Marius avait depuis longtemps décrété qu'aucun nouveau buveur de sang ne devait être créé. Jamais plus. Je n'avais pas jugé utile de lui demander la raison de cette règle.

Dès qu'il eut disparu, je fis de Flavius un vampire. J'agis exactement comme le calciné, Marius et Akasha avaient agi avec moi. Marius et moi avions depuis longtemps discuté de la meilleure procédure : retirer autant de sang que possible, puis le restituer jusqu'au point de défaillir.

Je m'évanouis, de fait. En revenant à moi, je vis ce splendide Grec me regarder avec un léger sourire ; toute trace de maladie avait disparu. Se baissant, il me tendit la main pour m'aider à me relever.

Marius arriva, regarda avec stupeur Flavius ressuscité, et dit : « Sortez d'ici, quittez cette maison, cette ville, cette province, quittez l'empire ! »

Les derniers mots que Flavius m'adressa furent : « Merci pour ce Don ténébreux. » C'était la première fois que j'entendais cette expression, qui figure si souvent dans les écrits de Lestat. Cet Athénien cultivé en comprenait parfaitement le sens.

Des heures durant, j'évitai Marius. Jamais il ne me pardonnerait ! Finalement, je sortis dans le jardin. Marius s'y trouvait, visiblement très malheureux. Lorsqu'il leva la tête pour me regarder, je compris qu'il avait été persuadé que j'avais l'intention de partir avec Flavius. Dès que je m'en rendis compte, je le pris dans mes bras. Débordant d'amour et de soulagement, il me pardonna aussitôt mon « imprudente témérité ».

« Ne vois-tu donc pas que je t'adore ? dis-je en lui prenant la main. Mais tu n'as pas le droit de m'imposer ta loi ! Ne peux-tu pas essayer de comprendre, à ta manière rationnelle, qu'une partie essentielle de ton don t'échappe : ne plus être limité par la notion de masculin-féminin !

— Tu ne réussiras pas à me convaincre un seul instant que tu ne sens, raisonnes et agis pas à la manière d'une femme. Nous aimions tous deux Flavius. Mais pourquoi faire un autre buveur de sang ?

— Je ne sais pas vraiment, sinon que Flavius le voulait. Il n'ignorait rien de nos secrets ; il y avait une entente... une sorte de pacte entre Flavius et moi ! Il m'était resté loyal aux heures les plus sombres de ma vie mortelle. Je... je ne peux pas t'expliquer.

— Sentiments typiquement féminins. Et tu as lancé cette créature dans l'éternité.

— Il se joint à notre quête », répondis-je.

Vers le milieu du siècle — la ville était extrêmement prospère et l'empire était à peu près aussi paisible qu'il le serait jamais pendant les deux cents ans à venir —, le chrétien Paul arriva à Antioche.

Une nuit, j'allai l'écouter. A mon retour, je fis observer en passant que cet homme pourrait convertir à sa foi les pierres elles-mêmes, tant son ascendant était grand.

« Comment peux-tu perdre ton temps à de telles bêtises ! s'emporta Marius. Les chrétiens ! Ils n'ont même pas un vrai culte. Certains adorent Jean, d'autres vénèrent Jésus. Ils se battent entre eux ! Ne vois-tu donc pas ce que ce Paul a fait ?

— Non, répondis-je, qu'a-t-il fait ? Je n'ai jamais laissé entendre que j'allais rejoindre leur secte. J'ai seulement dit que je m'étais arrêtée pour l'écouter. A qui cela peut-il nuire ?

— A toi, à ton esprit, à ton équilibre, à ton bon sens, qui sont compromis par ces stupidités auxquelles tu t'intéresses. Et pour parler franchement, c'est une insulte au principe de vérité. »

Ce n'était que le début de son sermon. « Je vais te parler de ce Paul, reprit-il. Il n'a même pas connu Jean le Baptiste, ni le Galiléen Jésus. Les Hébreux l'avaient expulsé du groupe. N'oublie pas que Jésus et Jean étaient tous deux des Hébreux ! Alors, Paul a commencé à s'adresser indifféremment aux Juifs et aux chrétiens, aux Grecs et aux Romains, en leur disant en substance : "Vous n'aurez pas à observer les rites et les pratiques des Hébreux. Oubliez les fêtes de Jérusalem, oubliez la circoncision. Devenez chrétiens."

— C'est vrai, reconnus-je avec un soupir.

— C'est une religion qu'il est très facile d'embrasser, continua Marius. Il suffit de croire que cet homme est ressuscité d'entre les morts. A ce propos, d'ailleurs, j'ai parcouru tous ces textes qui envahissent depuis peu la place du marché. L'as-tu fait ?

— Non, mais je suis surprise que tu juges cette quête digne de toi.

— Nulle part dans les écrits de ceux qui ont connu Jean et Jésus, je n'ai trouvé une citation de ces derniers disant que l'un ou l'autre allait ressusciter des morts, ou que ceux qui croient en eux connaîtront une vie après la mort. C'est Paul qui a ajouté tout cela. Quelle promesse alléchante ! Et tu devrais entendre ton ami

Paul discourir de l'enfer. Quelle perspective cruelle, que des mortels imparfaits puissent commettre dans cette vie de tels péchés qu'ils seront livrés aux flammes éternelles !

— Il n'est pas mon ami. Tu accordes une importance excessive à une remarque que j'ai faite en passant. Pourquoi cela t'émeut-t-il tant ?

— Je te l'ai dit. Parce que la vérité m'importe. Et la raison.

— Quelque chose t'a échappé chez ces chrétiens. La façon dont ils se réunissent pour partager un amour euphorique, leur foi en la générosité...

— Oh non ! ne recommence pas ! Tu vas peut-être me dire que c'est bien ? »

Je ne répondis pas.

Il allait se remettre au travail, lorsque j'ajoutai :

« Tu as peur de moi. Tu as peur que je sois captivée, que je me laisse entraîner par un homme qui a la foi, et que je t'abandonne. Non, ce n'est pas cela. Ce dont tu as peur, c'est d'être entraîné toi-même. Tu as peur d'être séduit et attiré, de sorte que tu devrais renoncer à vivre ici avec moi, en reclus, observateur romain supérieur, pour retourner dans le monde, pour chercher le réconfort dans la compagnie des autres et te lier d'amitié avec des mortels qui te prendraient pour un des leurs, alors que ce n'est pas le cas !

— Ce que tu dis n'a ni queue ni tête, Pandora.

— Garde fièrement tes grands secrets. Mais je dois avouer que j'ai peur pour toi.

— Peur pour moi ? Et pourquoi ?

— Parce que tu ne vois pas que tout passe, que tout est artifice ! Que la logique et les mathématiques elles-mêmes, et la justice, n'ont aucune signification ultime !

— Ce n'est pas vrai.

— Oh si ! Une nuit, tu finiras par voir ce que j'ai vu à mon arrivée à Antioche, avant que tu ne me trouves, avant cette transformation qui aurait dû tout effacer.

« Tu verras l'obscurité, ajoutai-je, une obscurité si

profonde que la Nature ne la connaît jamais, en aucun lieu de cette Terre ! Seule l'âme humaine peut l'éprouver. Et elle est sans fin. Quand tu ne pourras finalement plus lui échapper, quand tu comprendras qu'elle t'entoure de toutes parts, j'espère de tout cœur que ta logique et la raison te donneront une force suffisante pour t'en préserver. »

Il me regarda avec un immense respect, mais garda le silence. Je poursuivis :

« Lorsque ce moment viendra, la résignation ne te sera d'aucun secours. La résignation exige de la volonté, et la volonté exige de la résolution, et la résolution exige de la foi, et la foi a besoin d'un objet en lequel il soit possible de croire ! Et toute action ou acceptation exige au moins un témoignage. Mais il n'y a rien, et il n'y a pas de témoins ! Tu n'en es pas encore conscient, mais je le sais. Et j'espère, quand tu t'en rendras compte, que quelqu'un sera là pour te réconforter pendant que tu pares et astiques ces monstrueuses reliques, en bas de l'escalier ! Pendant que tu leur amènes des fleurs ! » M'enflammant de plus en plus, je continuai sur ma lancée :

« Lorsque ce moment sera venu, tourne-toi vers moi — sinon pour obtenir mon pardon, du moins pour trouver un modèle. Car j'ai connu tout cela, et j'ai survécu. Peu importe que je me sois arrêtée pour écouter Paul prêcher le Christ, ou que je tresse des couronnes de fleurs pour la Reine, ou que je danse comme une folle dans le jardin sous la lune avant l'aube, ou... ou que je t'aime. C'est sans importance. Car il n'y a rien. Rien à voir, ni personne. Personne ! » Je poussai un profond soupir. Il était temps de conclure.

« Retourne à tes chères études historiques. L'histoire, ce ramassis de mensonges qui s'efforce de relier les événements entre eux selon le principe de la cause et de l'effet, ce postulat absurde voulant qu'une chose découle d'une autre. Je t'assure qu'il n'en est pas ainsi. Mais il est typiquement romain de ta part de croire que c'est le cas. »

Assis en silence, il me regardait. Je n'aurais su dire ce qu'il pensait, ni ce que son cœur ressentait, lorsqu'il me demanda soudain :

« Que voudrais-tu que je fasse ? » Jamais il n'avait paru plus innocent.

J'eus un rire amer. Ne parlions-nous donc pas la même langue ? Il n'avait pas suivi un seul mot de ce que j'avais dit. Et en guise de réponse, il me posait cette simple question.

« Soit, dis-je, de guerre lasse. Je vais te dire ce que je veux. Aime-moi, Marius, aime-moi, mais fiche-moi la paix ! » C'était un cri du cœur. Je n'avais rien prémédité, les mots étaient sortis tout seuls. « Ne me harcèle pas, laisse-moi trouver mes propres réconforts, mes propres moyens de rester vivante, même si ces consolations te paraissent vaines, stupides ou dénuées de sens. Laisse-moi en paix ! »

Il était blessé, ne comprenant rien à mes reproches, et arborait toujours cet air innocent.

Au fil des années et des décennies, nous avons eu bien des disputes du même genre.

Parfois, il venait me trouver après, et me faisait longuement part de ses réflexions sur le sort de l'empire, sur les empereurs qui devenaient fous et le Sénat qui n'avait plus de pouvoir, ajoutant que l'évolution de l'homme était unique dans la nature, et méritait d'être observée de près. Et il continuerait à avoir soif de vie, pensait-il, jusqu'à ce qu'il n'y ait plus de vie.

« Même s'il ne subsistait que désert et désolation, disait-il, je voudrais être là, pour voir les dunes se succéder à l'infini. Et s'il ne restait dans le monde entier qu'une seule lampe, je voudrais contempler sa flamme. Et je suis sûr que tu ferais de même. »

Pourtant, les conditions de la bataille, et sa férocité, ne changeaient jamais vraiment.

Au fond de lui, il était convaincu que je le haïssais à cause de sa dureté la nuit où j'avais reçu le Don ténébreux. J'avais beau lui dire que c'était puéril, je ne réussis pas à le convaincre que mon âme et mon intelligence étaient infiniment trop vastes pour nourrir un aussi simple ressentiment, et que rien ne m'obligeait à justifier mes pensées, mes paroles ou mes actes.

Pendant deux cents ans, nous avons vécu et aimé ensemble. Il me paraissait de plus en plus beau.

Comme un nombre sans cesse croissant de Barbares du Nord et de l'Est arrivaient en ville, il ne se sentait plus tenu de porter le costume romain, auquel il préférait souvent les tenues chamarrées des Orientaux. Ses cheveux semblaient devenir plus fins, plus légers. Il les coupait rarement, ce qu'il aurait dû faire chaque nuit s'il avait voulu les garder courts. C'était une splendide parure sur ses épaules.

Son visage devenait de plus en plus lisse, jusqu'à effacer les quelques plis qui pouvaient si aisément exprimer la colère. Comme je te l'ai déjà dit, il avait une ressemblance frappante avec Lestat, en dépit de la charpente plus solide et musculeuse, de ses mâchoires et de son menton que les ans avaient un peu durcis avant le Don ténébreux. Mais les pattes d'oie disgracieuses au coin de ses yeux s'atténuaient progressivement.

Parfois, nous restions des nuits entières sans parler, de crainte que cela ne dégénère. Entre nous, les témoignages d'affection physique étaient constants : étreintes, baisers ; parfois nous nous contentions d'entrelacer nos doigts en silence.

Nous étions conscients d'avoir déjà vécu bien plus longtemps que la durée normale d'une vie humaine.

Il serait superflu que je te raconte en détail l'histoire de cette période remarquable ; elle est trop bien connue. Je me contenterai de donner quelques repères, et d'expliquer comment je voyais les changements qui se produisaient d'un bout à l'autre de l'empire.

Antioche, décidément indestructible, était toujours aussi prospère et animée. Elle commençait à avoir la faveur des empereurs, qui venaient y séjourner. De nouveaux temples consacrés à des cultes orientaux s'élevaient. Et les chrétiens de toute espèce affluaient.

De fait, les chrétiens d'Antioche constituaient un groupe aussi nombreux que fascinant de gens engagés dans d'incessantes controverses.

Rome fit la guerre aux Juifs, écrasant Jérusalem et détruisant le Temple le plus sacré des Hébreux. Un grand nombre de brillants penseurs juifs cherchèrent refuge non seulement à Alexandrie, mais aussi à Antioche.

A deux reprises, peut-être trois, des légions romaines traversèrent la ville pour aller vers le nord, jusqu'en Parthiène. Une fois, la ville connut même une petite rébellion, mais Rome retrouvait toujours le contrôle d'Antioche. Le marché restait fermé un jour ou deux, puis les affaires reprenaient, la grande ruée des caravanes vers les navires, des navires vers les caravanes, et Antioche était le lit qui accueillait leur union.

Les œuvres poétiques étaient rares. Apparemment, la satire était devenue la seule forme d'expression sincère, et pas trop risquée, de l'esprit romain. Cela nous valut l'histoire incroyablement cocasse de *L'Âne d'or* d'Apulée, qui semblait se moquer de toutes les religions. L'on sentait cependant de l'amertume chez le poète Martial. Et les lettres de Pline qui nous parvenaient étaient emplies de critiques impitoyables sur le chaos moral qui régnait à Rome.

Je me mis à satisfaire mon appétit de vampire en me nourrissant exclusivement de soldats. Leur allure, leur force me plaisaient. Je me nourrissais d'eux si souvent que, dans mon insouciance, je devins pour eux une figure de légende, la « Mort grecque » — à cause de mes vêtements, qui leur paraissaient archaïques. Je frappais au hasard, dans les ruelles obscures. Ils n'avaient aucune chance de me cerner ou de me faire échec, tant mon habileté, ma force et ma soif étaient grandes.

Dans leurs morts rebelles, je voyais des images : la fureur déchaînée d'une bataille rangée dans un marécage, un corps à corps sur une montagne escarpée. Je les amenais doucement jusqu'au dernier acte, m'emplissant de leur sang jusqu'à ras bord ; parfois, comme à travers un voile, je voyais les âmes de ceux qu'eux-mêmes avaient tués.

Lorsque je fis part de ces expériences à Marius, il répondit que c'était exactement le genre d'absurdités mystiques auxquelles il s'attendait de ma part.

Je n'insistai pas.

Il suivait avec un intérêt passionné les événements dont Rome était le théâtre. Je les trouvais curieux, sans plus.

Il lisait et relisait les *Histoires* de Dion Cassius, de Plutarque et de Tacite, tapait du poing sur la table en entendant parler des incessantes escarmouches sur le Rhin, de l'incursion en Bretagne et de la construction du mur d'Hadrien destiné à contenir les Pictes d'Écosse, qui, de même que les Germains, ne pliaient devant personne.

« Ils ne se contentent plus de patrouiller, de protéger un empire ! s'exclamait-il. De préserver un mode de vie ! C'est la guerre, ni plus ni moins, et la guerre est bonne pour le commerce ! »

Je ne pouvais lui donner tort.

En réalité, c'était encore pire qu'il ne l'imaginait. S'il était allé écouter les philosophes aussi souvent que moi, il aurait été consterné.

Des magiciens surgissaient à tous les coins de rues, prétendant être capables de voler, d'avoir des visions, de guérir par l'imposition des mains. Pour finir, ils se battaient avec les Juifs et les chrétiens, sous l'œil apparemment indifférent de l'armée romaine.

La médecine, telle que je l'avais connue pendant mon existence mortelle, était noyée sous un flot de formules secrètes venues d'Orient, d'amulettes, de rituels et de figurines magiques dont le contact était censé guérir.

Une bonne moitié des sénateurs n'étaient plus italiens de naissance. Cela signifiait que Rome n'était plus à nous. Et le titre d'empereur était devenu une énorme plaisanterie. Il y avait tant d'assassinats, de complots, de discordes, d'intrigues de palais et de coups d'État qu'il devint bientôt évident que l'armée détenait le pouvoir. L'armée choisissait l'empereur, l'armée le maintenait en place.

Les chrétiens étaient divisés en sectes rivales. Fait stupéfiant, au lieu de miner leur religion, ces dissensions ne faisaient que la renforcer. Les persécutions occasionnelles — les victimes étaient condamnées pour avoir abandonné le culte romain — ne faisaient qu'augmenter la sympathie du peuple pour la nouvelle religion.

Celle-ci était déchirée par d'incessants débats de principe relatifs aux Juifs, à Dieu et à Jésus.

Elle se trouvait en fait dans une situation étonnante. Après s'être répandue partout grâce aux navires rapides et aux routes commerciales bien entretenues, elle se trouvait soudain dans une position peu banale. Contrairement à ce qu'avaient prédit Jésus et Paul, la fin du monde n'était pas arrivée.

Tous ceux qui avaient connu ou vu Jésus étaient morts. Et pour finir, même ceux qui avaient connu Paul avaient disparu.

L'on vit apparaître des philosophes chrétiens, puisant à loisir dans les idées de l'Antiquité grecque et dans les anciennes traditions hébraïques.

Justin d'Athènes écrivait que le Christ était le Logos ; même athée, l'on pouvait être sauvé en Christ à condition de soutenir la raison.

Il fallait que je le dise à Marius !

Je pensais que cela le mettrait en verve, et la nuit était longue, mais il se contenta de me parler une fois de plus des gnostiques.

« Un homme du nom de Saturninus a parlé aujourd'hui au forum, commença-t-il. Peut-être as-tu entendu parler de lui. Il prêche une bizarre variante de cette religion chrétienne que tu trouves si amusante, selon laquelle le Dieu des Hébreux n'est autre que le démon, tandis que Jésus est le nouveau dieu. Ce n'était pas la première fois qu'il venait. Ignatius, l'évêque chrétien local, l'a envoyé à Alexandrie avec ses disciples.

— Il est déjà arrivé d'Alexandrie des livres exprimant ces idées, dis-je, mais je les trouve complètement obscurs. Peut-être ne le sont-ils pas pour toi. Il est notamment question de la Sophia, principe féminin de la Sagesse, qui serait antérieure à la Création. Les Juifs comme les chrétiens semblent vouloir intégrer cette notion de Sophia à leur religion. Cela me rappelle notre Isis bien-aimée.

— Ton Isis bien-aimée !

— Il semble que certains esprits voudraient unir tous les mythes, ou du moins leur essence, pour en faire une resplendissante tapisserie.

— Tu recommences à m'écœurer, Pandora. Je vais te dire ce que font les chrétiens en ce moment même. Ils mettent sur pied une organisation rigoureuse. L'évêque Ignatius sera suivi par un autre, et tous ces évêques ont décrété et décréteront que l'ère des révélations personnelles était révolue ; ils veulent expurger tous ces manuscrits fantaisistes qui circulent, et établir un canon auquel tous les chrétiens devront adhérer.

— Je n'aurais jamais cru que cela pourrait arriver, dis-je. Et en dépit de ce que tu sembles croire, j'étais d'accord avec toi quand tu les as condamnés.

— Ils y parviendront parce qu'ils font fi des valeurs morales et émotionnelles, poursuivit Marius. Ils s'organisent comme les Romains. L'évêque Ignatius est un homme strict et méthodique. Il délègue certains pouvoirs. Il décide de l'orthodoxie des manuscrits. Plusieurs prophètes ont déjà été expulsés d'Antioche, tu l'as sans doute remarqué.

— Effectivement. Que penses-tu de cette évolution ? Faut-il s'en réjouir, ou non ?

— Je veux que le monde devienne meilleur, dit-il en guise de réponse. Meilleur pour les hommes et pour les femmes. Meilleur. Un seul fait est certain : les anciens buveurs de sang sont tous morts, maintenant, et ni toi ni moi, ni la Reine ni le Roi, ne pouvons modifier le cours des événements humains. Il appartient aux hommes et aux femmes eux-mêmes d'améliorer leur sort, en faisant toujours plus d'efforts. Quant à moi, je m'efforce d'approfondir ma connaissance du mal à chaque victime que je prends.

« Toute religion qui prétend que son despotisme et son fanatisme sont justifiés par la volonté divine me fait peur.

— Tu es un véritable augustinien, dis-je. Tu as raison, mais je n'en trouve pas moins amusant de lire ces fous de gnostiques. Marcion, Valentin...

— Amusant pour toi, peut-être. Mais je flaire le danger partout. Ce nouveau christianisme non seulement se propage, mais change de visage dans chaque nouveau lieu où il s'établit, pareil à un animal qui dévore la faune et la flore locales, et tire de cette nourriture une forme et des pouvoirs spécifiques. »

Je me gardai de le contredire.

En cette fin du IIe siècle, la ville d'Antioche comptait de nombreux chrétiens. Et en lisant les écrits des évêques et des nouveaux philosophes, j'avais le sentiment que le christianisme n'était pas ce qui pouvait nous arriver de pire.

Mais comprends bien, David, qu'Antioche n'était pas assombrie par une atmosphère de décadence ; rien n'indiquait la fin prochaine de l'empire. Au contraire, l'on ne sentait partout qu'énergie débordante et vie trépidante. Le commerce donne souvent cette impression trompeuse de croissance et de créativité, alors que les denrées sont simplement échangées, pas nécessairement améliorées.

Bientôt, commença pour nous une sombre période. Deux forces s'étaient alliées contre Marius, mettant son courage à rude épreuve. Cependant, Antioche était plus fascinante qu'elle ne l'avait jamais été.

La Mère et le Père n'avaient pas bougé depuis la nuit de mon arrivée !

Je vais te décrire la première de ces calamités, qui ne

me touchait pas trop durement, sinon que je plaignais Marius de tout cœur.

Comme je te l'ai déjà dit, la dignité impériale était depuis longtemps un objet de plaisanteries. Mais les événements du début des années 200 soulevèrent des tempêtes de rires.

L'empereur du moment était Caracalla, un redoutable assassin. A l'occasion d'un pèlerinage à Alexandrie, où il voulait visiter les vestiges de l'époque d'Alexandre le Grand, il fit — pour des raisons qui restent inconnues à ce jour — assembler des milliers de jeunes Alexandrins et les massacra. Alexandrie n'avait jamais connu un carnage pareil.

Marius était atterré. Le monde entier était atterré.

Marius envisageait de quitter Antioche, d'aller loin, très loin des ruines de l'empire. Je commençais à croire qu'il avait raison.

Ensuite, l'immonde Caracalla marcha dans notre direction pour faire la guerre aux Parthes, au nord et à l'est d'Antioche. Rien de bien nouveau : Antioche avait l'habitude des expéditions militaires.

Sa mère Julia Domna — peu importe que tu te souviennes ou non de ces noms — s'installa à Antioche. Rongée par un cancer du sein, elle n'avait plus longtemps à vivre. J'ajouterai que cette femme avait aidé Caracalla à assassiner son autre fils, Géta, qui partageait le pouvoir avec celui-ci, au risque de déclencher une guerre civile.

Je continue ; de nouveau, il n'est pas nécessaire que tu retiennes les noms.

Les troupes étaient massées à l'est en vue de cette guerre contre les rois parthes Vologèse V et Artaban V. Caracalla les attaqua, remporta la victoire, et revint en triomphe. Sur le chemin du retour, à quelques milles seulement d'Antioche, il fut assassiné par ses propres soldats pendant qu'il se soulageait.

Ces événements plongèrent Marius dans un profond désespoir. Il restait des heures dans le sanctuaire, à regarder fixement la Mère et le Père. Je croyais savoir ce qu'il pensait : que nous devrions nous immoler avec eux, mais cette perspective m'était intolérable. Je ne voulais pas mourir. Je ne voulais pas renoncer à la vie. Je ne voulais pas perdre Marius.

Le sort de Rome m'importait peu. Une longue vie s'étendait devant moi, avec ses promesses de merveilles et de miracles.

Revenons à notre comédie. L'armée d'Orient ne tarda pas à porter au pouvoir un certain Macrinus — ou Macrin, comme on dit aujourd'hui —, un Maure qui portait un anneau à l'oreille.

Il entra aussitôt en conflit avec la mère du défunt empereur, Julia Domna, qu'il ne voulait pas autoriser à quitter Antioche pour finir ses jours ailleurs. Elle se laissa mourir de faim.

Tout ceci se passait près de chez nous, bien trop près ! Ces fous étaient dans notre ville, dans cette capitale dont nous portions le deuil.

Peu après, la guerre reprit. Les rois orientaux, qui avaient été pris au dépourvu par l'attaque de Caracalla, étaient maintenant prêts à livrer bataille. Macrinius dut mener les légions au combat.

Les légions contrôlaient tout ; mais je te l'ai déjà dit. Quelqu'un aurait dû en informer Macrin ! Au lieu de se battre, il acheta l'ennemi. Les légionnaires n'étaient pas fiers de cette paix honteuse. Comme si cela ne suffisait pas, il prit des mesures rigoureuses pour réduire leurs privilèges.

Il ne semblait pas comprendre que sans leur approbation, il ne pourrait survivre. Mais quel bien cela avait-il fait à Caracalla, qu'ils adoraient pourtant ?

Quoi qu'il en soit, la sœur de Julia Domna, Julia Maesa, Syrienne issue d'une famille d'adorateurs du dieu du Soleil, profita de ce moment de révolte des légions pour faire proclamer empereur son petit-fils, né de Julia Soaemias. C'était un plan révoltant, invraisemblable à tous les égards. Pour commencer, les trois Julia étaient syriennes ; quant au fils de Julia Soaemias, qui n'avait que quatorze ans, il était prêtre héréditaire du dieu syrien du Soleil !

Toujours est-il que Julia Maesa et l'amant de sa fille, un certain Gannys, réussirent à convaincre une poignée de soldats réunis dans une tente que ce jeune Syrien de quatorze ans devait monter sur le trône de Rome.

L'armée abandonna l'empereur Macrinus, qui fut traqué et assassiné, ainsi que son fils.

Ce garçon de quatorze ans fut donc porté en triomphe sur les épaules des fiers soldats ! Se refusant à utiliser son nom romain, il prit celui du dieu qu'il adorait en Syrie, Elégabal, ou Héliogabale. Le seul fait de sa présence à Antioche mettait tous les habitants sur les nerfs. Finalement, lui et les trois Julia qui restaient — sa tante, sa mère et sa grand-mère, qui étaient toutes des prêtresses syriennes — quittèrent Antioche.

A Nicomédie, pas tellement loin de chez nous, Héliogabale assassina l'amant de sa mère. Il faisait le vide autour de lui. Également, il ramena à Rome une énorme pierre noire, affirmant que cette pierre sacrée était dédiée au dieu syrien du Soleil, que tous devaient maintenant adorer.

Il était donc parti au-delà de la mer. Comme une lettre de Rome ne mettait parfois que onze jours pour arriver à Antioche, des rumeurs ne tardèrent pas à se répandre. Mais qui saura jamais la vérité ?

Héliogabale... Il fit construire sur le mont Palatin un temple destiné à abriter la pierre. Les Romains, vêtus de robes phéniciennes, devaient assister aux sacrifices de bœufs et de brebis.

Il supplia ses médecins d'essayer de le transformer en femme en créant entre ses jambes un orifice approprié. Lorsque les Romains l'apprirent, ils furent frappés d'horreur. La nuit, habillé en femme et portant perruque, il courait les tavernes.

D'un bout à l'autre de l'empire, les soldats commençaient à se révolter.

Les trois Julia elles-mêmes — sa grand-mère Julia Maesa, sa tante Julia Domna, et sa mère Julia Soaemias —, commençaient à en avoir par-dessus la tête de lui. Finalement, après quatre ans — quatre ans, tu m'entends ! — de règne de ce maniaque, les soldats de la garde prétorienne le tuèrent et jetèrent son corps dans le Tibre.

Marius avait l'impression qu'il ne subsistait rien du monde que nous avions coutume d'appeler Rome. Il en avait également assez des chrétiens d'Antioche et de leurs incessantes querelles sur des points de doctrine. A ses yeux, toutes les religions à mystères étaient dangereuses. Il citait l'empereur lunatique en tant qu'exemple parfait du fanatisme qui ne cessait de progresser à l'époque.

Il avait raison. Oui, il avait raison.

Je faisais tout mon possible pour l'empêcher de sombrer complètement dans le désespoir. En vérité, il n'avait pas encore affronté ces effrayantes ténèbres auxquelles j'ai déjà fait allusion ; il était bien trop agité et fiévreux, bien trop irascible pour en être capable. J'avais très peur pour lui, et son désarroi me faisait mal, mais je ne voulais pas qu'il eût, comme moi, une vision encore plus pessimiste des choses, et en même temps plus détachée — car je n'espérais rien et j'assistais presque avec le sourire à l'effondrement de notre Empire.

Ce fut alors que le pire arriva, un événement que nous n'avions cessé de craindre, sous une forme ou une autre — et il nous tomba dessus sous la pire forme que l'on pût imaginer.

Une nuit, cinq buveurs de sang firent leur apparition devant nos portes éternellement ouvertes.

Ni Marius ni moi ne les avions entendus approcher. Levant la tête des livres que nous lisions, confortablement installés sur un divan, nous aperçûmes soudain ces cinq créatures, deux femmes, deux hommes et un jeune garçon, comprenant au même moment qu'ils étaient tous vêtus de noir. Ils portaient la tenue habituelle des ermites et ascètes chrétiens, qui nient la chair et se privent de nourriture. Dans les contrées désertiques entourant Antioche, il y en avait une ribambelle.

Seulement voilà : ceux-ci étaient des buveurs de sang.

Yeux et cheveux noirs, teint basané, ils nous faisaient face, les bras croisés.

Je réfléchis rapidement ; la peau foncée, jeunes... ils ont été créés après le grand feu. Ils étaient cinq, certes ; et alors ?

Ils avaient dans l'ensemble des visages assez plaisants, des traits agréables et des sourcils bien dessinés, des yeux noirs et profonds, et ils portaient partout les stigmates de leurs corps vivants — fines rides entourant les yeux, plis marqués aux articulations des doigts...

Ils paraissaient aussi stupéfaits de nous voir que nous l'étions de leur apparition soudaine. Ils regardaient avec étonnement la bibliothèque brillamment éclairée, nos vêtements luxueux, qui contrastaient vivement avec leurs robes austères.

« Bien, fit Marius. Qui êtes-vous ? »

Voilant mes pensées, j'essayai de sonder leurs esprits. Ils étaient fermés. Je sentis néanmoins qu'ils étaient adeptes d'un je ne sais quoi qui avait un net parfum de fanatisme. J'eus un affreux pressentiment.

Timidement, ils commencèrent à entrer par la porte ouverte.

« Un moment, s'il vous plaît, dit Marius en grec. C'est ma maison. Dites-moi qui vous êtes, et je vous inviterai peut-être à en franchir le seuil.

— Vous êtes chrétiens, n'est-ce pas ? intervins-je. Vous en avez le zèle.

— C'est ce que nous sommes, en effet ! répondit l'un des hommes. Nous sommes le fléau du genre humain, au nom de Dieu et de Christ, son fils. Nous sommes les Enfants des Ténèbres.

— Qui vous a faits ? demanda Marius.

— Nous avons été faits dans une grotte sacrée, dans notre Temple », dit une des femmes, s'exprimant également en grec. « Nous connaissons la vérité du Serpent ; ses crocs sont nos crocs. »

Je me levai lentement et me rapprochai de Marius.

« Nous pensions que vous seriez à Rome », dit le jeune homme. Ses cheveux noirs étaient coupés court, et ses yeux au regard innocent étaient très ronds. « Parce que l'évêque de Rome est le guide suprême de tous les chrétiens, alors que la théologie d'Antioche n'a plus guère de poids.

— Qu'irions-nous faire à Rome ? voulut savoir Marius. Que nous importe l'évêque de Rome ? »

La femme qui avait parlé s'avança. Elle était coiffée avec une sévère raie au milieu, mais son visage aux traits réguliers était d'une grande noblesse. Je fus particulièrement frappée par le magnifique dessin de ses lèvres.

« Pourquoi vous cachez-vous de nous ? demanda-t-elle. Cela fait des années que nous entendons parler de vous. Nous avons appris que vous savez des choses à notre sujet et sur l'origine du Don ténébreux, comment Dieu a donné celui-ci au monde. Nous savons aussi que vous avez sauvé notre espèce de l'extinction. »

Marius était complètement accablé, mais il ne le montrait pas.

« Je n'ai rien à vous dire », répondit-il, peut-être un peu hâtivement. « Sinon que je ne crois pas en votre Dieu ni en votre Christ. Je ne crois pas davantage que le don ténébreux, comme vous l'appelez, vienne de Dieu. Vous avez commis une terrible erreur. »

Ils étaient extrêmement sceptiques, et totalement zélés.

« Vous avez presque atteint le salut », dit l'autre homme, dont les cheveux jamais coupés tombaient jusqu'aux épaules. Il avait une voix virile, mais ses membres étaient tout grêles. « Vous avez presque atteint le point où vous êtes tellement forts, blancs et purs que vous n'avez plus besoin de boire !

— J'aimerais que ce fût vrai, dit Marius, mais il n'en est pas ainsi.

— Pourquoi ne nous accueillez-vous pas ? reprit l'autre. Vous pourriez nous guider et nous enseigner à mieux répandre le Sang obscur et châtier les mortels pour leurs péchés ! Notre cœur est pur. Nous avons été élus. Chacun de nous est entré courageusement dans la grotte, où le démon expirant, amas de sang et d'os écrasés, expulsé du Ciel dans un déluge de feu, nous a transmis son enseignement.

— Qui consistait en quoi ? demanda Marius.

— Faites-les souffrir ! répondit la femme. Donnez la mort. Renoncez à tout ce qui est de ce monde, comme le font les stoïques et les ermites d'Égypte, mais donnez la mort. Châtiez-les ! »

La femme était devenue hostile. « Cet homme ne fera rien pour nous aider, murmura-t-elle. C'est un profane. Un hérétique.

— Vous ne pouvez refuser de nous recevoir, insista le jeune homme qui avait parlé le premier. Nous vous avons cherchés si longtemps et si loin, et nous venons en toute humilité. Si vous souhaitez vivre dans un palais, c'est sans doute votre droit, car vous l'avez mérité, mais pas nous. Nous vivons dans l'obscurité, nous ne connaissons d'autre jouissance que le sang, nous nous repaissons sans distinction du faible, du malade et de l'innocent. Nous accomplissons la volonté du Christ, de même que le Serpent a accompli celle de Dieu lorsqu'il a tenté Ève dans le jardin d'Éden.

— Venez dans notre Temple, ajouta l'autre femme, vous y verrez l'arbre de vie autour duquel s'enroule le Serpent sacré. Nous avons fait nôtres ses crocs. Nous possédons son pouvoir. Dieu l'a créé, de même qu'il a créé Judas Iscariote, ou Caïn, ou les méchants empereurs de Rome.

— Je comprends tout, dis-je. Avant de trouver ce dieu dans la grotte, vous étiez des adorateurs du serpent. Vous êtes des ophites, des adeptes de Seth, des Naassènes.

— Telle était notre première vocation, répondit le plus jeune. Mais nous sommes devenus les Enfants des Ténèbres. Notre mission est le sacrifice et le meurtre, notre rôle est d'infliger la souffrance.

— Ah ! Marcion et Valentin, dit Marius à voix basse. Vous ne connaissez pas ces noms, j'imagine ? Ce sont les poètes gnostiques qui ont inventé il y a déjà un siècle la philosophie dans laquelle vous vous enlisez. Le dualisme, voulant que dans un univers chrétien, le mal puisse être aussi puissant que le bien.

— Oui, nous savons cela. » Plusieurs parlaient à la fois. « Nous ne connaissons pas ces noms profanes. Mais nous connaissons le Serpent et nous savons ce que Dieu veut de nous. »

« Dans le désert, Moïse a levé le Serpent vers le ciel, le tenant plus haut que sa tête, dit le garçon. La reine d'Égypte elle aussi connaissait le Serpent, il ornait sa couronne.

— Rome a censuré l'histoire du grand Léviathan, ajouta la femme. Elle a été effacée des livres sacrés, mais nous la connaissons.

— Je suppose que les chrétiens d'Arménie vous ont appris tout cela, dit Marius. Ou alors les Syriens. »

L'homme, de petite stature, aux yeux gris, s'avança et s'adressa à Marius avec une grande autorité :

« Vous détenez des vérités très anciennes, mais vous les utilisez à des fins profanes. Vous êtes connu de tous. Les blonds Enfants des Ténèbres qui vivent dans les forêts du Nord ont entendu parler de vous ; ils savent qu'avant la naissance du Christ, vous avez volé en Égypte un grand secret. Plus d'un est venu ici, et, vous ayant aperçu ainsi que la femme, est reparti, empli de crainte.

— Très sage, commenta Marius.

— Qu'avez-vous découvert en Égypte ? demanda la femme. Des moines chrétiens se sont installés dans ces salles antiques, qui appartenaient jadis à une race de buveurs de sang. Les moines ignorent notre existence, mais nous savons tout à leur sujet. Il y avait des écrits là-bas, il y avait des secrets, quelque chose qui, de par la Volonté divine, nous appartient.

— Non, dit Marius. Il n'y avait rien. »

La femme reprit : « Lorsque les Hébreux ont fui l'Égypte, lorsque Moïse a ouvert les eaux de la mer Rouge, les Hébreux avaient-ils abandonné quelque chose derrière eux ? Pourquoi Moïse a-t-il brandi le Serpent dans le désert ? Savez-vous combien nous sommes ? Près de cent. Nous voyageons, allant de l'extrême-Nord au Sud, et même en Orient, dans des contrées que vous n'imaginez pas. »

Voyant que Marius était troublé, je pris la parole :

« Bien. Nous comprenons ce que vous cherchez, et pourquoi vous avez été amenés à croire que nous pouvons vous donner satisfaction. Je vous saurais gré d'aller un moment dans le jardin, pour que nous puissions en parler entre nous. Respectez notre maison. Ne faites pas de mal à nos esclaves.

— Loin de nous un pareil dessein !

— Nous ne vous ferons pas attendre longtemps. »

Prenant Marius par la main, je l'entraînai vers l'escalier.

« Que fais-tu ? chuchota-t-il. Bloque ton esprit. Il ne faut pas qu'ils voient la moindre image !

— Ils ne verront rien. Et, compte tenu de l'endroit où je te parlerai, ils n'entendront rien non plus. »

Marius comprit alors ce que je voulais faire. Je l'emmenai dans le sanctuaire de la Mère et du Père, toujours pareils à eux-mêmes, et refermai les portes de pierre derrière nous, puis l'entraînai derrière le Roi et la Reine, immobiles sur leurs trônes.

« Je suppose qu'ils perçoivent le battement de leurs cœurs, dis-je dans un murmure à peine audible, mais ce bruit les empêchera sans doute d'entendre ce que nous disons. Écoute. Il faut les tuer, les détruire complètement. »

Marius ouvrit des yeux stupéfaits.

« Tu sais qu'il le faut ! Nous devons les tuer, eux et tous ceux de leur espèce qui s'aventureront trop près de nous. Pourquoi es-tu tellement consterné ? Prépare-toi ! Le plus simple, c'est de les découper en morceaux puis de les brûler.

— Pandora..., soupira-t-il.

— Pourquoi cette crainte soudaine, Marius ?

— Ce n'est pas de la peur, mais je pressens qu'un tel acte me changera irrévocablement. Tuer quand j'ai soif, pour me préserver et préserver ceux qui ont besoin de ma protection, je le fais depuis toujours. Mais devenir un bourreau ? Devenir pareil à ces empereurs qui brûlent les chrétiens ! Déclarer la guerre à cette race, à cet ordre, à ce culte ou que sais-je...

— Pas le choix. Allez, viens. Dans la salle où nous dormons, il y a de nombreux sabres et épées décoratifs. Nous devrions prendre les longs sabres recourbés. Et la torche. Puis leur faire face, leur dire combien nous sommes désolés de ce que nous devons leur infliger, puis le faire ! »

Il ne répondit pas.

« Marius, si tu les laisses repartir, d'autres viendront nous harceler. L'unique moyen d'assurer notre sécurité, de protéger le Roi et la Reine, c'est de détruire tous les buveurs de sang qui retrouvent notre trace. »

S'éloignant de moi, Marius se plaça face à la Reine. Il la regardait dans les yeux. Je savais qu'il lui parlait silencieusement. Et je savais qu'elle ne répondait pas.

« En principe, il existe une autre possibilité, lui disje. Une solution que nous pourrions envisager. » Je lui fis signe de revenir derrière le Couple royal, endroit qui me paraissait le plus sûr pour échafauder nos plans.

« Je t'écoute.

— Leur remettre le Roi et la Reine. Ainsi, nous serons libres, toi et moi. Ils veilleront sur le Roi et la Reine avec une ferveur religieuse ! Peut-être le Roi et la Reine leur permettront-ils même de boire...

— Ce serait inqualifiable ! s'exclama-t-il.

— Exactement mon sentiment. Nous ne serions jamais sûrs d'être en sécurité. Et ils s'abattraient sur le monde comme une bande de rats aux pouvoirs surnaturels. Vois-tu une troisième solution ?

— Non. Je suis prêt. Nous les détruirons à la fois par le fer et par le feu. Pourrais-tu leur raconter des mensonges qui endormiront leur vigilance lorsque nous arriverons, armés et portant des torches ?

— Bien sûr, dis-je, Pas de problème. »

Nous allâmes décrocher les longs sabres à la lame courbe et aiguisée ; ces armes venaient du désert, du monde des Arabes. Avant de monter ensemble, nous nous sommes arrêtés au pied de l'escalier pour allumer une deuxième torche à la flamme de celle que nous avions déjà.

« Venez à moi, mes enfants ! » dis-je très fort en arrivant dans la salle. « Approchez, car ce que je vais vous révéler exige la lumière de cette torche, et vous connaîtrez bientôt la fonction sacrée de cette épée. Que votre ferveur est grande ! »

Nous n'étions plus qu'à deux pas d'eux.

« Que vous êtes jeunes ! »

Soudain pris de panique, ils se rapprochèrent les uns des autres. Ils nous simplifiaient tellement la tâche en se regroupant ainsi que ce fut fait en quelques instants. Il nous fut facile de mettre le feu à leurs vêtements et de les tailler en pièces, en ignorant leurs cris pitoyables.

Jamais encore je n'avais à ce point mobilisé toutes mes forces et mon agilité, jamais je n'avais autant fait appel à ma volonté. Il était incroyablement exaltant d'entailler leurs chairs, de leur appliquer la torche, de les taillader et de les transpercer jusqu'à ce qu'ils tombent, privés de vie. Je faisais vite, car je ne voulais pas qu'ils souffrent.

Ils étaient si jeunes — je veux dire qu'ils étaient des buveurs de sang récemment créés — qu'il fallut un bon moment pour brûler leurs os, jusqu'à ce qu'il ne reste plus que des cendres.

Finalement, ce fut terminé. Nous étions dans le jardin, Marius et moi, les vêtements noirs de suie, observant les hautes herbes agitées par le vent pour nous assurer que les cendres étaient éparpillées aux quatre points cardinaux.

Faisant soudain volte-face, Marius regagna précipitamment la maison et descendit au sanctuaire de la Mère.

Prise de panique, je courus le rejoindre. Tenant toujours la torche et le sabre ensanglanté — oh ! comme ils avaient saigné ! —, il regardait Akasha dans les yeux.

Je l'entendis murmurer, « O Mère dénuée d'amour ! » Son visage était barbouillé de sang et de suie. Il regardait tour à tour la flamme de la torche et la Reine.

Du moins en apparence, Akasha et Enkil n'avaient aucune réaction au massacre qui venait d'être perpétré. Ils ne manifestaient ni approbation, ni gratitude, ni une forme quelconque d'émotion ou de conscience. Ils ne semblaient pas avoir connaissance de la torche que Marius tenait à la main, ni de ses pensées, quelles qu'elles pussent être.

Ce fut en quelque sorte la fin de Marius. La fin, en tout cas, du Marius que j'avais connu et aimé.

Il décida de rester à Antioche. J'aurais voulu partir, en les emmenant ; j'aurais aimé mener une vie aventureuse, découvrir les merveilles du monde.

Marius refusa. Il avait une unique obligation : guetter l'arrivée des autres, les tuer jusqu'au dernier.

Il restait des semaines durant sans parler ni bouger, sauf quand je le secouais ; il me suppliait alors de le laisser en paix. Il ne sortait du sarcophage que pour s'asseoir non loin des portes, la torche et le sabre à la main.

Cela devenait intolérable. Les mois passaient. Je lui disais : « Tu es en train de devenir fou. Nous devrions les emmener ailleurs, loin d'ici ! »

Et puis, un soir que j'étais très en colère et que je me sentais très seule, je m'écriai stupidement : « Si seulement je pouvais être débarrassée d'eux et de toi ! » Sur ce, je sortis de la maison, et n'y revins pas pendant trois nuits.

Je dormais dans des lieux sombres et secrets — je n'avais aucun mal à en trouver. Chaque fois que je pensais à lui, je le voyais assis là-bas, tellement semblable à eux dans son immobilité, et j'avais peur.

Si seulement il avait connu le vrai désespoir, si seulement il avait affronté ce que nous appelons maintenant « l'absurde » — si seulement il avait fait face au néant ! Alors, ce massacre ne l'aurait pas démoralisé à ce point.

Un matin, juste avant le lever du soleil, comme je me trouvais dans une cachette sûre, un silence inhabituel s'abattit sur Antioche. Un rythme que je percevais sourdement depuis mon arrivée dans la ville s'était tu. J'essayai de réfléchir. Qu'est-ce que cela pouvait signifier ? Je ne devais pas tarder à le découvrir.

J'avais commis une fatale erreur de calcul. La villa était vide. Il avait fait effectuer le transport de jour. Aucun indice n'indiquait où il avait pu aller. Tout ce qui lui appartenait avait disparu ; toutes mes possessions avaient été scrupuleusement laissées en place.

Je lui avais fait défaut au moment où il avait plus que jamais besoin de moi. Je tournais en rond dans le sanctuaire désespérément vide. Je hurlais, et les murs me renvoyaient l'écho de mes cris.

Il ne revint jamais à Antioche. J'attendis en vain une lettre de lui.

Au bout de six mois, peut-être plus, je renonçai et partis.

Tu sais, bien sûr, que les vampires voués à la cause chrétienne ne se sont jamais éteints, du moins jusqu'au jour où Lestat, paré de velours rouge et de fourrures, vint les éblouir et tourner en dérision leurs croyances. Cela se passait au siècle des Lumières ; à la même époque, Marius reçut Lestat. Qui sait combien d'autres cultes vampiriques existent en ce monde ?

Quant à moi, j'avais une fois de plus perdu Marius.

Je l'avais vu, le temps d'une seule nuit sans prix, quelque cent ans auparavant — et, bien sûr, d'innombrables siècles après l'effondrement de ce que nous appelons l'« Antiquité ».

Je l'avais vu ! C'était à l'époque fragile et maniérée

de Louis XIV, le Roi-Soleil, à l'occasion d'un bal donné à la cour de Dresde. Au son de la musique — un clavecin, un luth et un violon mêlant leurs voix hésitantes —, l'on exécutait des danses ingénieuses qui semblaient n'être que rondes et courbettes.

De l'autre côté d'une salle, je l'aperçus soudain !

Marius, qui me regardait depuis un bon moment, m'adressa alors le sourire le plus tendre que l'on pût imaginer, et le plus tragique. Il portait une grande perruque bouclée, de la couleur exacte de ses vrais cheveux, un pourpoint de velours aux basques évasées, et je ne sais combien de couches de dentelles, dans le goût français. Le peu que je voyais de sa peau était doré. Seul le feu pouvait lui avoir donné cette couleur ! Je compris alors qu'il lui était arrivé quelque chose de terrible. Sans abandonner sa posture désinvolte, le coude appuyé sur le bord du clavecin, il porta les doigts à ses lèvres et m'envoya un baiser ; ses yeux bleus débordaient d'amour.

Je croyais rêver. Était-il réellement là ? Et moi-même, étais-je assise ici, avec mon corset à baleines très décolleté, et ces immenses jupes, dont l'une remontait en plis fort esthétiques pour révéler l'autre ? En cette époque, mon teint parfait semblait être dû à l'art du maquilleur. Mes cheveux avaient été artistement relevés en une composition ornementale.

Je n'avais prêté aucune attention aux mains expertes des mortelles qui m'avaient enfermée dans ce carcan. En ce temps-là, je me laissais guider de par le monde par un ardent et féroce vampire asiatique, pour lequel je ne ressentais rien. J'étais tombée dans le piège qui attend toute femme : j'étais devenue l'ornement impersonnel qu'exhibe une figure masculine, son faire-valoir. En dépit de sa lassante cruauté verbale, mon compagnon possédait une énergie suffisante pour nous transporter tous deux dans le temps.

L'Asiatique était monté à l'étage, où il dégustait sans se presser une victime choisie avec discernement.

Déjà Marius venait vers moi. Il m'embrassa et me

prit dans ses bras. Je fermai les yeux. « C'est mon Marius ! murmurai-je. Marius en personne !

— Pandora ! » Il se recula d'un pas pour mieux me regarder. « Ma Pandora ! »

Sa peau avait été brûlée. De fines cicatrices en témoignaient, déjà presque cicatrisées.

Il m'emmena sur la piste de danse — Marius, incarnation la plus parfaite d'un être humain. Il me faisait danser, guidant mes pas hésitants. J'avais du mal à respirer. Tandis que je me laissais emporter dans le tourbillon, je ne cessais de le regarder, abasourdie par le rayonnement extatique de son visage. J'avais perdu le compte des siècles et même des millénaires. J'eus brusquement envie de tout savoir : où il était allé, ce qui lui était arrivé. Se rendait-il compte que je n'étais que le fantôme de la femme qu'il avait connue ? Oubliant toute honte et toute fierté, je lui murmurai à l'oreille : « Tu es l'unique espoir de mon âme ! »

Il m'emmena sur-le-champ. Dans la voiture à deux chevaux qui nous conduisait à son palais, il me couvrit de baisers. Je m'accrochais désespérément à lui.

« Toi ! soupira-t-il. Mon rêve, trésor si stupidement rejeté, tu es là, tu as persévéré !

— Je suis là parce que tu me vois, répondis-je avec amertume. Tu lèves la chandelle, et je peux presque voir ma force dans le miroir. »

J'entendis soudain un son, un son ancien et terrible. Le battement du cœur d'Akasha, le battement du cœur d'Enkil.

La voiture s'était arrêtée. Un portail en fer forgé. Des serviteurs.

Le palais était immense, fastueuse résidence d'un aristocrate fortuné.

« La Mère et le Père sont ici, n'est-ce pas ? lui demandai-je.

— Oh oui ! Ils n'ont pas changé. Ils sont totalement fiables dans leur silence éternel. » Sa voix semblait conjurer l'horreur de la situation.

Le bruit du cœur d'Akasha était insoutenable. Je ne

pensais plus qu'à y échapper. Une image du Roi et de la Reine pétrifiés apparut à mes yeux.

« Non ! Emmène-moi ailleurs, Marius. Je ne peux pas entrer dans cette maison. Il me serait impossible de les regarder.

— Ils sont cachés sous le palais, Pandora. Rien ne t'oblige à les regarder. Ils ne sauront rien, Pandora, ils sont toujours pareils à eux-mêmes.

Ah ! Pareils à eux-mêmes ! En esprit, je revis mon épopée périlleuse, depuis mes premières nuits à Antioche, seule et mortelle, jusqu'aux victoires et aux défaites qui avaient suivi... Vraiment ! Akasha toujours pareille à elle-même ! J'avais peur de me mettre à hurler sans plus pouvoir m'arrêter.

« Soit, dit Marius, nous irons où tu voudras. »

Je donnai au cocher l'adresse de ma retraite.

Je n'avais pas le courage de regarder Marius, qui s'efforçait vaillamment de préserver la fiction des joyeuses retrouvailles. Il parla de science et de littérature, de Shakespeare, de Dryden, des jungles et des fleuves du Nouveau Monde. Mais sa voix trahissait que toute joie l'avait déserté.

Blottie contre lui, je cachais mon visage. Dès que la voiture s'immobilisa, je sautai dehors et courus jusqu'au seuil de ma modeste maison. Me retournant, je vis qu'il se tenait au milieu de la rue.

Il était triste et las. Il hocha lentement la tête en signe de résignation. « Puis-je attendre que cela passe ? demanda-t-il. Puis-je espérer que tes dispositions changeront un jour ? J'attendrai ici, aussi longtemps qu'il le faudra !

— Ce n'est pas une question de dispositions ! Je quitte Dresde cette nuit même. Oublie-moi. Oublie que tu m'as jamais rencontrée !

— Mon amour, dit-il très bas. Mon seul et unique amour. »

Je me précipitai dans la maison et verrouillai la porte. J'entendis la voiture repartir. Je devins hystérique comme je ne l'avais plus été depuis ma vie mortelle. Je martelais les murs de mes poings, m'efforçant de juguler mon immense force et de retenir les cris et les rugissements qui étaient prêts à m'échapper.

Finalement, je regardai l'horloge. Il restait trois heures avant l'aube.

Je m'assis devant mon secrétaire et écrivis :

« Marius,

« A l'aube, nous partons pour Moscou. Dès le premier jour, je parcourrai une longue distance dans le cercueil où je reposerai. Je suis frappée de stupeur, je ne sais plus que faire ni que penser. Je ne puis chercher refuge dans ta maison, sous le même toit que les Anciens. Je t'en supplie, Marius, viens à Moscou. Aide-moi à me libérer de cette situation déplorable. Plus tard, tu pourras me juger et me condamner. J'ai besoin de toi. Jusqu'à ton arrivée, Marius, je hanterai les abords du palais du Tsar et de la grande cathédrale. Marius, je sais que c'est un long voyage que je te demande d'entreprendre, mais viens, s'il te plaît. Je suis esclave de la volonté de ce buveur de sang.

« Je t'aime,

« Pandora. »

Je ressortis précipitamment et courus en direction de sa maison, essayant de retrouver le chemin que, dans ma stupidité, j'avais eu le tort de ne pas graver dans ma mémoire.

J'oubliais le battement de leurs cœurs ! Je l'entendrai, ce son abominable ! Il faudrait m'en rapprocher, le traverser, le tolérer le temps de remettre cette lettre à Marius. Peut-être même me prendra-t-il par le poignet pour m'emmener de force dans un lieu sûr, et repousser avant l'aube le vampire asiatique dont je suis captive ?

Soudain une voiture apparut, ramenant du bal mon compagnon buveur de sang — c'était la même voiture.

Elle s'arrêta pour me faire monter.

Je pris le cocher à part : « L'homme qui m'a raccompagnée, nous étions allés chez lui, vous connaissez sa maison, un imposant palais...

— Bien sûr, dit le cocher, le comte Marius. Je viens de le ramener chez lui.

— Il faut que vous lui portiez cette lettre. Sans perdre un instant ! Allez chez lui et remettez-la lui en mains propres ! Dites-lui que je n'avais pas d'argent sur moi, qu'il doit vous payer. C'est très important. Il vous paiera, n'ayez crainte. Dites-lui que c'est une lettre de Pandora. Trouvez-le, il le faut !

— De qui parlez-vous ? » s'enquit mon partenaire asiatique.

Je fis signe au cocher de partir. « Dépêchez-vous ! » l'encourageai-je. Mon compagnon était outré, bien sûr, mais la voiture avait déjà pris de la vitesse.

Deux siècles devaient s'écouler avant que je n'apprenne la simple vérité : Marius n'avait pas reçu ma lettre !

Il était revenu chez lui, avait fait ses bagages, et, la nuit suivante, avait quitté Dresde, accablé de tristesse. Il n'avait retrouvé la lettre que bien plus tard, comme il le raconta au vampire Lestat, « une bien fragile missive » (tels étaient ses propres termes), « tombée au fond d'une malle pleine à craquer. »

Quant l'ai-je revu ?

Dans ce monde moderne. Lorsque l'antique Reine, se levant de son trône, témoigna des limites de sa sagesse, de sa volonté et de son pouvoir.

Après deux mille années, dans notre XXe siècle plein de colonnes et de statues romaines, de frontons et de péristyles, bourdonnant d'ordinateurs et de téléviseurs réconfortants, où l'on peut trouver Cicéron et Ovide dans toutes les bibliothèques publiques, notre Reine Akasha fut tirée de son sommeil par l'image de Lestat apparaissant sur l'écran d'un téléviseur, dans le plus moderne et le mieux protégé de tous les temples. Et alors, elle voulut régner, telle une déesse, non seulement sur nous, mais sur tout le genre humain.

A l'heure de tous les dangers, lorsqu'elle menaça

de nous détruire tous si nous n'accomplissions pas sa volonté — et elle avait déjà massacré nombre d'entre nous —, ce fut Marius qui alla lui parler. A force de raisonnements judicieux, d'optimisme et de sagesse, il s'efforça de la calmer, de la détourner de ses noirs desseins, et réussit à retarder l'acte destructeur jusqu'à ce qu'arrive un antique ennemi résolu à accomplir une antique malédiction, lequel l'abattit avec une simplicité tout antique.

Qu'as-tu fait, David, en m'incitant à coucher ce récit sur le papier ?

Tu m'as fait avoir honte de ces années gâchées. Tu m'as fait prendre conscience qu'aucune obscurité n'était assez profonde pour éteindre l'amour que j'ai toujours ressenti — amour pour les mortels qui m'ont fait naître à ce monde, amour pour les déesses de pierre, amour envers Marius.

Oui, par-dessus tout, je ne puis nier la résurgence de l'amour que je porte à Marius.

Tout autour de moi, dans ce monde, je vois des témoignages d'amour. Derrière l'image de la Sainte Vierge et de l'enfant Jésus, derrière l'image du Christ en croix, derrière l'image en basalte d'Isis dont je me souviens si bien, je découvre l'amour. Je le vois dans le combat quotidien des hommes. Je vois sa présence imprégner tout ce que les hommes ont accompli dans leur poésie, leur peinture, leur musique ; je vois leur amour mutuel et leur refus d'accepter que la souffrance est leur lot.

Mais en tout premier lieu, je le perçois dans la forme même de ce monde, qui surpasse toutes les productions de l'art, et ne peut avoir accumulé tant de beauté par l'effet du pur hasard.

Amour. D'où vient donc cet amour ? Pourquoi cache-t-il si bien sa source, cet amour qui fait la pluie et les arbres, qui a semé les étoiles au-dessus de nous, comme les dieux et les déesses prétendaient jadis l'avoir fait ?

Ainsi, Lestat, le jeune prince rebelle, a réveillé la

Reine ; et nous avons échappé aux desseins destructeurs de celle-ci. Ainsi, Lestat, est allé au ciel et en enfer ; il en a ramené l'incrédulité, l'épouvante et le voile de Véronique ! Véronica, un nom inventé par les Chrétiens, qui signifie *vera ikon*, image véridique. Il se trouva transporté en Palestine à l'époque où j'étais vivante ; ce qu'il y vit ébranla en lui les facultés humaines que nous chérissons tant : la foi, la raison.

Il faut absolument que j'aille trouver Lestat et que je le regarde dans les yeux. Je veux voir ce qu'il a vu !

Laissons les jeunes chanter des chants de mort — ils sont stupides.

La plus belle chose sous le soleil, et sous la lune, est l'âme humaine. Je m'émerveille des petits miracles de bonté qui surviennent entre les humains, je m'émerveille de l'accroissement de la conscience, de la persistance de la raison face aux superstitions et au désespoir. Je m'émerveille de la persévérance des hommes.

J'ai une dernière histoire à raconter. Je me demande pour quelle raison je la note ici. Toujours est-il que je le fais. Peut-être parce qu'il me semble qu'elle aura un sens pour toi, vampire qui voit des esprits ; peut-être comprendras-tu aussi pourquoi j'y suis restée tellement insensible.

Une fois, au VIe siècle — autrement dit cinq cents ans après la naissance du Christ, et trois siècles après ma séparation d'avec Marius —, j'allai à l'aventure à travers l'Italie barbare. Les Ostrogoths avaient depuis longtemps envahi la péninsule.

Ensuite, d'autres tribus les avaient attaqués, pillant et brûlant tout sur leur passage, arrachant des pierres aux temples antiques.

A chaque pas que je faisais dans ce pays, j'avais l'impression de marcher sur des charbons ardents.

Rome résistait, cependant, en préservant une certaine conception de ce qu'elle était, de ses principes, en s'efforçant d'allier paganisme et christianisme, et de trouver quelque répit face aux incursions des barbares.

Le Sénat romain existait toujours. De toutes les institutions, lui seul avait survécu.

Un érudit, de même origine que moi, Boetius (que nous appelons aujourd'hui Boèce), homme très cultivé qui avait étudié les écrits de l'Antiquité et des saints, avait été mis à mort récemment, mais pas avant de nous avoir donné un grand livre, qui se trouve aujourd'hui dans toutes les bibliothèques. Il s'agit de *La Consolation de la philosophie*, tu l'auras compris.

Je voulais voir de mes propres yeux le forum en ruines, les collines arides et brûlées de Rome, les porcs et les chèvres lâchés là ou jadis Cicéron s'adressait à la foule. Je voulais voir les déshérités qui s'accrochaient encore à la vie sur les rives du Tibre.

Je voulais voir ce qu'il subsistait du monde classique après sa chute. Je voulais voir les églises et les chapelles chrétiennes.

Je voulais voir, surtout, un certain lettré. De même que Boetius, il était issu d'une ancienne famille romaine, et comme lui, il était familier des classiques et des saints. Cet homme écrivait des lettres qu'il envoyait dans le monde entier, jusqu'à la lointaine Angleterre, où vivait le grand érudit Bède, dit le Vénérable.

Malgré les ruines et la guerre, il avait bâti un monastère, immense flambée de créativité et d'optimisme.

Il s'agissait de Cassiodore, évidemment, et son monastère se trouvait tout au bout de la botte italienne, dans la paradisiaque et verte Calabre.

Comme je l'avais prévu, je découvris le vivarium peu après la tombée du jour, au moment où il ressemblait à une petite ville pimpante, brillant de tous ses feux.

Dans le scriptorium, les moines copiaient avec acharnement.

Et là, dans sa cellule grand ouverte sur la nuit, était assis Cassiodore lui-même, tout à ses travaux d'écriture, à quatre-vingt-dix ans passés.

Il avait survécu à la politique barbare qui avait causé la perte de son ami Boetius. Après avoir longtemps servi l'empereur ostrogoth Théodoric, il avait abandonné ses fonctions publiques, et avait survécu — pour réaliser son rêve en fondant un monastère, et pour écrire aux moines du monde entier afin de partager avec eux ce qu'il connaissait des auteurs de l'Antiquité, préservant ainsi la philosophie des Grecs et des Romains.

Était-il vraiment le dernier représentant du monde antique, comme certains l'ont affirmé ? Le dernier homme capable de lire à la fois le grec et le latin ? Le dernier qui pût apprécier à la fois Aristote et le dogme de la papauté romaine ? Platon et saint Paul ?

J'ignorais alors qu'un jour le monde se souviendrait si bien de lui. Et j'ignorais qu'auparavant, il ne tarderait pas à sombrer dans l'oubli !

Le Vivarium, construit à flanc de montagne, était une merveille d'architecture. Il y avait des viviers pour conserver les poissons — caractéristique à laquelle le monastère devait son nom. Il y avait une église chrétienne ornée de l'inévitable croix, des dortoirs, des chambres pour accueillir le voyageur fatigué. Sa riche bibliothèque conservait nombre de classiques de mon époque, ainsi que des évangiles qui ont été perdus depuis. Le monastère avait en abondance tous les fruits de la terre, toutes les récoltes nécessaires pour assurer la nourriture quotidienne : des arbres chargés de fruits, des champs de blé...

Les moines prenaient soin des cultures, et se faisaient un devoir de copier des livres jour et nuit, dans la longue salle du scriptorium.

Il y avait des ruches, aussi, le long de cette douce côte éclairée par la lune, des centaines de ruches dont les moines récoltaient le miel, la cire destinée aux cierges sacrés, et la gelée royale qui servait à confectionner des onguents. Les ruches du Vivarium couvraient une colline aussi étendue que le verger ou les terres cultivées.

Je regardais Cassiodore à la dérobée, tout en me promenant parmi les ruches. Je m'émerveillais une fois de plus de l'inexplicable organisation sociale des abeilles, de leur danse, de leur incessante quête de pollen ; à force de les observer, leur mode de reproduction m'était connu bien avant que les humains n'en percent le mystère.

Quittant le rucher, je me dirigeais vers la lampe de Cassiodore qui me faisait signe au loin, lorsque, me retournant, mon attention fut attirée par un étrange changement.

Quelque chose, je ne sais quoi, prenait forme dans l'espace. Cela semblait surgir des ruches elles-mêmes, chose immense, invisible et puissante que je pouvais à la fois entendre et sentir avec mon corps. Non, ce n'était pas de la peur que je ressentais, mais de l'espoir : l'espoir fugitif qu'une Nouvelle Chose était née au monde. Il n'est pas dans mes habitudes de voir des fantômes.

Cette force surgissait des abeilles elles-mêmes, de leur savoir infiniment complexe et de leurs sublimes architectures, comme si elles l'avaient créée accidentellement au cours de leur évolution, comme si elles l'avaient dotée de conscience grâce à leur immense créativité, à leur méticulosité et à leur patience infinies.

Cela me rappelait l'ancien Esprit de la forêt des Romains.

Je vis cette force s'élever au-dessus des champs, d'abord indistincte et sans forme. Je la vis ensuite entrer dans le corps d'un homme de paille qui se dressait au-dessus des sillons — un épouvantail fabriqué par les moines, avec une superbe tête en bois toute ronde, des yeux peints, un nez tout juste ébauché et une bouche souriante. C'était une créature solide que l'on pouvait de temps à autre changer de place, avec sa robe de moine et son capuchon.

Je vis cet épouvantail, cet homme de bois et de paille, traverser à toute vitesse les champs et les vignobles, dansant et tournoyant comme un possédé, jusqu'à la cellule de Cassiodore !

Je le suivis.

J'entendis alors la créature émettre un gémissement silencieux. Je l'entendis, pourtant, et je vis l'épouvantail exécuter une danse, exprimant son affliction par d'étranges courbettes, portant ses mains de paille tressée aux oreilles qu'il n'avait pas. Il se pliait en deux de douleur.

Cassiodore était mort. Il s'était éteint silencieusement à sa table de travail où la lampe brûlait toujours, dans sa cellule à la porte ouverte. Il reposait à côté de son manuscrit, paisible, grisonnant, parcheminé. Il avait vécu plus de quatre-vingt-dix ans. Et il était mort.

Cette créature, cet épouvantail, était folle de douleur et de souffrance ; elle se balançait et gémissait, bien que ce fût un son qu'aucune oreille humaine n'aurait pu entendre.

Et moi, qui n'avais jamais vu d'esprits, je le considérais avec stupeur. Percevant soudain ma présence, il se tourna vers moi. Il — « il », car c'était bien un semblant d'homme, avec son corps de paille et ses guenilles — tendit vers moi ses bras de paille. Des brindilles tombaient de ses manches ; sa tête en bois ballottait sur le bâton qui lui tenait lieu de colonne vertébrale. Son geste était éloquent : il me conjurait de répondre aux questions fondamentales que les humains comme les immortels n'ont cessé de se poser. Et c'était à moi qu'il demandait d'y répondre !

Il se retourna un instant pour regarder de nouveau la dépouille mortelle de Cassiodore, puis courut vers moi sur la pente herbeuse. Ses bras tendus en un geste implorant exprimaient son besoin désespéré de savoir. Pouvais-je lui fournir une explication ? Pouvais-je intégrer à quelque grand Dessein divin le mystère de la perte de Cassiodore ? Cassiodore, dont le Vivarium rivalisait en gloire et en élégance avec les ruches des abeilles ! Le Vivarium, auquel il devait une conscience issue des ruches ! Ne pouvais-je donc rien faire pour apaiser la souffrance de cette créature ?

« Ce monde est plein d'horreurs, murmurai-je. Il est fait de mystère, et son existence même repose sur un mystère. Si tu aspires à la paix, retourne aux ruches ; renonce à ta forme humaine et redeviens fragments de vie inconsciente dans les abeilles satisfaites de leur sort dont tu es issu. »

Figé dans une immobilité absolue, il m'écoutait.

« Si par contre tu aspires à la vie charnelle, à la dure vie humaine qui se meut dans le temps et dans l'espace, il te faudra lutter pour y parvenir. Si tu aspires à la philosophie, il te faudra faire de grands efforts pour parvenir à la sagesse, qui ignore la souffrance. Etre sage, c'est être fort. Qui que tu sois, reprends-toi et fixe-toi un but !

« Mais sache ceci. Ici-bas, tout est spéculation. Les mythes, les religions, la philosophie, l'histoire — tout n'est que mensonges. »

La chose, qu'elle fût mâle ou femelle, leva ses mains de paille comme pour se couvrir la bouche.

Lui tournant le dos, je m'éloignai, traversant silencieusement les vignobles. Bientôt, les moines s'apercevraient que leur père supérieur, leur génie, leur saint, était mort à sa table de travail.

Regardant un moment derrière moi, je vis avec stupéfaction que la figure de paille était toujours là, pleinement organisée, se tenant debout comme un être humain. Elle m'observait.

« Je ne croirai pas en toi ! » criai-je à cet homme de paille. « Je ne t'accompagnerai pas dans ta quête de réponses ! Mais sache ceci : si tu aspires à devenir un être organisé tel que tu le vois en moi, aime le genre humain, aime tous les hommes et toutes les femmes, aime leurs enfants. Ne puise pas ta force dans le sang ! Ne te nourris pas de la souffrance d'autrui. Ne te dresse pas tel un dieu au-dessus des foules en adoration. Ne mens pas ! »

La créature écoutait. Elle entendait. Elle restait parfaitement immobile.

Je partis en courant, gravissant les pentes rocailleuses et traversant les forêts de Calabre sans cesser de courir jusqu'à ce que je sois loin, très loin de la créature. A la lumière de la lune, je voyais le Vivarium, entourant de ses cloîtres aux toits pentus une baie scintillante.

Je ne l'ai jamais revue. J'ignore ce qu'elle était. Ne me demande rien à ce sujet.

Tu me dis que les esprits et les fantômes vont et viennent comme les hommes. Nous savons qu'il existe de telles créatures. Toujours est-il que je n'ai jamais revu celle-ci.

Lorsque je revins en Italie, le Vivarium était détruit depuis longtemps. Les tremblements de terre avait ébranlé ce qui restait de ses murs. Le monastère avait-il été mis à sac par la nouvelle vague d'envahisseurs venus d'Europe du Nord, ces grands hommes frustes que l'on appelait les Vandales ? Sa ruine avait-elle été causée par un tremblement de terre particulièrement violent ?

Nul ne le sait. Seules ont survécu les lettres adressées par Cassiodore à d'autres érudits.

Les classiques ne tardèrent pas à être déclarés impies. Le pape Grégoire écrivait des histoires de magie et de miracles ; lors des grands baptêmes collectifs, c'était la seule façon de convertir au christianisme des milliers de membres des superstitieuses tribus du Nord.

Il conquit ainsi les guerriers que Rome n'avait jamais pu vaincre.

Pendant le siècle qui suivit la disparition de Cassiodore, l'histoire de l'Italie n'est que ténèbres impénétrables. Comme le disent les livres d'histoire, un siècle durant, aucune nouvelle d'Italie.

Quel silence effrayant !

Maintenant que tu en es aux dernières pages de ce manuscrit, David, je dois te faire un aveu : je t'ai abandonné. Les sourires avec lesquels je t'avais remis ces cahiers étaient trompeurs. Ruse typiquement féminine, dirait Marius. Ma promesse de se retrouver demain soir à Paris était mensongère. Lorsque tu liras ces lignes, j'aurai déjà quitté Paris. Je vais à La Nouvelle-Orléans.

C'est ton œuvre, David. Tu m'as transformée. Dans mon désespoir, tu m'as fait espérer qu'un récit pouvait avoir un sens, si minime fût-il. Je suis emplie d'une énergie nouvelle, d'une intensité sans précédent. En me poussant à exercer mon langage et ma mémoire, tu m'as appris à revivre, à croire de nouveau qu'en ce monde, il n'existe pas que le mal.

Mon but est de trouver Marius. Des pensées d'autres immortels emplissent l'air : cris, suppliques, messages étranges...

L'un des nôtres, que l'on croyait disparu, aurait survécu.

J'ai de bonnes raisons de croire que Marius est à La Nouvelle-Orléans ; je veux le retrouver et m'unir de nouveau à lui. Il faut que j'aille voir Lestat, ce petit prince déchu allongé de tout son long dans la chapelle, incapable de parler ou de bouger.

Viens me rejoindre, David. Ne crains pas Marius ! Je sais qu'il voudra venir en aide à Lestat. Comme moi-même.

Viens à La Nouvelle-Orléans.

Même si Marius n'est pas là, je tiens à voir Lestat. Je veux revoir les autres, aussi. Qu'as-tu accompli, David ? Je porte maintenant en moi — cela va de pair avec tout ce que j'ai retrouvé : la curiosité de ce qui m'entoure, l'attention prêtée aux autres êtres, la capacité de chanter —, je porte en moi le terrible pouvoir de désirer et d'aimer.

Ne serait-ce que pour cette raison — et il en existe bien d'autres —, je te serai reconnaissante à jamais. Quelles que soient les souffrances qui m'attendent, tu m'as redonné la vie. Et rien de ce que tu pourras faire ou dire ne causera jamais la mort de l'amour que je te porte.

5 juillet 1997.

Les *Nouvelles chroniques des vampires* se poursuivront

avec

ARMAND LE VAMPIRE

Achevé d'imprimer sur les presses de

BUSSIÈRE

GROUPE CPI

à Saint-Amand-Montrond (Cher)
en mars 2005

FLEUVE NOIR
12, avenue d'Italie
75627 Paris Cedex 13
Tél. : 01-44-16-05-00

— N° d'imp. : 50505. —
Dépôt légal : mars 2005.

Imprimé en France